DNA鉴定师手记 2

人形金字塔

小鉴定师大宝◎著

北京日报出版社

图书在版编目（CIP）数据

人形金字塔 / 小鉴定师大宝著 . -- 北京 : 北京日报出版社, 2018.6

（DNA 鉴定师手记）

ISBN 978-7-5477-2618-1

Ⅰ. ①人… Ⅱ. ①小… Ⅲ. ①纪实小说－中国－当代 Ⅳ. ① I247.5

中国版本图书馆 CIP 数据核字 (2018) 第 095306 号

DNA鉴定师手记2：人形金字塔

出版发行：北京日报出版社
地　　址：北京市东城区东单三条8-16号东方广场东配楼四层
邮　　编：100005
电　　话：发行部：（010）65255876
　　　　　总编室：（010）65252135
印　　刷：北京宝昌彩色印刷有限公司
经　　销：各地新华书店
版　　次：2018年 6 月第1版
　　　　　2018年 6 月第1次印刷
开　　本：710 毫米 × 1000 毫米　1 / 16
印　　张：17.25
字　　数：277 千字
定　　价：48.00 元

目录

001 无人村鬼影
040 “赌神”是怎样炼成的
101 死亡九色鹿
144 令人毛骨悚然的爱恋
166 被下水道吞噬的母子
195 人形金字塔
235 千秋家国梦

无人村鬼影

- 1 -

在河南省沁阳市与山西晋城泽州县交界处的一座深山深处，曾经有一个小村子。由于交通不便，村民陆续迁出，如今已空无一人，因此该村子得了一个“封门村”的名号（取封门绝户之意）。

封门村位于深山深处，高木林立、幽森阴暗，几十栋废弃已久、斑驳陈旧的房子矗立其间，仿佛人间鬼城。

封门村在捱过几年孤寂的岁月后，被某好事的探险者发掘出来，竟逐渐成为附近有名的冒险胜地。只因探险者耗费九牛二虎之力抵达这里，常有一些怪异的事情发生。

比如，封门村位于深山老林，周围许多野生动物，按理说这个废弃村子是个遮风挡雨的好地方，但当探险者进入之后，却发现这里安静得可怕，没有任何野生动物活动过的痕迹。

比如，某户外探险俱乐部一行数人宿营封门村，一女队员突然神情恍惚，接着长哭不止，感觉一直有人在她帐篷外面游荡，似乎想要闯入她的帐篷，令一行人都毛骨悚然。

比如，另一户外探险俱乐部一行十余人宿营封门村附近的逍遥河谷下，一女队员清晨洗漱时落水，回市里后感觉小腿冰凉无比，无法正常工作，后去医院医治无效，也找不到任何病因，直到寻访“大仙”才让其小腿恢复正常。

比如，两位驴友计划徒步穿越逍遥河谷，后因迷路闯入封门村，夜晚被迫宿营村里，夜里一人高烧不止，另一人感觉浑身冰凉。早上醒来，高烧不止的那位驴友的脖子上居然出现了神秘抓痕！

再比如，传说封门村中有一把太师椅，凡是坐过的人回去之后都会患病，重者甚至会命丧黄泉！

类似这样的事情，短短两三年间就发生了数十起，没有人能找到原因。

正因为此地如此诡异，探险者无不以在这里过夜为荣——这正是彰显胆量的好机会呀！

封门村的传说越传越离奇，后来竟引起电视台的注意。2008 年元月，由河南电视台、某户外探险俱乐部及相关专家与学者共同组成了考察小组，对封门村进行了考察。

考察小组为了查证村中是否有蹊跷、灵异事件，一行人于晚上九点开始进入村庄，逐个排查所有房子，就有个别队员出现了头昏的现象。

夜里，考察队员又故意把一些野生动物最爱吃的食物分别放在村子里某些地方，第二天竟然发现没有丝毫触动，这点恰恰证实了之前的某种怪异现象：在这样一个荒废已久、无人居住的村子里，竟然没有任何动物活动的迹象！

考察队员不信邪，又继续露宿了一晚，结果当天晚上更奇怪的事情发生了：一个从来没有梦游症状的考察队员居然半夜爬起来大喊大叫，第二天醒来之后他居然什么事情都不记得！

考察队员百思不得其解，最后只能求助专家，某一位心理学家给出了答案：正常人在一个特殊环境下都会不自然产生一些怪异思想，尤其是身处在某个特定的陌生环境中时，思路越是阻挡不住的浮想联翩，思维总是忍不住地。更为严重的，心理素质较低的人会产生幻觉。类似封门村的奇怪现象，就是一种心理幻觉，不足为奇，也不足为怪。

用通俗的话来讲，这位专家的意思是说，那些怪异现象都是当事人心态不稳而臆想出来的，没有什么奇怪的地方。只要当事人心态稳定，都能规避那种现象的产生。

明眼人都能看出来这位专家是在找不到真相的情况下勉强给出的答案，就算那些梦游的人是心态不稳而臆想出来的，那些生病的、脖子上有血痕的人又该怎么解释呢？

那些对封门村“敬而远之”的野生动物呢？难道它们也心理素质不好吗？

一直到现在都没有一个能够真正解释封门村怪异现象的答案，也正因为这样，封门村被称为中国最恐怖的无人村，给了许多导演、编剧灵感，拍摄出不少与封门村有关的恐怖片。比如 2014 年上映的《封门村》，2015 年上映的《封门诡影》等。

类似于封门村这样古怪现象频发的无人村，在广袤的中华大地上还有许多，只是因为名声不响、不为人熟知而已。

我们今天要讲的事情，就发生在距离河南沁阳市封门村上千公里之外，湖南省境内的一个极少人知道的小号“封门村”。

湖南省位于长江中游地区，省内绝大部分地区属于丘陵地带，西北地区则是延绵数百里的群山。

上世纪五十年代，盘踞此地的“土匪”名噪一时，后来有一部电视剧描述这事，大家应该耳熟能详，名为《乌龙山剿匪记》。

当地的土匪被肃清之后，千里大山沉寂了下去，而半个世纪之后，这里再次热闹起来，因为有人在当地发现了另一个“封门村”！

发现此地的是一群驴友，他们前往山中徒步时，其中一个驴友因指南针失灵而误入一个山谷，结果发现山谷里居然有几栋荒废已久的木屋。

当时封门村灵异事件在驴友圈子里传得沸沸扬扬，“在湖南西部的大山里也发现了一个封门村”的消息传开之后，引得许多驴友前去探险，结果同样发生了许多怪事，诡异之处比起河南沁阳的那个封门村有过之而无不及。

比如，一群人去探险时，有几个半夜突然发病，手舞足蹈、大喊大叫不止，而这些人平时都很正常，也没有类似梦游的病症。

比如，一对情侣前往封门村探险，夜宿当地，结果早上醒来发现他们自己躺在草地上，帐篷、睡袋全都不翼而飞。

再比如，一位驴友半夜梦到有鬼影掐他的脖子，原以为只是一个噩梦，早上起来却发现脖子上出现了几道红色的抓痕，不痛不痒，却持续几个月没有消除，到医院看病，医生也说不出个所以然来。

这些诡异事件的发生，果然激起了人们的好奇心和冒险精神，去这里的人反而更多了。这些并不致命的诡异事件，戳中了很多人的兴奋点。

但是，“封门村”热闹几个月后，大事就发生了！

当天，一群驴友去封门村探险，其中有一对夫妻，妻子是一个特别喜欢探险的人，虽然刚生完二胎不久，身体还没有完全恢复，但一定要去封门村一探究竟。丈夫见劝阻不住，只好跟着妻子前去，陪同保护妻子总比待在家里担惊受怕要好一些。

结果当天夜里在驴友圈中疯传的诡异事件再次发生了，包括夫妻俩在内的好几个人都陷入了梦游、癫狂之中，早上起来一看，其中有个人的脖子上居然留下了几道深红色的抓痕！

这个脖子上出现抓痕的人正是这对夫妻中的丈夫，他一边号啕大哭说有鬼，一边喊着“别来找我，我不想死”之类的胡话。

众人吓得不清，连忙搀扶着他退出了封门村。

不久之后，丈夫就一命呜呼了！

妻子既惊恐又悲痛又悔恨，因为前去探险是她强烈要求的，如果不是她一意孤行，丈夫也许就不会死。但事情已经发生，后悔也来不及了，她只好含泪将丈夫下葬。

公婆考虑到有两个孩子需要她照顾，只是痛骂了她两句，没有过多为难她。

如果事情就这样过去，那么也算是结束了。

但诡异的是，数天之后妻子同样在家中离奇死亡，脖子上也出现了几道血色的抓痕！

这件事情太过诡异，最终惊动了警方！

当地派出所调查之后，发现了种种难以用常理解释的疑点，但迟迟找不到案件的突破口，只好向市局求助。

小谢就是在这样的情况下来到了案发地。

- 2 -

这个案件发生于2013年，是小谢入职警局的第四年。

经过四年的锤炼，小谢已经可以独当一面，当张警官有事不能及时赶到案发现场时，就委派她和法医小汤先行赶往小山村去处理。

抵达当地警局之后，负责处理该案的吴警官向小谢介绍了一下大概的情况。

案发地是一个小镇子，距离小封门村直线距离大约一百多公里，开车两个多小时可以到达。

出事的那户人家在当地小有名气，因为妻子张丽（化名）的父亲是改革开放后第一批富起来的人，不过可惜他福薄，四十多岁死了老婆，自己五十出头的年纪也去世了，他去世前给女儿招了一个上门女婿，就是前文中提到的离奇暴毙的丈夫李强（化名）。

张丽的父亲最遗憾的就是没有生下一个儿子继承家产，所以找了李强入赘，除了硬性要求两人的孩子必须姓张之外，倒是没有怎么歧视李强，不过毕竟入赘的名声不怎么好听，总有一些人在背后指指点点，说点闲言闲语，好在李强心大，也一贯听之任之。

张丽这人还不错，比较大方，给李强买了车，又花钱给公公建了一栋楼房居住，小叔子李建（化名）还在读大学，学费和生活费也都是张丽给的，不过她多少还是有一点大小姐脾气，整天在家指挥李强干这干那的，不过李强对此也习惯了。

张丽不喜欢逛街购物，也不喜欢打牌赌钱，唯一的爱好就是探险。家里的财政大权由她掌管，她想去哪里就去哪里，无人能反对。

在好奇心的驱使下，张丽不顾家人的反对想去新发现的封门村探险一番，丈夫李强以“她刚生完孩子身体虚弱”为由劝阻了几次，最后拗不过她，只好开车送她去，以保证她的安全。

在途中，他们偶遇了一队同去探险的年轻人，组成了一个小团队，当天晚上夜宿在村里。

他们原计划在封门村住三个晚上就回来。第一个晚上相安无事，结果第二个晚上就发生了“多人夜间梦游、癫狂事件”，张丽疯疯癫癫，李强不仅精神不正常，脖子上还出现了几道诡异的血痕。关于这一点，一起露营的探险者都亲眼看见了。

这种情况吓得众人连滚带爬逃出了村子，神情癫狂的李强和惊魂未定的张丽则由一个驴友开车将他们送回了家。

回家之后李强高烧不退，一直说着胡话，从来没有清醒过。家人请医生诊断，找不到任何原因，找“大师”做法事同样没有任何效果。

数天后，家人还没来得及将李强送往省城就医，他就一命呜呼了。

因为李强属于“中邪”横死，家人按照当地习俗只给他办了一个非常简单的葬礼就下葬了，倒是事后“驱邪”法事进行了好久。

丈夫死后，张丽惶惶不可终日，精神状态极差。或许是考虑到孩子年龄还很小的缘故，公公没有过度责怪她，只要求她反省自己的做法，不要再太过任性，在家把两个孩子带好。

张丽已经被丈夫的死吓破了胆，就算要她出去，她也不敢，于是她安心在家带着孩子。但仅仅只过了几天，恐怖的事情又发生了！

张丽这人平常闲不住，又有点钱，所以带孩子都是找的保姆。小镇上找保姆比较方便，三五千一个月就能找到一个不错的，娟嫂是张丽的表亲，自己养大了两个孩子，比较有经验，加上两个孩子都在读书需要用钱，就被张丽请去当全职保姆。

据娟嫂交代，平常晚上她都住在自己家里，每天早上会去张丽家做家务带孩子。事发的那天早上，她像往常一样来到张丽家，用钥匙开门后，直接去一楼厨房做早餐。

早餐做好之后，她来到二楼叫张丽吃饭，但怎么也叫不应，只听到小宝的啼哭声。

因为男主人李强才死没几天，而且是“中邪”而死，娟嫂很是害怕，只好将邻居叫过来帮忙看一下。

邻居大牛是个五大三粗的男人，一看情况不对，当机立断撬开了卧室门。

岂料里面的一幕却吓得娟嫂和大牛魂不附体！

小宝躺在婴儿床里号啕大哭，而他的母亲张丽居然脸色铁青死在床上！

张丽的表情十分难看，仿佛见到了什么可怕的东西，嘴巴大张、眼球凸出，脖子上有几道血痕，和坊间流传的李强死亡时的模样完全一样！

大牛第一个从惊吓中清醒过来，他马上给张丽的公公打了电话。公公赶到后，见到这一幕也吓了个半死。

悲痛之余，公公马上请了大仙来驱邪，因为他害怕这种“邪气”会传染到自己和两个孙儿身上。

法事做了整整一天，还没来得及举行张丽的葬礼，吴警官便上门了。

在中国，历来有“民不举，官不究”一说，所以一开始李强的死并没有引起警方的注意。

小镇地方不大，一有什么事情就会传得人尽皆知，关于李强“中邪”而死一事，吴警官早有耳闻，不过他并没有太放在心上。

原本去深山老林里探险本就极度危险，加上被瘴毒入体或是被毒蛇咬死是常有的事情，李强可能是在老林里遭受了什么不测（如被带毒的虫子叮咬或是吃了什么不干净的东西），回来后身体极度虚弱时不马上送省城医院而迷信做法事，贻误了救治时机而导致死亡，并不是很罕见的事情。既然家人没有报警，吴警官也不想远端生事。

但张丽几天之后又离奇死亡，这就不得不引起吴警官的怀疑。如果说李强是在深山老林中遭受了不测的话，那张丽为什么会突然暴毙呢？难道真是因为中了邪？

吴警官赶到张丽家中，亮明了身份，认真地调查起张丽的尸体和案发现场来。

吴警官一看到尸体就察觉到不寻常之处！

张丽表面上看像是受惊吓而死，但实际她的脖颈上有一道浅浅的勒痕，再结合她双眼凸出、嘴巴大张的情况，因此吴警官推断其死因应该是窒息而亡。

也就是说，张丽很可能是被谋杀！

可惜的是，因为头天开始做法事，案发现场完全被破坏了，找不到任何有价值的线索。

小镇又没有专业法医，吴警官无奈之下只好向市局求助，小谢和法医小汤正是在这种情况下来到了小镇。

- 3 -

听吴警官介绍完大概情况，小谢和小汤马上行动起来，小汤对张丽的尸体进行了尸检，而小谢则在吴警官的带领下来到了案发现场。

张丽的公公李富贵（化名）事先接到了吴警官的电话，在儿子儿媳的家中等着小谢的到来。

小谢抵达之后，李富贵带着小谢在张丽家转了一圈。

张丽家是一栋自建的三层豪华小别墅，光从这别墅的派头来看就知道传言不虚，张丽的父亲确实给女儿女婿留下了不少钱。

别墅的一楼是会客和用餐的地方，二楼是张丽和孩子的卧室，三楼是李强的房间和杂物房。据李富贵介绍，因为张丽嫌弃李强鼾声太大，所以夫妻俩婚后一直是分开睡的。李强死后，三楼就封锁了起来，没有人进去过。

张丽卧室的门虚掩着，门锁被撬得稀烂，应该是大牛当天为了进屋用暴力破坏后，没工夫换新的。

小谢刚一推开门，一股浓烈的烟熏味就迎面扑来，使她连打了几个喷嚏。

里面的情形更是让小谢惊愕：满地都是香灰，满墙贴着黄色的符咒，屋子当中还有一龇牙咧嘴的神像。整个屋子烟雾缭绕，看上去如同道场一般。

吴警官怒道："李叔，不是和你说过了吗？这是案发现场，不要搞这些鬼五十七（当地方言，意思是乱七八糟）的东西！"

李富贵哆哆嗦嗦道："吴警官，这屋子太邪门，不驱邪不行啊！我还有两个孙子要带，还想多活几年呢。"

吴警官朝小谢一摊手道："谢警官，真不好意思。昨天我就再三交代他不要搞这些东西，但是……"

"算了，我们就随便看看吧。"小谢也很无奈，案发现场破坏成这个样子，对找到线索几乎不抱希望了。

三人在屋子里转了一圈，果然没有找到什么线索。又在其他几个房间转悠了一圈之后，颇为失望的吴警官和李富贵寒暄了几句正准备离开时，发现小谢转身又走进了张丽的卧室。

吴警官和李富贵连忙跟了进去，却发现小谢目不转睛地盯着窗户看。那是一扇普通的推拉式窗户，乍一看没有什么奇怪，吴警官端详了半天，终于发现了不对劲的地方！

这扇窗户似乎和其他卧室的窗户有点不同，其他房间的窗户是那种上下推拉开的，能打开的缝隙很小，一个成年人无法钻进来，许多别墅都是这种设计，最大的作用是防盗。当然，如果遇到火灾被困的可能性也增加不少，不过可以用重物敲碎窗户玻璃来逃跑。

而张丽卧室的窗户却是左右推拉式的，一个成年人完全可以轻松通过！

难道凶手就是通过这扇窗户进来掐死张丽的？

"李老伯，"小谢沉吟了片刻道，"这栋房子建了多久了？"

李富贵忙应道："有差不多七八年了。"

小谢点了点头，指着窗户道："这个窗户和其他卧室窗户不一样，是后来改造的吗？”

李富贵点头道：“是的，张丽说她在房间里憋得慌，想将头伸出窗外透透气，所以就换了这么一个窗户。”

“换多久了？”

“两年多吧，差不多两年半。”

“两年半？我记得你大孙子办周岁的时候这别墅重新装修了一下，是不是就是那次？”一旁的吴警官询问道。

李富贵道：“是的，就是那次装修时弄的，因为嫌麻烦，其他窗户没动，只换了这一扇窗户。”

小谢沉思了片刻道：“李老伯，发现张丽尸体的那天，这扇窗户打开了吗？”

李富贵犹豫半晌道：“这个……这个……我那时候都慌了神，没有注意那么多……”

吴警官反应很快，马上掏出手机打了两个电话，将当天发现尸体的娟嫂和大牛叫了过来。吴警官认为，比起李富贵，他们应该能够更清楚地说明当时的情况。

大牛就住在附近，几分钟就到了，在小谢的询问下，他大体介绍了一下那天的情况。

大牛是个二十多岁的未婚小伙子，身强体壮，文化程度不高，学了一门泥瓦匠的手艺，有活就出去赚钱，没活就在家睡大觉。

当天一大清早，他还在家睡觉，就被母亲从床上拉了起来，原来是隔壁别墅的保姆娟嫂发现了异样，母亲让他帮忙去看看。

由于李强前几天中邪而死，大牛心里发怵，原本不太想去，但都是邻里邻居的，不好推脱，所以硬着头皮就去了。

大牛和娟嫂站在张丽卧室门外叫了很多声，始终无人应答，而小宝的啼哭声却越来越大，大牛这才下定决心将房门撬开，结果就发现张丽死在了床上。

据大牛回忆，当时窗户一直都是紧闭的，而且是反锁的，因为他发现尸体后没有离开现场，而是让娟嫂给李富贵打了个电话。

李富贵半个小时后赶到，在庭院里喊他的名字，他为了方便和李富贵对话，便将窗户打开，因此，大牛可以确定那个时候窗户是反锁的。

娟嫂随后赶到，她的讲述和大牛的基本一致，案发当时房门是锁上的、窗户也是锁上的。

这就说明了一点：

张丽死时，卧室是一个不折不扣的密室！

凶手怎么可能在密室中将张丽掐死呢？

难道张丽真的死于中邪？

- 4 -

满怀疑窦的吴警官和小谢回到了警局，询问小汤尸检情况。

尸检结果显示：张丽死于 48 小时之前，按时间推算，应该就是在大牛和娟嫂发现尸体的当天凌晨。这一点也得到了娟嫂的证实，案发前一天晚上，她还和张丽一起吃了晚餐。

死因系典型的脖子被异物勒住导致窒息而亡，也就是说，张丽应该是他杀，并不是坊间传言的中邪。

张丽的脖子上确实有几道淡淡的血痕，应该是用尖锐的物品刮擦所致，因为痕迹已经很淡，无法判断出凶手用的什么工具。

而她身上也没有检测到凶手的指纹，这说明凶手下手的时候一定非常小心，应该是戴着手套趁着张丽熟睡的时候将她勒死。

听小谢讲述完之前调查到的情况之后，小汤也疑惑不解，究竟是什么人能在密室中杀害了张丽后又消失不见？难道真的是鬼怪显灵不成？

小谢沉声道："当然不是鬼怪，而且那个密室也不一定是真的密室！"

"不一定是真的密室，什么意思？"小汤疑惑道。

"假如有人有张丽卧室的钥匙，晚上从窗户潜进去将张丽杀害了，然后关好窗户再出来将房门反锁，那么这间房就是一个密室。"

"那不对啊！"小汤道："从里面反锁和从外面反锁是完全不一样的，一般人很容易就能看出来。"

"这就是关键了！"小谢加重语气道："我刚才特意检查了一下，大牛为了冲进去查看情况，撬坏了门锁，根本看不出当时是从里面还是从外面反锁的。"

"万一大牛没有撬门呢？那其他人拿钥匙一试不就试出来了？"

“钥匙应该只有张丽才有。凶手也知道这点，他才故意拿走了张丽的钥匙锁了门，其他人就必须要破坏门锁才能打开。”

吴警官点头道：“是的，我检查尸体的时候，没有发现张丽身上有钥匙，应该是被人拿走了。”

小谢眼中闪过一丝寒芒，重重点头道：“所以这个凶手应该是非常熟悉张丽的人。”

小汤常年和小谢一起办案，她一看小谢这样子，心里的石头就落了地，喜道：“谢姐，你是不是有方向了？”

小谢却没有正面回答他，而是询问道：“吴警官，人来了没？”

吴警官点头道：“来了，他在询问室等着我们，现在过去？”

“走吧。”小谢没有客套，当先而去。小汤紧紧跟在她后面，心中极为好奇，不知道在询问室等候他们的究竟是何方神圣。

询问室距离吴警官的办公室不远，很快就到了，一进门，小汤便发现屋子里面一个三十多岁的女人正坐立不安地等在那里。如果小汤刚才和小谢一同去了张丽家的话，就能一眼认出她来。

此人正是张丽请的保姆——娟嫂。

小谢刚踏入审讯室，娟嫂就如同被针扎了屁股一样站了起来，哆哆嗦嗦道：“谢……谢警官，不知道您找我什么事……？”

小谢笑道：“娟嫂，我只是想打听一点事情，你只需要实话实说就行。”

小谢的笑容似乎有一种魔力，让娟嫂的紧张情绪慢慢平静下来，道：“您问吧，我一定照实回答。”

“你到张丽家做保姆多久了？”

“半年多。”

“那就是说，孩子刚一出生你就去了，对吧？”

“是的，张丽这人坐不住，喜欢出去溜达，李强又毛手毛脚的，从小宝出生开始，一直都是我在带。不过我家里有两个娃，所以我只带白天，晚上还是得回去。”

“你和张丽什么关系？”

“表亲，她是我表妹。”

“你们关系如何？”

“还……还行吧……”娟嫂说到这里，明显犹豫了一下。

小谢语气瞬间严厉了起来道：“还行，是什么意思？到底是好还是不好？说实话！”

在小谢的逼问下，娟嫂脸色有点发白，喃喃道：“以前确实不太好，后来走得近点，她这个人……不……不但是她，她们一家子都有点古怪，所以和亲戚关系都不太好，相比起来我和他们家人关系算好的。”

“她们一家子怎么个古怪法？详细说说！”

娟嫂整理了一下思绪，说起张丽一家的情况来。

张丽的父亲叫张军（化名），或许是遗传的问题，从小体弱多病，那个年代小孩夭折的概率很高，张军的家人原本没觉得他有多大希望能长大，就用一碗饭、几棵野菜吊着，结果张军命硬，就这样病病歪歪地长大成人了。

二十岁以前的张军一副病秧子的模样，姥姥不疼、舅舅不爱，父母也不怎么管他，一直过着贫困潦倒的生活。

八十年代初，他终于迎来了人生中第一个转折点。

张军和村里一个身体不好、又跛脚的女人结婚了。在那个年代同样讲究门当户对，病秧子张军自然只能找一个这样的女人结婚，还好女子模样不错，性格也好，让张军体会到了从未有过的幸福。

婚后不久，夫妻俩生下一个女儿，但可惜，女儿延续了父母体弱多病的基因，很小的年纪就因病夭折了。

张军痛定思痛，决定不赚够钱不生孩子，于是他动手做了一个手推车，搭了一个简陋的移动小吃摊，和跛脚的妻子一起推车走上几十公里的山路到县城卖小吃，晚上舍不得花钱住宾馆，两人就随便找个地方凑合一晚。

或许是因为张军夫妻所做的小吃味道不错，又或者是因为人们看到一个瘦弱男人和一个跛脚女人卖小吃很不容易，总之，他们的生意非常红火。

这样两年下来，夫妻俩居然存了上万块。在那个年代上万块可不是一笔小数目，张军并没有沾沾自喜，而是用那钱在县城开了一家正儿八经的餐馆，随后滚雪球一般越做越大，几年内又开了几家分店，成了人人羡慕的大老板。

富裕后的张军夫妻终于下定决心生一个孩子，正是张丽。

当时张军的妻子已经三十多岁，加之身体一直不好，张丽的出生又让她在生死线上走了一遭，幸好家里有钱，花了大价钱吊命，母女俩才最终平安。

夫妻俩都知道张丽是他们生命中最后一个、也是唯一一个孩子，也因此对她娇宠万分，这也导致了张丽过于自我的性格。因而，在娟嫂的记忆中，张丽从来没有给过亲戚们好脸色看。

不仅是张丽，张军夫妻俩有钱后对于亲戚也是能躲就躲、能疏远就疏远，因为他们小时候都被亲戚嫌弃，没有任何一家亲戚伸出过援手。

但现在他们发财了，而且回老家建了一栋大别墅，这等于是向所有人宣告“我们家很有钱”。

一些眼红的亲戚纷纷上门攀关系、借钱，都被夫妻俩一一拒绝，这也导致他们在亲戚中的风评非常差。

张丽高三那年，母亲去世了，这件事情也让张丽的高考成绩一塌糊涂。张军原本想花钱让她读个大学，但却被张丽拒绝。

不仅如此，叛逆的她还从家里偷了十几万块钱出去旅游探险，足足几个月没有音讯，气得张军火冒三丈，却又对她无可奈何。

等张丽花光钱回来之后，张军终于下了决心，将几家餐馆转让，带着上千万资产和张丽回了老家。张军认为，有了这么一个不省心的女儿，赚再多钱对他来说也没有任何意义。

有了父亲的陪伴，张丽终于消停了下来，不过她还是离不开最钟爱的探险，经常背着包全国各地到处游荡。只不过比以前强的是，张丽此后至少会经常和父亲联系，告知父亲自己的近况，避免其过于担心。

张军先天不足，小时候也没有得到细心照料，身体一直不好，靠着大量滋补品活到了五十多岁，他感觉自己终于到油尽灯枯的时候了。为了在生前解决女儿的终身大事，他决心招女婿入赘，出于没有儿子的遗憾，他要求外孙一定要跟他姓张。

这个时候，身材高大、模样俊朗又忠厚老实的李强入了他的法眼。在临死之前，张军咬着牙关操持完女儿的婚事，终于圆了自己的心愿，很快就去世了，没有看到外孙的出生。

不过女儿女婿还是遵从了他的遗愿，让第一个孩子跟着他姓张，取名叫张嘉嘉（化名）。

三年后，李强和张丽的第二个孩子也出生了，正是娟嫂带着的小宝。

娟嫂强调，这么多年来和张丽一家子走得近的亲戚几乎没有，自己算是特例。张丽生第一个孩子时没什么奶水，自己那个时候正好刚生完二胎，奶水很足，因此帮忙喂过嘉嘉几次母乳，张丽算是承了自己一点人情。

娟嫂还说，这次小宝一出生，张丽便请她过来带孩子，而且开出了六千块的高工资，自己两个孩子都在上学，正是花钱的时候，不想丈夫压力太大，便过来了。要说两人关系多好也不见得，算是各取所需吧。

娟嫂讲述完毕，小谢追问道："那张丽对李强一家子态度如何？李强的弟弟好像叫李建吧。张丽给李富贵建了一栋房子，又资助李建上大学，那关系应该蛮好啊。"

"关系好？好个鬼！"娟嫂冷笑道："那栋楼房也就一共花了不到二十万，而且还天天在富贵叔面前耀武扬威的，富贵婶去世得早，张丽老是讽刺富贵叔克妻，也不想想她自己的妈妈也去世得早。虽然李建的生活费都是张丽给的，但是给一次埋怨一次，我在旁边听着都烦。幸好富贵叔脾气好，虽然天天听着张丽讲刻薄的话，却还是认认真真地接送嘉嘉上幼儿园。"

"李强呢？张丽对他态度如何？"

娟嫂叹了一口气道："强伢子是个好人，个子高大，模样也不差。可惜就是性格太窝囊了，在家里的地位连我这个保姆都不如，最多算半个免费司机，还天天被张丽骂。入赘的男人可怜啊，我以后就算再缺钱，也不会让我两个宝宝崽去有钱人家里入赘……"

见娟嫂越扯越远，小谢忙制止了她，让她去隔壁休息一下。顿时，询问室中又恢复了寂静。

- 5 -

小汤看着娟嫂远去的背影，恍然道："谢姐，你是怀疑……"

小谢点头道："是的，我刚才和吴警官商量了一下，李建和李富贵都有非常重大的作案嫌疑，第一，张丽对两人多次羞辱，甚至将李建气到省城去打工未归；第二，李强的死和张丽有直接的关系，如果不是张丽一定要去封门村探险，李强不会暴毙而死；第三，孩子跟张丽姓，这在农村是一种非常没面子的事情。如果张丽死亡，那么孩子自然能够恢复李姓；第四，也是最重要的一点，如果张丽死了，继承家产的就是两个年幼的孩子，这也就相当于上千万家产落到了李富贵父子的手里，所以他们两个作案的嫌疑最大！”

小汤满脸兴奋道：“没错，这也就能解释之前的那个关于密室的发现了。李富贵父子对于张丽的生活习惯很熟悉，而且肯定有大门钥匙，他们其中一人甚至两人一起晚上偷偷潜入将张丽杀害，然后再关门偷偷逃走，这样就神不知鬼不觉地完成了这次凶杀案！”

“没错，这种可能性很大！”小谢点头道：“不过他们应该不是从大门潜入的，而应该是那扇窗户……”

小谢顿了顿，继道：“我们现在推理一下案发的经过：当天晚上气温比较高，张丽开着窗户睡觉，李富贵父子中的一人或者两人一起从窗户潜入。将张丽勒死之后，拿走她的钥匙，然后将卧室门反锁上，最后从大门离开。因为大门的钥匙他们本来就有，进出非常方便，这样就使得张丽的卧室形成了一个密室。唯一的破绽就是卧室的门锁是从外面反锁而不是从里面反锁，结果大牛将门锁撬坏就掩盖了这唯一的一个破绽。退一万步讲，就算大牛没有出现，娟嫂也会第一时间通知李富贵，他赶来撬坏门锁同样也可以达到目的。”

“哈哈，不愧是张队长的得意门生，果然名师出高徒！”一旁的吴警官由衷感叹道：“我们局里那些同事虽然调皮捣蛋有一手，查案却一个比一个糟糕，真该将他们喊过来听一听，就知道自己差距有多大了！”

小谢谦虚道：“吴警官，这还只是初步推测，并不代表就是事实，现在要麻烦你去调查一下了。”

吴警官忙道：“没问题，我马上就让他们行动起来，你和小汤在警局等着好消息便是！”

锁定了嫌疑人，且找出了充足的杀人动机，那么接下来最重要的就是核实嫌疑人的作案时间。

或者通俗点来说，要确定张丽被杀的时候，李富贵和李建是否有不在场的证明。如果没有，就会坐实他们重大嫌疑人的身份！

小谢沉声道：“吴警官，我准备去一趟封门村。”

吴警官一愣道：“去封门村？”

“是的，既然张丽是被谋杀，那么李强的死同样也存疑。我现在去一趟封门村看看那边究竟有什么古怪。还有一件事，需要麻烦吴警官您一下……”小谢神情中稍微有点犹豫。

吴警官忙道："小谢，你和我客气啥啊？有什么要求尽管提！"

小谢道："也不是什么大事，只是我想给李强的尸体做一次尸检……"

吴警官听罢，脸色变得有点难看。在当地人看来，李强死于"中邪"，尸体已经被做法"镇压"了，现在要去挖出来做尸检估计阻力会很大，如果李强的族人一起反对，为了不引发矛盾，警方肯定只能做出妥协。

小谢也知道这事让吴警官非常为难，忙道："如果不方便就算了。"

吴警官道："我试试看吧。如果他们同意就最好，如果不同意的话……"

"不同意就算了。"小谢接过话头道："先查明张丽死亡的真相要紧。"

商议妥当后，吴警官安排人去调查李富贵父子，而小谢和小汤一同开车来到了百余公里之外的封门村。

封门村坐落在湖南省西部边界处一座延绵数百平方公里的大山里，这里人迹罕至、道路不通。小谢和小汤将车停在了山下，费了九牛二虎之力才爬到了传说中封门村所在的山谷。

进入山谷之后别有一番天地，里面气候适宜，绿树成荫，翠玉山泉点缀其中。如果不是地处深山的话，这里必然会被开发商用来修建一个别墅区。

当小谢和小汤走入"小封门村"后，才发现这里名不副实，和河南的那个"封门村"相比差得太远，破破烂烂的几间小木屋坐落在山泉水旁边，应该是以前打猎的猎户遗留下来的。如果这也叫封门村的话，那全国各地这样的"封门村"数不胜数。

小汤也是一个户外运动爱好者，看着那几间破破烂烂的小屋子不由得笑了，忍不住说道："这叫什么封门村？只要是大山就会有这样的猎户小屋吧，我老家后山都还有好几栋呢，哪天我回去也挂一个封门村的名号，搞个啥探险旅游活动的，那样我家就发达了！哈哈！"

"小汤，别做白日梦了，我们是来查案的！"小谢眉头一皱，居然也有几分威严。

小汤打了个哈哈，忙屁颠屁颠地跟着小谢查探起来。

山谷不大，但风景确实不错，而且有一股清幽的山泉。头顶视野开阔，周围绿树成荫，是一个野营的绝佳好地方。

小山谷中间有一块空地，四周散落着许多食品包装袋、矿泉水瓶等废弃物，一看就知道有许多人在此宿过营。

靠山一侧有一口水井，水井的旁边有几间木质猎户小屋，破破烂烂的，应该有几十年的历史了。在上个世纪末期，本地还有许多山民以狩猎为生，后来在政府的帮助下都陆陆续续搬离了大山，住进了城里，从此这些猎户小屋就都荒废了。

这种地方在全国各地有太多太多，根本算不上一个景点，不过可能是因为口口相传的那些诡异事件给这个山谷披上了一层神秘的外衣，才吸引了那么多探险者前来吧。

小汤向四周张望了一眼，神神秘秘道："谢姐，你说，那些古怪的事件是不是真的？"

小汤所说的古怪事件，包括夜晚露营此处的人突然发疯；包括山泉水中泛出血色；包括李强脖子上出现的那几道血痕，等等。

小谢走到山泉边上，用手捧起一捧清水闻了闻气味，又尝了一口，有点清甜，确定是很普通的山泉水。

小谢转身又来到某个猎户小屋旁的水井边，里面的水有点深，用手够不到，除非使用专业的工具。但从表面来看，和普通的水井并无二致。

小谢环顾了一下四周道："我们今晚住这里。"

"什么，住这里？"小汤吓了一跳："谢姐，你不是开玩笑的吧？"

小谢皱眉道："你害怕就下山去，我一个人在这里。"

小汤举起双手道："谢姐，我投降，就按您老人家说的办，住这里吧，但我们什么都没带……"

"今天晚上又不会下雨，就在这草地上凑合一晚得了。你要怕冷就去那木屋里待着。"

小汤瞄了一眼不远处那几间黑咕隆咚的猎户小屋，打了一个寒战道："那还是算了吧，不如在这里陪谢姐你聊聊天，正好看看星星，城里的星星可没有这么亮，对吧……"

天色很快阴暗下来，小谢和小汤尬聊了一番之后，各自找了一片干燥的草地席地而卧。

还好当时是夏天，夜间气温不低，而且地处山谷之中没有什么风，虽然夜间有一点清冷，却也可以忍受。

小谢和小汤没有吃晚饭，就喝了一点山泉水，饿着肚子进入了梦乡。四周传来了虫鸟的鸣叫，仿佛是最动听的催眠曲。

数小时就这样过去，天刚蒙蒙亮，小谢就从睡梦中清醒过来。虽然晚上睡得并不算踏实，但没有出现任何异常状况。

小谢踢了还在打鼾的小汤一脚，道："起床了！"

小汤一骨碌爬起来，警觉道："谢姐，有情况？"

"有个屁情况，下山了！"小谢整了整衣冠，带头走出了山谷，结束了这一次的调查。

- 6 -

数小时后，两人出现在了吴警官的办公室里。

"吴警官，调查不顺利？"小谢看着吴警官严肃的脸，忍不住询问道。

"这是调查记录，你自己看吧。"

从吴警官手中接过一个小本子，小谢认真地看了起来，越看脸色越严肃。

"谢姐，怎么了？"小汤在一旁急得抓耳挠腮。

小谢皱眉道："李富贵和李建都有完美的不在场证明！"

"怎么可能？"小汤一把抢过小本子，逐字逐句地查看起来。果然，两个人的不在场证明都非常完美。

张丽死亡的那天夜里，李富贵带着大孙子张嘉嘉在医院看病，医生和护士都可以作证；李建则在麻将馆消遣了一个晚上，麻将馆的老板和牌友也都可以作证。

这两人不在场的证明非常完美，完全排除了他们作案的嫌疑！

"不是他们还能是谁？难道是买凶杀人？"小汤疑惑道。

小谢和吴警官对视了一眼，他们深知这种可能性确实存在。但现在没有任何证据能证明这一点，调查的难度可谓无穷大。

小谢想起一事，问道："李强的尸体呢？能尸检吗？"

吴警官摇头道："我沟通过了，他们家族的人都坚决反对。"

这句话也基本断绝了尸检的可能。从表面来看，李强的死和张丽被杀没有直接关系，只要李家宗族的人不同意，就不可能将尸体挖出来强行尸检。

于是，现场陷入了一片沉寂，这样下去会面临调查无法继续的困境。

小谢闭上眼睛沉思良久，之前了解到的一幕幕都如看电影一般浮现在脑海里……

张丽不顾家人的劝阻，和李强驱车来到封门村；

中途遇到一群探险者，众人一同夜宿封门村；

半夜李强突然发疯，脖子上出现血痕；

回家之后，李强“中邪”而死；

数天之后，张丽也在“密室”中离奇窒息而亡……

这一切串联起来，让小谢突然睁开了眼睛，因为她在其中发现了一个非常诡异的可能！

小谢沉声道：“吴警官，听说李强的葬礼极简，简到了什么程度？”

吴警官道：“做了一个简单法事就草草下葬了，整个过程只有两天，我们这里正常情况下死了人一般最少要五天后才下葬，而且会摆酒席。”

“那你有没有见到李强的尸体？”

“没有，因为是中邪而死，所以李强的尸体用黑布蒙了起来。我相信除了他家人之外应该没有人见过他的尸体。”吴警官说到这里，突然瞪大眼睛道：“小谢，难道你怀疑李强没死？！”

小谢重重点头道：“没错！我正是怀疑这点！”

小汤也瞪大眼睛看着小谢，他被小谢和吴警官提出的这个猜测震惊到了，原本应该死去一个星期的李强居然没死，怎么可能？

小谢继续道：“第一，李强死的时候张丽还在惊吓中，精神状态十分不稳定，很有可能不会陪在他身边，那么眼睁睁看着李强死去的除了李富贵和李建之外，没有其他人。第二，李强葬礼过于简陋，而且全程盖着黑布，虽然表面看来是因为中邪只能这样处理，但恰好可以瞒过所有人的眼睛。第三，我昨天提出让吴警官去沟通，希望能给李强做一个尸检，却被李家人拒绝了，说不定就是为了掩人耳目，那个棺材里躺的其实并不是李强，甚至有可能是空的！”

小汤瞠目结舌道：“那……那杀害张丽的，难道是李强……”

“没错！”小谢重重点头道：“李强并没有死，而是躲了起来，他趁夜通过窗户潜入房间杀害了张丽，并伪造了一个密室，比起李富贵和李建，他更容易做到这一点。而且，在封门村的那天夜里，他很有可能是自己故弄玄虚，目的就是‘死’在张丽之前，消除自己的嫌疑，给自己创造最好的下手条件！等事情完结之后，他只要不回小镇，随便换个身份就能够悠闲自在地生活。毕竟有钱在手，哪里不能逍遥？”

小谢这几句话如同重锤一般敲在小汤脑袋上，虽然听起来像是天方夜谭，但他又不得不承认小谢的推测非常符合逻辑，只有这样才能将所有的线索都串联起来。

那条小溪里的血水，想必也是李强自己故弄玄虚，为当天晚上的“发疯”做的铺垫！

“但可惜情况有点棘手！”小谢叹息道：“目前要想验证这个推测最好的办法就是对李强的尸体进行尸检。但如果李家人不同意，我们很难做到这点。”

小汤也长叹了一口气，面对有些迷信的人，你没办法跟他讲道理。假如李强真是假死的话，李家人更不可能同意将尸体重新挖出尸检了。

吴警官沉思了片刻，道：“我倒是有一个办法，虽然不一定能对李强进行尸检，但应该可以确定棺材里埋葬的死者是不是他。”

小谢忙问道：“什么办法？”

吴警官道：“按照我们这里的风俗，夫妻死后是要合葬的，所以如果张丽下葬的话，肯定会将李强的墓穴重新刨开，到时候我们可以要求开启李强的棺材，看一下究竟是不是他本人。如果到时候李家人连这一点都不同意的话，就可以确定棺材里躺的不是李强了。”

小谢眼前一亮，道：“就这么办！”

为了麻痹李家人，小谢和小汤先行回了省城，吴警官通知李富贵调查结束。张丽的葬礼才得以继续进行。

两天之后，小谢接到了吴警官的电话，说张丽的葬礼结束了，上午就要上山和李强合葬。

张丽的葬礼也只进行了两天，看来这次的丧事也是极简的。

小谢和小汤匆忙赶到坟山，只有包括李富贵父子在内的十几个李家人在忙活着，张丽这边的亲戚只来了一个娟嫂，从这点也可以看出张丽果然不受亲戚的待见。

吴警官早早地在坟山等着，小谢凑上前去问道：“吴警官，他们同意开棺吗？”

吴警官的答案出乎她的意料之外，因为李富贵同意了，不过只同意开棺让他们看一眼，尸检是不可能的。

李家人说，因为李强身上的邪气已经被大仙“镇压”了，如果强行取出尸体进行尸检的话，邪气就会转移到李家其他族人身上。

小谢很清楚，虽然《刑事诉讼法》规定：对于死因不明的尸体，公安机关有权决定解剖，并且通知死者家属到场。不过法律是死的、人是活的，一些迷信的家属不同意尸检甚至暴力反对，他们却表示理解，毕竟这次小谢等人的目的只是为了确定尸体是不是李强，进不进行尸检并不重要。

随着隆起的坟墓被一锄头一锄头挖开，小汤的心情也逐渐紧张起来。毕竟即将目睹的一幕很可能代表着一个大案真相的揭开，又怎能不紧张？

一个小时之后，坟墓被彻底挖开，李强的棺材显现了出来，那是一口上等的栗木棺材，栗木密度大、结构均匀、十分耐腐蚀，所以经常用来制作棺材，不过价格较贵。

李强家有钱，既然葬礼已经极简了，下葬用的棺材自然就会用最好的。

“吴警官，一定要看？”李富贵脸色非常难看，虽然不用将李强的尸体取出来，但有着陈腐观念的他还是认为开棺不祥，让他打开棺材简直如同要了他的老命。

吴警官点头道：“李叔，实在不好意思，今天这棺材必须开一下，我们只看一眼就行。”

李富贵面色阴沉，和一旁的族人埋头商议了一下。

良久之后，当中一个年过七旬的老者终于点了点头道：“吴警官，今天是看在你的面子上我才开这个口子，中邪的是李强，如果有个什么差池，出事的也是我们李家的人，希望仅此一次，下不为例！”

吴警官连忙赔笑道：“是，是，李老您说得对，下不为例，下不为例……”

小谢和小汤在一旁看得憋屈不已却又无可奈何。

一个五大三粗的中年男子跳入放置棺材的坑里，取出棺材盖上的铆钉后，一咬牙合力，就将棺材盖的一头挪了开来，而一张惨白的脸也显露了出来。

小谢和小汤连忙凑上前去端详了起来，虽然看上去比之前吴警官提供给他俩的李强照片消瘦了不少，但还是可以清楚地看出那就是李强本人。

不过尸体身上盖着寿布，脸上和脖子上又抹了一层白灰（抹在尸体上的白灰成分一般是生石灰和盐卤，防止在炎热的天气尸体腐烂过快），许多面部细节看不出来，脖子上是否有勒痕同样无法看清。

“几位警官，看完了吗？看完了就要升棺（升棺的意思就是封棺，不过因为升棺（官）好听一些，所以当地人习惯说成升棺）了！”开棺的那个中年男子从鼻孔里哼了一声，显然对吴警官等人一定要开棺验尸很不满意，加上他也是李家族人，生怕邪气传染到自己身上去。

吴警官点了点头道：“不好意思，升棺吧。”

中年男子便不再犹豫，奋力将棺材盖合上。

接下来吴警官等三人没有参加张丽的合葬仪式，径直下了坟山，一路上相顾无话，心情很是低落。

棺材里的人确定是李强本人没错，看来小谢之前的推测完全错误，对张丽下手的另有其人！

那么，这个人究竟是谁呢？

- 7 -

回到办公室的吴警官脸色非常难看，他甚至有点后悔自己为什么要去蹚这浑水。

又没人报警，自己只是出于一个警察的责任心去过问了张丽离奇死亡一事，没想到反而招来了李家族人的记恨，而张丽的亲友则完全是一副漠不关心的态度，这样费力不讨好的努力，值得吗？

而且现在调查又遇到了困境，李富贵父子三人的嫌疑一一排除了，那么凶手究竟是谁呢？

屋子里没有装空调，只有一台老旧的电风扇呼呼地吹着，吴警官脸上淌着汗，内心却无比冰冷。

“小谢，你有什么好办法没有？”吴警官试探着问道，当然他没有抱太大的希望。

目前遇到的困难很大，哪怕小谢再能干，也很难在短时间内理清头绪。

小谢眼光变得十分锐利，点头道：“既然排除了李富贵一家子，那就只剩下最后一个可能了……”

吴警官不由自主坐直了身子道：“谁？”

“肖斌！”

“肖斌？肖斌是谁？”

突然从小谢嘴里蹦出的这个陌生的名字，令吴警官有点迷糊了。

“肖斌就在这里！”

门外突然传来一个熟悉的声音，吴警官一下子愣住了。而小谢和小汤脸上则露出了欣喜之色，因为这个声音的主人不是别人，正是市局的定海神针张警官！

“小吴，张队大驾光临，还不赶紧接待一下。”

派出所里能叫吴警官为小吴的人，也就只有付所长一个了。

吴警官抬头看向门外，果然，付所长陪着张警官大踏步走来，而在他们身后，一个垂头丧气的青年男子被两名警员牢牢按住，动弹不得。

吴警官连忙迎了上去，大笑道：“张队，没想到您居然亲自来了，怎么不早点打声招呼，我好去接您？”

张警官笑道：“我是来办事的，不是来旅游的。吴老弟，半年不见好像发福了不少，看来弟媳没少在家给你烧猪头肉吃。”

两人一阵寒暄，小谢和小汤也和付所长寒暄后，众人围坐成一圈，讨论起案情来。

吴警官很好奇张警官怎么会突然出现，而且还带来一个犯罪嫌疑人。

张警官像是看穿了一切似的，适时又详细地讲述了经过。

小谢在来到小镇调查的第一天，就想到了一个可能：既然李强和张丽都已经身亡，那么杀害夫妻俩的会不会是他们的仇人呢？

于是，小谢将情况汇报给了张警官，张警官马上给付所长打了电话，并安排人手暗中走访了一下，果然发现了一些新情况。

原来张丽在结婚前有一个男友，叫肖斌（化名），家住附近一个小镇，两人关系非常好，经常一起出去旅游。后来张丽在父亲的逼迫下和李强结婚了，肖斌非常生气，曾数次到张丽家大闹，不过都被李强打了回去，两个男人因此结怨很深。

不过后来肖斌也找了一个女朋友，就再没有在张丽家中出现过，但奇怪的是，就在李强和张丽一同去封门村旅游的前一天，肖斌也出现在了封门村！

而且他前往封门村时，其女友并不知情！

小谢收到这个消息之后，便带着小汤前往封门村一探究竟。在封门村，她看到了传言中会冒出血水的山泉，喝过之后却感觉干净清澈，如果不是有人故意作怪的话，水中不可能出现诡异的血色。

小谢又看到了那口老井，她想到一个可能：山泉里的水会不会是故弄玄虚，目的就是为了让野营的人去饮用古井中的水呢？

野营时间定的是三天，自带水是肯定不够的，如果山泉里出现了诡异的血色，那么所有人的第一反应肯定是从井里取水来喝！

于是小谢马上通知张警官，让他安排专家对井水进行检测，果然发现了问题：在井水中，能够提取到微量的致幻剂！

我们知道，致幻剂是指影响人的中枢神经系统，可引起感觉和情绪上的变化，对时间和空间产生错觉、幻觉，直至导致自我歪曲、妄想和思维分裂的，天然或人工合成的一类精神药品。

虽然井水中的致幻剂含量不高，但时间已经过去了数天，在事发的当时浓度完全可以使众人出现幻觉，所以李强当时癫狂的症状不是假装，而是真实发生的！

在井水中投致幻剂最有嫌疑的人，自然就是前一天就偷偷赶到封门村的肖斌！

于是，张警官马上对肖斌进行了抓捕，果然有了重大发现，在肖斌家里发现了一套张丽家别墅的钥匙，连张丽卧室门的钥匙也有！

而这把钥匙，连李强都没有！

这个发现坐实了肖斌作案的嫌疑，而且在张丽死亡的当天晚上，他并没有不在场的证据。在警方的追问下，肖斌甚至主动承认了当天晚上确实到过张丽家，只是宁死也不承认自己杀了张丽。

这种种疑点几乎可以确认肖斌就是杀人犯，只是尚且不清楚他是如何杀死李强的，又是因为什么和张丽起了争执，最后杀死了张丽的。

张警官讲述完之后，吴警官感叹道：“原来是这样，看来凶手是肖斌！对了，张队，你说会不会是肖斌和张丽为了重温旧梦，联合起来杀了李强，所以李强并不是死于肖斌之手，而是张丽下的手，最后两人因意见不合却发生了分歧，肖斌干脆一不做二不休，杀了张丽？”

张警官点头道：“有这个可能，不过还需要对肖斌进行进一步审问。既然到了这里我就不越俎代庖了，还是吴老弟你来审吧。”

吴警官点了点头道：“没问题，小谢和我一起审问，就麻烦张队您和所长压阵吧！”

数分钟之后，一场阵容豪华的审问正式展开，吴警官和小谢主审，张警官和所长压阵，小汤在一旁拿着本子和笔做记录。

肖斌抬起头看了众人一眼，又胆战心惊地将头埋了下去，无论吴警官问什么，他都不做声。

小谢怒道：“肖斌，你顽抗是没用的。你有张丽家的钥匙，张丽死的那天晚上你又潜入了她的房间，而且，李强发疯的前一天你也先抵达了封门村。这一切的证据都指向了你，就算你一句话都不说，也完全可以认定你杀人了！”

肖斌居然哇地哭出声来，将戴着手铐的双手举过头顶，哽咽道：“警官，我真的没有杀人，我敢对天发誓！”

小谢冷声道：“对天发誓没用，你唯一的办法就是老老实实交代作案经过。”

肖斌长叹一口气，终于将事发的详细经过说了出来。

肖斌和张丽是高中同学，两人性格相近，又都爱好探险，很快成了一对。

高三那年，张丽没有考上大学，在肖斌的诱使下，她偷了十几万块钱同肖斌一同出去玩，过了几个月神仙般的日子。

后来，肖斌到省城读书，平日里和张丽联系就少了，但两人还是经常趁着空闲一同出去探险。

这种小别胜新婚的生活，让肖斌和张丽的感情更加深厚。

大学毕业那年，肖斌尝试着去过一趟张丽家，向张父表达了想娶张丽的意愿，但张父对他很不满意。张父认为，其一，肖斌个子不高，身体又不强壮，在矮小体弱的张父来看，无法改变自己劣质的基因。其二，肖斌是个独生子，家里人肯定不会让他入赘。

肖斌下定决心要娶张丽，他一方面努力增肌，另一方面尝试劝父母让他入赘。岂料父母大发雷霆，肖斌只能暂时放弃，想等过段时间再说，没想到几个月后传来噩耗：张丽结婚了！

肖斌找到张丽大闹了一通，不过闹完后他是有点心虚的，因为李强个子高、身体壮实、模样也不差，光从外部条件来说比他要强上许多，而且同意入赘。如果他是张父，也会选择李强。

肖斌只好作罢，一个人回家埋头痛哭。

就这样一年时间过去了，张丽生完孩子之后主动找到了肖斌，说李强是根木头，一点情趣都没有，还是和他在一起幸福。张丽还说，如果不是当年父亲强迫自己嫁给李强，一定会选择他。

肖斌是个念旧情的人，只要张丽一哭他就心软了，于是两人又回到了以前双宿双飞的状态。

一开始肖斌多少有一点内疚，时间一长就放开了。加上张丽是个有钱人，时不时在他口袋里塞上三五千块，能够满足自己精神需要的同时还可以获得物质补贴，何乐而不为呢？

和肖斌重新联系上之后，张丽就对李强彻底失去了兴趣。为了和肖斌私会，她将李强支到了三楼，不但给了肖斌自己家里的钥匙，并且趁着别墅装修的时候将自己卧室的窗户换成了左右推拉式的，这样，肖斌就可以趁着夜色从窗户爬上来，享受另类偷情的乐趣。

肖斌讲到了这里，小谢等人才恍然大悟，原来张丽卧室的窗户之所以改成了左右推拉式的，是为了自己偷情方便。

肖斌和张丽的偷情一直持续到现在，两人也很享受这样的关系。肖斌有一个女朋友，是家人介绍的，家境也还不错，再过个一两年就要结婚，因此他也没有和张丽结婚的欲望。

而张丽在家对李强一家吆五喝六惯了，同样也不会和李强离婚而嫁给肖斌，加上肖斌父母性格非常强势，张丽知道自己就算带着家产嫁过去也不会幸福。

除了夜里偷偷幽会之外，两人还经常一起出去旅游探险，直到张丽怀上第二个孩子之后，才临时中断了这种刺激的冒险。等孩子一出生她就坐不住了，几次三番地想和肖斌一起出去玩，肖斌知道张丽遗传了父亲的虚弱体质，身体不是很好，所以好心好意劝说她在家多休息休息，张丽才勉强作罢。

结果在几个月前，距离当地百余公里远的西部山区传来了发现“封门村”的消息后，肖斌就知道张丽会坐不住。

果然，就在李强和张丽出发前往封门村的前一天，肖斌接到了张丽发来的信息，说她已经独自出发去封门村了，希望肖斌马上去找她。

肖斌又欣喜又担忧地赶了过去，结果发现封门村空无一人。他很是奇怪，给张丽发信息也不回，打她电话却关机，于是他在封门村露宿了一夜，想着如果第二天张丽还不到的话就回去。没想到第二天张丽真的去了，但让他失望的是，李强也开车跟着去了！

在这种情况下肖斌选择偷偷离开，他认为，两人可以偷情的机会多的是，犯不着和人高马大的李强发生正面争执。

结果数天之后，他就听说张丽和李强“中邪”了！李强的情况非常严重，神志不清濒临死亡。

几天后，李强身死下葬，他出于对张丽的担心，便偷偷潜入张丽的家中想询问一下情况，谁知张丽却骂他这个没良心的为什么不早来陪她。

肖斌很是奇怪，问张丽手机为什么关机，张丽却说自己手机前几天刚丢了，所以没有办法联系上他。

肖斌算了算时间，正好就是张丽给他发信息的那天，难怪后来他给张丽发信息没回，打电话也不接。不过令肖斌感到奇怪的一点是，张丽不承认给他发过要去封门村约会的信息，那么那条信息是谁发的呢？

之后的几天，肖斌天天来陪受到惊吓精神几近崩溃的张丽，就连张丽遇害的那天的前半夜也在。结果第二天中午却听到张丽中邪而死的噩耗，吓得他整天战战兢兢地躲在家里不敢出门，一直等到张警官带人找上门来。

肖斌再三强调，张丽死的那天他确实和张丽在一起过，但凌晨时分他离开了，因为再过两三个小时娟嫂就会去带小孩，他不想被娟嫂发现。

“如果你们不相信我，可以查看我的手机，里面还有张丽发给我的信息呢！”肖斌号啕大哭道。

付局长拨通了一个电话，片刻之后，一位警员就将证物袋拿了过来，里面装着肖斌的钥匙、手机等随身物件。

手机里面确实存着张丽给肖斌发的信息，其中有一条写着：“我在封门村，你来陪我吧。”该信息的发送时间是张丽和李强前往封门村的前一天。后面肖斌发了无数条信息询问张丽在哪里，但张丽一直没有回音。

- 8 -

结束对肖斌的审讯，众人来到会议室坐定。虽然会议桌上放着琳琅满目的水果，但没有任何人有心思去吃。

张警官叫过小汤，让他拿着手机出了门，显然是核对给肖斌发送短信的究竟是不是张丽以前所用的手机号码。

看着小汤的背影，付所长原本澄澈的眼神有点迷糊了，他习惯性地敲了敲桌子，疑惑道："老张，你怎么看？"

"老付，你相信直觉吗？"张警官喃喃道。

"我相信！"付所长点头道："查了这么多年案子，有时候直觉确实很准。"

张警官沉声道："这次我的直觉告诉我，肖斌不是凶手！当然，还有几个细节让我选择相信他，第一，肖斌或许会因为嫉妒杀死李强，但他没有杀死张丽的动机。对于张丽掌管的财产，我做过调查，全部都还在，并没有转移到肖斌名下，相反的，如果张丽还活着，肖斌就相当于握有一张长期饭票，对他只有利而无弊。

张警官顿了顿，继续道："第二，井水里面的致幻剂有一定的时效，正常情况下几个小时后就会失去功效，李强的症状过于夸张了。就算他服用剂量很多，通常回家之后很快也应该清醒过来，所以，他持续几天处于昏迷的状态是很不正常的，除非有人暗中持续给他服致幻剂才会出现那种情况，而肖斌完全没有这作案个时间和机会。"

"第三，如果我们将怀疑的对象转移到张丽身上，好像也没有作案动机，李强一家子都拿了张丽的好处，说难听点李强一家就如同几只家犬一般，张丽花钱养着他们，平日里对他们吆来喝去的日子不知道多舒服。而且你们想想，张丽和肖斌这么长时间在李强眼皮子底下偷情，李强可能不知道吗？他只是因为自己的身份和性格原因憋住不说而已。所以，保持目前的状况是肖斌和张丽最佳的选择，他们没有必要铤而走险。

"第四，就是我们刚才看到的，肖斌的手机里面确实有一条疑似张丽曾经发给他的信息。我让小汤去查了，很快就能确定那个号码是不是张丽原来的手机号。如果是的话，就说明肖斌前往封门村很有可能是真凶的布局，目的就是将我们的怀疑对象往肖斌身上引。"

张警官的这一番分析十分合情合理，那么真正的问题来了，杀害李强和张丽的凶手究竟是谁呢？

数分钟之后，小汤回到了会议室道："付所长、张队，我刚才让局里同事查了，发送短信的确实是张丽以前的手机号。”

众人闻言都点了点头，这就说明肖斌很有可能不是凶手，他被真正的凶手设计陷害了。

是谁布下了这么一大盘棋，既能杀害张丽和李强，又能将肖斌送进监狱呢？

会议室又陷入了沉寂，时间一分一秒慢慢地过去，却始终无人理清头绪。

良久，小谢抬起头来，目光闪烁不定，她抬头看了张警官一眼，欲言又止道：“老大，我……”

“我什么我，你有什么鬼点子就快说，我们听着！”张警官催促道。

小谢像下定了决心似的，咬牙道：“老大，我觉得这次你的直觉不准！”

付所长和吴警官对此都有点意外，下级敢这样和上级说话的似乎不多，不过小汤在一旁满脸兴奋，因为他知道张警官不但不会责怪小谢，而且这种情况反倒说明小谢有重大发现，接下来很可能会一步一步发现真相！

小谢看了张警官一眼，既然将话挑明了，她就毫无畏惧地提高音量继续道：“从刚才肖斌的交代中，我发现了一个问题，张丽和李强的大儿子出生后不久，张丽就和肖斌重温了旧梦，甚至还将李强赶到三楼分房居住，那么，刚出生不久的小宝究竟是谁的儿子呢？”

在座的众人面面相觑，这确实是一个大问题。只是众人方才只顾着考虑案情去了，还没有来得及往这么八卦的事情上面去想。

而小谢不同，因为她和亲子鉴定所的那个鉴定师小王相处久了，心中八卦之血沸腾，所以很快就想到这么八卦的情节。

小谢继续道：“小宝的父亲十有八九是肖斌，那么张嘉嘉的父亲也有可能是肖斌，即使张丽刚和李强结婚那会两人联系不多，但也保不住暗度陈仓怀上孩子，所以肖斌是有杀人动机的，因为张丽和李强死了，两个孩子就是名正言顺的财产继承人，就算短期内无法达到目的，只要等风头过去，肖斌就能凭借自己和孩子的血缘关系将张丽的遗产拢入手中。退一万步讲，就算只有小宝是他的孩子，家产他也可以争得一半，这比张丽三千五千的给他要多得多！”

小汤和吴警官闻言纷纷附和，付所长也连连点头赞许。

而张警官却眯起了眼睛，似乎想到了什么不寻常的事情。

熟悉张警官的小谢连忙问道：“老大，你是不是想到什么了？”

张警官哈哈一笑道：“佛曰：不可说，不可说！小谢，你马上给杨主任和小王打电话，辛苦他们来一趟，给两个孩子和肖斌做一个亲子鉴定！”

张警官顿了顿，甩了个文道：“风暴必将过去，晨光必将降临。等杨主任她们一到，真相必然会水落石出！”

说罢，张警官便和付所长转身走出了会议室，两个老朋友勾肩搭背地躲到办公室说悄悄话去了，将一脸茫然的小谢等人丢在了会议室中。

小谢无奈地掏出手机，给我和杨姐打了个电话。

在电话里，小谢将当时案情的进展告诉了我们。如此错综复杂的案情让我和杨姐兴趣大增，恨不得背上生出翅膀立马飞到小镇。

令我和小谢万万没有想到的是，一个最意想不到的真相在等着我们。

- 9 -

市局的一个警员将我和杨姐送到了小镇。看到小谢后我有点心痛，半月不见她又清瘦了许多，估计只剩下九十斤了。不过想想，即使她再瘦，我这个胖子在她手中也走不过三个回合，心下就无比伤感。

小谢带着我们进了休息间，肖斌正目光呆滞地等在那里。见到我们进来，他眼前一亮道：“谢警官，我可以走了吗？”

小谢冷哼道：“你的嫌疑还没有排除，老实待着吧。这两位医生是来给你体检的，要抽点血。”

肖斌不疑有他，将胳膊伸出来，任由我们取了血样。

正当我们准备出门前往李富贵家给两个孩子取血样时，张警官叫住了我们，交代我们换个身份，以检验检疫的名义前往。他叮嘱我们说李富贵家最近连死两人，不排除病毒感染的可能，要全家大小全部抽取血样化验。

我们依言前往，顺利地取到了几个人的血样。

工作完成之后，我正准备和杨姐一同返回省城时，张警官却把我留了下来，说还有工作需要我配合。

之后，张警官和杨姐耳语了一番。杨姐的脸色变了数变，又偷偷看了我一眼，仿佛我脸上有什么不干净的东西一样。

数分钟后，杨姐坐上送我们前来的那辆警车，招呼都没和我打一声就扬长而去，留下一脸虎疑的我在汽车尾气中徘徊不定……

和小谢一起回到休息室，我从包里摸出一盒抹茶味巧克力递了过去，道："呐，给你的，知道你一查案就水米不粘牙。"

"啥意思，你嫉妒我瘦，想让我长肉？你这人心肠太坏了！"虽然嘴上这么说，但她毫不客气地一把撕开巧克力盒，从中挑出一颗最大的塞进嘴里，吧唧吧唧吃得挺欢。

小样，有本事你别吃啊！我腹诽道，献了殷勤还要被埋怨，天底下估计只有我一个了吧。

"哎，你说，张警官和杨姐这葫芦里卖的什么药？"我想不通的是，杨姐离开时候为啥用那种眼神看着我，便忍不住用手肘碰了碰一旁的小谢。

"你问我，我问谁去？既来之，则安之，老实待着吧！"小谢抬起头，又塞了一颗巧克力进嘴里，将鼻孔对着我。

我没气地白了她一眼，谁叫自己打不过她呢，还是忍着吧，于是我不再说话。

休息室里重新陷入了安静，只有小谢的牙齿和巧克力的搏斗声此起彼伏。

"呦，还有巧克力吃呐，小谢，谁给你买的啊？"我正在闭目养神，一个熟悉的声音传入了我的耳朵。不用看，我就知道是谁。除了张警官那个"为老不尊"的中年"油腻"警察还有谁？

小谢有点不好意思，赶忙将巧克力盒推到张警官面前，道："味道不错，老大，你来一粒？"

"哈哈，这玩意太腻，我不爱吃。"张警官爽朗一笑，道："小王，这次辛苦了，晚上很可能会有一个行动，你做好准备吧。"

"张警官，什么行动，能不能透露一二？"我嬉皮笑脸道。

"不行，现在还没确定是否需要实施，晚上才能告诉你……"张警官神秘兮兮地说道："不过，如果实施了，我敢保证那将会是你人生中最刺激的一次体验！"

我和小谢闻言如坠云雾之中，想破脑袋也想不到"最刺激的一次体验"会是什么。

结果，夜幕还没有完全降临，另外一种称得上刺激的体验便来临了！

杨姐回去之后，马上对检材做了加急鉴定，结果显示：大宝张嘉嘉和肖斌没有血缘关系，小宝确实是肖斌的亲生儿子。这样看来，小谢的推测成立，肖斌确实存在杀害李强和张丽的动机。

不过，这个结果早在我们的预料之中，还远远称不上刺激，真正令人感到刺激的是另外一个鉴定结果。

因为李强已经入土，所以取不到他的检材，但幸好张警官让我们以检验检疫的名义取了李富贵父子的检材，那么只需要鉴定李富贵父子和大娃张嘉嘉的亲缘关系，就能知道孩子是不是李强的。

结果令我和小谢目瞪口呆，连眼珠子都差点掉到了地上！

张嘉嘉和李富贵父子的鉴定结果，居然同样没有任何亲缘关系！

这究竟是怎么回事呢？

难道还有一个和张丽保持不正当关系的神秘人——第四者？

我回想起张警官刚才神神秘秘地说出的那番话，瞬间明白了他的话是什么意思！

我终于意识到了，晚上我将会遭遇什么样的“最刺激的体验”！

现在回想起来，那天晚上的经历还深深地印在了我的脑海里。我敢发誓，那确实是我这辈子经历的最刺激的体验！

用“最”来形容，一点都不夸张！

当天晚上，我换好了张警官拿来的夜行衣（其实就是一套紧身的黑色衣裤，穿起来就如同健美衣裤一样，不过确实行动蛮方便的，而且避光，在夜晚行动没有人能够发现），抖抖索索地等着凌晨的降临。

小谢也猜到了我接下来的行动是什么，她老人家倒是很兴奋，既坐立不安又跃跃欲试。

凌晨时分，张警官带着同样换了一身黑衣的吴警官和小汤一同前来。

我们五个人汇合之后，很快就到了小谢她们白天曾经到过的一个极为阴森恐怖的地方：坟山！

或许朋友们都猜到了，我们这次的任务就是：挖坟盗尸！

其实，说“盗尸”或许有点过了，我们的目的只是从李强的身上取一点检材做亲子鉴定，但那样的话，就需要将整座坟墓挖开！

五个穿着夜行衣的人，趁着浓浓的夜色，挖开一座新坟，打开一具棺材，从放在其中已经变得面色狰狞甚至开始腐败的尸体身上取下一些检材。

惊不惊喜？！刺不刺激？！

不管你们觉得刺不刺激，我反正是被刺激得够呛。

现在回想起打开棺材的一刹那，用手电照在李强惨白的脸上时，我浑身的三万五千个毛孔全部刺激得张大开来！

我都不记得自己怎么取到检材的，只记得当时脑袋里一片空白。

原以为只是从尸体身上取得一点检材，但万万没有想到的是，张警官和吴警官一同将李强的尸体抬了出来，让小汤现场做了一个尸检。

从业这十余年来，我不是没有见过尸体，但在那样阴森恐怖的情境下还是第一次。如果当时不是有张警官他们在身边给我壮胆，我绝对会晕眩过去。

取完检材之后，我头晕目眩，有点站立不稳，小谢却好像没事一样兴冲冲地盯着李强的尸体猛看，而小汤在一旁一边用红外相机拍照，一边做着什么实验。

足足忙活了一个多小时之后，小谢和小汤才意犹未尽地将棺材盖合上，然后一锹一锹盖起土来。

看着小谢那兴奋的神情，我毫不怀疑如果不是张警官在场，她绝对会掏出手机和李强的尸体来个合影留念。

一直到小谢开车送我回省城，我的腿都还是软的。

还好我强迫自己不要崩溃，没有让小谢找到嘲笑我的机会。

数小时之后，加急鉴定结果出来了：嘉嘉和李强的亲子鉴定结果是符合。也就是说，嘉嘉是李强的亲生儿子。

但是李强和李富贵的鉴定结果却是排除，即李强居然和李富贵没有任何血缘关系！

虽然之前我隐隐约约地猜到了，但这个结果还是足以让我震惊！

不久之后，这个案子终于真相大白。

- 10 -

某一天，在我花了五百大洋请小谢吃了一顿西餐之后，她终于告诉了我案件的后续。

当天，张警官拿到结果之后，马上将李富贵父子捉拿归案。因为从当天的“现场”尸检和亲子鉴定结果来看，他已经找到了真相！

李富贵父子一开始拼死抵赖，但当张警官拿出证据之后，他们傻眼了！

李强尸检的结果显示，他死亡的时间是在三天前！也就是说，之前众人都认为“李强死亡几天之后张丽再死”是完全错误的，其实李强的死亡时间和张丽几乎是同时，甚至有可能延后！

开棺验尸那天，李强全身涂满了防腐的白灰，脖子以下又盖着寿布，导致小谢等人只能看出他的模样，无法判断其死亡的具体时间。

而且李强的死因并不是传闻中的中邪而亡，也不是窒息而死，而是被一刀刺中心脏要害部位而死。开棺验尸的那天李强穿着厚厚的寿衣，根本看不到伤口！

这一切都证明了，李强的死是一个惊天大阴谋！

而那种致幻剂，一般人根本无法掌握剂量，也很难从正规渠道弄到手。但李建可以，因为他是某医科大学在读研究生！

李建所在的学校实验室也证明，确实丢失了一瓶强效致幻剂。

这个案子非常错综复杂，没有高智商就无法部署得如此缜密，所以张警官怀疑，整个案件的幕后策划者就是医科大学的高材生李建！

在确凿的证据之下，李富贵父子精神防线彻底崩溃，终于交代了真相。

原来，整个案件的发生，都源于李富贵父子对张丽深深的厌恶和内心深处那股强烈的贪欲。

李富贵一家一直生活在农村，李富贵和妻子结婚不久，李强就出生了。李富贵虽然嘴上不说，但李富贵心里也明白：李强不是自己的亲生儿子，哪有刚结婚半年孩子就出生的？

不过以他的条件能娶上媳妇就烧高香了，所以他并没有当成一回事，而是将李强当成自己的亲儿子养着，直到数年后李建的出生。

从外表上看，李强比李建强得太多，但李富贵将所有的爱都投入到了李建的身上，因为那才是他的亲生儿子啊。

别人家都是哥哥的旧衣服给弟弟穿，到李富贵家反了，都是弟弟的旧衣服给哥哥穿，因为年龄不对等，所以李强往往胳膊小腿露一截在外面，夏天倒还好，冬天被风一吹，李强就冷得瑟瑟发抖。

但李强一点意见都没有，因为他从小就被父亲灌输了哥哥要为弟弟付出的观念，也就是说，他被父亲洗脑了。

随着年龄的增长，李强逐渐变成了家里的劳工，既要辛辛苦苦地供弟弟李建读书，又要负担父母的生活费，他只读过初中，没有什么文化，只能做苦力，每个月最多也就赚个两三千块钱。

数年前，李家发生了两件大事，其一就是李富贵的妻子去世，其二则是李建考上了医学院。

李建考上了大学，花费突然上升了，李强的工资不够用了。

正好那个时候大财主张军在招上门女婿，李富贵抱着姑且一试的心情去了，没想到竟然看上了李强。

张军提出的条件对李富贵来说根本不算条件，让孙子姓张有啥关系，反正李强的儿子和自己没有任何血缘关系。

李强和张丽结婚之后，一开始李富贵是很满意的，张丽花了二十万给他们盖了楼房，又负担了李建所有的学费和生活费，每月还会给他一些钱，比起以前贫困潦倒的生活，如今境况有了极大的改观。

但人的贪欲是永远满足不了的，想着张丽一家三口住在那么大一栋别墅里面，银行里还存着上千万，他的内心就极不平衡。

再加上张丽仗着自己有钱天天对他吆五喝六，致使李富贵的心态慢慢发生了变化，他想：张丽这个性格极差的泼妇凭什么拥有这一切，而自己一家子却要听她的指派？

和父亲相比，李建的日子过得更为痛苦，因为他每个月都要找张丽拿钱，每个月都要听张丽的挖苦。对于一个自视甚高的大学生来说，这让他非常难受。

李建对于自己出生的贫寒很是自卑，对于自己能在那种艰苦的条件下考上大学又很自负。而张丽就是那个经常去揭自负的李建最不愿意提及的伤疤的人，因此李建对她恨之入骨。

每次李建一回家就会躲进父亲的小房间里，和父亲一起痛骂张丽。李建不是没有想过报复，但可惜一直没有找到好的机会。直到有一天，当李强跑到父亲和他面前控诉张丽和野男人肖斌发生关系，怀了野种时，李建意识到千载难逢的机会终于来了！

李建详细询问了李强关于张丽出轨的细节。

李强以为弟弟是在安慰他，便将心中的苦水全部倒了出来。

因为李富贵从小就对李强洗脑，导致李强天生有点懦弱，这点从帅气高大的他毫无怨言地入赘张丽家就能看出来。

不过泥菩萨也有三分火性，看到张丽对待自己的父亲和弟弟如同狗一般，而且还当着自己的面和肖斌勾搭成奸，李强虽然表面能忍，实际上对张丽恨之入骨。

这种恨意，在张丽怀上小宝之后达到了高潮，李强那一年多极少和张丽发生关系，仅有的几次也是草草了事，因此他断定小宝绝对不会是自己的种！

小宝出生之后，张丽更是将张嘉嘉丢给公公带，却对小宝视为珍宝，这让李强内心深处的恨意达到了顶峰。他终于忍不住了，只好对自己的父亲和弟弟倾诉！

李建看到哥哥这样，表面痛心疾首，实则欣喜若狂，他觉得苦等的机会终于来了！

于是，他策划了一个庞大的“杀人并侵占财产的计划”。

首先，他和父亲一起对李强进行洗脑，让他生出“如果没有张丽，我们一家子会过得很幸福”的想法。

其次，他在大山深处找到了一个可以实施计划的“封门村”，编造了一些诡异的故事，并通过各种渠道将消息扩散出去。他知道张丽特别喜欢探险，如果湖南也出现一个诡异事件频发的“封门村”的话，张丽绝对会前往当地一探究竟。

再次，他从学校实验室偷走了那瓶强效致幻剂，准备让张丽产生“中邪”的假象，这样张丽死亡就属正常，不会引起别人的怀疑。

最后，他设计让肖斌提前一天前往封门村，目的就是在警方进行调查的时候，将调查方向引到肖斌身上去。

而杀死张丽的最佳人选，则落在了李强头上。

李强借着“保护张丽安全”的由头和张丽一同去“封门村”探险，期间让张丽服下致幻剂，造成“中邪”的假象，然后李强自己也卖力表演一番，以显示自己同样中邪。

回家之后，李强在李建和李富贵的配合之下“中邪而亡”，实际上是空棺下葬，李强则偷偷躲了起来。

数天后，李强趁着张丽不注意将她勒死，并伪造成“张丽也中邪而亡”的假象。夫妻俩一同前往封门村探险一同中邪而死，这样就顺理成章了。

李建对李强的劝说词是，只要杀了张丽，他就可以拿着钱换一个身份，过上幸福的生活。实际上李建早就制订好了杀死李强的计划，因为只有杀死李强，这个计划才显得天衣无缝，而且，也只有杀死李强，那上千万的家产才能真正落到他自己手上。

一切准备就绪，庞大的“杀人并侵占财产计划”开始了！

在李强和张丽准备前往小封门村的前一天，李建偷走了张丽的手机，发送了一条信息给肖斌。等到肖斌答复说会马上前往封门村之后，便将张丽的手机扔到了河水之中。

肖斌不疑有诈，兴致勃勃地前往小封门村相见，结果却扑了个空。

第二天，李强带着张丽抵达了封门村，肖斌一看形势不对便偷偷溜走。至此，李建计划的第一步便实现了。

计划的第二步：使用致幻剂。

原本在李建的计划中，是由李强在张丽的饮水中偷偷投入了致幻剂，造成中邪的假象，然后李强也表演一番，回家之后李强先“中邪而死”，张丽随后再“中邪而死”。

结果当天出现了一个意外的状况，即当天有另外一群人也前往封门村探险，由于张丽爱热闹，就提出和他们结伴而行。

这个变故让李强有点心慌，他马上给李建打电话求助，李建神情自若地指挥李强修改了一下计划。

李强所带的致幻剂剂量足够，如果撒到井水中的话，可以让所有人都产生幻觉，那么恰好能够起到掩人耳目的作用。

这么多人同时“中邪”，总不可能是假的吧？到时候张丽的死亡就更好解释了。

不过人多嘴杂，“怎么让众人选择喝井水而不喝泉水”是一个大问题，但李建是医学院的高材生，他有办法解决。

露营的第二天傍晚，李建打电话让李强将致幻剂倒在井水之中，自己偷偷在泉水的上游撒了一些红颜料，让清澈的泉水突然之间变成了“血水”。

这下众人不敢喝泉水了，只能选择喝井水。李建的目的就达到了。

当天夜里，致幻剂产生了效果，每个人都或多或少地产生了幻觉，李强加上了自己的表演，即在脖子上挠出了血痕，然后大喊“见鬼”。

原本傍晚众人就被泉水中的“血色”吓得不清，只不过夜太深，下山不安全，勉强大着胆子在封门村凑合一晚上，结果夜里又发生了如此诡异的事情，这下众人再也待不下去了，吓得连滚带爬地溜下山去。

两个不明真相的驴友送“昏迷不醒”的李强和吓破了胆的张丽回到家中，恰恰证明了夫妻俩“中邪”的事实。这让李建非常满意。

计划继续顺利地进行着，李强“假死”之后一直躲在家附近，监视着张丽的一举一动，并伺机下手。当他看到自己“刚死不久”，肖斌就偷偷来和张丽幽会时，更是气得七窍生烟。

等肖斌前脚一走，他后脚就从大开的窗户处潜入了张丽的房间，并将张丽当场勒死。之后，他偷拿了张丽的钥匙，将房门反锁上并偷偷溜走。

李强杀死张丽之后，回到了父亲家中准备避避风头。按照原定的计划他准备住在父亲家的地下室，有父亲和弟弟供他吃喝，躲个一年半载都没有任何问题，等到风头过去就可以出来逍遥了。

但可怜的李强没有想到，在父亲和弟弟心中，他已经是一个死人了。因为只有死人才能保守秘密。

李强刚一进门，一把尖刀就刺入了他的胸口。李强瞪大眼睛看着眼前他从小宠到大的弟弟，死不瞑目。

李强死后，李建连夜将尸体扛到了坟山，放入了空棺里，并用石灰覆盖了起来。这样，就算李强的尸体被人看到，也无法从表面分辨出其死亡的时间。

李建再三交代父亲，如果有人想要开棺验尸可以，但要尸检绝对不行，因为只要一尸检就会发现破绽。

自从有了如此详尽的布置，李建就以为计划完美得天衣无缝，绝对不会有人发现破绽。

但可惜他遇到的是张警官。

当小谢在会议上提出小宝有可能不是李强的亲儿子时，张警官就怀疑李强有可能不是李富贵的亲生儿子，进而想到了上述布局的可能。

而要想查明真相，就必须对李强的尸体进行尸检。为了避免不必要的麻烦，张警官和付所长定下了“夜间挖坟盗尸”的计划，最终使得这个错综复杂的大案水落石出。

让我细思极恐的是，年仅三岁的张嘉嘉和年仅半岁的小宝都和李富贵父子没有任何血缘关系，假如让他们逃过一劫的话，两个孩子未来的命运可想而知。

至此，“无人村鬼影”案件就这样结束了。

在整个案件中，最让我印象深刻的不是张丽，不是李建，也不是李富贵，而是李强。

他既是一个凶手，同样也是一个受害者。

从小他就被父亲洗脑当成养家的工具，没有过一天属于自己的幸福日子。在我看来，他和《遗愿》中的鲍春一样，一生都是悲剧。

或许，死亡才是他最好的归宿吧。

“赌神”是怎样炼成的

- 1 -

家住城郊的武大爷近段时间过得极其郁闷，女儿女婿天天吵个不停，妻子出门一星期还没有回来，似乎没有一件事是顺心的。

武大爷天性懦弱，上门女婿的身份也让他在家里始终抬不起头来。平日里，老婆在家时听老婆的，老婆不在家时都听女儿的，即便心里闷憋也无处发泄。

女婿的性子和武大爷差不多，平日里也唯丈母娘和妻子马首是瞻。可是最近这段时间，他却突然硬气起来，一贯跋扈的女儿反倒常常低声下气，除非吵得狠了，女儿才会反驳几句，和她往日的泼妇形象完全不同。

用“泼妇”形容自己的女儿，一般人或许无法理解，但武大爷觉得只有这个词才最恰当。不过在武大爷看来，女儿只能算个“小泼妇”，自己的老婆才是真正的“大泼妇”。

武大爷的老伴儿胡莉（化名）年轻时是远近闻名的大美女，家境也比较好，就是脾气有点不好，而且家里只有四姐妹，三个姐姐都已经嫁出去了，作为小妹的她肩负着“招上门女婿”的重任。

“上门女婿”或许以现在的观念来看并不算什么，但在当时属于一个极为屈辱的身份，最起码会失去在家中的话语权，更何况胡家还提出一个要求——生的小孩必须姓胡。

这个条件让众多垂涎胡莉美色的年轻人望而却步，却让相貌平平、家境同样平平的武大爷脱颖而出，成为一名“上门女婿”。

当时的武大爷能娶到胡莉确实称得上高攀，但不久之后他就知道这个高攀是有代价的，而且非常惨重。

胡莉的性格和外貌很不匹配，极其暴躁。作为家中年纪最小的一个，她从小被父母和姐姐们惯坏了，不但什么都追求好的，而且动不动就和别人吵架，嘴里骂出来的话那叫一个难听，而且说话快得和机关枪一样，完全不给对方回嘴的空隙，久而久之她就获得了“骂神”的称号。

对此，胡莉不以为耻，反以为荣。

武大爷至今还记得，二十多年前婚礼当天胡莉“赏赐”给自己的那几个刻骨铭心的耳光。

那天正是大年初八，也是许多新人选择结婚的喜庆日子，喜欢打牌的胡莉也不例外，“八”和“发”谐音，为了讨个好彩头，在打牌时“发”点财，便也将喜日定在初八。

婚礼的现场很喜庆，仪式结束后，酒宴正席开始，亲朋好友都来恭喜年轻的武大爷，人群里也不乏嫉妒的目光，虽然没有人能接受胡家苛刻的条件，但这并不妨碍他们对年轻漂亮的胡莉的渴慕与向往。

这些恭维话和羡慕的目光对武大爷很是受用。在他看来，名声不好听没啥关系，找一个长得漂亮、家境又富裕的老婆才最重要。

就在他沾沾自喜的时候，忽然听得酒宴中传来一个女人的咒骂声。对于这个声音，他再熟悉不过，正是半小时之前刚刚和他喝完交杯酒的妻子胡莉。

他连忙循声赶到胡莉身边，询问发生了什么情况。

胡莉却理都不理他，依旧在咒骂宴席上的一个中年妇女，这个中年妇女正是胡莉的小舅妈。

虽然胡莉的脾气很暴躁，但平日里还算懂分寸，按理说这大喜之日不应该这么对待亲戚，除非有让她无法接受的理由。

武大爷暗中询问了旁人，理由竟让他哭笑不得。原来胡莉生性好赌，对数字极为敏感，最喜欢的数字就是“八”，做任何事情都喜欢往“八”字上靠，比如，当时的猪肉是七毛钱一斤，她去买肉的时候就一定要师傅算八毛，宁愿贵一点也要讨个吉利。这也成了当时人尽皆知的一个笑柄。

几乎所有亲友邻居都知道她的这个喜好，所以送礼的时候要么送八块，要么送十八块，唯独小舅妈送了十块。当然，这也不能怪小舅妈，因为小舅妈和小舅舅住在外地，平常很少与胡莉他们家来往，而且小舅舅因为有事并没有赶来婚礼现场，小舅妈不知道胡莉的这个喜好，也没有提前和其他亲戚打招呼，所以就按照当时正常的礼金送了十块。

这十块钱，在众多“八”和“十八”中间显得特别刺眼。

胡莉看到礼单之后，就跑到小舅妈跟前要她再多送八块钱。

按照当地婚宴的流程，酒席过后必然是一大堆人凑在一起推牌九，胡莉自然不会错过这个机会，小舅妈送了个“瘪十”（牌九玩法中最小的一副牌，抓到就等着输钱）太不吉利，她只能赶在赌局开始之前让小舅妈补上八块钱。按照习俗，礼金按照习俗一般是不退的，否则不吉利，不过送礼的人可以加，所以胡莉没有退回两块，而是找小舅妈多要八块。

小舅妈当时并没有搞懂她的意思，还以为她嫌弃自己送的少，面子上有些挂不住，言语中抱怨了两句，心不甘情不愿地又掏出十块钱说：“都给你了！”

已经送了一个“瘪十”，现在居然还要加个“瘪十”！这让胡莉心头的无名之火顿时升起，骂了小舅妈一句难听的话。

小舅妈也不是个好惹的主，想着自己好意来参加胡莉的婚礼，还给她送了礼，她不但嫌少还要骂自己，简直岂有此理！

由于小舅妈比胡莉大不了多少，同样年轻气盛的她当即和胡莉对骂起来。但她完全不是“骂神”胡莉的对手，片刻便败下阵来。

当时所有人的注意力都集中到这边，婚礼上新娘子和亲舅妈为了礼金相互咒骂，一场喜庆欢乐的婚礼被演成闹剧。匆匆跑过来的新郎武大爷无奈只能上前劝架。

吵架完全处于下风的小舅妈暴怒之下做了一个举动，彻底点燃了胡莉的熊熊怒火。

小舅妈将手中的十块钱撕了个稀巴烂，嘴里骂道：“我这钱就算给狗，也不给你！”

胡莉瞬间眼冒绿光，狠狠地扇了小舅妈一个耳光，说：“臭婆娘，滚出去！以后别让我见到你，否则，见一次打一次！”颇有黑社会老大的派头。

小舅妈万万没想到胡莉居然会当众动手，被她一个耳光扇晕了头。

武大爷一看这情景快没法收拾了，连忙上前护住小舅妈，嘴里道着歉，想着快点分开小舅妈和妻子胡莉，以免事态发展得更为恶劣。

正当他嘴里说着道歉的话，双手护着小舅妈往屋里带的时候，胡莉却冲上来“噼里啪啦”地给了他几个耳光，嘴里还大声吼道：“你听不懂老娘的话吗？让她滚出去，不然你也和她一块儿滚！”

武大爷被胡莉这几个耳光扇得脑袋嗡嗡作响，呆立当场！

不久之后，这场闹剧在双方父母和亲友们的调解下终于收场了。从此，胡莉和小舅妈一家老死不相往来，武大爷则彻底臣服于妻子的跋扈之下。从此再也没有人忌妒武大爷，甚至调侃武大爷是个好人，有“我不入地狱，谁入地狱”的奉献精神。

自那以后，婚前还有点小自由的武大爷从心底里对妻子胡莉产生了畏惧，凡事都以她马首是瞻，成为了名副其实的“上门女婿”。

婚后的生活过得很是平淡，武大爷也并没有体会到夫妻之间的多少快乐，因为胡莉嫁给他的原因就是看中他忠厚老实和愿意做上门女婿，实际上对他并没有多少感情，她所有的心思都在打牌上。

后来，女儿和儿子相继出生。按理说生了一儿一女之后，作为妻子，更多的时间应该在家照顾孩子。但胡莉完全相反，将两个孩子丢给父母和武大爷照看，自己仍然跑出去推牌九，打麻将，扎金花，玩得不亦乐乎。

好在胡莉的赌运还算马马虎虎，有输有赢，基本上能保本，不至于像很多赌棍一样将家里输个底朝天。

武大爷的生活可想而知：妻子完全指望不上，自己除了赚钱还要和岳父岳母一起带孩子。这种在常人看来完全无法接受的生活他居然也习惯了。

这种情况一直持续到儿子被检查出患有严重的先天性心脏病那天。

诊断结果出来的那一刻，所有人都濒临崩溃，胡莉也不再出去打牌了，整天守在儿子身边，她毕竟是一个母亲，母性都是天生的，何况这个儿子还随她的姓，算是她们老胡家的独苗。而女儿虽然也姓胡，但以后嫁出去就会变成外人。

儿子的心脏病很严重，医生事先交代手术有风险，而且就算手术成功，也不能保证一次手术就完全康复，很可能要做多次手术。

家人商议后一致决定，无论如何也要救回孩子的性命，花再多的钱也在所不惜。孩子被送进手术室，随之昂贵的医疗费用也让胡家的生活由富足沦落到困顿。

当时的医保政策并没有现在这么完善，孩子的手术费用绝大部分要胡家自理，几场手术下来，家里的钱就花得差不多了，武大爷和胡莉生平第一次为钱发起愁来，两个人在一起唯一的话题就是怎么赚钱。

由于武大爷只是一个很普通的手艺人，每个月赚的钱刚够家庭开支，而胡莉又整天打牌，大家都知道牌场十赌九输，胡莉没有输钱就已经值得庆幸了，更别奢望她去赢回多少钱了。

然而胡莉偏偏将赚钱的希望寄托在赌博上。而且令人无法置信的是，她居然还成功了！

当然这个成功不是无缘无故的，胡莉在下定决心靠赌博赚取钱财之后，就四处寻访“高手”，找他们讨教“千术”。

经过半年的“学习”，胡莉终于找到了她想要的“千术”，用她的话来说就是“逢赌必赢术”，运气好只要几个月就能将花在儿子身上的钱全部赢回来！

武大爷一直以来都对妻子唯命是从，但这次难得地提出了反对意见，他不是不相信妻子的话，而是担心妻子出老千被发现，俗话说“千日打雁，终会被雁啄瞎眼睛”，再熟练的“千术”高手也避免不了阴沟里翻船的时候，被人发现的后果是极其严重的，轻则追回所有钱财后被揍一顿，重则发生伤人致死的恶性事件。自己的妻子虽然混迹赌场多年，但在“千术”这方面还是新手，保不准哪次就被人发现了。

胡莉让武大爷别担心，说自己和别人不一样，别人玩什么都喜欢用各种千术，但自己半年多来只钻研一门千术，现在已经达到炉火纯青的地步，而且自己会很小心，不会经常和同一批人打牌，再采取一些“少输多赢”的小技巧，别人根本发现不了。而少输多赢是赌场骗子经常采取的一种手段，先故意放水输点，引起别人赢钱的欲望，再加大筹码将之前输的连本带利地赢回来，这样有输有赢，不懂内情的人就只会责怪自己太过贪心，没有及早收手，丝毫不会想到是入了骗子的套。

胡莉决心已定，武大爷也就不好再说什么，只能听之任之。

说来也奇怪，自那以后，胡莉的赌运确实好了许多，经常赢钱，就算不赢也能够保本，几乎没有输的时候。

运气好的时候，胡莉一天赢的钱就超过武大爷一个月的收入，这样不到一年时间她真赚回了不少钱，虽然没有达到赚回所有医疗费用那样的程度，但几十万总是有的。

胡莉考虑到“兔子不吃窝边草”，一般很少在家附近打牌，会去很远的地方，网络的流行也让约赌局变得容易许多，所以她经常在一个地方打几天，之后又换另外一个地方，钱赢了不少，熟悉的牌友倒是没几个，这也让她的骗术始终没有被人发现。

时间一长，胡莉靠赌博发家致富的名声就在亲友之间流传开来，很多人都在暗地里称她为“赌神”！

胡莉将这个外号看成是“骂神”的升级版，不但不觉得惭愧，反而引以为傲。

胡莉的钱越赚越多，名声越来越响，使得武大爷在家中的地位越来越低。最近这些年，胡莉甚至将他当成一个佣人，出去从来没有交代过，期间也从来不会给他回复任何信息。时间一长，武大爷也就习惯了，一个不到五十岁的中年男人彻底沦落为家庭煮夫，将生活过得如同白开水一样索然无味。

不过这次胡莉出门的时间似乎有点长了，平常她出门打牌，往往两三天就回来了，但这次居然足足一个星期也没有消息，而且手机从来没有接通过。武大爷虽然对胡莉颇多怨言，不过这么多年已经习惯了有这么一个亲人，一个星期没有她的消息自然很担心。

正当他内心无比焦虑的时候，忽然，手机响了！

武大爷平常很少与人结交，没有几个人知道他的手机号码，便想着一定是妻子打来的，便喜滋滋地接通了手机。

手机里传来一个年轻的女声，明显不是胡莉，那声音严肃中透着沉重：“您好，是胡莉的丈夫武 ×× 吗？”

武大爷小心翼翼道：“我是武 ××，您是？”

“我是省警局刑侦大队的警员，姓谢，您妻子胡莉被人在 ×× 河边发现，已经没有生命体征，死亡的原因我们正在调查。现在需要您过来一趟，地址是 ×× 区 ×× 路 ×× 号，我随后会将地址发到您手机上，希望您尽快赶到！”

武大爷脑袋“嗡”的一声炸了，全身一阵剧烈的颤抖，任凭手机从手里滑落到地上却浑然不觉……

- 2 -

让我们将时间倒回到数小时之前。

在市警局的停尸间里，一具女尸躺在冰冷的停尸床上，小谢和张警官站在一旁，听着法医小汤的讲述："死者身高一米六二，年龄四十三岁左右，死亡时间大概是在二十四小时之内，全身无明显伤痕，初步鉴定死亡原因是窒息，很有可能是溺水而亡。"

"窒息而亡吗？"张警官围着女尸转悠了一圈，回头朝小谢道："说说你发现女尸的情况。"

小谢道："死者是由一个在小船上吃全鱼宴[①]的市民发现的，死者被发现的时候已经被水流冲到了浅滩处，无法判断死者落入水中的具体位置。衣着都比较完整，虽然被水浸泡过，但没有撕扯的痕迹，身上没有任何财物，只有贴身口袋里的一个小手机。另外死者的脖子上没有明显的勒痕，但有佩戴项链的痕迹，不过现场没有发现项链。"

小汤听完小谢的介绍，在一旁喃喃道："死者是溺水而亡，脖子上没有勒痕，而且衣物也没有撕扯的痕迹，难道是自杀？"

小汤说完看了张警官一眼，刚刚入职不久的他显然想在上级面前露一手。张警官这个人很开明，他鼓励每个人发挥自己的思维能力去思考每一个案件，就算说错了也没关系。

小汤继续道："死者是女性，身上又没有任何财物，应该是随身带着小包，所有财物都放在小包里，而手机因为要经常使用就放在了贴身口袋里。落水后，随身小包被水流冲走；至于死者脖子上有项链痕迹但又找不到项链，很有可能是被急流冲走或者死者害怕走在大街上被抢夺项链，取下来放在家里了。"

小汤说完自己的分析，又补充道："许多人如果不出席正式场合或者走亲戚，一般就不佩戴项链出门。我妈妈就是其中之一。"

张警官看了看小汤，点了点头，示意他分析得很好。接着，他又冲站在一

① 南方人都喜欢吃鱼，而且喜欢吃鲜活的鱼，所以很多渔民就独辟蹊径，在自家的渔船上摆上几张桌子接待食客，所有的菜肴都是鱼，而且是当天打到了什么鱼就吃什么鱼，一般会有四五种鱼，红烧清炖油炸各种烹饪方式尽显鲜鱼的美味，而且价格不高，很受欢迎。

旁沉思的小谢道：“小谢，你怎么看？”

小谢走到死者身边，停下了脚步，又环视了死者一周，死者因为浸泡在水里的缘故，眼睛凸起，嘴巴张开，脸上的肌肉完全扭曲，是典型的窒息而亡。小汤的分析不无道理。

小谢思索了一会儿，忽然道：“小汤，辛苦你检查一下死者的咽喉和胃。”

小汤应声走过去，戴上手套，准备好器械，就在张警官和小谢的眼前对死者进行了解剖。

场面很血腥，但张警官和小谢早已见怪不怪，即便小汤这个刚入职不久的专业法医的脸上都浮现出难忍的神情，张警官和小谢却仿佛在看一场 3D 大片一样看得津津有味。

小汤对咽喉和胃两个部位解剖完毕。小谢戴上一双手套，走上前去和他一同仔细地翻看起来。

死者的胃里除了一些食物残渣之外没有其他，喉咙里也很干净，似乎一切都很正常。

小汤心想：胃里没有发现导致死亡的东西，又是明显的窒息而亡，脖子上也没有勒痕，看来自杀的可能性很大了。但这个时候耳边却传来小谢斩钉截铁的声音：“是他杀！”

小汤正自惊异，张警官则眼睛一亮，哈哈畅笑道：“小谢，说说你的理由！”

小谢指了指尸体的胃部，道：“一切正常，就是最大的不正常。如果是落水溺亡的话，临死前死者一定会因为害怕窒息而张开大口以致吞咽进江水，江水里面泥沙很多，但是死者的咽喉和胃里却干干净净，没有任何泥沙，这恰恰说明了死者早在落入江水之前就已经死了。只有在毫无呼吸的情况下，咽喉和胃部才会如此干净——除了食物残渣没有其他！”

小汤恍然大悟，心想果然姜还是老的辣。

看来，小谢这个二十多岁、入职只有三年的警员，在新人小汤的眼里就已经是老姜一块了。

小谢继续道：“死者的衣着档次比较高，显然家里比较有钱。按理说这样的人很注重仪表，不会因为害怕项链被抢而选择出门不佩戴项链，所以脖子上的项链很有可能是死后被人取下的。再结合死者除了贴身口袋里的一部小手机没有任何财物的情况分析，我的猜测是：死者的死因是遭遇了谋财害命，凶手杀死了死者，然后取下财物，将尸体抛至江中。至于采取何种手段让她窒息而亡，则需要进一步调查。”

张警官笑道：“你能确认这么多重要信息已经非常不错了。那么我们的大侦探小谢，接下来该怎么办？”

小谢明白这是张警官在刻意培养她，思索了一下，认真道：“在死者贴身口袋里发现的小手机很重要，将里面的数据恢复，应该可以查到死者的真实身份。对其亲友进行调查便可以知道她的行踪，也就可以判断出死者生前活动的大致区域，再对那些区域进行调查，说不定就能发现凶手的行踪。”

张警官闻言很是欣慰，显然小谢经过这几年历练已经成长为一个可以独当一面的老刑侦了。

之后经过对手机的数据恢复，确认了胡莉的身份，也得知了胡莉丈夫武大爷的情况。

小谢便打电话通知武大爷到警局配合调查。

武大爷看到自己妻子的尸体后，不敢相信这是真的。

一个星期之前还在家念叨丈夫无能，靠她一个女人在外面打拼赚钱养家的妻子胡莉，居然就这么悄无声息地走了！

虽然武大爷对脾气暴躁的妻子颇有怨言，但妻子毕竟是妻子，两个人二十多年来经历了太多的风风雨雨，已经习惯了对方的陪伴。突然妻子与自己阴阳两隔，武大爷内心的悲痛可想而知。

面对小谢的询问，武大爷强忍着伤痛，将自己所知道的情况一五一十地说了出来（也就是本篇第一部分所述）。

小谢之后追问了胡莉出门随身携带的物件，武大爷回忆说妻子确实是带着随身小包，里面放着银行卡和钱物。但是卡里有多少钱，他不知道，因为这些妻子从来不和他说，他只知道数额应该不小。而且妻子每次出门也都戴着项链，没有取下项链的习惯。

这里有一个地方需要科普一下，法医小汤在武大爷来之前就解剖了尸体，或许会有朋友质疑，发现女尸的时候就发现了手机，按道理应该先查到家属、征求家属的意见之后，再对女尸进行解剖，怎么小谢可以在武大爷到来之前就让小汤解剖尸体呢？实际上这是有法可依的。

《刑事诉讼法》第一百零二十九条规定：对于死因不明的尸体，公安机关有权决定解剖，并且通知死者家属到场。因此，根据这一规定，只要公安机关认为死因不明，就有权利决定解剖，不需要征得家属同意。家属不同意解剖，公安机关照样可以进行解剖。

这样规定的理由有两点：第一，检验尸体必须及时进行，以防止尸体上的痕迹因尸体变化和腐烂而消失。第二，死因不明，就不能排除亲属谋杀的可能。通知家属到场是公安机关的义务，家属是否到场是家属的权利，家属是否到场不影响尸体解剖的进行。

小谢做完了笔录，询问武大爷是否需要去休息室休息一下。武大爷说想多陪妻子一会儿，小谢便独自一人离开了停尸间，将整理好的笔录交给了静候在办公室的张警官。

张警官接过笔录，仔细地看了一遍后，将记录本合上，闭目沉思了片刻，又睁开眼睛，对坐在一旁的小谢道：“小谢，你怎么看？”

小谢思索了片刻道：“武 ××（武大爷本名）所说的话有两点值得重点关注。第一，胡莉失踪的这段时间一定是去赌博了，赌博就必然会携带较多的财物，但是在死者胡莉的身上没有发现任何财物，甚至连项链都不见了，这一点非常可疑。第二，胡莉出门之前并没有带换洗的衣物，按照她以往的习惯，出门赌博一般也就两三天，所以不带换洗衣物很正常，但这次居然一个星期没有回家，而且死亡的时间是在二十四小时之内，所以我怀疑，胡莉此次出门也和以往一样准备两三天后就回家，之所以失踪一个星期，是因为最近的几天很有可能遭遇了绑架！”

小谢顿了顿，继续道：“我推测一下案发的经过：胡莉一个星期前携带财物出门赌博，她既然有‘赌神’的称号，那么赌运一定很不错，这次也有可能赢了不少钱。在她准备回家的途中，却被凶手绑架，抢光了她所有的财物。接着凶手再使用某种手段让她窒息而亡，最后将尸体抛入江中，制造出溺水而亡的假象。”

张警官闻言频频点头，道：“你的推理能力进步很大，但是有三个疑点，请问你作何解释？第一，如果凶手图谋钱财，那么他只需要抢光胡莉所有的财物就行，何必将她绑架几天呢？第二，如果凶手绑架了胡莉，她身体怎么会没有任何挣扎的伤痕？第三，凶手既然是图财，抢光她所有的财物就行了，又何必置她于死地呢？”

小谢胸有成竹地说："这几点我都想到了。凶手一定是熟人，而且很有可能是和胡莉一起赌博的人！武 ×× 说胡莉掌握了一门顶尖的千术，之前就是靠着千术赢了很多钱，这次极有可能是胡莉出老千被当场揭穿，参赌者中的一个或者几个为了惩罚胡莉，将胡莉软禁起来，并逼迫她交代银行卡密码以挽回之前所有的损失。胡莉交代密码的过程经历了几天，因为是被熟人软禁，所以没有任何伤痕，等钱到手之后，凶手将胡莉杀害，我猜这次凶手获取的钱财数目一定很大，他是害怕胡莉之后报警才杀了她！"

张警官微笑道："思路非常清晰，推测也完全合乎情理，非常不错！那么下一步我们应该怎么进行调查？"

张警官难得这样夸赞人，小谢强忍住内心的欢喜道："贴身口袋里发现的手机很重要，武 ×× 交代她老婆联系赌友的主要方式是 QQ 群，那么她一定会使用智能手机。但是，我们发现的却是一个很便宜的蓝屏小手机，这就说明她很可能有两部手机，这部平常只用来打电话的小手机因为放在贴身口袋里而被忽视了，另外一部智能机被凶手拿走并毁灭了证据，经常一起赌博的人一定会互留电话号码，说不定凶手的号码就在手机里！"

张警官接过话头道："所以接下来我们要做的就是通过手机里面储存的号码锁定几天前和胡莉一起赌博的人，就极有可能找到真正的凶手！"

小谢兴奋道："没错，正是如此！"

张警官欣慰地畅笑起来："小谢，短短的三年时间你的进步竟然这么大，真让我刮目相看啊！"

第一次被张警官如此夸赞的小谢顿时眉开眼笑，乐得嘴都合不拢了。

- 3 -

当然，我们的大侦探小谢和张警官比起来还是有一点差距的。

张警官除了让小谢依照手机号码按图索骥之外，还交代她调查两个线索：第一点，小谢已经想到了，那就是调查胡莉银行卡资金的动向，确定凶手是否从胡莉口中逼问出银行卡密码并取走了大笔资金。

第二点，则是小谢没有想到的，武大爷说自己的女儿和女婿这段时间经常吵架，而且女儿从以前的"泼妇"变成了现在的弱势一方，这其中颇有蹊跷，张警官觉得这点不容忽视，也应该进行调查。

小谢按照张警官的指示成立了一个专案小组，由她亲自挂帅对整个案子进行调查，而这也是小谢从警三年来第一次以主导者的身份来全权处理一个案子。

当时的小谢充满着兴奋和豪情，一心想在最短的时间内查清楚这个案子，好在张警官面前露一手。

但她万万没有想到的是，这个案子根本没有她想象的那么简单。在进行第一项调查的时候，她就遇到了一个令所有人都完全无法理解的情况！

第一项调查是查清楚胡莉银行卡中资金的动向，因为这个调查最简单，只需要去银行核对胡莉的账户即可。

武大爷不知道妻子银行卡的资金动向情有可原，毕竟他在家中毫无地位，妻子有多少钱也不会和他说。所以小谢第一步就是来到胡莉开户的银行调查胡莉资金的动向。

果然如她所料，在一天前，也就是胡莉死亡之前，她所持的银行卡上有一笔巨额资金被取出。

这笔资金足够在我们这个省会城市全款买一套房，完全值得凶手铤而走险。

但令人感到蹊跷的事情恰恰也发生在这笔资金的动向上。据银行的工作人员说，当天来取钱的不是别人，正是胡莉本人，而且没有任何人陪同！

怎么可能会出现这种情况？

如果胡莉死前是被软禁的话，那么凶手就绝对不会让她一个人来取钱，因为她完全可以趁凶手不注意而逃脱。

之后小谢又调查了银行附近各条路上的监控视频，在监控视频里面发现了胡莉的身影，她虽然有点行色匆匆，但始终是一个人，身边没有任何可疑的人物。

退一万步讲，就算有可疑人物跟踪，胡莉也完全可以进入银行后马上报警，那样银行全副武装的保安也能确保她的人身安全。

种种迹象表明，胡莉很有可能是自愿取出这笔资金的。

难道自己之前预测的都是错误的，胡莉并没有被软禁？那为什么胡莉会独自一人来取钱，取出钱后不久就被杀害并被抛尸江中？

这时候，一个警员提出了他的看法：

胡莉很有可能是赌博输了钱，为了回本，她到银行取出了巨款，准备返回赌场继续赌博。结果凶手发现并尾随她，在一个无人之处凶手将她杀害并抢走了巨款，再将她的尸体抛到江中妄图毁尸灭迹。

也就是说，这个凶手很可能不是参赌的人员，而是一个临时起意的路人。

这种情况极有可能。因为胡莉取出钱之后是用银行给的袋子装着的，很是醒目，保不准就有人见到后起了杀人劫财之意。

但小谢在仔细观察监控录像之后，便否定了警员的这个想法。

因为小谢发现了一个细节，监控录像里的胡莉并没有携带包包，也没有佩戴项链！

没有佩戴项链可以理解为胡莉输钱输红了眼，将项链当作抵押物输给了赌友，但是她没带包包则极不正常。

据武大爷之前陈述，胡莉背的包包价值几百块一个，并不值钱，赌友不会将其当作抵债的物品，而且出来取钱，背个包包明显更方便。

所以胡莉一定是在取钱之前遇到了什么不寻常的事情！

小谢甚至怀疑，当时胡莉身上是不是放着遥控炸弹，凶手一直在暗中观察，如果她不按照要求来取钱就会引爆炸弹！

不过这些都是猜测，没有任何证据能证明胡莉经历了什么，所以胡莉银行卡上资金的去向和胡莉独自一人取钱的原因，成了小谢遇到的第一个阻力。

虽然调查资金的动向遇到了一些问题，但是对胡莉赌友的调查却很顺利。警方经过对胡莉手机联系人的排查，终于确定了三位嫌疑人。

嫌疑人甲，男，三十九岁，矮个，中分汉奸头，长得很猥琐，家里开着几个连锁小超市，虽然生意一般，但是日积月累也存了不少钱。每个连锁超市均请人打理，他无聊就经常出来打麻将。

嫌疑人乙，男，四十五岁，个子高大，样貌普通，从事医疗器械销售工作超过十年，赚了不少钱，平常不抽烟、不喝酒、不嫖娼，唯一的爱好就是打牌。

嫌疑人丙，男，四十三岁，秃顶，矮胖男，自己开了个小公司，业务虽不多但是利润高，典型的“三年不成单，成单吃三年”那种。平时此人吃喝嫖赌抽样样来，打牌对他来说是开发智力的游戏，每个星期总要打那么一两次。

据三人交代，胡莉确实在一个星期之前就和他们约好在 ×× 度假山庄打麻将，因为乙男离得近，所以他提前到度假山庄包了个房间，四个人准备连打两天，打个过瘾。

×× 度假山庄生意一般，环境比较安静，有人管理，也比较安全，而且打累了还可以吃点野味、唱歌放松一下，是熟人聚赌的理想地点。

三人回忆当时除了休息时间，一共打了近三十个小时的麻将，众人有输有赢，其中甲男输得最多，近五万，其次是丙男输了两万多，乙男和胡莉都赢了几万块。

整个赌局大概持续了两天，之后四人就分开了。胡莉到底去了哪里，他们三人完全不知道。

三人的交代和小谢预测的完全不一样。难道三个人串供了，都在说谎？又或者是胡莉离开之后又去参与了另外一场赌局？

看来要想查明这个案件的真相，远远没有想象的那么简单！

对三个嫌疑人的审讯结束，小谢和案件小组的另外几位警员分头行动：小谢前往 ×× 度假山庄调查，而另外几位警员则分别去核实三个嫌疑人赌局散场之后的行踪是真是假。

小谢独自一人来到该度假山庄。

这家度假山庄坐落在城南郊区，远离市区喧嚣地带，这一带有山有水，风景秀美。许多居住在闹市的人都会选择在空闲时间带上家人来这里放松一天，吃吃农家菜、打牌、划船、钓鱼、唱歌之类，消费算不上高，不住宿的话一天人均消费三百元左右，很划算。

因为远离市区，地价便宜，开车来回又方便，所以这里度假山庄林立。这家度假山庄只是其中毫不起眼的一个，其地理位置较偏僻，装修档次也不高，来的人相对较少，这恰恰是小规模聚赌最理想的场所。

一开始前台服务员还以为小谢是来查赌的，坚决否认山庄接待过赌客，毕竟给赌客提供场地也是违法的，直到小谢说明是来调查杀人案件之后，前台才战战兢兢地回忆起当时的情况。

据前台交代，胡莉是这里的常客，几乎所有服务员都和她打过交道，而且都知道她打牌手气很好，就没见她有输钱的时候。有一次，胡莉赢得多了，还给了她两百元的小费，所以她对胡莉印象特别深刻。

胡莉虽然来的次数多，但是很少自己来预订房间。而且前台觉得有一点很奇怪：胡莉特意和她们这些老员工交代，见到她不要表现得那么熟络，就将她当成偶尔来一次的普通顾客就行。

这次赌博的开始时间是在一个星期前的下午，四个人到了房间就直接开赌，期间到餐厅吃了几顿饭，唱了几小时歌放松。大概两天之后赌局散场，四个人就退房走了。

除此之外，前台还提供了两个重要情报：

第一，胡莉走的时候很高兴，应该是赢了钱。

第二，胡莉没有开车，走的时候是坐其中一个男赌客的车走的。根据前台对男赌客的样貌描述，小谢推断此人应该是嫌疑人乙，也就是和胡莉一同赢了钱的那位。

第二个线索非常重要，嫌疑人乙在交代经过的时候，始终没有提到自己开车送胡莉走一事，显然是他在故意隐瞒。看来此人很可能和胡莉的死亡有着莫大的关系，甚至他有可能就是凶手！

掌握到这么一条重要线索的小谢连忙打电话询问另外几个核实嫌疑人动向的警员。

他们反馈过来的消息也让小谢兴奋不已，嫌疑人甲和嫌疑人丙交代的都是实情，而嫌疑人乙则撒了谎！

据嫌疑人乙的妻子交代，丈夫几天前并没有在家，说是去了一个朋友家里玩，顺便打打牌，过了近一个星期才回来。因为丈夫收入很高，而且不抽烟、不喝酒、不嫖娼，只有打牌这么一个爱好，所以她很少在这方面管着丈夫，即丈夫出去打牌是她允许的。

出去一个星期没有回家，恰恰和胡莉的失踪时间一致，而且胡莉还是乘坐他的车离开度假山庄的，因此，说他和胡莉的死没有关系，任谁都不相信。

于是小谢连忙赶回警局，对嫌疑人乙进行了第二次详细审问。

嫌疑人乙乍一看挺忠厚老实的，说话也是客客气气、恭恭敬敬的，很难让人产生不良印象。

当小谢质问他为何隐瞒赌局散场之后胡莉上他车一事时，他却大呼冤枉。他说胡莉只是坐着他的车出了度假山庄的门，到了大路上，他就放下了胡莉。

因为从度假山庄到大路上有一段距离，而胡莉又没有车，所以每次他们几个和胡莉打牌的时候都是这样处理的，只不过这次正好上了他的车而已。他认为这种事情并不重要，就没有交代。

小谢紧接着又抛出了嫌疑人妻子的说辞，询问他赌局散场之后的数天时间去了哪里。

这次嫌疑人乙却面红耳赤、神色紧张，半晌无法言语。

小谢看着嫌疑人乙紧张的神情，自己却兴奋莫名，如果无法交代出这数天动向的话，他很可能就是真凶！

半晌之后，嫌疑人乙终于扭扭捏捏地说出了一番话，让小谢和在场的警员哭笑不得。

原来嫌疑人乙并不是不抽烟、不喝酒、不嫖娼的好男人，不抽烟、不喝酒虽属实，但他对嫖娼还挺上瘾，不过每次都是用打牌当作借口出去几天，花上几千元钱玩乐一番，回家之后向老婆谎称“自己打牌输了几千”，反正其每个月能进账十几万，因此，自己输个几千，老婆也不以为意。至于个中缘由，老婆则完全不知情。

赌局结束的当天，他就驱车径直去了邻市的一个景区，在当地逍遥了几天。

嫌疑人乙说，虽然他没有当时那个女人的联系方式，但开房用的是他本人的身份证，完全可以查到记录，这足以证明他所言属实。

之后的调查也证明了嫌疑人乙所说，虽然其私德有亏，但他确实不是杀害胡莉的凶手。

不仅如此，小谢还调查了嫌疑人乙当时入住的酒店，虽然和嫌疑人乙一起入住的女子戴了口罩无法看到其容貌，但身高、体型和胡莉完全不一样，显然不是一个人。

至此，当天参赌三人的嫌疑完全排除。

- 4 -

警方对手机里面其他电话号码也已经询问过了，绝大部分都是胡莉的赌友，但这些赌友纷纷表示已经很久没有和胡莉一起打过牌了。

因为号码不多，所以小谢不厌其烦地对每一个人都进行了调查，结果就是排除了这些人作案的嫌疑。

案子的调查似乎进入了一个死胡同。

但小谢没有忘记成立案件专项小组之前张警官的一席话，当时张警官提了两个建议，一是去调查胡莉银行卡里资金的动向；二是对武大爷的女儿女婿进行调查，了解他们这段时间吵架的具体情况。

小谢决定将武大爷的女儿女婿传唤到警局进行询问，而这个决定也让案件的调查峰回路转。

武大爷和胡莉的儿子胡欧（化名）患有先天性心脏病，胡家花费巨款才将他从鬼门关硬生生地拉了回来，现在已经基本康复，只是因为重病多年导致体质较差，还需要常年服用昂贵的补品。这也是胡莉嫌弃武大爷无能，自己一心赌博赚钱的主要原因，毕竟她要为儿子的将来考虑。

女儿胡美（化名）和丈夫周君（化名）结婚两年，育有一子近两岁，是典型的奉子成婚。

婚后，胡美和周君住在周君的家中，但会经常带着儿子回来看望武大爷和胡莉。

胡美今年二十三岁，长得很漂亮，乍一看有点“狐媚”，胸大，脸尖，屁股翘，是最容易引起男性荷尔蒙爆棚的那种类型。

周君却长得普普通通，将其丢到人群中，完全找不出来。

这一对看起来挺像武大爷和胡莉结合的翻版，果然“不是一家人，不进一家门”。

小谢首先询问的是胡美。

或许是因为突然得知母亲去世的消息，胡美脸色苍白、神情无比憔悴，整个审讯的过程也显得无精打采，不过对于小谢的询问，她还是做了比较详细的回答。

胡美说自己这段时间确实和丈夫吵过架，她的脾气随了母亲，本来就不好，平常只要有事情不如意，她就会大发雷霆，一般情况下丈夫都会容忍她。不过最近她做了一件错事，自己贪慕虚荣，一时冲动花了一大笔钱买了一个天价（几乎相当于丈夫半年的工资）包包。

丈夫得知后臭骂了她一顿，脾气暴躁的她虽然听到丈夫骂，自己又骂了回去，但心里也知道丈夫平常省吃俭用来维持这个家不容易，自己这次确实是做错了，所以她罕见地没有和以前一样一定要丈夫服软，而是低声下气地容忍丈夫的咆哮。虽然自己没有主动认错，但比起之前的她来说已经是天大的让步了。

母亲失踪的那几天，她和丈夫也数次尝试着拨打母亲的电话，却始终是关机，不过母亲以前也经常会失踪几天去赌博，其间母亲是习惯性不开机的，所以她也没有在意。万万没有想到的是，几天之后母女就阴阳两隔了。

说完这些，胡莉号啕大哭起来，说母亲只有四十出头却被人害死，如果找到杀人凶手，她一定要将其碎尸万段才能消心头之恨！可见其拳拳爱母之心溢于言表。

等胡美的情绪稍微稳定之后，小谢又询问了她这几天的动向。胡美说，上个星期儿子不小心从床上摔了下来，额头磕到地上，破了一个大口子，在医院缝了几针，所以她这几天都没有出门，一直在家照顾孩子。

胡美的话，除了丈夫之外，没有人能证明，因为她住在城郊，是丈夫已故的父母留下来的一个独立老屋，只住了她们一家三口，平常除了父母去帮忙带带孩子之外，很少有人去她们那里。

那个星期，母亲失踪，父亲心情烦闷，所以她们一直没有将儿子磕破额头一事告诉父亲，更没有让父亲到家里探视。

小谢的最后一个问题是死者是否有仇家，胡美斩钉截铁地说“没有”。不过，她又补充了一句：“母亲打牌是和外人打的，那些人我都不认识，所以他们是否和母亲结仇，我不敢保证。”

结束了对胡美的询问，小谢交代一旁的警员送走胡美。就在胡美跨出审讯室门槛的一刹那，小谢似乎觉得有点不正常，但一时又想不到哪里不正常。

这是一种由常年办案经验形成的第六感，或许很神秘，但真实地存在于大部分警员身上。不同的只是，第六感的敏锐程度有高有低而已。

送走哭哭啼啼的胡美之后，小谢通知警员将其丈夫周君带到询问室。

周君给小谢的感觉和武大爷很像，或许是因为两个人都是典型的“妻管严”的原因，连说话的神态都一样。

周君言语中对死去的岳母虽有些怨言，但更多的是遗憾。虽然岳母对他算不上好，而且其性格也让他吃了不少苦头，但他还是挺敬佩独自一人撑起这个家的岳母。

岳父是个老实巴交的手艺人，如果仅靠他赚的那点钱，说不定一家人早都饿死了，更别提养着那个疾病缠身的小舅子了。

周君的讲述和胡美基本一致，吵架的原因就是妻子买了那个天价包包，吵了几次之后也就消停了。包包的钱反正也退不回来了，而且妻子难得没有冲他咆哮，已经让他很知足了。

这几天他也待在家里没有出去，儿子的磕伤比较严重，因此他请了几天假在家陪着老婆孩子。

两个人的交代还算合情合理。孩子因为年纪太小离不开父母，所以胡美也将他抱了过来，孩子的额头上确实有一个缝了数针的伤口，用消毒纱布包裹着，这也验证了夫妻俩所说的话。

到目前为止，所有有价值的线索全部都断了。要想找到新的线索似乎成为了一件极困难的事情。

小谢内心极其郁闷，难道自己第一次挂帅调查的案件就要陷入僵局？

去找张警官求助或许能找到新线索，但是好强的小谢暗暗告诉自己，这个案子肯定有什么不对的地方，一定要凭自己的能力找出新线索来。

小谢在警局走廊里踱着步苦苦地思索，之前查明的所有案情在她脑海里如幻灯片一样一一闪过。而此时休息室的胡美正抱着孩子轻轻地哼着儿歌，浑身充满了母性的光辉。

忽然，小谢眼睛一亮，她抓住了之前稍瞬即逝的灵感，也让这个即将陷入死胡同的案件获得了重大的突破！

小谢走进休息室，站在胡美面前，静静地看着她。

胡美刚刚将孩子哄睡，看到小谢进来，忙小声道："谢警官，很不好意思，家里没有请保姆，只能带着小孩过来，给您添麻烦了。"

或许是因为在警局的原因，此时的胡美很客气，完全不像武大爷所说的那样性格暴躁、言语过激。

小谢没有答话，继续静静地看着她。

胡美脸上露出一丝羞色，道："谢警官，不知道我丈夫的询问什么时候可以结束？孩子刚才一直哭，估计是饿了。"言下之意是希望小谢能尽快让她和丈夫回家。

小谢对胡美端详良久，终于笑了，道："周君的询问已经完毕，做完记录、签完字，你们就可以回家了。不过在你们回家之前，我希望胡小姐能再回答我一个问题。"

胡美忙道："谢警官，您尽管问。"

小谢道：“你确定母亲失踪的这几天你始终待在家里，哪里都没去吗？”

胡美点了点头，斩钉截铁地说道：“我和丈夫哪里都没去，一直在家照顾宝宝。关于这点，我丈夫可以作证。”

小谢继续道：“孩子的伤口还没完全愈合，明显是需要经常换药的，难道你们这几天连医院都没去？”

胡美“哦”了一声道：“原来谢警官您是怀疑这个啊，我们住的地方距离医院很远，孩子的伤口虽然缝了几针，但只是皮外伤，换药、包扎都很简单，所以当时我们和医生说好了，要他多开一点药，我们自己在家里换。关于这一点，医院的医生可以作证。”

小谢闻言没有再说什么，叫过一名警员耳语了几句。那名警员点了点头，转身出了休息室。

胡美看着小谢，脸上惊疑不定，完全不明白她葫芦里卖的什么药。

小谢也不解释，继续面带微笑静静地看着胡美，真是越来越像张警官的风格了。

片刻工夫，先行离开的警员就返回了休息室，他拿出两样物件，一样是几张照片，另外一样却是一个口罩。

胡美看到照片和口罩的瞬间，脸色马上变了。她故作镇静地看着小谢，道：“谢警官，您这是……”

小谢一边笑着，一边用不容置疑的语气严肃地说道：“戴上口罩！”

“哇”的一声，或许是因为小谢的声音太大，胡美怀里的孩子醒了，清脆地啼哭起来。

胡美连忙“哦哦”地哄着孩子，似乎因为担心孩子而没有时间搭理小谢，但她眼神中的慌乱早已出卖了她。

“少在我面前耍花样！”小谢的语气徒然变得极其严厉，“戴上口罩！马上！”

孩子的哭声更甚，不过胡美此时已经无法顾及，她战战兢兢地伸出右手，接过警员手中的口罩，缓缓地将口罩的带子挂在了耳朵上。

当口罩遮盖住胡美口鼻的一刹那，一旁的警员惊叫道：“真像！”

小谢接过照片，和戴上口罩的胡美比对起来，照片共有三张，清晰度不是很高，明显是从监控中截取下来的，其中两张是一个戴着口罩的女子的独照，另外一张是戴口罩的女子和一个男子站在一起。

虽然照片有点模糊，但是无论从脸型、身材、头发，还是从眉眼中的那种感觉来看，胡美和三张照片里的女人分明是同一个人！

这几张照片是从已经排除嫌疑的乙男所居住过的酒店监控中调取出来的，而第三张照片里的男子正是乙男！

小谢将三张照片的正面对着胡美，冷冷地说道："胡小姐，这三张照片你作何解释？"

胡美脸上挤出一丝苦笑，道："谢警官，这是什么照片？我真的不知道。"

胡美极力掩饰自己内心的紧张，但眼神中的慌乱，旁人一眼就能看出来，何况小谢这种久经沙场的老将。

小谢忽然笑出声来："胡小姐，都怪你身材太好，这照片中的女子虽然穿着打扮和你不一样，但活脱脱就是同一个人，如果你还不承认的话，没关系，我们有的是办法找出真相！"说罢无视眼前抱着孩子、正浑身战栗的胡美，冲一旁的警员道："× 警官，这里就拜托给你了。"

× 警官连忙应了一声。小谢点头表示谢意，转身出了休息室。

虽然胡美抵死不承认她就是照片上的女人，但小谢看到了案件破获的曙光，胡美越是隐瞒，就越是说明她内心藏着重大的秘密。接下来只要再次对已经排除嫌疑的乙男进行审问，就能获得重大的突破。

于是，小谢第三次坐在了乙男的对面，这一次不只是简单的询问，而是对其进行了正式的审讯。

乙男原本已经回到家中，正面对妻子的责问，焦虑不堪的他屁股还没坐热就又被传唤至警局，搞得他神经极其紧张。

乙男小心翼翼地对小谢道："谢警官，不知道您这次叫我过来所为何事？"

小谢没有和他废话，直接告诉他已经查明同他在一起的女子就是胡莉的女儿胡美，质问他为何隐瞒如此重大的事情。

乙男闻言顿时满头大汗，半天支支吾吾地说不出话来。

小谢随后一句话就彻底击破了他的心理防线："你可以选择不回答，但是你将成为谋杀胡莉的第一嫌疑人！"

这下乙男本就紧张的神经彻底崩溃了，终于交代了他所知道的全部真相。

- 5 -

在说出真相之前，有必要和大家解释一下警方和犯罪嫌疑人的心理博弈。

任何一个重大案件的调查过程，实际上都是警方和嫌疑人之间的一场没有硝烟的战争。而这场战争最重要的一点就是心理博弈，犯罪嫌疑人的心理防线一般都很牢固，警方很难一下子找到方法攻破这道防线。

这个时候就要分析每个嫌疑人心理防线的强弱，找到最弱的一个去攻破，俗话说“吃柿子要找软的捏”，查案的过程也是如此。

在这个案件中，实际上已经完全排除了乙男杀害胡莉的可能，因为他在胡莉死亡的时间段里还在邻市，这点酒店的前台和监控录像都可以作证。

虽然对于乙男在这个案件中的参与程度，小谢不知道，但只要他不是杀害胡莉的凶手，那么他的心理防线就是最薄弱的那个，因为和“杀人凶手”一词比起来，任何罪名都是轻的，所以小谢才有把握让乙男交代真相。当然这种把握不是百分之百的，不过成功率非常高。

而结果也在小谢的预料之中，乙男的心理防线很快就被攻破了。

乙男和胡莉认识的时间并不久，大概就在两个多月前，他们是在一个麻将局上认识的。

当天胡莉坐在他的下手，打牌的过程中，他就觉得胡莉对他比较亲近，看他的眼神都露出不一样的光彩。

四十多岁的男人本就是个老油条，他自然明白那眼神中包含着什么意思。

麻将打了数圈之后，他感觉到桌子底下有一只脚在摩挲他的腿部。他看了一眼胡莉，顿时就明白了：这个风韵犹存的美妇在引诱他！

乙男本就不是省油的灯，此时面对一个中年美妇的引诱，他岂有不回应的道理，于是他双腿夹住美妇伸过来的软绵绵的小脚，两人就在众人的眼皮底下暗中做了一些“羞耻”的勾当，刺激万分。

赌局散场之后，两个人迫不及待地跑到一个酒店开了间房，缠绵了一番。

在乙男正感满头大汗、酣畅淋漓之际，胡莉向他提出一个要求：让他配合自己出老千，赢取其他人的钱财。配合的方式很简单，一些细小的动作、一些轻微的暗示即可。比如，当自己准备做万一色需要万字时，就摸摸下巴，再比如，当自己需要碰二五八将对做将将胡时，就捋捋头发，诸如此类。

这些动作很隐蔽，不会被人发现，而且当地麻将分为大胡和小胡，大胡赢的钱比小胡多得多，只要两人配合做成几个大胡，就算和牌的次数很少也可以赢很多钱。

这种方式非常安全，每次赢个几万轻轻松松，到时候两人一分，皆大欢喜。只是打牌的对象需要乙男去找，她则作为新朋友出面相陪。

乙男这才知道自己上了贼船，内心很是纠结。

他打牌纯属娱乐，几万块对每个月进账十几万的他来说吸引力并不大，而风险却很大。万一被人发现，遇到脾气暴躁的说不定下死手的可能性都会有！

为了一些“小钱”将生命作为筹码实在不划算。乙男权衡了一下利弊，对胡莉说考虑一下，实际上自己已经打了退堂鼓。

胡莉是个人精，一看就知道乙男在想什么，于是又是撒娇又是劝说，说自己这么多年都是这样过来的，赚了很多钱，从来没有失过手。不仅如此，胡莉还附在乙男耳边说了一句让他男性荷尔蒙爆棚的话。

“我女儿今年才二十出头，长得很漂亮，身材极好。只要你答应的话，我可以和她一起来陪你！”

乙男顿时被欲望冲昏了头脑，当即满口答应下来。

之后，两人经常会约一些人来打牌。由于有了事先的约定，自然是无往不利，赢了不少钱财。胡莉也兑现了诺言，将女儿胡美叫了过来，三人之间发生了不可描述的事情。

在前几天的赌局上，乙男和胡莉配合赢了几万块，散场之后，他闲着无聊，便提出让胡莉叫女儿来陪自己几天。胡莉没有拒绝，打了女儿的电话，之后乙男带着胡美驱车径直前往邻市玩了数天，这期间他都和胡美厮混在一起，昨天才分开。

至于胡莉的死，他表示完全不知情。

小谢早就知道他不是杀人凶手，但听了他的话还是震惊不已，因为胡莉和胡美这对母女竟道德沦丧至此！

胡莉的“赌神”名号居然是用自己和女儿的肉体换来的，真是无耻之极！

在乙男的讲述中还可以确认一点，那胡美同样没有杀害胡莉的时间。但胡美极度抗拒、不愿意配合的表现也告诉小谢，她一定对母亲的死因心知肚明，而且还有一个和她有着极近关系的人具有充足的杀人时间和动机！

这个人正是胡美的丈夫——周君！

丈母娘瞒着自己将妻子作为"筹码"换取赌场上的利益，不管妻子是否自愿，周君都始终是最悲剧的那个。

也正因为如此，他才有最强烈的杀人动机！

同时，他也有充足的作案时间！

据周君自己交代，这一个星期他一直在家里照顾孩子，而一同照顾孩子的还有妻子胡美。

在两个人之前的供词中，都一致声称对方能够给自己作证，但现在乙男的供词已经完全证实了胡美在说假话，即胡美的家中除了一个未满两岁的孩子之外，就只剩下周君一个大人，这说明周君有充足的作案时间。

此外，小谢还对胡美和周君夫妻俩的行踪和心态进行了分析。

一种情况是，胡美离家外出，周君是知道的，甚至针对胡美陪伴乙男一事，周君也是允许的。另外一种情况是，胡美找了个借口出门，隐瞒了自己陪伴乙男的事实，欺骗了周君。

胡美要想欺骗周君其实很难，一方面，孩子额角受伤刚刚经过手术缝合，正是需要人照顾的时候，如果胡美没有一个非常充足的理由，周君不但不会同意，而且还会怀疑她。

另一方面，夫妻俩异口同声地说能够替对方作证案发时间两人都在家里，如果不是需要隐瞒某个重大秘密，作为事件受害者的周君只可能去怀疑妻子，完全没有必要去隐瞒这个事实。

况且一开始武大爷就交代过，女儿女婿这段时间关系很反常，已经说明了其中有问题。

由此看来，胡美出门陪伴乙男很可能是周君允许的！

而周君这样做的原因恐怕只有一个，那就是他要做一件极其重要的事情，重要到他宁愿将自己的妻子送到别的男人身边！

就案件的整体情况来分析，这件极其重要的事情只可能是周君和胡美合谋杀害胡莉！

当小谢对百忙之中抽出时间来巡查案子的张警官提出上述推理时，张警官频频点头，不过他也提出了一个问题："周君确实有杀害胡莉的动机，但胡美作为女儿怎么可能和丈夫合谋去杀害自己的亲生母亲？”

小谢经过三年的历练，逻辑推理能力增长极快，思维已经非常缜密，她思索了片刻便道：“我认为有两点原因。其一，胡美和外人发生关系一事，很有可能不是出于自愿，而是被胡莉胁迫的，时间一长、次数一多，她就产生了极大的怨念，最终这些日积月累的怨念导致她产生了杀人的想法。至于其二嘛……”

小谢顿了顿，朝张警官眨了眨眼睛，露出了查案过程中几乎没有显露过的调皮微笑，说道：“老大，这里请允许我卖个关子，我需要带人去周君家中核查一下才能确定原因。”

张警官笑道：“可以，我批准了，下午正好我没其他事，就陪你一起走一趟吧。”

将警局的事务安排妥当之后，小谢和张警官驱车来到胡美的家中，进行了详细的勘查。

原本小谢此行的目的只是核实心中的猜测，却没想到在这里发现了更多有助于揭露真相的线索。

周君和胡美的家在远离市中心的郊区，开车从警局出发居然走了一个多小时，说是省城城郊，但实际和农村没有两样。

屋子是那种老式的农家长屋，面积很大，足足两百多平方米，但装修家具很简陋，只能算得上温饱，和小康之家有比较大的差距。

冰箱、彩电、洗衣机倒是都有，不过都是老旧的款式，看样子已经用了很多年了。房间里面没有空调，虽然是农家长屋冬暖夏凉，但在我们这个有“火炉”之称的城市，没有空调的夏天几乎没法过，更何况还带着一个孩子。

不难看出周君和胡美的经济状况比较拮据，难怪胡美偷偷买了一个昂贵的包包会引起平常低声下气的周君的巨大反应，使得两人断断续续地吵了许多天。

小谢在两人的卧室里看到了那个包包，包装还未拆封，显然是两人吵架之后胡美赌气没用。包包的牌子是全球排名前几的奢侈品牌，其价钱足够将家里所有的家具电器全部换成新的，也难怪懦弱的周君会生那么大的气。

整个屋子里除了这个包包之外，就再也没有一样较为值钱的东西了。

笑容爬上了小谢的俏脸，因为眼前的一切已经证实了她的猜测！

“老大！果然不出我所料。周君一家非常缺钱，那么就证实了我的第二点猜测！”

小谢兴奋道：“胡莉临死之前曾经取过一笔钱，数额巨大，这笔钱很可能是被凶手拿走的，所以我怀疑胡美和周君合谋杀害胡莉的另外一个原因是图财！从胡莉连银行卡里有多少钱都不告诉丈夫武 ×× 这一点来看，她一定非常吝啬，赌博赢来的钱都死死攥在自己手中，眼前我们看到的情况也证明了这一点。胡莉肯定没有接济过自己的女儿女婿，导致胡美和周君产生怨念，所以两人才会合谋杀害胡莉！”

张警官点了点头道：“你的推测很合理，不过其中有一点纰漏。”

小谢抬起头盯着张警官，等着他解惑，那神态仿佛就是一只饥饿的小白兔在眼巴巴地等着饲养员手中的大萝卜。

张警官看着小谢可怜巴巴的神情笑了，道：“其实也算不上纰漏，只是一点小瑕疵。胡莉这个人应该不是吝啬，而是偏心，她存钱的目的极有可能是为了她那个体弱多病的儿子。如果她真是一个吝啬的人，十多年前就不会倾家荡产去医治患有先天性心脏病的儿子。”

小谢闻言点了点头，这种情况极有可能，现在重男轻女的家庭不在少数，何况是将儿子视为命根子的胡莉呢。

至此，一切疑点都串联了起来。

案发的经过很可能如下：

胡美和周君两夫妻结婚之后，生活清苦，而作为母亲的胡莉不但没有提供关照，还时常逼迫女儿胡美去陪一些不三不四的男人来满足她赚钱的私欲，维持她“赌神”的称号。

时间一长，胡美就产生了怨念，和丈夫周君一起商定了谋杀母亲并获取钱财的恶毒计划。

数天之前，胡莉给胡美打电话，再次逼迫她去陪伴乙男，胡美口头同意胡莉的要求，并假装自己用借口欺骗了周君，目的是为了麻痹胡莉。

在胡美陪伴乙男期间，周君软禁了胡莉，逼迫她去取了钱财，并在钱财得手之后将其杀害，抛尸江中。

至于周君什么时候发现胡莉和胡美母女的道德败坏之恶行，又怎么会原谅胡美并和她商量好一同谋杀岳母胡莉，只有对两个人进行审讯才会知道。

想到这里，小谢突然灵光一闪，不禁想道：既然周君软禁了胡莉，而不到两岁的孩子又需要人照顾，那么周君的家里就很有可能是软禁的地点，说不定会留下什么蛛丝马迹！

小谢能想到的，张警官早就已经想到了，所以在小谢还在发愣的时候，他已经在屋子里翻查起来。

一中一青警局的两位精英在几个房间里进进出出，想找到周君软禁胡莉的证据，却始终没有发现任何蛛丝马迹。

虽然他们在另外一间卧室和卫生间里发现了其他人住过的痕迹，但就算这个人是胡莉，也无法证明周君曾经软禁过她，毕竟作为丈母娘到女婿家住上几天看看外孙也并不为过。

小谢略微有点失望，准备收队回去对周君进行审讯，目前掌握的证据已经足够瓦解他的心理防线了。

就在她收拢心神准备离开之际，却发现张警官的眼睛盯着主卧的方向一动不动。

在进门之后，张警官第一时间就对主卧进行了勘察，东西很简单，一个大衣柜、两个小床头柜、一张书桌、一把椅子、一张高度大概三十厘米的双人大床、双人大床旁边有一个婴儿床，地板是农村长屋的标配——泥土地面。

除此之外就是墙上贴了些小孩识字的图画，屋顶一盏顶灯，再没有其他物件，和其他房间一样略显简陋。

小谢看着张警官全神贯注的眼神很是好奇，半晌之后终于忍不住问道："老大，你发现了什么？"

张警官喃喃道："小谢，你不觉得奇怪吗？"

小谢顺着张警官的视线走进主卧室转悠了一圈，东张西望道："奇怪？哪里奇怪？"

张警官走进主卧室，摸了摸婴儿床，这是一个常见的可以摇晃的婴儿床，长度大概一米二左右，宽度不超过六十公分，四周的护栏很高，摇晃的幅度也很小，可以确保婴儿的安全。

小谢看到张警官的举动，脑中突然灵光一闪，想起了警局休息室的一幕，恍然大悟道："对了！孩子头上的伤！"

张警官点了点头道："没错，孩子头上的伤很奇怪！据周君和胡美交代，孩子是从床上掉下来磕到了头部，结果头破血流缝了很多针。但这个房子里明明只有三张床，除了这个婴儿床之外就是主卧和客卧的两张高度不超过三十厘米的大床，而地板又都是泥土的，硬度完全比不上瓷砖地板和水泥地板。也就是说，孩子无论从哪张床上掉下来，都不可能造成那样严重的伤口！”

小谢皱眉道：“如果这样的话，孩子为什么会受伤？”

思索了片刻，小谢脸色顿时一变，想到了一个惊人的可能，大声道：“难道这是周君和胡美故意造成的，目的就是让胡莉过来帮忙照顾孩子，以达到‘软禁’的目的？！”

张警官点头道：“就目前的情况来看，极有可能！”

小谢内心一紧，为了达到目的，居然将不到两岁的儿子的额头硬生生弄开一道近十厘米的伤口，这对父母好狠的心！

- 6 -

张警官和小谢随即对主卧和客卧的地面进行了仔细调查，没有发现任何血迹，这也验证了两人的推测。孩子额头上的伤口根本不是从床上摔下造成的。

这次对周君夫妻俩居屋的调查颇有收获，不但确认了小谢心中的猜测，而且还有了关于孩子额头伤口一事的意外收获，不过张警官和小谢还是略有遗憾。

屋子里除了一个奢侈品包包之外，再没有其他值钱的物品，也没有找到那笔大额的现金。周君夫妻俩冒着风险将钱存到银行的可能性极小，一定会藏在某个地方。如果没有放在家里，那么这笔巨款到底在哪里呢？

不过，钱财的去向只是次要的，眼前最要紧的是对周君进行审问，击溃他的心理防线，迫使他交代出真相！

调查结束，张警官和小谢离开了周君的居屋，顺便将卧室床头柜里给孩子换药的物件拿了回来，毕竟孩子额头的伤口尚在愈合之中，不能因为审讯耽误换药。

回到警局之后，张警官和小谢立即对周君进行了突击审讯。

询问期间，周君、胡美、乙男三人是分开关押的，此时的周君还不知道张警官和小谢已经掌握了大量的证据。

周君在警员的引领下走进审讯室，看到小谢，脸上堆起笑容，道：“谢警官，还有这位警官，两位好，不知道我什么时候可以回家？孩子今天还要换药。”

小谢也露出了笑容，对周君道：“我来给你介绍一下，这是我的老大张警官，今天在百忙之中特意抽出时间来和你聊聊。给孩子换药的事情你不用担心，我们已经去了一趟你家，换药的东西已经拿来了，已经有警员在照顾孩子，你不用担心。”

小谢的笑容和蔼可亲，周君却不由打了个寒战，意识到事情有点不对劲，神情瞬间紧张起来。

张警官哈哈一笑，道：“周君，没什么大事，你不用紧张，就是想和你核对一个情况，你先坐吧，坐下来再说。”说罢又对小谢道：“这个案子是你在办，还是你来询问。”

小谢点了点头。

周君闻言缓缓地坐了下来。虽然他极力掩饰自己的紧张，但抑制不住的颤抖还是出卖了他，因此成语“做贼心虚”说的就是这个道理。除了极少数穷凶极恶的惯犯面对警员的审讯能保持镇静之外，其实绝大多数都和周君一样，能从一些细节看出他内心的紧张。

小谢依旧保持微笑，对刚刚落座的周君说了一句话，这句话只是寥寥数字，却不亚于在周君耳边放了一颗炸弹。

“周君，说吧，你是怎么杀害丈母娘胡莉的？”

周君闻言惊得跳了起来，脸上瞬间失去了血色。

他仿佛被雷击中一般，半天才缓过神来，嘴角抑制不住地哆嗦道：“谢……谢警官，您……您这话……是什么意思？”

小谢的笑容不减，但在此时的周君看来却如同恶魔的微笑：“胡美已经将所有的事情都交代了，你逼迫丈母娘胡莉交出巨款并杀害她的原因，我们都已知晓，也掌握了大量的证据，你还是老老实实地交代一切吧。”

周君双手握拳，手指握得咯吱咯吱响，颤声道：“谢警官、张警官，冤枉啊！我没有杀胡莉，她的死真的和我没有任何关系！”

小谢冷笑了一声，因此周君的反应在预料之中，毕竟大多数犯罪分子都是不见棺材不掉泪，不到万不得已，不会轻易交代。

当小谢正准备开口进一步摧毁周君的心理防线时，周君却号哭起来，大声道：“谢警官，张警官，我该死，我坦白。我确实让胡莉取了一笔钱给我，但是钱到手之后，我就放她走了。我对天发誓，如果我所言有一句假话，就让我周君出门被车撞死，死后落入十八层地狱永世不得超生！”

周君跪倒在地，一把鼻涕一把泪地赌咒发誓，精神已经濒临崩溃。为了证实自己所说，他颤抖着身体将事情经过和他隐瞒的真相讲述了一遍。

在周君的讲述中，小谢和张警官惊讶地发现，原来他们对“孩子伤口”一事的判断是错误的，当然孩子也不是从床上掉下来的。

至于具体情况如何，还要从周君和胡美结婚的时候开始说起。

周君和胡美的结合是一个偶然，也是一个必然。

周君和胡美是初中同学，胡美长得很漂亮，很多情窦初开的小男生都喜欢她，周君正是其中之一。

不过周君各方面条件都很普通，性格又内向，一年难得和胡美说上几句话，胡美自然无法知道他心中所想，只是将他当作最普通的同学之一。

越是内向的孩子，性格越是执着。虽然胡美几乎不和周君说话，但他心中对胡美的爱意却始终没有消退，而且越来越炙热。

初中毕业之后，胡美辍学，周君继续读书，两个人从此就没有见过面，但周君一直对胡美念念不忘。

一直到周君考上同城的某所大学的某一天，他的舍友说后勤集团新开的大超市来了一个美女售货员，特别漂亮，身材特别好，叫他一起去看看。

周君虽然对美女兴趣不大，但不善于拒绝，他想既然舍友强烈要求了，就跟着去看看吧。

看到美女售货员的那一刻，他呆住了，这个人居然是自己朝思暮想的初中同学胡美！

周君觉得这是上天注定的缘分，再加上胡美当天对他很热情，让他误以为胡美也对他有意思，于是便对胡美展开了疯狂的追求。

实际上，胡美那时候是有男朋友的，不过她个性要强，甚至有点“泼辣”。她拒绝了男朋友养她的提议，而要自食其力，不过她文化程度不高，也就只能从事一些简单的工作，这次便应聘为大学超市的售货员。

在这里遇到老同学，胡美也很高兴，自然显得很是亲近。越是这样，宅男周君就越是受到了极大的鼓励，对胡美的追求也就愈发大胆。

当胡美看出这位老同学的企图，并告诉他自己已经有男友的时候，周君已经完全沦陷进去，彻底无法自拔了。

用他自己的话来说，他的生命就是在为胡美而燃烧，如果没有胡美，他完全活不下去。

陷入爱情中的少男少女都是盲目的。周君当时只有一个信念，不管胡美有没有男友，也不管胡美对他的观感怎么样，他都要想方设法去感动她！

省吃俭用存钱送花、巧克力、娃娃，在超市门口用蜡烛摆上一圈心形，拿着高音喇叭跑到超市员工宿舍外面大喊“胡美，我爱你”，诸如此类的事情，周君做过不少。

周君满以为能感动胡美，却没想到只是感动了自己。这样费尽心机的最终结果就是逼得胡美不得不辞职离开。临走之前，胡美那个高高大大的男友还堵在校门口将可怜的周君揍了一顿。

但周君不是普通人，他是一个虽然性格懦弱、内向，但骨子里极其坚韧的男人。对于爱情，他绝对不会放弃！

一条路走不通，他就选择走另外一条路。后来的事实证明，这条路他走对了。

这条路就是去拍胡美的妈妈胡莉的马屁。

周君初中时就在学校见过胡莉几次，见识过她性格的“强悍”。胡美初中毕业之后，他还去打听过胡美为什么不去上高中，胡美告诉他是因为妈妈不让她上。

种种迹象表明，周君只要“说服”胡莉，便能够征服胡美。

自那以后，周君经常以男友的名义借故到胡美家，给胡莉和武大爷送这送那，嘘寒问暖。

周君虽然条件一般，但不张扬、不浮夸，略显内向软弱的性格正合胡莉的心意。对于这样一个送上门来的女婿，两老很是喜欢，尤其是当周君说只要能娶到胡美，无论什么条件他都答应，就算做上门女婿也心甘情愿时，胡莉心花怒放。

时间一久，胡莉真就将周君当作未来的女婿了。

当然，几个月之后，事情穿了帮，胡莉在和胡美通话的过程中提到了周君，胡美说周君只是普通朋友，自己已经有了男朋友。

一贯霸道的胡莉勃然大怒，说这么好的男孩哪里找，高学历，又是家中独子，性格还那么“合适”，过了这村就没这店了，两人必须结婚，没有任何理由。

胡美的性格也比较泼辣，大哭大闹之后见母亲不答应，最终只能忍痛和男朋友分手，嫁给了周君。

周君大学毕业之后就和胡美结了婚，结婚之初，周君很是兴奋，因为他的愿望终于实现了，终于和最爱的女人生活在一起了。

但胡美的表现却给了他当头一棒。胡美不但对他很冷淡，而且极少和他过夫妻生活。在日常生活中也极其强势，掌握着家里的话语权，可怜的周君成为了岳父一样的“家庭佣人”。

虽然这种生活远不如周君想象的幸福，但能够陪在胡美身边，他也就满足了。生活就这样平淡地过着，其中值得一提的是两件事：一是周君的母亲去世（父亲在周君高中时候就去世了）；二是胡美对周君的态度总是不冷不热，对于生孩子一事也没有提过，周君觉得两人年纪还小，自己事业也不稳定，晚几年生孩子也无所谓，便没有强求。

一直到结婚两年多之后的某一天，胡美突然开始对周君热情起来，在夫妻生活方面也特别主动，还念叨着要和周君生一个孩子。

周君喜出望外，以为自己多年的努力终于感动了妻子，于是两个人一改之前相敬如宾的态度，开始如胶似漆起来。

说来也奇怪，之前结婚这么久的时间虽然两人的性生活不多，但每个月也总有个一两次，胡美从来没有怀上过孩子，可这次疯狂了几天之后她竟然就怀上了。

周君很是欢喜，八个多月之后便迎来了早产的儿子。

儿子出生之后，周君几乎将所有的心思都放在了孩子身上，幸福感爆棚之余，生活压力也大了起来。

周君内向的性格在职场上很难吃得开，几年下来事业始终没有什么起色，收入很普通。妻子怀孕前，两个人都有工作，钱基本够家用，但孩子出生之后就捉襟见肘了。

这时候，胡美就提出自己周末出去上班，贴补家用，周君虽然不舍也只好同意。自那以后，每到周末，他就在家带孩子，妻子出去上班，每次出去，妻子都能带回千余元，这抵得上他近三分之一的月工资了。

妻子没有告诉他在哪里上班，只说是母亲介绍的工作。周君知道丈母娘有“赌神”的称号，牌桌上认识一些大公司领导也很正常，就没有再说什么。

这样的情况一直持续到一个多月前。一个偶然的机会，周君居然在妻子的包包里发现了一盒避孕套！生完孩子之后，周君就已经结扎了，和妻子过夫妻生活从来没有用过避孕套，如今却在妻子的包包里发现了避孕套，显然它只可能是和外人使用的！

他知道妻子的性格，也知道如果自己当场发作，只会被妻子辩驳得说不出话来，就不可能找到真相。

头皮发麻、内心郁闷之极的周君顾不上孩子，偷偷地跟着出门的妻子，来到一家酒店，亲眼看到妻子和一个男子一边打情骂俏，一边去开房。

周君也是个能隐忍的极品男人，他没有当场戳穿妻子，而是偷偷拍下了两人的照片留作证据。回家之后，他看着婴儿床里的孩子，越看越心慌，种种可疑的情节浮上心头。

妻子怀孕之前突然改变了对自己的态度；之前结婚两年多都没有怀孕，这次只几天就怀孕了；都说怀胎十月，但孩子八个多月就出生了，虽然妻子说是早产，但未免也太早了。

以上种种不寻常的迹象都预示着一个可怕的事实：婴儿床里那个正咬着手指朝他咯咯直乐的孩子很有可能不是他亲生的！

周君被这个念头吓了一跳，并且越想越觉得是真的。于是他带着孩子到鉴定中心做鉴定，最终的鉴定结果也证实了他的猜测！

当周君说到这里的时候，小谢打断了他的话：“你做亲子鉴定的中心叫什么名字？”

周君有点愕然，不知道小谢的用意，回忆了一下道：“×× 司法鉴定中心。”

小谢和张警官对视了一眼，看到了彼此眼神中的忍俊不禁。

从周君嘴里说出的名字正是我们中心，没想到这个案子绕来绕去，居然会绕到我们中心。

为了核实周君所说的话，小谢给我打了电话。

根据小谢的描述，我当即断定来鉴定的就是周君。虽然他当天到我们中心鉴定时用的是化名，但他给我的印象却特别深刻。

父亲带着孩子直接去现场做鉴定的情况很少，一般都是事先问清楚检材的取得方法，获取孩子的检材之后再只身来到我们中心做鉴定。

当不确定孩子是不是自己的时候，一般人通常的做法是，暗中取得检材来鉴定可以最大限度地降低妻子发现的概率，也有个回旋的余地。万一孩子是自己的，也不至于让妻子以“不信任我”为由闹得家里天翻地覆。

但当时周君电话咨询后就马上带着孩子来到我们中心，没有任何犹豫，所以我对其印象特别深刻。

核实了周君所说属实，小谢示意他继续往下交代。

周君没有犹豫，将之后的经历一五一十地讲了出来。

在确定妻子不但给自己戴了绿帽子，还让自己“喜当爹”之后，周君内心的郁闷可想而知。

等妻子一回来，他就质问妻子为何做出这种道德沦丧之事，原以为妻子要么矢口否认，要么和以前一样态度恶劣地“怼”他，没想到妻子居然当场大哭起来，和平日里那个彪悍泼辣的妻子完全不符。

从来没有见过妻子如此表现的周君当场就懵了，习惯了逆来顺受的他居然无法开口指责妻子。

胡美一边哭，一边说出了一番话，让周君呆立当场。

原来胡美所谓的出去“打工”赚钱实际上就是去陪男人！

每次回来之后，胡美都会或多或少地拿出一些钱，说是自己“打工”所赚，实际上自然是那些男人给的！

而这些男人居然都是胡莉介绍给她的！

胡美说母亲从小就性格蛮横，极为重男轻女，尤其是弟弟得了先天性心脏病之后，母亲的性格愈加专横，有一次去算命，那个算命的信口开河说弟弟被狐狸精缠住了，怨气缠身。

当时弟弟年纪还小，也没有谈恋爱，母亲居然认为狐狸精就是她，因为她长得漂亮，天色一双狐媚眼，身材也好，经常被忌妒她的人称作“狐狸精”。

胡莉将怨气发泄在胡美身上，强迫她辍学打工赚钱，“用来弥补对弟弟造成的伤害”。不仅如此，在胡美十七岁那年，胡莉还强迫她和“赌友”发生关系，目的就是让“赌友”配合她在牌桌上出老千！

胡美拼死不同意，但胡莉对她非打即骂，加上从小被母亲支配的性格也让她无法反抗，最后只好妥协。

于是胡莉只要有摆不平的“赌友”，就会使出胡美相陪这一招，无往不利。这样次数一多，胡美也就认命了。

胡美接下来的一番话让周君气得差点晕死过去！

胡美说，胡莉之所以同意周君和她结婚，并不是觉得他性格好、学历高，而是纯粹看中了他性格软弱，对胡美的所有要求都会盲从，婚后会和武大爷一样在家没有任何话语权，不会影响胡莉的计划。

胡美说自己实际上已经厌倦了这样出卖色相且整天提心吊胆的生活，在结婚之后已经和母亲约法三章，三年之后就停止这样的“应酬”，让自己的生活回归正常，和周君生一个孩子，过上平稳的日子。

然而就在约定的时间快要到来的时候，却发生了一个特殊的情况。

一天，胡莉要胡美去接待一个“客户”，胡美按照母亲的指示到了一家酒店，惊讶地发现这个“客户”居然是前男友，也就是那个将周君堵在大学校门口将他揍了一顿的男子。

原本对包办婚姻不满意的胡美再次见到前男友，两人自然是干柴烈火，如胶似漆，缠绵了好几天。

不久之后，胡美发现自己怀孕了，便将这件事情告诉了母亲。胡美说自己只是想向母亲说明，因为要打胎，所以短时间内没法去“应酬”了。没想到母亲却强迫她生下这个孩子，而这居然也是前男友的意思。

因为前男友是胡美母亲的固定牌友，他对胡美母亲说只要胡美能生下这个孩子，就会一直配合她实施“千术”。

胡美在母亲的重压下只能就范，生下了孩子。

孩子出生后，胡美和周君的生活捉襟见肘，胡莉不仅没有资助他们，而且依旧和之前一样时不时地叫胡美出去陪客，所以自那以后，她也厚起脸皮找“客户”要钱，成百上千地往家里带，用来贴补家用。

这种情况一直持续到今天。

胡美在周君面前哭诉，说自己早就厌倦了这样的生活，虽然她一开始确实不爱周君，但是这么多年来她已经被周君感动。如果不是母亲强迫她去做这些事情，她很想和周君过上平淡的生活。

周君听完之后，气急败坏到了极致，口口声声说对自己很满意的丈母娘居然打着这样的主意，不但逼迫妻子出去给自己戴绿帽子，还让自己养着那个情敌的孩子，这样恶毒的手段让人完全无法容忍！

周君有心去找丈母娘算账，但他知道就凭丈母娘那种极为泼辣的性子，如果硬“怼”，自己完全不是对手。

硬拼不行就只能智取。周君思索着种种教训丈母娘的办法，同时也对妻子加强了监视，因为他还不能完全相信妻子的话。

对于丈母娘，周君一直有着好感。虽然丈母娘性格蛮横，但毕竟在结婚一事上曾对他另眼相看，而且他觉得就算丈母娘再恶毒，也不至于做出如此匪夷所思的事情。

一个多月之后，发生的事情将周君心中残存的一线希望彻底击碎。

- 7 -

当天，胡莉结束了和乙男等人的牌局，给胡美打了个电话，让她去陪乙男，胡美在电话里口口声声说接电话方便，实际上周君就在旁边，将胡莉的话听得一清二楚！

周君这才相信胡莉就是自己悲剧的始作俑者！

被愤怒冲昏头脑的周君冲到厨房操起一把菜刀，就要向婴儿床里未满两岁的孩子砍去。

胡美见状大惊失色，连忙去抢夺周君手中的菜刀，抢夺中，菜刀在孩子的额头上划开一道大口子，孩子哇哇大哭起来，满脸的鲜血也让周君冷静下来。

夫妻俩手忙脚乱地将孩子送去了医院，在给孩子缝合伤口的时候，周君想出了一个教训恶毒丈母娘胡莉的办法。

他让妻子按照胡莉的要求去陪伴乙男，孩子当时需要留院观察两天，他便趁着这个机会前往外地做了一件很隐秘的事情。

两天之后，孩子出院，周君一回家就给胡莉打电话，说妻子不知道什么事情出门了，电话又打不通，孩子不小心从床上跌了下来，伤势很严重，缝了数针，需要人照顾，他一个人忙不过来，希望胡莉能过去帮他带带孩子。

胡莉接到电话后果然没有起疑心，应约前去，不想刚一进门就被周君软禁起来，收缴了她所有的物品，包括她的手机，避免她和外界联系。

之后，周君对胡莉进行了质问，并将自己掌握的所有证据都摆了出来。胡莉承认了大多数事情，不过她对于强迫胡美生下前男友孩子一事矢口否认，并表示“孩子不是周君的”她也是刚刚才知道，之前并不知情。

到了这个时候，周君自然不会听胡莉的狡辩，他将几张照片丢给胡莉，让胡莉将之前赢的“不义之财”交给他，否则就“撕票”！

胡莉对“撕票”两字摸不着头脑，直到看到照片才大惊失色，原来照片上居然是她在外地求学的儿子——周君的小舅子！

生活遭此剧变，周君觉得不能便宜丈母娘，一定要让她出血本！自己这么多年过的都是苦日子，丈母娘又从来没有接济过自己，加上现在出这么大一档子事，因此他想要挽回之前的所有损失。

丈母娘有“赌神”的称号，赚的钱一定不少，自己要点来既可以改善生活，又可以满足报复的欲望。于是在孩子住院那两天，周君请了个护工照顾孩子，自己则联系了一个在社会上认识的“五八烂”（混混的别称）跑到邻省，将刚上大学的小舅子骗了出来。他给了“五八烂”一万块钱，让其“陪”着小舅子在宾馆住上三天，期间除了自己的电话一概不接听，事成之后再给他两万。丈母娘将自己那个体弱多病的儿子当成命根子，可以说儿子是她唯一的死穴。因此，周君认为，只要将小舅子“绑架”了，丈母娘必然乖乖就范！

果然不出周君所料，胡莉见到照片上被捆绑着的儿子就心乱如麻，马上交出了自己的银行卡，周君一查，上面居然有两百多万！

周君提出来只要五十万作为精神损失费，其他的还是还给胡莉，但是要求胡莉不准报警，否则他必然会“撕票”。

周君说要五十万是出于两个原因，一是这个数字不算很大，只占卡上金额的五分之一，应该在胡莉的承受范围之内，不至于让她狗急跳墙；二是觉得胡莉不至于因为这笔“小钱”去报警和追究。

不过五十万毕竟不是一个小数目，不是本人估计取不到，于是周君逼迫胡莉只身一人去银行取钱，因为有小舅子在自己手上，他不怕胡莉耍什么花样。

过程很顺利，胡莉用五十万换取了周君“从今以后再也不会对小舅子起歹心”的承诺。

胡莉和被释放的儿子通过电话之后，便带上随身的包包和手机匆匆离开。

收缴的项链被周君留了下来，据他目测，那条项链至少值几万元。

之后，胡美回到家中，得知事情的经过之后，说支持周君的做法，因为她对这个将自己肉体当作“筹码”的母亲已经没有任何留恋，就算断绝关系也愿意，只希望以后能和周君好好过日子。

周君对胡美依旧有很深的感情，看到她已然大彻大悟，便接受了一切，表示只要胡美再给他生一个孩子，就彻底原谅她，她和前男友的孩子也会当作亲生的一样看待。

两个人抱头痛哭一场之后，周君将五十万交给了胡美，让她去存起来。胡美出门存钱时经过一家奢侈品店，虚荣心发作，买了一个几万块的包包，回来之后周君也没有责怪她，反而心有愧疚，毕竟这么多年来自己工资微薄，从来没有给胡美买过什么像样的东西。

就在两个人准备开始新生活的时候，胡莉的尸体被发现，两人被传唤到警局。

周君说得知胡莉死亡的消息很吃惊，但确实和他没有任何关系，软禁胡莉的时候没有对她进行过任何人身伤害，只是将小舅子的几张照片给她看了一下，她全程都非常配合。

来警局之前，他和胡美串好了口供，目的只是想隐瞒“绑架”小舅子获得五十万一事。

周君将所有事发经过说完之后，再次赌咒发誓，说有一句虚言就天打雷劈！

小谢和张警官对视了一眼，都看到了对方眼中的讶异。两人从警多年，形形色色的犯人见过不少，从表情和语言还是基本能判断出真假的。周君性格懦弱，心理承受能力不强，在此种情况下说谎的可能性很小。

那么，胡莉到底是被何人害死的呢？

在离开周君家到死之前那段时间，她又经历了什么？

看来这个案子还需要进一步深挖才能知道真相。

在周君离开审讯室后，小谢仔细查看起刚才的对话笔录，发现了一个重大的疑点！正是这个疑点让真正的凶手暴露出来！

发现疑点后，小谢和马警官耳语了几句。马警官点了点头，走出了审讯室，去核查一个重要情况。

小谢接着对之前拒不交代真相的胡美进行了审讯。

当得知周君已经交代一切之后，胡美心知顽抗已经没有任何意义，只能将所有经过都说出来。

她交代的情况和周君差不多，唯一不同的就是她讲述了结婚之前的经历，让小谢更为惊叹其母亲胡莉的恶毒。

胡家祖上数代单传，胡美的姥姥姥爷更是生了四个女儿，没有一个儿子，迫不得已只能让最漂亮的小女儿胡莉招上门女婿。

在父母的言传身教下，胡莉也对儿子非常看重，而女儿在她眼里就是个赔钱货。这样的情况在当地极为普遍。

弟弟出生之前，胡美的日子过得还算勉强，到了弟弟出生之后，她的日子就很不好过了。还好父亲对她不错，处处护着她，才让她顺顺利利地长大。不过父亲在家几乎没有话语权，也仅仅能保证她的温饱。

胡美上初二那年，家中发生了一件大事，这件大事就是弟弟被检查出患有严重的先天性心脏病。

因为治疗弟弟的病花了很多钱，家里从富足变得几乎赤贫，所以初中毕业之后，胡莉没有让胡美再去上学，而是强迫她外出打工赚钱。

就这样，年仅十五岁的胡美在母亲的逼迫下荒废了学业，去外面的各种小店打工，辛辛苦苦赚取每个月两千余元的工资，到了月底，工资还要尽数上缴给母亲贴补家用。

这样的生活让胡美吃尽了苦头，年幼的她无时无刻都盼望着家里经济条件得到改善，自己好再回去上学。

胡莉不久后学会了“千术”，逢赌必赢，获得了“赌神”的称号，家里也逐渐宽裕起来，胡美就向母亲提出想回去上学，但胡莉始终没有同意，只是告诉她赚的钱无需再上缴。

得不到母亲的支持，父亲在家里又没有话语权，胡美只能继续在外面打工，虽然过得清苦，好在可以自食其力，也无需听人闲话，但日子还算过得去。

十七岁那年，胡莉突然对胡美热情起来，不仅对她嘘寒问暖，而且还经常给她买吃买穿，将她打扮得漂漂亮亮的，不过还是绝口不提让她回学校读书一事，胡美也就彻底死了继续求学这条心。

当时的胡美以为胡莉态度转变是因为良心发现，开始重视亲情，很是欣喜。

令她万万没有想到的是，恶毒的母亲居然在打她的主意！

半年之后的一天，胡莉给胡美打电话，说认识了一个“大人物”，可以给她介绍一份好工作。胡美知道母亲虽然脾气暴躁、人品堪忧，但在赌场上确实认识了一些“大人物”，说不定真能给自己找一份好工作，于是兴冲冲地去了。

胡美按照胡莉提供的地点来到一家高档酒吧，见到了胡莉口中的“大人物”，一个年纪在四十岁左右的中年男子。

男子对胡美很热情，加上他长得也颇为讨喜，胡美便刻意奉承，三人聊得很是开心。男子满口答应让胡美去他的公司上班，无需试用期，进去就是正式员工，月工资在一万以上。

这对当时每个月只能赚两三千元的胡美来说简直是天上掉馅饼的好事，于是满心欢喜之下，她更是想方设法地讨该男子的欢心。

男子说自己没别的爱好，就是喜欢喝点小酒，让胡美陪她。胡美虽然不会喝酒，但既然“未来老板”有要求，自然要舍命陪君子，何况母亲就在一旁，也无须担心自己的安全。

于是从不喝酒的胡美陪男子喝了个天昏地暗，没多久便醉倒在地。

不知道睡了多久，胡美在迷迷糊糊间发觉有人在脱自己的衣服，她以为是母亲，就没有在意，直到下身的剧痛才让她从迷糊中清醒过来。

胡美的脑中一片空白，她不敢相信眼前发生的一切，安慰自己是喝酒喝多了产生了幻觉，但下身的疼痛告诉她这一切都是真的！

在母亲的纵容和男子的淫威下，胡美失去了她的第一次。

完事之后，男子起身离去，留下了胡美母女两人。

极度震惊的胡美用怨毒的眼睛看着母亲，她需要母亲给她一个说法！

母亲却声泪俱下，仿佛经受了巨大的委屈，一边哭一边告诉她了一个惊人的事实：

弟弟数年前做的先天性心脏病手术不但花光了家中所有的积蓄，而且还欠了许多外债，加上康复期需要吃许多高价营养品，父亲又工资微薄，母亲胡莉没有办法，只能靠“赌博”赚钱。

十赌九输的道理，胡莉自然懂，单纯靠运气赚钱很不现实，她想到了电影里的千术，就想去拜师学一门“千术”，赢钱改变家里的困境。

她想到了经常在牌局上见到的一个老男人，这个老男人参赌的次数不多，却让胡莉印象深刻，因为他几乎没有输过。

胡莉便找上门去，想拜师学艺。老男人问清楚胡莉的情况，确定了胡莉是真心想跟他学习，便答应了。

之后，他关门上锁，让胡莉脱下所有的衣物，胡莉以为这是老男人找她要的“报酬”，内心挣扎了片刻便依言而行。老男人却告诉他自己并不是垂涎她的美色，而是在告诉她如何实施千术。

原来，老男人以前是一个魔术师，掌握了许多换牌诀窍，多年练习魔术的他手速极快，调换牌非常容易，但是这些都不适合胡莉学习，唯一适合她的只有“内通术”。

所谓“内通术”，就是打牌的时候和一个熟人约定暗号，相互串通给对方打所需的牌，但是这个“内通术”却有一个很大的缺点：打牌的人都有警惕心理，如果和同一个人因为内通而赢的次数一多，肯定会被别人怀疑，所以和同一个人内通的次数最多不能超过五次。

要想不停换内通的对象，单靠嘴皮子说是靠不住的，说不定还会暴露自己，唯一的办法就是用某种条件去引诱内通对象。而胡莉完全具备这个条件，那就是她美丽的脸蛋和性感的身体。

只要引诱对方发生关系，之后再提出来让对方内通，成功的概率就极大！退一万步讲，就算对方不同意，也绝对不会将这个秘密说出去。

胡莉在老男人家里待了三天，学会了所有暗语，也掌握了引诱男人的技巧。自那以后，她果然在赌场上无往不利，渐渐地赢得了“赌神”的称号。

为了不被人发现，胡莉从不在家附近赌博，而且会频繁地更换赌友，除了偶尔为掩饰骗术故意输点钱，绝大多数时候她都是赢钱的。就这样，持续几年下来终于将欠款还清。

但胡美弟弟的身体很差，需要源源不断地吃高档营养品，赢来的钱也就只够填上那个窟窿，这种情况一直持续到胡美十七岁。

胡美十七岁那年，胡莉也将近四十岁了，女人和男人不一样，四十岁左右的男人年富力强，但四十岁的女人却已经显老了。

胡莉虽然比同龄人显年轻，对男人的吸引力却不大，之前去规模小的赌场玩玩，诱惑一些普通男人还可以，等到贪欲越来越大，参与一些大额赌博时，那些收入高的男人都不愿意冒风险和她配合，发生关系之后都是敷衍几句，大多数都拍拍屁股走人了。

在内心焦虑之余，胡莉居然打起了女儿胡美的主意，自己的吸引力不够，难道再加上女儿还不够吗？

于是她找了一个模样还过得去的男人，实施了她的计划。

胡莉生平第一次在胡美面前低声下气地求她原谅，说自己也是没有办法，如果不是丈夫无能、家里缺钱，断然不会出此下策。说罢她递给胡美一千元钱，说是那个男人给的。

胡美虽然生气，但事情已经发生，也只能默默承受。她也没有拒绝那钱，毕竟一千元对她来说是快半个月的工资，不拿白不拿。

自那以后，母亲就经常给她打电话，让她出去陪不同的男人。她即使拒绝，母亲也会找到她租住的小屋强行带她出去，久而久之她就习惯了。这种习惯一经形成，心中的那点羞耻之心就消失得无影无踪了。

胡美一再强调，她之所以走上现在这条路，都是因为母亲胡莉的逼迫，包括和周君的结合，也是母亲觉得周君性格懦弱内向，结婚之后不会反对她的任何意见才让其娶了自己，实际上自己当时对周君没有任何感情。

后来时间长了，胡美就自然而然地对周君产生了依赖。自己和前男友再次见面之后，被前男友的花言巧语迷惑，怀上了孩子。孩子出生之后她本想好好过日子，不想被周君发现孩子非他亲生，家庭几乎破裂。

胡美又悔又恨，悔的是不该一时心软听信母亲的谗言生下孩子，恨的是现在自己糟糕的生活状态都是拜母亲所赐，所以当周君提出要让胡莉吃一些苦头时，她完全赞成。

当天孩子在医院缝针的时候，她就按照周君的交代去陪伴乙男，麻痹母亲，几天之后胡美回到家里之后，周君说让她母亲受到了一点小教训，以后不会再纠缠她了，只要她以后能好好过日子，就会原谅她之前的一切，还会将她同前男友所生的孩子视为己出。

胡美说自己当时非常感动，暗自下定决心一定好好对待丈夫，给他生个大胖小子，一起安安稳稳地过下半辈子。

但令她万万没有想到的是，丈夫所说的“小教训”居然是将母亲杀了！

说完之后，胡美埋头大哭，哭得极为伤心，梨花带雨的模样我见犹怜。

在一旁听审的愣头青小马已经坐不住了，一拍桌子就站了起来，义愤填膺道："可恶的胡莉，居然是这样一个恶毒的妇人，居然强迫自己的女儿去出卖肉体，真是死有余辜！"

胡美听到小马如此说，仿佛有了共鸣，哭得更伤心了。

小谢看着一旁气冲冲的小马又好气又好笑，仿佛从他身上看到了三年前的自己。

她暗中拉了一下小马的衣袖，示意他坐下来，不要激动。在审讯的过程中，思路跟着嫌疑人走是大忌，小马一个刚入职的会犯这个错误，但她绝对不会。对于胡美的交代，她心里始终打着一个大大的问号。

小谢敲了两下桌子，道："胡美，这里是审讯室，你要哭等下去休息室哭个够，在这里还是稍微消停点好。"

胡美闻言慢慢止住哭声，抬起头来用一双漂亮的大眼睛可怜巴巴地盯着小谢。

小谢丝毫不为所动，冷声道："胡美，我问你，你口口声声说周君杀了你母亲胡莉，那你有什么证据能证明吗？"

胡美忙道："我只是随口一说，我也不相信我丈夫会杀人，但是现在我母亲已经死亡，死之前被我丈夫软禁，除了他，我想不到还有什么人会动手。"

小谢闻言一改严肃的表情，哈哈大笑道："怎么会没有，当然有啊！"

胡美的眼神中露出一丝慌乱，道："那会是谁？"

小谢脸上的神情从畅笑瞬间变为冷若冰霜，从牙缝中吐出一个字，惊得胡美从椅子上滑落下来。

原来，小谢从牙缝中吐出的这个字是——

"你！"

- 8 -

小谢的话让一旁的小马也一脸震惊，惊呼道："怎么可能，那视频……"

小马震惊之下有点口不择言，忽然意识到自己过于激动，似乎有帮胡美脱罪的嫌疑，连忙硬生生地将要脱口而出的话吞回了肚里。

但他的意思很明显，调查酒店视频的时候，他也在场，可以确定胡莉死亡当天胡美和乙男一直待在邻市，期间两人曾离开酒店一次，但在三个小时之内就回来了。

从案发地点到胡美入住的酒店，以最快的速度开车打个来回起码需要四个小时，这还是在不堵车的情况下，再加上杀人抛尸，没有五个小时以上的时间完不成凶杀案，所以可以说胡美完全没有作案时间。

胡美当然也想到了这点，马上反驳道：“谢警官，你怀疑我，好没道理，母亲尸检的结果我也看到了，死亡的时间是在前天（胡莉尸检的结果是死亡二十四小时不到，尸检的时间是昨天下午，审讯胡美的时候已经过去一天了，所以胡美说死亡时间在前天没有错误），当时我还和×××（乙男）在邻市，昨天上午才回来，怎么可能是凶手！你不是调查过酒店的监控吗？我的行踪你肯定一清二楚，而且×××（乙男）和酒店的服务员也都可以给我作证！”

小谢脸上露出微笑，道：“胡美，你误会了，我并没有说凶手一定是你，只是说有这个可能。”

小马闻言略有些惊讶，难得见到平常言语犀利的谢警官在嫌疑人面前示弱，不过想想也正常，胡美完全没有作案时间，怀疑她确实没有道理。

胡美得理不饶人道：“谢警官，我现在的身份只是配合你们调查的证人，不是嫌疑人吧？你如果还是这样无端地怀疑我，我有权保持沉默。”

小谢笑道：“那这样吧，凶案一事就先不提，我问你几个简单的问题。”

胡美鼻子里哼了一声，不置可否，神色傲然，下巴都快翘到天上了。

小谢丝毫不以为意，继续道：“你和前男友是什么时候认识的？”

胡美万没想到小谢会问这个问题，愕然道：“打工不久就认识了，怎么了？”

“当时感情很好吧？”

“还行吧。我那时候刚初中毕业，出来打工总是受欺负，他能保护我。”

“他多大了，帅吗？”

胡美呆了半晌，道：“这个和案子有关系吗？”不但胡美有这个疑问，小马也一脸愕然。

小谢笑道：“和案子没关系，只是好奇。你只要回答完关于他的几个问题，就可以走了。”

有了小谢这句话，胡美终于点了点头表示配合，道：“他比我大四岁，挺帅，个儿也挺高。那时候我在外面打工，总是受人欺负，他就护着我，后来再也没有人敢欺负我。”

“他是做什么的？”

胡美扭捏了一下，略有点不好意思地说道：“无业。”

小谢“哦”了一声道：“混混？”

胡美点了点头。

“你和周君结婚之后有多久没联系前男友？之后是怎么联系上的？”

胡美闻言警觉起来，道：“我婚后就和前男友失去联系了，一直到婚后一年多，有一次母亲给我介绍赌客，我才再见到他，他俩之前没见过面，所以不认识很正常。怎么了，谢警官，你该不会怀疑我前男友是杀人凶手吧？”

小谢脸上露出神秘莫测的微笑，道：“不是怀疑他，而是我终于知道谁是真正的杀人凶手了！”

“谁？”

胡美和一旁按捺不住的小马同时发问。

小谢看着胡美的眼睛，将之前说过的一个字重复了一遍——

“你！”

胡美愣了半晌，终于笑了起来，笑得极为夸张，眼泪都几乎要出来了，她看着一旁的小马道：“这位谢警官是怎么了，没失心疯吧？”

小马也终于忍不住了，低声道：“谢姐，你怎么了？胡美的嫌疑不是已经排除了吗？你怎么还说她是凶手？”

小谢的眼睛直视着胡美，脸上的笑容始终不减：“胡美，你自以为一切天衣无缝，但实际上漏洞百出，一定要我戳穿你所有的谎言才肯承认吗？”

胡美用藐视的目光扫了一眼小谢，道：“谢警官，既然你认为我是凶手，那好啊，说说理由。我胡美什么大风大浪没见过，光拿话诳我是没用的。”

小谢闻言站起身来，无视胡美藐视的目光，将手背在身后踱着方步，颇有张警官的架势。

审讯室里死一般的寂静，所有人都看着小谢，不知道她会用什么理由去反驳胡美那“无懈可击”的不在场证明。

良久，小谢终于停下脚步，居高临下地看着胡美，道：“既然你不见棺材不掉泪，那么我就只好戳穿你的鬼把戏了！”

小谢组织了一下语言，冷声道：“你的犯罪手法很简单，虽然视频和酒店的服务员都能证实你当天在酒店不假，但是别忘了，你进出酒店可是戴着口罩的，我们当时仔细查看视频都无法确认你的长相，事务繁忙的服务员就更加确认不了了，他们只能根据你的身材、发型和穿着来判断是你本人。这样的话，就很可能存在一个情况。”

小谢顿了顿继续道：“视频显示，你前天上午和 ×××（乙男）出去了一趟，过了三个小时才回来，这么长的时间足够找到一个身材、发型和你相仿的人，穿上你的衣服并戴上口罩，之后，×××（乙男）带她回到酒店继续掩人耳目，而你则偷偷潜回家附近埋伏起来，等胡莉从周君的软禁中逃脱出来后，你便偷偷地跟过去，将她忽悠到江边上，将她杀害，并抛尸江中！”

小谢说到这里，声音陡然尖锐了起来，字字如利刃一般划破胡美身上的伪装：“你陪着 ×××（乙男）到一个无人认识你的城市去旅游，为何要多此一举戴上口罩？你母亲常年赌博诈骗，警惕性很高，只有至亲之人才能在她毫无防备的情况下让她窒息而亡！你母亲从小对你态度就很恶劣，初中没毕业就让你辍学打工，你未满十八岁就逼你出卖肉体，当你有了高大帅气的男友时还逼你嫁给一个没有任何感情的男人，这其中任何一件事常人都无法容忍，加上这么多件事情并发，你的杀人动机远远比你丈夫充足！”

“而且，还有更重要的一点！”小谢不等胡美答话，继续厉声说道，“你丈夫说孩子鉴定非亲生之后，你就坦白了一切，但我怀疑你所谓的坦白一切有极大的虚假成分！在所有的陈述中，你多次强调是因为胡莉的逼迫才会做错事，将所有的责任都推给胡莉，包括你遇到前男友，和前男友发生关系，甚至孩子出生，你都将责任推卸给胡莉，说是她逼迫你的，但这恰恰证明了你满嘴谎言！

“你说你和周君结婚之后就和前男友失去了联系，一年之后胡莉让你去陪赌客时才偶遇他，纯粹是满口谎言！胡莉因为年老色衰而叫你引诱男人这样的说辞，我相信，但我不相信你的前男友恰好会成为赌客之一，你的前男友比你大四岁，今年也只有二十七八岁，而且还是一个混混，他完全没有资格和财力去参加胡莉她们的大型赌局，否则当初你就不会在和他恋爱之后还去超市当售货员。

“退一万步讲，就算他突然发了大财、有了参加赌局的财力，也绝对不会在和你有了孩子之后还逼迫你生下来，更不会以此为条件配合胡莉继续内通！

他年纪这么轻，又长得高大帅气，如果有钱的话，完全可以去找一个漂亮的女孩结婚，组建一个家庭之后再生下有父母疼爱的孩子，没必要让你一个已经结婚的女人偷偷生下孩子。

“你和前男友感情很好，是在胡莉的逼迫下才和周君结婚，你没有任何理由会在婚后突然和前男友失去联系，还要等一年之后你母亲介绍才“偶遇”前男友。我怀疑你根本就是婚后余情未了，暗中和前男友联系，怀孕之后又舍不得打掉，抱着侥幸的心理将孩子生下来，最后却被周君发现！

“你之所以将此事嫁祸给胡莉，并将所有堕落的罪责都推卸到胡莉身上，只有一个目的——”

小谢顿了顿，厉声道：“你想引起周君对胡莉的憎恨，让他产生强烈的报复心理，最终主动动手杀了她！”

“事情的发展果然如你所料，周君因为对你余情未了，将内心的怨恨转移到胡莉一个人身上，实施了报复计划，你虽然表面上是按照周君的嘱托外出陪×××（乙男），实际上却一直在关注周君的动向。我甚至怀疑那个和×××（乙男）出游的根本就不是你，而是一个你早就选好的替身，实际上你当时根本就没有离开过家附近，而是一直在暗中偷偷观察周君和胡莉的一举一动！

“但最后事情没有按照你设想的发展，即周君所说的教训并不是杀掉胡莉，只是让她取回了五十万元钱，你在胡莉安全离开你和周君的家后，干脆一不做二不休，将胡莉骗到江边，将她闷死并抛尸江中，这样的话，你有了完美的不在场证明。就算警方调查起来，也只会将周君当作凶手，而不会怀疑到你身上！

“周君成了杀人凶手，锒铛入狱，你接下来就可以和他离婚，名正言顺地和前男友在一起。反对你和前男友在一起的人死了，还留下了一大笔遗产。胡美，你这小算盘打得真是精啊！”

小马在一旁惊讶地听着，嘴巴张得比蛤蟆还大，久久合不拢。越听小马越是惊叹谢警官的思路周密，推理能力无比强大，不愧是自己的“偶像”。

对小谢钦佩之余，他也惊叹于胡美的定力，这个岁数和他差不多的女孩居然从头至尾坐在椅子上不动声色、稳如泰山，仿佛小谢在评论一个和她毫不相关之人。

小马眼里的“超级偶像”小谢看到胡美镇定自若的模样似乎有些急了，道：

“胡美，所有的一切都证明了凶手就是你，容不得你狡辩，你还是老老实实地交代吧！”

胡美终于开口了：“谢警官，说完了吗？”

胡美这话明显是在质疑自己的“偶像”，小马有点冲动了：“胡美，你这是什么态度，谢警官说了这么多，你有一条能反驳的吗？反驳不了的话就老实交代。坦白从宽，抗拒从严！”

胡美闻言却笑了，道：“是啊，坦白从宽，牢底坐穿；抗拒从严，回家过年……”

看着小谢和小马两人怒气冲冲的模样，胡美笑道：“两位，不要着急，开个小玩笑而已，我还是会坦白的。只是在坦白之前，先让我一条条来反驳谢警官的高论！”

“谢警官您说我和前男友相爱，和周君没有感情，这话没错。但我在婚后和周君日久生情不是很正常吗？人都是有感情的，周君性格很好，很照顾我，也很爱我，这么多年一直包容我，就算他知道孩子不是他亲生的也愿意接受，这样的男人哪里找？我自然会选择他。

“您说我婚后和前男友断了联系不正常，我却觉得非常正常。因为当时我和别人结婚，让他非常生气，说我不遵守约定，言而无信，直接拉黑了我。直到一年后母亲介绍我认识他，我们才觉得这一切都是天意，就发生了关系，并怀上了他的孩子。

“前男友的家境确实不好，但他当混混这么多年，赚点钱不稀奇，平常又喜欢寻求刺激，这样一个喜欢寻求刺激又有点小钱的男人，参与赌局不是很正常吗？我和他恋爱之后还去打工，是因为不想让他养我，而且打工可以帮我掩饰平常出去陪客人的事实，不至于让我名声受损。

“关于强迫我生下孩子一事，后来他跟我说明了真实想法，是希望我能有回头的一天，如果因为这个孩子导致我和周君离婚，他就可以娶我。正是抱着这样的心理，他才将这个作为条件向我母亲提出，他以为我会很感动，实际上我很恨他，因为这种做法太自私，完全将我推入了绝境。

“至于你所猜测的戴口罩的真相，完全是无稽之谈！”胡美冷声道，“我戴口罩的原因很简单，因为我感冒了！那天我们上午离开三小时是去景点游玩。如果你不相信的话，我手机里有照片可以拿给你看，其中有几张是没戴口罩的，

而且当天中午我和 ×××（乙男）是在房间里用的餐，叫的是酒店餐厅的套餐。当时是餐厅服务员来送餐的，我在房间里没有戴口罩，餐厅服务员一定看清了我的长相，而且我还和他说过两句话。你完全可以将当天送餐的服务员叫来，看看我说的是不是实话！”

胡美每说一句话，小谢脸上就苍白一分。这是小谢第一次被嫌疑人反驳得哑口无言，也是小谢所有的推理第一次全部被无情地推翻！

小谢犹豫道：“你完全可以找一个长相和声音都和你一般无二的人……”说到一半小谢又停了下来，自己也觉得这个理由很苍白，毕竟长相和声音都和胡美一般无二，胡美又没有双胞胎，世界上真的存在这样的人吗？

胡美见到小谢的窘态，脸上挂满了胜利的微笑：“谢警官，我完全明白你的意思，先别说这个世界上有没有这种人，即使真有这样的人，×××（乙男）和此案没有任何关系，他纯粹只是想玩玩，有什么理由参与进来配合我布这么大一个局呢？”

小谢仿佛抓到了一根救命稻草，大声道：“怎么没有可能，胡莉不是取了五十万给周君了吗？周君说后来给你让你去存起来了，但是我们没有查到你俩的银行卡上有任何进账，一定是你事先答应给 ×××（乙男）巨额报酬，事成之后拿去收买他了！”

胡美笑道：“真佩服您的脑洞。我告诉你，这五十万我花两万买了一个包包，剩下的全部交给我父亲保存了，整整四十八万，一分不多，一分不少！”

胡美说完仰头畅笑起来，仿佛赢得了最终的胜利。

小马在一旁看得心急如焚，尽管对面是一个年纪和他相仿的漂亮女孩，但小谢可是他的同事加偶像，现在偶像居然被一个嫌疑人反驳得无话可说，他作为同一战线的“战友”怎能不着急！

就在胡美畅笑、小马情绪低沉之际，小谢却忽然大笑起来，和之前的胡美一样，笑得极为欢畅，连眼泪都笑了出来。不仅如此，她还一边笑一边对胡美连声说“谢谢”。

小马心里一紧，心想谢警官不会真的受了刺激以至于发疯了吧！

小谢半天才止住笑，冲一旁有点愕然的胡美点头道：“胡美，你真是个难缠的对手。我费了这么大的心机，终于让你露出了马脚，我说‘谢谢’不是和你客气，而是真心的……”

小谢顿了顿，一字一句道：“我要谢谢你，谢谢你告诉我真正的凶手是谁！”

小谢说完这句话之后，看着胡美的眼睛不再言语。

胡美的笑容僵硬下来，似乎发现了什么不对劲的地方。

小马则是一头雾水，这谢警官和嫌疑人有来有回地斗得不亦乐乎，似乎是谢警官笑到了最后。但一直到现在他还不明白谢警官说的到底是什么意思，也猜不出凶手到底是谁。

小马不知道其实很正常，因为案件前期他并没有参与，一直到张警官走后他才陪审，因为不知道之前发生的一切，自然找不出胡美证词里的破绽。

小谢看出了小马脸上的疑惑，并没有解释，而是掏出手机打了个电话：“老大，您那边情况如何？”

“很顺利，二十分钟之后可以到警局。你那边呢？”

“也很顺利，可以确定之前的猜测。”

“好的，稍等，我们马上到。”

小谢挂上电话，淡淡地看了胡美一眼。已经回过神来的胡美不但笑容完全消散，脸上也彻底失去了血色。

自从刑侦大队的大队长退休后，警局唯一能被谢警官叫老大的就是张警官了，虽然谢警官之后不再言语，但小马从两人的对话中还是知道这个案子已经稳了。

审讯室里恢复了寂静，只剩下或平稳或急促的呼吸声，但所有人都知道，这只不过是暴风雨来临之前的宁静罢了，等张警官赶到之后，这里将迎来另外一股腥风血雨。

张警官的时间观念极强，二十分钟之后，就准时出现在审讯室门口。除了他以外，还有一人跟随在其身后，这个人正是死者胡莉的丈夫、胡美的父亲——武大爷！

武大爷看着脸色苍白的胡美，喃喃道：“孩子，你受苦了！”

“爸！”从一开始就一直和小谢硬怼到底的胡美，这一刻却泣不成声。

父女俩几步上前抱着哭作一团，无论胡美如何道德败坏，此刻却完全是亲情流露，没有半点虚假。

小谢看着父女两人，不知为何心中略有点酸楚，或许是想到了她去世多年的父亲。这里给大家透露一下小谢的身世。

小谢从警察学校毕业之后就直接进入了省局刑侦大队，刑侦大队是一个十分要求经验、看重资历的部门。小谢之所以能从一所不是很知名的学校毕业后直接进入，原因很简单，是因为小谢出生于警察世家。她的父亲老谢也是一名警察，在多年前一次出任务中光荣牺牲。

张警官之所以对小谢很关照，总是带着她出任务，刻意培养她，或许也有这个原因吧！这不涉及任何以权谋私。面对已经牺牲的前同事的女儿，换作任何人都会很关照，何况小谢头脑聪明、思路清晰，确实是一个值得重点培养的对象。

小谢看到父女俩的真情流露，和胡美斗智斗勇并最终获胜的喜悦顿时烟消云散，取而代之的是对父亲的浓浓哀思。

张警官看到小谢的神情，知道她心里在想什么，拍了拍她的肩膀道："过去的事情就让它过去吧，不要想太多。你现在已经做得很好了，老谢一定会非常开心的。"

小谢点了点头，示意自己无碍。

她稳了稳心神，和张警官一同坐到审讯桌前，开始了最后的审讯。

父女俩已经止住哭声，等着小谢和张警官的询问。两个人神情各异，武大爷低着头，不知道在想些什么；胡美却直愣愣地盯着小谢，眼神中甚至充满了怨毒。

小谢对武大爷道："武 ××，这次叫你过来，不用我多说，相信你心里也有数，老实交代吧。"

胡美闻言瞪着眼睛大声道："这件事情和我爸没有任何关系，我只不过是将钱交给了他保管，我当时交代我爸要保守这个秘密，他自然不会跟你说。"

小谢叹了一口气，道："胡美，你的心情我很理解，但说实话，我之前套你话，只是想确认一下自己的猜测是否正确。这钱在不在你父亲手中并不重要，重要的是，我们在对你询问之前，就已经确认了你父亲就是凶手！"

这下不单是胡美愕然，就连武大爷也抬起头来，显然他也想知道小谢是怎么看穿他们这自认为是"天衣无缝"的计划的。

- 9 -

张警官正色道：“武 ××，刚才前往你家抓捕你之前，我就调查过从你家到你女儿家沿途的监控，时间是你妻子胡莉失踪的第三天和第五天。你明白我的意思吗？”

武大爷听完张警官这句话，脸色煞白，深深叹了口气。

半晌，他终于抬起头来，眼睛里充满着血丝，道：“我交代。人是我杀的，和我女儿没有任何关系！”

“爸！”胡美哭出声来。

“孩子，已经到了今天这个地步，就认了吧。我一人做事一人当，只要你幸福就好！”

武大爷说的第一句话就告诉了我们他杀妻的最大原因：

“我这个人性格懦弱，受了一辈子委屈，这条路是我自己选的，无论胡莉如何对我，我都可以忍受，但她不仅欺压我的女儿，还要将所有的财产都留给一个野种，这点我完全无法忍受。唯一的办法就是杀了她！”

“野种”两字一说出口，张警官和小谢瞬间就明白了，原来胡莉倾家荡产救治的儿子根本就不是武大爷的亲生儿子！

武大爷交代，自己在“儿子”被查出患有严重的先天性心脏病之后，就知道了这个真相！

当时儿子要动大手术，需要大量血源，他这个做父亲的自然去做了配型，但验血的医生却好奇地问他和孩子什么关系，当他说出自己是孩子的父亲的时候，医生的神色极不自然。

在他的追问下，医生才告诉他，他不可能是孩子的父亲，因为血型完全不匹配。除非出现基因变异的情况才有可能，不过这种可能微乎其微。

武大爷闻言如五雷轰顶，他和胡莉在一起这么多年，对她可以说是无限容忍，唯一的念想就是胡莉能看在他性格“好”、能包容的份儿上，对他保持忠诚，能和他过一辈子。而那天，这唯一的念想也被击打得粉碎！

武大爷失魂落魄地回到家里。胡莉当时正忙着筹钱的事情，焦头烂额，根本没有发现他的神情不正常。

胡莉去医院陪孩子之后，武大爷越想越怕，儿子、女儿都长得漂漂亮亮、标标志志，完全随胡莉，和他却一点也不像，说不定两个全是“野种”！

于是武大爷找了个机会，取了儿子和女儿的检材去做亲子鉴定。结果出来后，武大爷喜忧参半。

忧的是儿子果然是“野种”，喜的是女儿确是他亲生。

自那以后，武大爷就将所有的关爱全部投入到女儿身上，对于儿子非亲生一事，他选择了打落牙齿往肚里吞。这么多年来，他从没和胡莉怼过一次，甚至连重话都没有说过，多年养成的习惯让他选择默默忍受。

胡莉一直到死都不知道武大爷发现了孩子非他亲生，因为她几乎没有关心过武大爷。或许在她看来，武大爷仅仅是个免费的佣人而已。

不过自那以后，武大爷就对胡莉的行踪关心起来，任何男人知道自己戴了绿帽子都会气愤，也一定会想知道妻子和什么人有私情，武大爷也不例外。于是，他选择了暗中跟踪胡莉。

当时胡莉还没有从魔术师那里得到百战百胜的“千术”，只是打点小牌，手气倒是不错，有输有赢，而且赢的时候居多。

武大爷一调查，从胡莉的牌友那里得知，胡莉打牌的技术其实很不好，经常输钱，还经常欠钱。武大爷这下糊涂了，可平时胡莉赢钱是实实在在的，而且也没有拿家里的钱去还赌债，怎么会出现这种情况呢？

费尽心机查探后，武大爷终于知道了真相，这个真相让他万念俱灰！

胡莉的技术确实很差，也经常欠钱，但她颇有姿色，每次欠钱就会用身体来还！

输了小钱就出点，输多了就用身体来还，而赢的则全部塞自己兜里，这样的牌局，技术再差的人都可以做到输少赢多！

为什么别人出去打牌都会当天回来休息，偏偏胡莉喜欢一出去就打两三天，而且还会去离家远的地方打？

原来都是为了方便以身抵债！

可怜的武大爷顿时觉得人生已经失去了希望，多次想一死了之，还好活泼可爱的女儿给了他活下去的勇气。

之后他将胡莉完全当成了陌生人，所有的心思都寄托在女儿胡美身上。

偏偏年幼的胡美性格随母亲，脾气暴躁、行事专横，唯一怕的就是母亲，对他这个父亲没有什么好脸色，甚至还觉得他窝囊。

无论胡美如何对他，武大爷都会忍受，这对他来说已经成为习惯，只是将之前忍受妻子的生活方式转移到女儿身上。

人心都是肉长的，虽然总是骂父亲窝囊，但毕竟父女连心，胡美也慢慢被感动，和父亲的关系越来越亲近。

父母俩的生活并不好过，每次儿子动手术，家中就要遭受一次地震，武大爷和胡美就变成了胡莉的两个出气筒，一不开心就对两人又打又骂。

这一切武大爷都默默忍受着，只希望女儿快快长大，能读个好学校，找份好工作，嫁个好人家，不要受他这样的苦。

好不容易熬到胡美初中毕业，而且中考成绩优异，武大爷很高兴，胡美也兴致勃勃地准备去读高中，没想到却遭遇了当头一棒！

胡莉不同意胡美继续读书，而是让她去打工，赚钱供养那个“野种”！

结婚十余年来从来没有和妻子生过气的武大爷第一次愤怒了！

自从发现儿子非亲生之后，武大爷就觉得自己下半辈子的人生已经失去了意义，女儿是他唯一的精神寄托，因此胡莉不让女儿读书就等于毁掉了她的前途和自己的希望，武大爷如何能忍？

武大爷生平第一次和胡莉争执起来，说就算砸锅卖铁也要让女儿去上学，一贯嚣张跋扈的胡莉顺手就给了武大爷一巴掌，道：“反了天了，这个家里哪有你说话的地方，你有本事就去赚一百万回来给老娘看看，否则就老老实实待在家里做你的窝囊废！”

武大爷被这一巴掌扇蒙了，结婚十余年每时每刻都被妻子支配的被动感袭上心头，居然让他失去了反抗的勇气。

在胡家，胡莉就是皇帝，一切都要按照她的“旨意”办，胡美只能辍学打工，所得工资全部上缴，因此胡美小小的年纪就吃尽了苦头。

武大爷看在眼里，疼在心里，但没有任何办法。当时的他极为痛恨自己的窝囊和无能，在每天妻子配额给他买菜的钱中抠出一点儿给女儿买零食吃。这是他唯一能想到的关心女儿的方式，何其可悲！

这种情况持续了将近一年，一直到胡莉找到老男人教她“千术”，胡美的生活才稍微好过点，因为此时输赢以万计数的胡莉已经看不上胡美那区区一两千元的工资，索性就让胡美自由支配自己的收入了。

武大爷抱着一线希望哀求胡莉，让胡美去读高中，但胡莉依旧不同意，理由非常充分："女子无才便是德，嫁出去的女儿，泼出去的水，这世上有几个像你一样愿意入赘的窝囊男人？"

在胡莉这几句轻飘飘的话语中，胡美读书的希望彻底破灭了。

自那之后，原本性格就随母亲、不是很安分的胡美便失去了改变自己命运和纠正品性的机会，彻底走上了道德沦丧的不归路。

从结婚伊始一直到武大爷杀妻为止，只有一件事让胡莉和武大爷站在了同一条战线上，那就是让胡美嫁给周君。

武大爷从周君身上看到了自己的影子，而且周君比自己强，因为他有一套父母赠予的老房子，虽然位置比较偏僻，但至少女儿嫁过去会有一个属于自己的家，最重要的是周君的性格和他很像，对胡美是真爱，相邻他婚后一定会好好对待胡美。

此时的武大爷已经完全站在了女儿这一边，却没有反思自己的经历，忘记了自己也很爱妻子，但婚姻很不幸福，成长环境很不和谐，最终才导致了女儿的悲剧。

胡美当时反抗过，却没有效果，武大爷的意见可以忽略不计，因此胡莉说什么就是什么，没有任何反驳的余地。

当时武大爷还以为妻子和他一样是为了女儿的幸福才选择了周君，万万没想到胡莉居然只是看中了周君的性格和他一样懦弱，不会限制胡美的行为，方便她带胡美出去陪赌友！

一直到去年，武大爷才知道这个真相！

儿子读中学的时候，胡莉严格限制武大爷的行动，不让他外出，因为她经常出去赌博，家里必须有人照顾体弱多病的儿子。武大爷就这样成了儿子的全职保姆。

儿子上大学之后，胡莉就不再管武大爷了，正好此时外孙也出生了，武大爷便频繁地去女婿家里，一方面是想多陪陪女儿和外孙，另外一方面也是想躲避脾气暴躁易怒的胡莉。

和女儿女婿待在一起的时间一长，武大爷就发现了不对劲的地方：女儿经常会打扮得花枝招展地出去两三天，回来之后总是会带回数百上千元。

虽然胡美解释说是母亲给她介绍了一份好工作，但武大爷不相信，哪有工作时间不稳定，而且一出去就是两三天不回家的？这和胡莉以前出去赌博、陪男人何其相似！

他内心焦虑不堪，以为胡美也和胡莉一样走上了用身体去抵消赌债的“歪路”，于是便质问胡美。

胡美当然不承认，武大爷就偷偷跟踪她，跟踪的过程用武大爷自己的话来说，就是几年前跟踪胡莉一幕的重演！

原本已经做好心理准备打算接受最坏结果的武大爷却没有想到，真相远比他猜测的恶劣一万倍！

自己的妻子居然带着女儿去陪同一个男人。面对母女俩的道德沦丧至此，武大爷唯有无语问苍天。

待胡美回家之后，武大爷质问其为何做出如此道德沦丧之事，胡美却哭着告诉他，一切都是受母亲逼迫，她也是受害者。

她还将胡莉逼迫她去陪前男友，并强迫她生下前男友的孩子一事全部告诉了父亲，引发了父亲对母亲胡莉的极端愤怒。

也就是从这一天开始，武大爷的心里有了杀妻的念头。

而最终让他下定决心杀妻，则是因为一个字——“钱”！

胡莉自从和老男人学到“千术”之后，频繁参与大型赌局，几年时间不但还清了所有欠款，而且还积累了一笔不小的财富，至于财富具体有多少，武大爷不知道，胡莉也不会告诉他，但他知道必然是一个巨大的数字。

有时候，他会试探着劝妻子，说女儿女婿生活条件并不好，是不是能够适当“援助”一下他们，反正以后分家的时候会给他们一部分，不如提前拿点出来以解他们的燃眉之急。

没想到胡莉却瞪着眼睛大声道：“我早跟你说过，嫁出去的女儿，泼出去的水，周君又没有入赘，我凭什么要给一个外人？”

言下之意就是胡莉的所有钱物包括房产都是留给儿子的，女儿女婿一毛钱都别想得到。

武大爷太了解胡莉的性格了，知道只要她说了这话就没有回旋的余地，除非她死了！说不定就算她死也会提前将所有的钱都转给自己的儿子！

唯一能保证让亲生女儿胡美得到这笔钱的办法只有一个，就是杀掉胡莉！

俗话说“父女连心”，一点都没错。胡美也数次尝试过让母亲支援自己一点钱物，却被无情拒绝，同样她也有杀母的念头。

父女俩经常在一起说心里话，当他们明确了彼此有共同的想法之后，就制订了杀害胡莉的计划。周君成了他们计划中最重要的一颗棋子，而武大爷只是后手。

最理想的状态就是周君在胡美言语的刺激下亲自动手杀了胡莉，那样既可以让胡莉死，父女俩又不用承担任何责任。

而且孩子的父亲不是周君，而是胡美前男友，如果周君因为杀害胡莉入狱，则可以让胡美和其离婚，再和前男友结婚，这样也可以确保孩子有一个父母双全的幸福童年。

与此同时，周君若杀了胡莉，胡莉留下来的遗产就无需和他分配，全都是父女俩的。

因此，行事一贯谨慎的胡美故意露出破绽，即放了一盒避孕套在包包里，又故意不拉上拉链，方便从来不翻她东西的丈夫发现。

周君果然上钩。胡美吃准了周君的性格弱点，知道只要自己示弱，并强调所有的事情都是胡莉逼迫的，周君就会迁怒到胡莉身上。

一切按计划顺利进行中，直到胡莉让胡美去陪乙男那天，出现了周君用刀划破孩子额头的突发事件，周君主动提出要以孩子为诱饵，引诱胡莉来家中并对她实施“报复”。

胡美内心异常欢喜，以为周君已经有了杀死胡莉的打算，于是按照周君的安排前去陪乙男以麻痹胡莉，方便周君实施“报复”计划。

在前往约定地点的同时，胡美给父亲打电话，告诉他事情的经过。父亲得到通知后数次来到女婿家附近蹲守以探查动静，同时也做好了万一周君没有杀掉胡莉、自己再动手的准备。

在亲眼见到胡莉进入女婿家后，他欣喜万分，以为计划就要完美实现时，却没想到胡莉居然完好无损地出门了，不过当时胡莉什么都没带。他很好奇，不知道女婿葫芦里卖的什么药，便给女儿打电话通报情况。

此时胡美还在邻市陪乙男，她找了个机会给周君打电话询问进展，周君告诉她计划正在进行，少安毋躁。

胡美将情况告知父亲武大爷之后，武大爷便耐心等待。

不久之后，空手出门的胡莉果然又拿着一包类似“钱”的物品返回，武大爷希望胡莉这次进去就不再出来，却没想到短短半个小时之后，胡莉又出来了，而且背着包，拿着手机，明显就要一去不复返。

面对这种情况，傻子都能想到周君所谓的“报复”就是找胡莉要钱。这和之前父女俩策划的偏差太大，于是武大爷只能自己动手了！

于是武大爷故意装作毫不知情地来女婿家看外孙，“偶遇”了急匆匆出门的胡莉。

胡莉对这个被自己欺压了二十多年的丈夫倒是没有一点戒心，慌慌张张地告诉丈夫，说周君请混混绑架了儿子，她现在要去儿子就读的城市看看他是否真的平安无恙。

武大爷便装模做样地打了一个电话，说叫两个帮手，免得那些绑架儿子的混混还在。

胡莉想自己是个女流之辈，丈夫又是个窝囊废，叫两个帮手确实更安全，于是跟着丈夫武大爷到了江边的阴暗角落，在这里等“帮手”来。

聪明一世、糊涂一时的胡莉万万没有想到，“帮手”没等到，等到的却是死神的降临。

武大爷用提前准备好的塑料薄膜袋罩住胡莉的头部，强按住她的口鼻，让她发不出任何喊叫，直至窒息而亡！

胡莉死后，武大爷就近将她抛尸江中，造成了溺水而亡的假象。

她的包包和手机也被丈夫武大爷拿走丢弃，这样就算被发现不是溺水而亡，也会让警方以为是谋财害命，从而不至于怀疑到自己头上。

但他不知道胡莉有一个小手机藏在贴身口袋里，这个手机里记录着许多有“关系”的赌友的信息。这个自然不会让武大爷知道，而这个手机也成了迅速破案的关键物证。

一切大功告成之后，武大爷和胡美通了电话，对好一切口供，以防万一。

一直到发现胡莉的尸体，武大爷被叫来询问，得知尸检结果后，知道警方已经在调查凶手，武大爷便通知胡美，如果警方询问起来，就引导他们将怀疑对象转移到周君身上，所以才会有当时胡美“以为凶手是丈夫”的反常表现。

俗话说“天网恢恢，疏而不漏”，无论武大爷和胡美的思虑多么周密，最终还是露出了破绽，被小谢和张警官发现后对武大爷进行重点调查，最终得以真相大白。

之后，警方按照武大爷指认的地点找到了藏起来的四十八万和被丢弃的“凶器”——几个叠起来的塑料薄膜袋。

至此，这个案件总算是水落石出了。

过程、真凶、凶器、动机全部已经明了，也到了该和大家说此案终结的时候了。

没想到有一个人却在此时站了出来，告诉我们这个案子尚没结束，其中还有“蹊跷”！

如果换作别人，我们或许会怀疑他是吃饱了饭没事干、瞎胡闹，可偏偏这个人是张警官，让我们不得不相信这个案子极有可能存在“隐情”！

这个“隐情”的暴露是在对武大爷审讯结束之后。

一般来说，对嫌疑人都是分开审讯的，这样不但可以减少他们串供的可能性，而且单独审讯也有利于攻破嫌疑人的心理防线。但为何这个案子却将两个重大嫌疑人（胡美和武大爷）放在一起审讯？

其实这是张警官特意安排的。

对武大爷审讯结束后，小谢准备问胡美一些问题时，张警官却出乎意料地让小马带着武大爷先行离开，留下胡美一个人在审讯室。

小谢看着张警官，露出了疑惑的神色，显然张警官这样安排的目的，就连她也不知道。

胡美一个人坐在审讯桌对面，看着小谢和张警官，也意识到了有点不对，警觉道：“两位警官，还有什么问题吗？”

小谢正要开口，张警官做了个停止的手势，示意由他来询问。

张警官站起身来，习惯性地背着手在审讯室踱着方步，这个动作已经成为他的标志动作，小谢经常下意识地去模仿。

张警官不停地看表，时间就在寂静中一分一秒地过去，十分钟……二十分钟……三十分钟，短短的半个小时仿佛已经过去了半个世纪。

终于，张警官的手机响起，他接通道：“情况如何？”

不知道对方和张警官说了什么，只见他频频点头，脸色越来越冷峻。

良久，张警官说了声：“辛苦了，现在收队吧，把录音先发给我。”说罢，他挂断了手机。

张警官在原地呆立了半晌，又慢慢地走到胡美面前停了下来，用冰冷刺骨的语气道：“胡美，你好狠的心啊！”

胡美闻言一怔，道：“张警官，你这话是什么意思？”

张警官的声音陡然高了起来：“利用了丈夫还不够，居然还利用你父亲，你的前男友对你就那么重要吗？”

胡美全身一抖，声音都颤抖了起来：“张警官，我还是没有明白你的意思。这事怎么又和我前男友扯上了关系？”

“哈哈，不但妻子是个道德败坏的女人，就连一心爱护的亲生女儿也是一个无比阴险的女人，我真替武 ×× 感到悲哀！”在小谢的印象中，难得见到张警官如此愤怒！

张警官仿佛发泄般地说出这番话之后，继续道：“别以为我不知道，你的所作所为不但是引诱丈夫周君下手除掉胡莉，同样也在引诱你父亲武 ×× 动手除掉胡莉！而做这一切只不过是为了和你的前男友双宿双飞！”

胡美颤声道：“不是，我很爱我的父亲，我从来没有引诱他去杀人！”

张警官厉声道：“到这时候还要狡辩？我告诉你，你的前男友 ××× 已经交代了一切，包括你怎么回头去找他，怎么和他怀上的孩子，怎么想方设法筹钱来养他，怎么以孩子为借口让他一直等你……所有的一切他都交代了，我手机里面有录音，你想听听吗？”

张警官顿了顿，忽然笑了：“恶人自有恶报，你的前男友远远没有你想象的爱你，你在他眼里不过就是一个鸡肋，食之无味、弃之可惜罢了！”

“不会的，绝对不会的！”在刚才审讯过程中一直满眼含泪、可怜兮兮呆坐在父亲身边的胡美忽然癫狂起来：“他不是这样的人，他说了，会爱我一辈子！你不要骗我！”

胡美的眼神里满是恐惧和怨恨，那是一种支撑着心中所有信念崩塌后才会有的神情。

张警官不再言语，打开手机的外放，将刚刚接收到的一段录音放了出来。里面传来了一个年轻男人的声音，声音很浑厚、很好听，光听声音就知道此男颜值必定不低。

男人讲述了他和一个女人相爱的经过，这个女人正是状若癫狂的胡美。

因为胡美最难过的青春岁月是由他陪伴的，所以胡美对他爱到了极致。

他是一个混混，没有经济来源，又想过上奢侈的生活，胡美就为了他去找母亲，说母亲是“赌神”，会教她百赌百胜的“千术”，可以赚钱给他花。男人说自那以后，胡美确实给了他很多钱，让他的日子过得很舒心。

后来，胡美被母亲逼迫嫁给了别人，他已经断了念想，但是胡美始终对他念念不忘，在婚后还主动去找他，和他发生了数次关系，并生下了孩子，而且让他等她，说不久之后就可以和他双宿双飞，两人还有大把大把的钱花！

录音放到这里，小谢已经完全明白了！

原来自己之前猜测的没错，胡美和前男友发生关系、生孩子，根本就不是胡莉一手安排的，而是胡美自己主动送上门的！

胡美所说的“她和前男友发生关系并生孩子是被胡莉所逼”完全是谎言，甚至胡莉让她去陪赌客都极有可能是她自甘堕落，而不是胡莉逼迫的！

居然为了一个混混前男友做出如此匪夷所思的事情，此女的言行实在令人无法想象！

录音的最后，男人带着哭音道：“× 警官，我发誓我交代的全部是事实，胡美长得还不错，又可以给我钱花，这样的好处不占白不占。我从来没有和她妈一起打过牌，我也不喜欢打牌，有钱干什么不好，去打牌输掉不是犯二吗？之前我说和她妈打过牌的话都是胡美教我说的，至于她所谓的幸福生活，要不是她生了我的孩子，还答应以后将家里的钱全部弄出来一起花，谁会等她那个二手货？”

这段录音放完，胡美彻底陷入精神崩溃的状态，又是哭又是笑，似已疯癫。无需她再说什么，此刻的状况已经说明了一切！

胡美这个自以为聪明的女人实际上傻到了一种境界，她处心积虑地编造种种谎言，将自己自甘堕落说成是母亲逼迫，无外乎就是让爱护她的两个男人去为她做自己想做又不愿意做的事情——杀害自己的亲生母亲！

最终的目的竟然是为了和混混前男友双宿双飞！

有一个爱自己的丈夫，她不懂得珍惜，有一个爱护自己的父亲，她不懂得珍惜，却一心为了一个将自己视为鸡肋的男人去背叛真正关心自己的至亲，何其可悲！

胡美在审讯室里号哭不已，不知道在另一个房间的武大爷知道真相后会如何震撼和悲哀！这样的真相或许他不知道为好，就让他在脑海中保留胡美那尚存一丝善念的形象吧。

死亡九色鹿

-1-

2013年的某一天，大概凌晨五点半左右，天刚蒙蒙亮，警方便接到了一个报警电话。报警人是一位老大爷。

老大爷说自己早上正准备出门晨练，刚出单元门就看到一个人躺在地上一动不动，他开始还以为是喝醉了酒，走近一看才发现地上有一大摊血！

他生怕自己惹上麻烦，吓得三步并作两步跑回家中，立刻拨打110报警电话。

警员们赶到现场之后，发现躺在地上的人已经死亡，半边脸摔得血肉模糊，几乎看不清其长相，但从穿着和长头发来推断，死者应该是一个年纪不大的女孩。

从现场的情况来看，死者很可能是坠楼致死，但当警员们靠近尸体仔细观察的时候，却发现事情并没有那么简单。死者的左手抓着一部手机，右手保持着写字的姿势，地面上还留下一个用鲜血写的“一”字！

警员们马上通知了刑侦大队，由于张警官还在外面办另外一个大案子，小谢便带着几名警员赶到现场，接手案件的调查。

法医小汤对现场进行勘察之后，做出了如下几个初步的推断：

第一，从尸体的僵硬程度和血液的凝固度来看，死者的死亡时间应该是在三个小时之前，也就是凌晨三点多钟。

第二，死亡的原因可以确定是坠楼身亡，死者在临死之前应该有过短暂的意识清醒状态，所以才有时间用手沾血写下“一”字。

第三，死者衣衫齐整，除了面部摔伤之外没有其他伤痕，死前应该没有遭受过暴力侵犯，因此坠楼的原因初步判断有二：其一是自己跳楼；其二是有人趁其不备将她推下楼。从死者临死前写下“一”字的情况来看，第二种情况的可能性比较大。

在小区居民的指认和物业的帮助下，死者的身份很快便得到了确定。死者名叫燕子（化名），今年十五岁，刚刚读高一。

据知情人士介绍，燕子的父母两年前离婚，她和母亲住在一起，但母亲很少回家，平常只有燕子一人住在家里。

听说燕子的母亲在外面有一个男朋友，但具体情况邻居们都不太了解。

物业补充说一个中年男人经常来看望燕子，从样貌和年龄判断，该男子很可能就是燕子的父亲。

小汤从燕子的手机里找到了两个号码：分别是“爸爸”和“妈妈”。

小谢打过去之后，两个人的表现几乎相同，都以为是小谢窃取了燕子的号码忽悠他们，想骗他们的钱，一开始都不约而同地挂断了电话。直到小谢让物业给他们打电话，两个人才号啕大哭，急着往回赶。

这两个人一个在外地旅游，一个在外地出差，要赶回来估计也需要几个小时。

小谢让小汤继续调查现场，自己带着警员小马来到了单元楼的十三楼，燕子就住在 1301。

小马眼尖，刚走到 1301 的门口，就大叫一声道：“谢姐，你快看！”

小谢循声望去，原来 1301 的房间门并没有关严，处于虚掩的状态！

难道里面还有人？！

小谢一下子警惕起来，朝小马使了个眼色，两人慢慢靠近 1301 的门口。

随着两人一步步的走近，连周遭的空气都仿佛紧张得能捏出水来。

几分钟之后，进入房间的小谢和小马才长舒了一口气，原来房间里面很正常，没有发现除了少女之外其他人活动过的痕迹。

不过他们还是发现了几个值得重点关注的地方：

第一，卧室的窗户是打开的，从这里往下看正好可以看到坠楼的少女，而且窗户上有踩踏的痕迹，显然少女是从那个位置坠楼的。

第二，进屋的大门、包括卧室的房门都是开着的，这一点加大了少女被谋杀的可能。如果少女是从窗户跳楼自杀的话，怎么会在凌晨时分打开房门呢？

第三，在房间的书桌上有一张稿纸，上面用圆珠笔画着一只动物，动物下面写着几行大字，这几行大字都是同样一句话：为什么还是不爱我！

小谢这边有了新发现，小汤那边也传来新消息："谢姐，有重大发现！可能要麻烦你打个电话叫杨主任和王医生来一趟了。"

小汤虽然没有言明，但小谢已经猜到了。

之所以要我和杨姐前往现场，有且只有一个原因：死者燕子一定怀有身孕！

在小汤的引领下，我和杨姐对死者进行了取样。

取样完毕之后，小谢将案件的大体经过讲述了一遍，并让小马开车送我们回中心。在临上车前的那一刻，我习惯性地看了一眼依旧躺在地下的死者，忽然脑海中灵光一闪，觉得自己抓到了什么重要的东西！

我连忙招呼小谢过来，将她拉到一旁道："谢大人，你有没有发现一个问题？"

小谢笑道："怎么，你准备改行做福尔摩斯了？"

我无奈道："和你说正事呢！你想想，既然死者临死前有精力写"一"字，为什么她不拨打手里的电话报警呢？"

小谢脸上的神色严肃起来："你的意思是……"

我忙道："你能不能让我去死者卧室看看那张留下的稿纸？"

我和杨姐配合警方办过许多案子，去看看现场算不上违反纪律，小谢没有拒绝，很快将我带到了 1301 室。

卧室的书桌上摆着那张稿纸上，动物是用圆珠笔画成的，画得很潦草，从动物的外形和头上长的角可以看出是一只山羊。

山羊下面的几行字力透纸背，仿佛能看出少女写字时的那种愤怒和不甘。

这张稿纸恰恰证实了我的猜测！

我问一旁的小马："马警官，这里有没有发现其他人来过的痕迹？"

小马回应道："客厅和主卧有，不过是很久以前的了，可能是死者母亲的，死者卧室到目前为止还没有发现其他人逗留的痕迹。"

我闻言更确定了内心的猜测："谢警官，马警官，恕我冒昧，你们觉得死者会不会是为情自杀？”

小马闻言一愣：“怎么会？死者临死前写下了凶手的名字……”

小谢却把眉头一皱，道：“小马，先听听王医生的想法。”

我组织了一下语言：“一开始，我也认为可能有凶手，直到谢警官告诉我在死者卧室发现的这张稿纸。”

小谢和小马随着我的讲述往那张稿纸上看去。

我自信道：“刚才汤警官说，死者在死前有片刻清醒的状态，沾着自己的鲜血写下了‘一’字，但是如果这种清醒状态只维持了几秒钟呢？”

小谢的眉头舒展开来，道：“你是说她要写的并不是‘一’字？”

“对，我怀疑她要写的是‘为什么还是不爱我’这句话！”

我指着稿纸上的“为”字，说道：“两位警官，你们看，‘为’字的起笔就是‘一’，而这句话，她在死前已经写了很多遍，我相信这是她心中最大的怨念，临死前用自己的鲜血写下这句话也不足为奇。可惜的是，她的清醒只维持了很短的时间，所以我们才只看到一个短暂的开头！”

小谢和小马频频点头。我受到了极大的鼓舞，继续道：“而她画的山羊，才是真正的人名，又或者是外号。这个人很有可能是她暗恋的对象，要么姓名里有个和‘羊’谐音的字，要么外号就叫作山羊！”

小马对我的说法表示认同，小谢却摇了摇头道：“这样的话，还是有一个疑点没办法解释，为什么房门是虚掩着的？如果死者下定决心要自杀，就算不将房门反锁，至少也应该关上房门才对。”

小马接过话头道：“谢姐，会不会是死者伤痛过度，脑袋晕晕乎乎的，就忘记关门了？”

小谢点头道：“虽然这种可能性不大，但也不能排除。现在从卧室里找不到其他的线索，也许真如王医生所说，死者是为情自杀！”

小谢思索了一会儿，正色道：“小马，你马上带几个人去死者就读的学校，问清楚死者平时的交友情况，看看她有没有交往密切的异性朋友，重点关注名字里有‘山羊’谐音或者以‘山羊’为外号的人！”

小马出去执行任务了。

小谢希望我留下来陪她等死者的父母。

这样的好机会我自然不会放过。只是我和小谢都没有想到，案情接下来的发展竟完全出乎我们的意料！

- 2 -

小汤等人将燕子的遗体运送回警局，现场的人也渐渐散去，我和小谢则在小区继续等待。

燕子的父亲刘君（化名）首先赶了过来，在小谢向他说清楚情况后，这个不到四十岁的男人当场掩面大哭起来。一边哭还一边怒骂着一个人，这个人正是燕子的生母、他的前妻——邓娟（化名）。

刘君和邓娟是典型的师生恋。

在刘君十七岁那年，他认识了二十五岁的邓娟。邓娟长得算不上漂亮，但身材极为丰满，看起来很是成熟妩媚。

邓娟是刘君的任课老师，刚刚经历了一段并不顺利的爱情，正处于感情空窗期，整日闷闷不乐。但在情窦初开的刘君看来，这样的邓娟却有着一种极为独特的魅力。

刘君的家境不错，从小的娇生惯养也养成了他胆大包天的性子，他经常趁着无人的时候去邓娟的办公室"请教问题。"

邓娟对这个有钱人家的公子也并不讨厌，几乎持不拒绝的态度。

时间长了，刘君便开始对邓娟动手动脚。

邓娟一开始还假作训斥，但后面就听之任之，不久之后甚至主动提出每天放学后给刘君补习两个小时。

向来顽劣的儿子在高三这年大彻大悟，居然要认真学习，而且还有一个"负责任"的老师要给儿子补习，刘父不由得喜出望外，还送给邓老师一笔不小的礼金作为感谢。

在刘君前往邓娟家里补习的第一天，两个人就迫不及待地滚到了床上……

两人的不伦关系没有维持多久就被刘君的父亲发现了。刘父勃然大怒，闹到了学校，但没有证据能证明两人的关系，最终只能不了了之。

最后的结局是两败俱伤，刘君换了一所学校读书，而邓娟在学校的名誉也彻底毁了。

当年高考时，原本成绩还马马虎虎的刘君却发挥极差，连专科都没考上。

刘君说要和同学出去“创业”，刘父当然不同意，但刘君在家里要死要活的，说给他三十万加两年时间，如果混不出个样子来，就会一切遵循父亲的安排。

刘君一边表态还一边拿出了一个商业计划案，虽然里面的规划在刘父这个老江湖看来略显幼稚，但至少说明了刘君确有创业的想法。

刘父终于被说动了，想着就算儿子刘君这次不成功，能积累一点经验也是好的，再说万一他成功了呢！

令刘父没想到的是，刘君拿到三十万之后就不见了，虽然也偶尔和父亲保持联系，但父亲想看看他创业的近况，他却总是敷衍，只说约定的时间一到就让父亲看到结果。

两年之后，约定的时间终于到了。

刘父也终于看到了朝思暮想的儿子和约定的“结果”——一个刚出生不久的女婴。

刘父这才知道，儿子所谓的创业居然是跑到外地结婚生子了。

这个儿媳，自然就是刘君的老师——邓娟。

原来在师生恋事件爆发之后，这对恋人根本就没有断绝关系！至于高考失利、与同学一起创业、两年之约，包括那份商业计划案，自然也都是两个人合伙设计的。

看着已经成为事实上儿媳妇邓娟，再看看她怀里白净可爱的婴儿，刘父只能高举双手表示投降。

当时，望着邓娟的眼里满是笑意，刘君还以为他们的好日子终于来了，却万万没想到自己人生的噩梦才刚刚开始。

刘父将刘君一家三口接回省城，不仅房车全部配齐，而且还每个月另给他们一万元的生活费。

有了子女的男人往往会成熟很多。刘君也不例外，他不想完全靠父亲，就提出跟父亲出去做工程。

刘父当然是欣然接受。从那以后，刘君和邓娟就有了明确的分工：一个在家带孩子，一个跟着父亲东奔西跑做工程。

做工程确实很赚钱，但也很辛苦，最大的问题就是要经常在外面跑，一年三百六十五天，夫妻两人往往有三百天见不到面。

刘君对妻子倒是很放心，一方面妻子非常爱他，另一方面妻子已经年满三十，且交际圈子小，很难遇到比自己条件更好的。

刘君完全低估了邓娟对“欲望”的渴求。

邓娟之所以喜欢上刘君，家世只是其中一方面，最主要的原因是刘君年纪小，因为邓娟是一个典型的“正太控”！

她最喜欢的就是那种十几岁的花样少男。

如今，刘君已经属于“老人家”了，不再符合邓娟的口味，她想要找的是那些情窦初开、懵懵懂懂的少年！

直到很多年之后，刘君才看清楚邓娟的为人，只是他明白得太晚了。

其实在婚后近十年的时间里，刘君也听到过一些风言风语，但他从来都没有相信过，反倒对妻子一个人在家带孩子很是愧疚。

他单纯地认为自己家境不错，嫉妒的人多，妻子又一个人在家，有点谣言也属正常。而且他每次向女儿燕子旁敲侧击地打听，燕子都说妈妈天天和她在一起，这也让那些谣言不攻自破。

一直到数年前有一户邻居找上门来，控诉邓娟引诱他们年仅十六岁的儿子时，刘君才知道这个极为荒唐的秘密。

女儿之所以帮妻子掩饰，则是因为妻子无数次威胁女儿，说如果将家里有小叔叔来过的事情告诉爸爸，就将女儿赶出家门。女儿受到了惊吓，自然不敢透露分毫。

刘君随后对邓娟进行了调查，仅开房记录就查到上百条。

证据确凿，不容邓娟有任何狡辩！

万念俱灰的刘君提出离婚。他还将一部分恨意转移到女儿身上，认为女儿小小年纪就谎话连篇，居然联合起妻子来欺骗自己，这种屈辱令他无法忍受，于是提出让妻子带着女儿离开这个家。

邓娟也知道无法挽回，同意离婚，但她也提出了要求：房子一套加现金三百万。

刘君为了尽快摆脱邓娟这个噩梦，最终同意了这个条件。

拿到房子和银行卡的邓娟头也不回地抱着女儿离开了刘君，过上了她向往已久的“自由生活”。

自那以后，无人约束又有数百万家产的邓娟就彻底跌落到欲望的深渊。

恐怕此时她口中的“旅游”，也并不是在游山玩水吧！

听完刘君的讲述，我张大的嘴巴半天都合不拢呢。

小谢沉思了片刻，冷不丁发问道：“刘君，你离婚几年了？”

“四年多。”

“事情既然已经过去这么多年了，难道你现在还对你女儿有意见？”

刘君忙道：“我早就没意见了。她年纪小不懂事，而且也是受了那女人的逼迫，实际上离婚不久我就后悔了，不该让她跟着那女人走的。”

小谢冷笑道：“那就奇怪了，你明知道有这么个当妈的会对你女儿成长不利，为什么不将她接回去？你不要告诉我整天忙着到外面鬼混的邓娟会舍不得这个女儿？”

刘君脸上浮现出极度的痛苦和无奈，叹了口气道：“我当然想将燕子接回家，但关键是她自己不同意啊！离婚时我的决绝让我女儿产生了误解，这几年对我的态度一直不是很好，而且她有点叛逆，越是我让她做的事情，她越是要反着来。”

“比如呢？”

“比如，我让她不要化妆，她偏偏喜欢化浓妆；我要她认真学习，她偏偏一天到晚抱着手机聊 QQ；我要她不要早恋，她偏偏喜欢上了一个男同学。”刘君说着说着眼泪又滑落了下来，“这都是我的错，如果我当年对她的态度不那么恶劣，不让她跟那个女人走，她绝对不会落到今天这个地步……”

“慢着！”小谢听到这里，连忙打断了刘君的话，“你刚才说燕子早恋了？”

刘君叹息道：“是啊！燕子对那个男同学爱得死去活来，以为付出感情就能得到回报，就像当年的我一样，实在是傻透了！”

“那你知不知道那个男孩子叫什么名字？”

“具体叫什么不知道，好像姓杨。”

小谢闻言和我对视了一眼，眼中的兴奋溢于言表！

姓名中有一个“杨”字，又是燕子的暗恋对象，这个男生极有可能就是燕子画作中的那只“山羊”！

- 3 -

小谢拿起电话，将情况通知了已经在燕子学校进行调查的小马。如果能找到这个男生，再对其取样做亲子鉴定，就能知道这个男生是否和燕子的死有关系。

这个时候，小汤从警局给我们发来了更详细的尸检结果：

燕子的死因是头部受到剧烈撞击当场死亡。根据伤口大小和形状判断，可以确定是坠楼所致。除此之外，燕子身上还有不少触目惊心的伤痕！

这些伤痕都隐藏在隐私的部位，比如胸部、小腹部、大腿内侧等，而且明显带有自虐的痕迹。伤痕有新有旧，最老的伤痕形成于大约两三个月之前，换言之，最近几个月，燕子很有可能一直在虐待自己。

最为恐怖的是，燕子的左腿内侧居然有一只“山羊”刺青！

刺青的手法极不熟练，显然不是专业人士所为，而且形状和燕子亲手所画的那只山羊极为相像。因此断定由燕子自己操刀的可能性最大。

这个发现更加有力地证明了我先前的推断。

燕子很有可能在学校和那个刘君提到的“杨”姓男同学谈了恋爱，并发生了关系，但这个男同学对燕子只是抱着玩玩的态度，玩过之后就将她抛弃。

情窦初开的燕子承受不住这个打击，想方设法挽回“杨”姓男同学的心，但始终没有如愿，于是她精神崩溃走向极端，先是对自己进行自虐，后来连自虐都无法让自己心态平和，最终只能选择自杀。

我了解过一些因为严重抑郁症导致自杀的案例，无一例外都和燕子一样，有过从自虐到自杀这种逐步恶化的过程。

在这个精神恶化的过程中，但凡父母中的某一个人在她身边，燕子也不会走到今天这一步。从某种程度上来讲，从小缺乏完整的父母之爱也是她最终走向自杀深渊的诱因之一！

小谢这个时候冷不丁来了一句：“王医生，你有没有觉得伤痕的位置很奇怪？”

我闻言一愣，再仔细地看了看尸检报告，点头道：“是有点奇怪。”

抑郁症患者自虐一般都习惯于割腕、刺大腿等，但燕子身上的伤痕却集中在胸部、小腹部、大腿内侧这些极为隐私的部位，确实有点不正常。

“从文身中山羊的位置和形状来看，确实有可能出自燕子之手，但其他部位呢？就算自虐，也没必要选择胸部、小腹部这种隐私部位吧？”小谢话音未落，又自问自答道：“但是有一种情况一定会选择这些部位！”

小谢停顿了一下，正色道："我怀疑除了山羊刺青之外，其他都是外人对燕子进行性虐待造成的！"

确实如小谢所说，燕子遭受性虐待的可能性很大！在生前的这几个月，燕子到底有过怎样的让人匪夷所思的经历呢？！

鉴于刘君对邓娟怨念颇深，为了避免两人见面后发生争执而影响案件的调查，小谢让刘君前往警局等待消息。急于见女儿最后一面的刘君没有推辞，匆匆忙忙地去了。

又足足等了两个小时，邓娟终于赶了回来。人还没出现在我们面前，一股刺鼻的香味就先飘了过来。

邓娟四十多岁，打扮得却如同一个十几岁的少女，关键是言语中故作羞态，让我无来由地感觉一阵恶心。但也不得不承认她确实有一定的魅力，身材依旧惹火不说，脸上也没有皱纹，而且皮肤如同少女一般雪白滑嫩，颇能迷惑一些用下半身思考问题的男人。

提起女儿，邓娟只是稍稍哽咽了几声，脸上并没有太多伤痛之色。

小谢将刘君之前的讲述复述了一遍，想看看邓娟对此有什么反应。

邓娟丝毫没有反驳，只是冷笑道："谢警官，你们是来调查我女儿死因的吧，我个人的私生活好像与你无关！"

小谢闻言和我对视了一眼，正因为有这样不负责任的母亲，燕子有如此凄凉的结局也就不奇怪了。

小谢难得地按捺住彪悍的性子，沉声道："邓娟，你好歹是燕子的母亲，她走到今天这步，你的责任最大！"

邓娟却对小谢的质问置若罔闻，低垂着头坐在一旁，不知道在想些什么。

遇到这样的母亲未免让人泄气，小谢只能公事公办，将事发的经过一五一十地告诉了邓娟。

邓娟作为死者的母亲有知情的权利，同时小谢也希望她能提供一些线索。

遗憾的是，这位和女儿同居一室的母亲居然对燕子近期的动向一无所知！

邓娟直言自己这段时间很少回家，几乎都在外面"旅游"，这次出门是五天前，原本准备玩够一个星期才回来的。

她承认自己确实对女儿疏于管教，但将责任推卸到前夫刘君身上，说自己早就和前夫商量好，让他将女儿接回家，偏偏女儿是个孤僻的性子，坚决不同意，前夫又始终唯唯诺诺，连一点男子汉的气概都没有，所以自己也懒得去操那份心，反正自己很少住在家里，眼不见心不烦。

面对这样不负责任的母亲，我们也毫无办法，只能询问她最后两个问题，也是我们留在这里等她的目的之一。

第一，母女俩所住的1301室和她外出之前相比有没有什么变化？第二，燕子是否偶尔会有晚上忘记关门的习惯？

这一问，果然问出了大问题！

邓娟如同受惊的兔子一样蹦了起来，大声道："什么？没有关门？！"她的声音颤抖不已，似乎比得知女儿死亡的消息更为震惊。

得到小谢肯定的答复之后，邓娟用最快的速度跑进主卧，从床底下拖出一个厚重的密码箱。

密码箱被打开后，邓娟疯狂地翻着里面的东西，翻到最后，干脆一把将箱子里所有的东西都倒了出来。

翻找了数分钟，箱子里除了一大堆衣物之外，别无他物。

邓娟一屁股坐在地上，大声号哭起来。

小谢走上前去询问情况，邓娟如同抓住一根救命稻草一般，嘶吼道："谢警官，我放在箱子里的首饰全都不见了，你一定要帮我找回来啊！"

据邓娟交代，密码箱里放着许多件金器和玉器，那些金器和玉器大小不一、式样各异，其中包括戒指、手镯、项链、护身符、耳钉、佛牌等，按照重量算足有两三斤，价值几十万！

小谢询问邓娟为何会有两三斤重的零散金器和玉器时，邓娟一开始不愿意交代。直到小谢强调如果不说清楚这些金器和玉器的来历，警方没办法立案调查时，邓娟才一脸扭捏地说了出来。

原来，那些金器和玉器是这些年来邓娟的"男友们"陆陆续续赠送给她的！

邓娟的私生活异常混乱是可以想象的。

一开始她还略微有点顾忌脸面，不敢当着燕子的面带男人回家，时间一长也就无所顾忌了。

燕子虽然年纪小，但母亲在做什么勾当，她还是知道的。读小学的时候，她胆子小，每次母亲带男人回来，她就关上小卧室的门，塞上耳机听歌，求个眼不见心不烦。

随着年纪渐大，尤其是上初中以后，对性慢慢产生概念的燕子对母亲的行为怨恨起来，还因为这种事情和邓娟吵过很多次。邓娟一方面联系刘君让他将燕子接走，另外一方面也尽量不再带“小情人们”来家里。

邓娟的“男友们”虽然绝大多数都是一些十几岁的少年，但其中不乏富家子弟。这些人享受着邓娟带给他们的“无限快乐”，给她买个金银玉器作为回报也在情理之中。

邓娟将贵重的金器、玉器放在床底下的那个密码箱里，还特意将一些旧衣服丢在里面。

她哭着说这事就连燕子都不知道，怎么突然间所有的首饰就不翼而飞了呢？

她哀求小谢一定要帮其找回来，因为这不仅仅是一大笔钱，还是她那些“男友们”的拳拳爱意。

小谢沉思了良久，终于开口道：“你确定箱子里藏着首饰，燕子不知道？”

邓娟忙道：“我确定。这个箱子里的首饰都是我平常不戴的，所以很少翻动。即使要放东西，我也会趁燕子不在，关上门偷偷地放。”

“那燕子知不知道密码？”

“她不知道，我从来没有告诉过她。”邓娟明白小谢询问的意思，补充道，“密码也不是生日之类，所以她应该套不出来。”

我和小谢蹲下身去，仔细地检查了一遍密码箱。这个密码箱材质不错，挺厚重的。密码锁一共有两个，每个都是三个数字，从零到九进行排列组合，如果不知道密码，想要套出来非常困难。

密码箱没有损坏的痕迹，显然不是暴力破坏，而是直接输入密码打开的。

忽然，邓娟仿佛想起了什么，大声道：“有一个人知道！”

“谁？”

“刘君！”

小谢疑惑道：“刘君不是你的前夫吗？他怎么会知道密码？”

原来，这个箱子所用的密码就是以前邓娟的银行卡常用的密码。

离婚之后，邓娟为了避免不需要的麻烦，将所有银行卡的密码全部更改了。等她将首饰存放进这个密码箱之后，为了不和银行卡上的密码重复，出于习惯，她便用回了以前常用的那个六位数密码。

邓娟一再确认除了刘君之外，不会再有人知道密码箱的密码。但她也强调刘君很少到家里来，更不可能知道她有首饰放在密码箱内。

真是一波未平一波又起，“山羊”的身份还没有确认，新的疑点又浮了出来。

据邓娟交代，她在出门前（五天前）还检查了密码箱，里面的首饰都还在。

小谢和小马赶到1301室的时候，房门是开着的，这说明燕子的死说不定和首饰失窃案有着密切的关系！

案情越来越复杂，小谢的眉头也紧锁起来，还好张警官负责的大行动暂时告一个段落，抽调了一部分警力过来协助调查这个案子。

小谢安排了几名专业人员对房间继续进行调查（提取指纹、脚印等），自己则开着车将我和邓娟送到了警局。

邓娟被小汤领去停尸间见燕子最后一面，小谢和我坐在办公室沉思。

沉默半晌之后，小谢终于开口了：“王医生，假如首饰失窃案和燕子的死有关系，你说燕子会不会是被谋杀的？”

我闻言一愣道：“你的意思是……”

小谢道：“我和小马第一时间赶到1301室的时候，房门是虚掩着的。燕子如果下定决心要自杀，她一定会给自己留一个清净的环境，不至于连房门都不关，所以我怀疑，有一个神秘人物昨天一直都待在燕子家，亲眼目睹了燕子跳楼的一幕，甚至有可能是他将燕子推下楼去，之后窃取了邓娟的首饰，逃出了单元楼，因为跑得太匆忙，所以忘记关门了。”

我疑惑道：“可燕子临死前想写‘为什么还是不爱我’，这明显是为情自杀啊！”

“如果她临死时不是要写‘为什么还是不爱我’呢？”小谢正色道，“燕子只不过写了一个‘一’字，那就有很多种可能。你别忘了，刘君说燕子有一个喜欢的男同学，这个男同学姓杨，而‘杨’字的起笔也是‘一’！”

我恍然道：“我明白了，你的意思是说那个神秘人物就是燕子的杨姓同学，所以他才能和燕子一直待在家里，而燕子无法挽回他的爱情，就激动得要跳楼自杀，然后他故意将燕子推下去，又偷了首饰偷偷跑掉了。燕子临死前恨极了这个负心人，所以才想写下他的名字让真相大白于天下！”

小谢点头道："没错，这种可能性极大！"

我依旧还是有点疑惑："那怎么解释密码箱的问题？邓娟说就连燕子都不知道密码箱里有首饰，更不知道密码，那么杨姓同学是怎么知道的？"

小谢神秘一笑，问了一个似乎和案情风马牛不相及的问题："你觉得杨姓同学今年有多大？"

我想了一下道："既然是燕子的同学，燕子今年十五岁，他估计最多也就十六七岁吧。"

小谢没有再说什么，只是盯着我暧昧地微笑。

我疑惑万分道："谢大人，你怎么了，是不是没吃早餐饿糊涂了？"

小谢脸上的笑意更浓，道："王医生，你这么聪明还没有想到吗？"

我闻言一愣神，仔细地回忆了一下刚才的对话，突然，一种莫名的寒意急速涌上我的心头！

我惊愕万分道："难道杨姓同学和燕子的母亲邓娟有奸情？！"

小谢点了点头，正色道："没错，邓娟最喜欢的就是十几岁的小正太！杨姓同学既然是燕子喜欢的对象，外形一定不错，年龄又完全符合邓娟的喜好，邓娟怎么可能不动心？既然动心，她就免不了会诱惑杨姓同学，只要两个人发生了关系，就有机会知道密码箱的秘密！"

虽然这个推测过于大胆，但我也不得不承认确实有道理。

这个时候，一个最有力的证据出现了！

到学校进行调查的小马查到了那个杨姓同学。

这个男生名叫杨辉（化名），比燕子大一届，今年十六岁，长得颇为高大帅气，是典型的阳光男孩，难怪燕子至死都对他念念不忘。

面对小马，杨辉一脸的惊慌失措，明显心里有鬼！

他拒不交代和燕子母女有什么关系，说燕子只是众多对他有好感的女同学之一，他从来没有真正答应过燕子什么，更没有和燕子发生过关系。

小马当场收缴了他的手机，从手机里的 QQ 聊天记录中发现了一个重要的证据！

这个证据是一段对话：

"杨辉，你怎么这么恶心？"

"爱情是神圣的，也是自由的，你无权干涉我们！"

“我哪里不好，为什么你不喜欢我而喜欢她，她比你大那么多！”

“爱情是不分国界、不分种族、不分年龄的。”

“求你了，不要这么对我，如果我做得不对，以后我改，还不行吗？”

“燕，别傻了，好吧，不爱就是不爱了。”

“杨辉！你不能这么对我！”

从这段对话中，可以看出这个叫杨辉的男孩和燕子有过一段感情，但后来他移情别恋，爱上了一个年纪比她大很多的女人。

结合我们对整个案件的调查可以推测：杨辉就是那个杨姓同学，而他移情别恋的对象就是燕子的母亲邓娟！

- 4 -

小马通过对杨辉的进一步调查，更加确定了他和燕子的死以及首饰失窃案有关。

据学校的老师和同学证实，杨辉以“身体不适需要去医院动个小手术”为由，足足请了一个星期的假，直到今天上午才回到学校。

但杨辉的父母却表示毫不知情，说一直以为杨辉在学校读书（杨辉是寄宿生，放月假的时候才会回家）。

这个时间恰好和首饰失窃的时间吻合，他也无法交代清楚昨天一整天的动向。因为案情尚未明确，出于保护未成年人的目的，小马好意劝解，想让他暗中跟着自己来警局接受询问，将不利影响降到最低。

但杨辉的态度极为抗拒，始终不同意前往警局。小谢只能前往学校进行询问，我则跟着小谢前往，对杨辉进行取样以做亲子鉴定。

小谢向学校的领导说明了情况，领导特意安排了一间教室作为“临时审讯室”。

考虑到杨辉尚未成年，小谢一开始还在耐心劝说，但杨辉一副死猪不怕开水烫的样子，无论小谢说什么，他都始终低垂着头不发一言。

随着空气越来越沉闷，小谢的脸色也越来越阴沉。我知道，谢大人马上要发飙了！

果然，小谢猛地一拍桌子，厉声道：“杨辉，看来你是不见棺材不掉泪了，你父母就你一个儿子，如果你是杀人凶手的事情传扬出去，这一辈子你们一家人都抬不起头来！如果你配合调查说明真相，我可以承诺不将审讯的内容公开，到时候法院也可以酌情减轻刑罚（我国刑法规定，已满十四周岁、不满十八周岁的人犯罪，应当从轻或者减轻处罚，所以小谢说的是实情）。”

赤裸裸的威胁果然比所谓的“思想教育”管用得多，杨辉终于开口了，他大哭道：“你们不要污蔑我，我没有杀人！我没有杀人！”

小谢冷笑道：“既然你说没有杀人，那我问你，你昨天晚上在哪里？”

杨辉脸上一阵红一阵白，吞吞吐吐道：“我……我……”

“别我……我……的，昨天你既没有回家，也没有睡在寝室，总得有一个去处，别告诉我你一个人睡在大街上！”

当时的天气并不热，杨辉却满脸大汗，浑身颤抖道：“警察姐姐，请你相信我，我真的没有杀人！”

小谢乘胜追击道：“只要你说出昨天晚上在哪里，和什么人在一起，我就相信你！”

杨辉沉默半晌，终于下了最后的决心，从牙缝中吐出几个字：“我这几天一直和邓姐在一起。”

说完，他便瘫坐在椅子上不再动弹。

我和小谢对视了一眼，杨辉的话虽然证实了他和邓娟的关系，但也为他提供了完美的不在场证明，这样燕子的死和密码箱里的首饰就与他无关了。

不管真相如何，杨辉的证词终归是极为重要的一个环节。

在小谢的追问下，他交代了所有的情况。

杨辉出生于一个普通的工薪家庭，书读得不怎么样，却对玩游戏、打篮球等情有独钟，尤其是打篮球的时候，身材高大、样貌英俊的他很容易就成为场上的主角，吸引了无数或羡慕、或嫉妒、或炽热的目光。

在这些充满爱意的炽热的目光中，就有燕子的。

燕子从见到杨辉的第一眼开始就爱上了他，杨辉每次打球，燕子都会拎着一瓶水在旁边含情脉脉地看着他。

杨辉虽然很享受这种感觉，但却无法爱上燕子，因为燕子干干瘦瘦的，不是他喜欢的类型。

杨辉劝说过燕子很多次，要她不要这样迷恋自己，说自己只是将她当妹妹看，但性格偏执的燕子却置若罔闻，仍然每天都跟着他。

面对这样一个喜欢自己的女孩，杨辉的态度也渐渐转变，后来索性就抱着先处着看的心态与燕子交往起来。

燕子以为杨辉终于被自己感动了，整天快乐得像只刚学会飞的小鸟。

燕子有一手好厨艺，常给杨辉做各种好吃的，杨辉每次都吃得很开心。

舌尖上的满足不代表心灵上的满足，杨辉对燕子的感情始终是兄妹之情多过情侣之间的爱意。所以当一个丰满成熟的女人出现在他的世界里时，他就彻底"移情别恋"了。

由于杨辉经常出入燕子家，遇到邓娟是早晚的事。

杨辉说他看到邓娟的第一眼，就从她的眼里看到了"爱意"。

那天，邓娟打扮得花枝招展，如同一个二十多岁的女孩，杨辉一边惊叹"邓阿姨"极具诱惑的身材和看起来比实际年龄小很多的样貌，一边频频点头向"邓阿姨"问好。

邓娟自然是不会放过杨辉的。她只轻使手腕儿，杨辉就陷入了爱情和肉欲的双重陷阱之中，对邓娟的称呼也从"邓阿姨"变成了"邓姐姐"。

陷入爱情旋涡的女孩往往极为敏感，燕子很快就发现了杨辉和邓娟之间不纯洁的"友谊"。

燕子大哭大闹，杨辉却义正词严地说自己和"邓姐姐"才是真爱。

燕子自然接受不了，她苦苦哀求杨辉，想要他回心转意。

燕子所做的一切终归是徒劳的，与母亲邓娟也彻底反目。

有燕子在中间阻挠，杨辉再也不敢去邓娟家里，两个人便只能在外面开房。

越是这样，两人就越觉得刺激，但同时也觉得欲求不满，于是便相约出去旅游一个星期。

不想却突然传来燕子坠楼自杀的消息，他们不得不中断了这次"幸福的旅程"。

杨辉最后哭着说，他这几天几乎每时每刻都和邓娟在一起，不可能去燕子家里杀害燕子。

小谢又重新询问了邓娟，证实了杨辉所说完全属实。至此，杨辉的嫌疑基本可以解除了。

但小谢的头却更痛了。

我将杨辉的检材送回中心做加急鉴定，结果却让我们大吃一惊：燕子肚里的孩子和杨辉没有任何关系！

此时，我们的视线不得不转向一个之前不敢去怀疑的对象——刘君！

刘君这几个月经常会过来看望燕子，又是除了邓娟之外唯一知道密码箱的密码的人，再加上燕子对刘君的态度也很奇怪，既然燕子在家里待得不开心，完全可以跟父亲一起生活，为什么非要和“情敌”邓娟住在一起受折磨呢？

虽然刘君说是他离婚时的决绝伤害了燕子，但毕竟是父女，经过这么长的时间也应该化解掉了吧！

说实话，我们真不愿意做出这样的推测，但偏偏所有的疑点都指向了刘君！就连案发后留在屋子里进行调查的专业人员也给出了对刘君不利的线索：屋子里除了燕子和邓娟以外，只发现了刘君的指纹！

- 5 -

审讯室里，坐在审讯桌对面的刘君面色苍白。

所有的证据都对他不利，但他始终不承认自己性侵过女儿，还咆哮说警方办案不力，冤枉好人。

从他嘴里问不出任何有价值的信息，只能等待亲子鉴定的结果。但几个小时之后的鉴定结果再次给了我们当头一棒！

因为结果还是排除。

至此，这个案件的调查彻底陷入了僵局。

警局休息室里的空气异常沉闷，小谢坐在那里始终不发一言，一脸的严肃。

记得有一句西方谚语说：“地狱和天堂仅有一线之隔。”这个案件的侦破过程恰恰验证了这句话。

我还清楚地记得当时小谢对我说的那句话：“你有没有觉得我们好像忽略了什么？”

我疑惑道：“忽略了什么？”

小谢道：“杨辉和燕子前不久有过交流，是通过 QQ 联系的，还记得吗？”

我点头道：“当然记得。”

小谢正色道：“那你不觉得燕子家里少了什么东西吗？”

我闻言一愣，仔细地回想了一下，恍然道："你的意思是说燕子的家里没有电脑？"

"没错！"小谢月牙般的眼睛亮了起来，"这样隐私的QQ对话，绝对不会发生在网吧等公众场所，肯定会选择一个私密的地方，但是燕子的家里没有发现电脑！"

我这才反应过来："如果燕子家里没有电脑，她就会用其他工具登录QQ，比如手机之类！"

小谢道："对！燕子应该是用手机登录QQ和杨辉联系的，但在我们检查手机的时候却没有发现QQ软件。很显然，燕子是故意删掉的，这就说明在QQ的留言信息中一定有什么不能够被别人发现的秘密！"

专业人员迅速对燕子的手机进行了破解和恢复，终于有了一个重大的发现！

燕子QQ里面的信息已经被删除得一干二净，只有一些最新的留言在闪烁，其中有一个鹿的头像发来一句莫名其妙的话："都删掉了吗？"

这个鹿头像的QQ号燕子备注为——九色鹿！

这句莫名其妙的话无疑在向我们传达一个明确的信息：

在燕子死之前，有一个神秘的人物要求她删掉了所有的QQ聊天记录！

那么，这个九色鹿到底是什么人，他为什么会让燕子删掉所有的QQ聊天记录呢？

小谢打开这个九色鹿的资料，年龄一百岁、地址为珠穆朗玛峰，显然都是假的。在他的QQ签名中，写着一句极为诡异的话："死亡，其实是一种升华，而经历九色鹿洗礼的死亡，则是一种对整个人生和生命的彻底净化！"

此人的相册和其他资料都设置成了不公开的状态，无法查看。

小谢随即用自己的QQ添加了这个号码，却始终没有任何回应。

但这个难不倒小谢，她马上将名为"九色鹿"的QQ号码提交给了专业人员，不久之后，该号码的密码就被破解。

小谢迫不及待登录了这个被备注成"九色鹿"的QQ号，里面藏着的信息，让警局所有人都目瞪口呆！

随着对九色鹿的深入调查，一个巨大的阴谋终于被揭露开来！

九色鹿是燕子备注的名称，此号原本的QQ名叫作鹿使。

鹿使自然是指九色鹿的使者，应该是有人刻意神化九色鹿，让其成为一种精神图腾。

我的脑海里立刻浮现出两个字：邪教！

接下来，我们发现这个鹿使的所作所为比邪教更为恶劣！

《九色鹿》原本是一部由上海美术电影制片厂于 1981 年制作的动画片，根据敦煌壁画《鹿王本生》的故事改编。其中的九色鹿是正义、善良的化身，但在这个诡异的 QQ 空间里，九色鹿却成了引诱迷途者走向死亡的炼狱使者！

在其空间日记里，宣扬最多的就是形形色色的自杀言论，仿佛自杀是这个世界上最神圣的事情。

在空间的相册里，还发布了许多唯美风格的照片，但里面的内容却令人触目惊心。

这些照片里，有割腕，有刺青，甚至还有自杀！只是所有照片无一例外都经过 PS，看起来一点都不可怕，甚至还有一种极为诡异的美！

QQ 空间里所有的内容都向我们证明着，这是一个诱导人自杀的空间！

我的副业是心理咨询师，接触过许多重度抑郁症患者，他们的共同点都是厌世和喜欢孤独，如果再遇到一个类似于鹿使这样有目的之人，他们自杀的可能性将会变得无限大！

就在我陷入震惊的时候，小谢惊呼起来："王医生，快看这张照片！"

我定睛看去，在相册中有一张照片，拍摄的部位明显是一个女孩的大腿内侧，原本雪白无痕的肌肤上，却刺着一只长角的鹿！

我顿时明白了！燕子大腿内侧的刺青并不是山羊，而是鹿！

我和小谢犯了"指鹿为羊"的错误，恰好燕子喜欢的男同学又姓杨，所以走了弯路，不过也正因为这样，才会在第一时间发现杨辉和邓娟之间的不伦关系，继而顺藤摸瓜，让真相大白于天下！

- 6 -

除了空间里的秘密之外，聊天记录上还有一些鹿使尚未来得及查看的留言，里面有各种各样颓废厌世的言论，甚至还有自残的照片！

小谢不动声色，给这些人统统发了一个空格。

这是最佳的处理方式，不但让对方知道有人在，能引起对方的注意、探听到消息，又不至于在言语中暴露真实身份。

果然，空白信息一发过去，马上就有两条回复，而且回复的内容几乎一样：“鹿使，您在啊，第二个（第七个）任务我已经完成，下一个任务是什么？”

很显然，这两个人正在完成鹿使给他们布置的任务，唯一的区别就是两个人完成任务的进度不同。

小谢斟字酌句地和她们聊着，或许是两名当事人年纪不大没什么防范心理，又或许是她们对鹿使极为信任，短短几句话就套出了她们的个人信息。

小谢决定马上找到这两名当事人，虽然有一定困难，但最终在兄弟单位的帮助下已顺利找到了。

这两名当事人都是未满十八岁的少女，且和燕子有一个共同点：遭受过严重的心理打击，导致重度抑郁，厌世的心态极为严重！

年长的那名少女因为已经进展到第七个任务，所以描述得更为详细。

少女姓倪，单名一个婷字（化名）。

半年之前，她经历了人生中最痛苦的一件事：曾经山盟海誓的男友小楚（化名）被最要好的闺蜜抢走了！

倪婷和小楚从小青梅竹马，早在初一就确立了男女朋友关系。

倪婷家教不错，懂得保护自己，平常和小楚最多进展到相互拥吻的地步，从来没有越过雷池一步。

初中的时候，小楚还能忍得住，一到高中就有点忍不住了。

从高一开始，只要一到特殊的日子，小楚都有意无意地想让倪婷陪他出去开房。

倪婷每次都会拒绝，她觉得自己未满十八岁，无论从生理还是心理来说都没有准备好，不能这样早早就发生性关系。但为了照顾小楚的感受，她承诺等考上大学之后，就将自己的第一次交给小楚。

在我们看来，倪婷已经做出很大的牺牲了，但可惜小楚并不这样认为。

在小楚的朋友当中，有几个已经破了处男之身，还经常在小楚面前炫耀。

时间长了，小楚便对倪婷怨恨起来，认为如果不是倪婷思想封建，他就不至于在朋友面前丢面子。

他找到倪婷，下了最后通牒：“如果你爱我，就把你交给我；连身体都给不了我，还谈什么爱我？”

倪婷认为自己先前的承诺已经做出了最大的牺牲，加上也无法接受小楚这样的态度，便严词拒绝。

就这样，几乎没有闹过矛盾的两人产生了严重的隔阂。

倪婷当时觉得小楚只是一时想不开，过段时间就好了。但令她万万没有想到的是，仅仅过去了半个月，自己最要好的闺蜜小红（化名）就和小楚混到了一起！

小红早就对小楚有意思，不过碍于自己和倪婷之间良好的关系才一直将内心的想法隐藏了起来。当她发现倪婷和小楚关系闹僵之后，她便知道机会来了！

小红无论是模样还是身材都不如倪婷，但她胜在足够主动。在她的挑逗下，小楚很快便沦陷了。

情同姐妹的闺蜜和山盟海誓的男友居然一同背叛了自己！倪婷如何能够接受？她彻底垮了下来，精神状态极不稳定，整日里浑浑噩噩，家人还以为她生病了，特意将她接回家休息了一段时间。

越是在安静的环境下，倪婷就越会胡思乱想，抑郁症也越来越严重。终于有一天，倪婷想到了自杀！

她尝试过割腕，甚至尝试过咬舌自尽，但她忍受不了痛苦，总是半途而废，除了让自己难过、让家人肝胆俱裂地对她保护得更严密之外，没有任何用处。

于是她上网寻找各种不那么痛苦的自杀方法，终于找到了一个既能达到自杀的目的，又能够在死之前“净化心灵”的方式。

这种方式有一个好听的名字，叫作“九色鹿之幻”，而鹿使正是接引她进入这个幻境的使者！

所谓“九色鹿之幻”，用鹿使的话来说，就是人死之后将会进入一个神圣九色鹿建立的没有欺骗、没有压迫、没有痛苦的完美的天堂。

而这个天堂，只会对自杀者开放，其他方式死亡的人都会下地狱。

换言之，“九色鹿之幻”就是自杀者的世外桃源。

为了佐证这个说法，鹿使每天都会给倪婷发送一些诱导自杀的言论，并且对一些明星自杀的行为极力渲染，仿佛他们选择的才是最正确的道路。

鹿使还会偶尔给倪婷发一些女孩自残的图片，这些图片刻意做了精心的修饰，极为唯美，倪婷被深深吸引了。

鹿使告诉倪婷，这些唯美照片里的女孩子都是经过层层筛选才获得九色鹿的另眼相看的，她们最终进入了九色鹿为她们营造的天堂，去享受没有欺骗、没有压迫、没有痛苦，只有快乐和满足的幸福生活。

倪婷看着那些照片中的女孩，很是羡慕，也想变得那样满足和“美丽”。

鹿使却说她现在还不具备那个资格，但只要她表现得好，能真正理解“九色鹿之幻”的意义，就一定可以被九色鹿看中。鹿使还说，九色鹿是神，可以看到每个人的表现，所以倪婷只需要虔诚即可。

自那以后，倪婷就如同一个信徒，将鹿使发给她的所有信息都视为神的旨意，毫无疑义地全盘接受。

长时间的潜移默化之下，倪婷的思想有了彻底的改变！

原本她觉得活着很痛苦，死亡也很痛苦，但经过长时间的洗脑，她觉得活着依旧痛苦，死亡却变成了一件极为幸运的事情。

某一天，鹿使告诉倪婷，她的虔诚感动了九色鹿，获得了进入“九色鹿之幻”的初级资格。但这个资格只代表她能够入门，能不能真正进入“九色鹿之幻”，还要看她接下来的表现。

倪婷又是欢喜又是担忧，问鹿使接下来要怎么做。

鹿使将她拉到一个 QQ 群里，说要和有想法进入“九色鹿之幻”的女孩们进行比赛，完成五项任务，获得第一名的才可以获得真正的资格。

QQ 群里有上百人，对于拿到第一，倪婷毫无信心。

鹿使却说九色鹿不看其他，只看诚不诚心。只要她足够诚心，就一定可以脱颖而出。

倪婷接到的第一个任务非常简单，报上她的所有信息（包括个人和家庭信息），并上传一张单人照。

倪婷没有任何犹豫就将所有信息报了过去，得到了鹿使的高度赞扬。这实际上是鹿使的一个试探，如果倪婷犹豫，说明小姑娘有戒心，不是那么好忽悠的，但倪婷没有任何犹豫就全盘告知了他，说明倪婷已经对他很信任，方便进行下一步计划。

倪婷接到的第二个任务是反复看三遍《霸王别姬》，用心体会“哥哥”的心境，看完之后说说影片中“哥哥”为什么会自杀。《霸王别姬》算得上是一部能引起人心理特殊情绪的代表作，一般人或许只能看到“哥哥”张国荣精湛的演技，但抑郁症患者看完之后，大部分会触动到内心，尤其是想到“哥哥”在现实中也真的自杀了，这种触动最终会化作强烈的抑郁。在俄罗斯流传过来的“蓝鲸死亡游戏”中，有一项是二十四小时不间断看恐怖片，其实也是同样的目的。恐怖片也能引起人内心的负面情绪，但相对来说达不到《霸王别姬》的效果，毕竟《霸王别姬》整个主色调唯美、暗淡，而且主演“哥哥”是真正的自杀者。

倪婷看完三遍《霸王别姬》，对“哥哥”的心境感同身受，觉得“哥哥”活得好累，就如同自己的人生。与其这样，还不如自杀，去追求那完美的天堂！

倪婷将自己的感悟写成文字，并将文字发给鹿使。鹿使对她大加赞赏，说这是近百人中领会最深刻的感悟！

鹿使很快给了她第三个任务：在接下来的七十二小时之内，所有日常活动保持正常，但不允许和任何人说话，也不能听任何人安排。

接到任务之后，倪婷看电视、玩手机、吃饭、睡觉，所有活动一切正常，但无论家人问她什么、要她做什么，她始终不说话，也不行动。

倪婷的父母还好，妹妹有几次问她问题，她始终装作没听见，小姑娘就不愿意了，埋怨了两句。

父母虽然对倪婷也有意见，但考虑到倪婷情绪不稳，当然是要妹妹别闹。妹妹一个十二三岁的小女孩懂什么，大哭大闹着说父母偏心，还说姐姐讨厌，喜欢无病呻吟。

目睹这一切的倪婷内心的郁闷更为强烈，连带对家人也反感起来。这也是鹿使的目的。他事先了解了倪婷家里的成员组成，特意设置了这个任务，就是想让倪婷和家人闹矛盾，对她进行的下一步诱导。从这点可以看出来，鹿使至少也是一个心理学爱好者。

- 7 -

第四个任务和第五个任务接踵而至，都是让倪婷脱离关怀她的人，对九色鹿充满虔诚、对自杀充满向往的任务。

五个任务完成之后，倪婷已经“成功地”将自己孤立起来。每个人在孤独的时候都需要找一个对象来倾诉和依靠，鹿使就成了倪婷最好的倾诉对象，而九色鹿则成为她精神上唯一的寄托。

可以毫不夸张地说，此时鹿使要倪婷去做任何事情，倪婷都有可能会毫不犹豫地答应。而这正是鹿使的最终目的！

所以，鹿使告诉倪婷：五个任务全部完成，你可以退群了。

倪婷大惊失色，还以为失去了评选的资格，惊问鹿使为什么要她退群，鹿使接下来的一句话让她的心情从地狱回到了天堂。

鹿使说："恭喜你，你排名第一，幸运地被九色鹿选中了！"

倪婷那一刻犹如获得了重生！

鹿使的手段不可谓不高明，他洞悉女孩的心理，特意营造了一个竞争的环境，那些"历经艰辛"在竞争环境中"脱颖而出"的女孩，自然会牢牢把握住这个进入"天堂"的机会！

所谓的"历经艰辛"其实也是一个假象，抓获鹿使之后，他交代 QQ 群里真正参与游戏的女孩只有两三个，其他都是他们申请的小号，目的就是为了营造多人竞争的环境，只要女孩们能够完成这五个任务，基本就算洗脑成功，都可以成为"第一名"。

果不其然，倪婷迫不及待地询问鹿使，什么时候才可以真正进入"九色鹿之幻"，享受那天堂般的幸福生活。

鹿使告诉她，虽然她获得了第一名，但是要想进入天堂，还需要完成四个任务，因为九色神鹿一共有九种颜色，所以一共需要完成九个任务才能拿到通往天堂的门票。

倪婷已经完全入套，此时别说四个任务，就是四十个任务她也会努力去完成，只求九色鹿能带她进入"幸福的天堂"。

鹿使说出了第六个任务：在大腿内侧刺一只九色神鹿。

大腿内侧是神经比较集中的部位，平常稍微揪一下就很痛，因此，要想用针头刺上一只拳头大小的九色鹿是极为痛苦的事情。

鹿使之所以选择这个部位，就是想让倪婷经历一次极度的痛苦，这样以后让她做任何事情，她就可以毫无惧色地答应。

而且痛苦可以刺激抑郁症患者，就像"乐极生悲、怒极反笑"一样，极度的痛苦可以让抑郁症患者内心得到一丝自虐的欢愉。

完成了第六个任务之后，倪婷只剩下最后三个任务了。

到了这个时候，鹿使的真正意图才彻底暴露出来！

第七个任务：奉献！其实也就是要钱。

鹿使对倪婷说，任何信仰都需要有物质的奉献，即使去寺庙，也要捐香火钱，而且天堂已经有很多人进入了，享受快乐也是分等级的，奉献越多，等级就越高。而倪婷这次奉献是第一次也是最后一次，自然数额越多越好。

鹿使还洗脑说："只有九色神鹿才是你最亲的人，这个世界已经令你了无牵挂，所以，你不要有任何愧疚，奉献越多，你在天堂的待遇也越高。"

于是，倪婷对父母说自己已经完全想通了，但是想要出去旅行一段时间，放松一下心情。

父母一听喜出望外，当即给了倪婷一万块钱，让她出去尽情地玩。

倪婷说准备在外面玩两个月，一万少了点，父母就又给了一万。

倪婷拿到钱之后，转头就存入鹿使提供的账号，然后等着第八个任务，所以她才会在鹿使上线后喜出望外，并急切地问自己的下一个任务。

幸运的是，她等来的不是鹿使，而是两个警察叔叔。

幸好她没有完成全部九个任务，否则她极有可能和千里之外的同龄人燕子一样，已经命丧黄泉。

看完兄弟单位传来的所有资料，我和小谢都无比震惊。

邓娟失窃的首饰极有可能被燕子当成"贡品"奉献给了鹿使。而她的死也必然是受到了鹿使的蛊惑。

"看来我们不止犯了'指鹿为羊'的错误！"小谢叹息道，"那个用鲜血写成的'一'字我们也猜错了，不是'杨'字的起笔，也不是'为什么不爱我'，很有可能是'九色鹿之幻'！"

我点了点头，因为"九色鹿之幻"的"九"字，起笔也是"一"字！

"什么时候才能抓到鹿使？"我义愤填膺道，"一定要尽快抓到这样狠毒的恶魔，不然还会有更多的少女受到他的蛊惑！"

小谢胸有成竹道："鹿使提供的银行账号已经暴露了他的身份，他很有可能就在本市。应该很快就能将其抓捕归案，你等我们的好消息吧！"

短短半天之后，我就接到了小谢的电话，万恶的鹿使已经被抓获！

说"抓获"其实并不准确，因为鹿使是主动投案自首的。

“马上就要对鹿使进行审讯了，你赶快过来！”小谢的言语中略带兴奋，“这个鹿使还真的不简单！”

我匆匆赶往警局。

走进审讯室，张警官向我点头示意道：“小王，张叔就不和你客气了，叫你过来是想让你旁听下这次审讯，你不要说话，坐在旁边听着就行。”

我连忙点头表示明白。

张警官安排妥当后，对门口的一个警员道：“带进来吧。”

随着门外的脚步声越来越近，也算见识过无数大案的我居然极度紧张起来：究竟是怎样恶毒的人，会想到利用精神重度抑郁的少女去满足他内心邪恶的欲望？

片刻之后，一个“男人”被警员押了进来。

我大吃一惊，这哪是男人，分明是只有十七八岁的少年！

这个文文弱弱、一脸羞涩的少年就是性侵燕子并制造了“九色鹿之幻”，最终引诱燕子坠楼自杀的恶魔？

虽然内心万分讶异，但我牢记张警官的交代，认真地旁听。

少年所表现出来的心态和其年龄完全相符，内心几乎不设防。小谢几句简单的试探就让他将所有情况全部交代出来。

少年的名字叫作小伟（化名），今年刚满十八岁。

小伟的父亲数年前出了车祸，不但撞死了人将家产全部赔光，自己也落得个终生残疾的下场。

一家人就靠母亲微薄的收入支撑着，所以高考失利的小伟没有选择去复读，而是进入一个小型培训学校学习电脑，好早点出去打工给家里减轻一点负担。

小伟学的是平面设计，PS 是必学的一项技能。小伟承认，他正是利用了自己所学的专业知识，设计了 QQ 空间背景、女孩自残图、唯美自杀图等所有带有洗脑性质的图片，用以诱惑那些原本内心就有点自杀倾向的女孩。至于那些诱导性极强的文字，则精选自日本一些有关自杀的书籍。

据小伟交代，他策划整个“九色鹿之幻”计划的灵感源于一个女同学的自杀。

这个女同学比他大两岁，经历了两次高考失利之后，便被迫出来读培训学校。

或许是因为连续两次高考失利，女同学的精神压力特别大，从来没有见她有过开心的笑容。

女同学家境不错，每个月的生活费比一般同学都多，但她为人比较吝啬，极少参与集体活动，也很少见她主动花钱。

性格冷漠又吝啬的女孩自然没有几个人愿意接近她，小伟因为每个月生活费很少，参与集体活动也少，因此和她走得近一点，算得上关系普通的朋友。

这个女同学的QQ空间里都是她的自拍照，这些自拍照明显经过PS，加上各种各样的鲜血、玫瑰、刺青等，变得极为颓废。

某一天，这个女同学做了一件很反常的事情，她请整个培训班的同学一起吃了一顿饭，还给几个平常和她稍微走得近点的朋友买了价值不菲的礼物。

小伟也因此收到了一布梦寐以求的智能手机。

同学们都以为她过生日，纷纷祝她生日快乐。她却神秘兮兮地说那天不是自己的生日，而是一个值得纪念的日子，但到底如何值得纪念却没有说。

第二天，所有人终于知道那个日子为什么值得纪念了。

当天晚上，这个女同学在QQ空间里上传了一些自残的照片之后，就穿着最漂亮的衣服跳楼自杀了。

女同学的父母赶到现场，号啕大哭，悔不当初。

小伟却在一旁瑟瑟发抖，因为他担心刚刚得到的智能手机会被收走。

还好他担心的事并没有发生，但家境贫困的小伟突发奇想，他觉得自己终于找到了一条发财的道路！

- 8 -

女同学的自杀对小伟来说是极大的触动！

他意识到在临死之前，就连平常极度吝啬的人也能变得特别大方！

莫名其妙地获得一部期盼已久的智能手机后，小伟内心的贪婪一发不可收拾。他觉得自己就算不出去上班，也能“用某种特殊的手段”赚钱改善家里的生活！

于是，他经过整整三天的“深思熟虑”，终于想出了一个“完美”的计划！

小伟说：“既然这些自杀的女孩在临死之前都这么慷慨，那么我就设计一个能诱导人自杀的仪式发布到网上，让她们主动找到我。在自杀之前提出让她们‘奉献’，她们肯定都不会拒绝。并且奉献之后再自杀，就不会有人追查她们财物的下落了。”

小伟说干就干，申请 QQ 号，查找资料，选定神祇，PS 图片，终于将 QQ 空间设计成了一个诱导人自杀的“恐怖空间”。

一切准备就绪，小伟开始行动了！

他遇到的第一个猎物就是燕子。

那时的燕子因为被母亲和男友双双背叛，正处于极度郁闷之中。当她看到小伟在网上发布的信息之后，对里面那些充满煽动性的图片和语句感同身受，便添加了小伟的 QQ。

小伟稍加引导，燕子就对九色鹿极度憧憬，迫不及待地想让九色鹿带她进入“真正的天堂”。

为了让燕子脑海里自杀的念头更为牢固，小伟根据燕子的情况设计了有针对性的计划，除了“看《霸王别姬》写观后感”和“在大腿内侧刺上九色鹿的图腾”这两个必修课之外，其他几个任务和后来的倪婷都有所不同。

比如第六个任务，小伟告知燕子在竞选中获得了第一名之后，需要和鹿使见面核定其身份，并交一笔入门的费用，才能够获得九色鹿的最终认可。

欣喜万分的燕子见到了鹿使小伟，不但给他一万元入门费，还主动脱衣让小伟验明正身。燕子的主动和单纯让小伟欲火中烧，两人便发生了关系。

当小伟说到这里的时候，我明显感觉到有不对劲的地方，但张警官之前说过让我带耳朵不带嘴巴，只能一声不吭地听着。

有了肌肤之亲后，燕子对小伟更是言听计从。无论小伟说什么，她都愿意照办，于是小伟便向她提到了重点“奉献”。

燕子说钱已经全部用来交入门费了，能不能用金器和玉器代替。

小伟没有任何拒绝的道理。于是燕子趁着母亲外出的时候，将密码箱里面的金器和玉器交给了小伟。

小伟说他自始至终都没有进入燕子居住的小区，之前见面开房和后来交接金器和玉器都是在外面。

和燕子发生关系之后，小伟对燕子产生了一丝感情，又拿到了价值数十万的金器和玉器，内心不免有些愧疚。

当时的他曾经有过劝燕子和他一同私奔的想法，但他一直都说自己是九色鹿的使者，而燕子向往的恰恰是自杀之后能被九色鹿引领进入“天堂”，所以他始终没有说出口。

这几天，他一直都在做强烈的思想斗争，就在他下定决心向燕子说出真相的时候，燕子却跳楼自杀了！小伟内心产生了强烈的触动，最终决定投案自首。

小伟最后发誓说自己以后再也不会有类似的行径，希望能看在他大彻大悟的份儿上，放他一马。

看到这一幕，我一脸愕然，显然这个年满十八岁、已经有完全刑事责任能力的男孩还不知道自己的所作所为有多么恶劣！他或许还以为就像以前在学校里面犯了错误一样，被老师批评几句，最多记个大过就过去了。

张警官却没有为他叹息，而是追问道：“还有两个做任务的女孩是怎么回事，你怎么认识她们的？”

“她们也是在网上看到信息主动加我 QQ 的。”

张警官厉声道：“你是不是也想让她们和燕子一样，给你钱之后就去自杀？”

小伟被张警官严肃的神情吓到了，哭泣道：“张警官，您一定要相信我，我只是单纯的想要钱，从来没有说过让她们自杀的话。”

张警官用锐利的眼神盯着小伟，半天没有说话。良久，他终于开口道：“行了，你先下去吧。”

陪审的警员会意，将小伟押送出了审讯室。

等小伟的脚步声走远，张警官看着我道：“小王，看出什么来了吗？”

我正色道：“这个小伟所说不尽属实，很有可能在撒谎！”

小谢一脸无奈道：“王医生，小伟在撒谎，傻子都看得出来。叫你来可不想听你说这个，你有没有其他发现？”

我闻言笑了，道：“谢大人，我可不傻，张叔今天特意让我来旁听，一定和我的专业有关。除了亲子鉴定之外我最擅长的就是心理学，所以今天一定是想让我从这个角度提一点看法。”

小谢的眼睛终于亮了起来，显然我这话说到点子上了。

我稍微思索了下，继续道：“整个‘九色鹿之幻’的计划环环相扣，让燕子和倪婷等人一步步走向自杀的深渊，显然计划的设计者有很深的心理学造诣，而小伟刚高中毕业不久，高中之前的学业都极为糟糕，他根本没有时间去研究心理学。看他刚才的表现，他也只是一个涉世未深的孩子，连撒个谎都破绽百出，不可能有这么深的心机设计出一个近乎完美的诱人自杀计划！”

我顿了顿，一字一句道：“所以，这个案子一定还有一个幕后的主使！”

“小王，你的看法和我们不谋而合！”张警官点头道，“审讯之前我就对小伟进行过试探，他根本就不是一个心思周密的人，对心理学也没有任何涉猎，所以才要你过来旁听。既然你这个心理学专家的意见也如此，那就基本可以确定这个案子一定还有一个真正的幕后主使者！”

张警官和小谢决定重启对小伟的审讯。在审讯之前，我取了他的检材回去做加急鉴定，结果证实燕子肚里的孩子果然是小伟的！

但当我将鉴定结果送到警局的时候，小谢却一脸郁闷，因为对小伟的第二次审讯毫无收获，他坚持说自己之前交代的都是真的。

张警官看过鉴定报告之后，却掏出手机打了一个电话。他在核对小伟所说的女同学跳楼自杀的事件。

电话那头隔远了听不清，只见张警官频频点头，最后道：“确定是在两个月之前，对吗？”

核对完毕之后，张警官对小谢道：“燕子的母亲现在在哪里？”

小谢闻言一愣，道：“应该在家吧！上次询问结束她就回家了，今天一早还打电话来问进展情况。”

“马上通知她过来！”

我惊讶异常，张警官从来不会无的放矢。难道这个幕后主使和燕子的母亲邓娟有关？小谢显然也和我想到了一块儿，试探着询问道：“用不用我安排人去接她？”

张警官看到我和小谢满脸的诧异，脸上露出笑容道：“放轻松点，你们都误会我的意思了，我的意思是说这个幕后主使一定和燕子有仇！”

“怎么可能？”我闻言心里一惊，情不自禁反问道。

张警官却问了我们另外一个问题：

“你们觉得小伟长得如何？”

“虽然看起来文文弱弱，但长得还挺帅气。”

“那燕子呢？”

“很一般。”

张警官点头道：“小伟长得比较帅气，按理说是不缺女孩喜欢的类型，而燕子长得却很一般，干干瘦瘦的明显还是一个孩子。在正常的情况下，小伟会对她产生强烈的性冲动并爱上她吗？”

没等我和小谢回答，张警官就自问自答道：“可能性很小，但也不是不存在这种可能，说不定小伟就喜欢那种类型，所以，我们暂且将之列为第一个值得怀疑的小疑点。”

“第二个疑点，就是‘九色鹿之幻’计划成型的时间。”张警官继续道，“据小伟交代，他是在女同学跳楼自杀之后才想到了这个来钱的办法，经过策划后建立了‘九色鹿之幻’的 QQ 空间。我刚才问了 110 接警中心那边的出警记录，确实有这么回事，事发经过也和小伟所说的相符。但这个事件发生在两个月前，而燕子怀孕也在两个月之前，这就是问题所在！”

“原来如此！”小谢惊呼出声道，“燕子怀孕的时间和‘九色鹿之幻’计划成型的时间不相符！”

“九色鹿之幻”计划需要准备许多图片和资料，还要想好九个洗脑性质的任务，要想成型，不是一两天工夫就能够设计好的。

就算小伟天纵奇才，短短一两天就设计好这个计划并发布到网上，而燕子又第一时间联系上他，但燕子和他发生关系时已经进行到第六个任务，而之前的几个任务绝对不是短短几天时间就能完成的！

张警官斩钉截铁道：“小伟一定是在和燕子发生关系之后才定下‘九色鹿之幻’这个计划的！据此我们也可以推断，小伟在计划成型之前就和燕子认识了，而且他们之间还曾经有过一段感情，‘九色鹿之幻’这个计划很有可能就是为了让燕子自杀而精心设计的！”

“除了以上两点之外，还有第三个疑点，那就是金器和玉器的动向。”张警官继续说，“如果小伟最终的目的只是为了求财，那么他的第一目标必然是价值数十万的金器和玉器，正常的情况下，他应该在和燕子发生关系之后就提出要燕子捐献，这个时候燕子对他言听计从，成功的可能性最大。但奇怪的是，直到两个月之后，他才让燕子捐献金器和玉器，之前从来没有提过。很显然，他以前不知道邓娟房间里藏着金器和玉器的事情，甚至有可能连燕子自己也不知道这件事！”

我闻言惊讶道：“如果连燕子自己都不知道，那么金器和玉器怎么会在案发之前突然失窃？”

小谢在一旁道：“老大，您的意思是有人在最后的时刻将金器和玉器的事情告诉了小伟和燕子？”

张警官点头道：“对，这也是我让邓娟来一趟的原因！除了她之外，一定还有人知道她在自己房间里面藏着价值不菲的金器和玉器，而这个人，极有可能就是真正的幕后主使！”

没过多久，邓娟就急匆匆地赶到了警局。

和女儿的死比起来，邓娟明显对金器和玉器的下落更关心，见到小谢的第一句话就是：“谢警官，我那些宝贝是不是都找到了？”

小谢脸上露出厌恶之色，道：“找到了，一件没落，全部都在。”

“多谢，多谢，您的大恩大德，我这辈子都不会忘记！”邓娟喜形于色道，“宝贝在哪里，我现在可以去领吗？”

“先别急着领东西，我问你几个问题。”一直不动声色地看着邓娟表演的张警官发话了，言语中颇为冷漠。

“这位是？”邓娟是第一次见到张警官，看得出来她内心有点慌乱。

“张队，我们领导！”小谢道，“你不要紧张，张队问什么，你答什么就行。”

“是……是……”邓娟连忙点头。

张警官瞅了她一眼，道：“邓娟，你是不是有仇家？”

“仇家，没有啊！”邓娟忙道，“张领导，我这个人只是有一点点生活方面的癖好，但从来没有跟人结过仇。”

“那你认识他吗？”张警官将小伟的照片找出来给邓娟看。

邓娟看了一眼，满脸通红道：“张领导，我真的没有和他发生过什么……”

小谢一脸鄙夷道：“不是问你和他有没有发生过什么，是问你认不认识他！”

“不认识！”邓娟为了增加可信度，补充道：“我虽然有很多年纪和他差不多的朋友，但真的没有见过他。”

张警官沉声道：“那我问你，你床下密码箱里藏着金器和玉器的事情，还有谁知道？”

“除了我之外，没有其他人知道。”

“你女儿经常在家也不知道？”

“我女儿就算看到密码箱也会以为里面全部都是衣服，而且她也不知道密码。”邓娟的话语中没有丝毫的犹豫。

邓娟不像是在说假话，张警官不禁皱起了眉头，沉思半晌道：“那有没有人知道你曾经收受过许多金器和玉器？”

“这个……”邓娟脸上的神色犹豫起来，显然想到了什么。

张警官眉毛一扬，追问道：“这点很重要，你最好据实回答。目前我们只找回了赃物，但没有找到行窃的人，你也不想有一个人整天躲在暗处打你‘宝贝’的主意吧！”

邓娟一脸凝重，半晌，终于下定决心道：“知道我有这么多金器和玉器的人确实有一个，她是我认识多年的一个好姐妹！”

邓娟口中的好姐妹是一个和她有共同爱好的女人名叫阿娇（化名）。阿娇也和丈夫离婚了，守着一大笔钱财。两人是在出来找乐子的时候相互看对了眼，很快就好得亲如姐妹。

女人都爱攀比，好姐妹之间也不例外。由于两人的姿色不相上下，便常在“男友”上攀比。

只要找到比较好的“货色”，两个人就会互发大尺度的照片，对“男友”送的礼物也自然会相互显摆一番，所以阿娇知道邓娟收受过许多金器和玉器！

但邓娟也强调，阿娇比她还有钱，离婚之后光现金就分了上千万，应该不会窥探她那价值“仅有”数十万的金器和玉器。

张警官让邓娟再认真回忆一下自己和阿娇是否有矛盾。

邓娟沉思半晌之后，终于道：“我们经常在一起玩，免不了会有些口角，还真没有大矛盾，只有一次她说得我有点生气，那次算是吵得比较厉害的。”

“什么情况？详细说说！”

“我和她的一个小男朋友好上了，她说我脸皮厚，什么人都要插一腿。我生气了，就骂了她几句。因为这件事，我们过了半个月才和好。”

小谢惊讶万分道：“你抢了她的男朋友，她还会原谅你？！”

邓娟一脸的理所当然：“都是逢场作戏，她也没少玩我的小男朋友，这有什么关系！”

我和小谢相视无语。邓娟说出来这样毁三观的话，居然一点愧疚之色都没有！

张警官的眉头却彻底舒展开来。

待邓娟走后，张警官让警员再次将小伟押送到审讯室，丢给小伟一张照片。

小伟先是一惊，随即脸色苍白、浑身颤抖起来。

这张照片正是刚才从邓娟手机里拷贝过来的阿娇的自拍照！

- 9 -

对于阿娇的审讯，我没有参与。据小谢说整个过程跌宕起伏，费了她不少脑细胞。

阿娇是一个专业的二级心理咨询师，在结婚前从事了多年的心理咨询工作。她心思稠密，在审讯的过程中不停地和小谢兜圈子，让小谢怒火中烧、无计可施，但最终还是交代了所有的真相，因为她有一个名副其实的“猪队友”。

在张警官强大的心理攻势之下，心智尚未完全成熟的小伟很快就丢盔弃甲，向张警官坦白了一切。

小伟说，他和阿娇早在三年前就认识了。

三年前，小伟在中考中超水平发挥，考上了一个不错的高中，全家都沉浸在喜悦之中。

但小伟还没来得及去高中报道，父亲就出了车祸，不但撞死了一个人，自己也进了医院！

事后法院判决小伟的父亲需要承担大部分责任，光赔偿加上治病花费的两项就近百万。这让原本还算得上小康水平的小伟家的生活水平一落千丈，就连他读高中的学费都是亲戚资助的。

坐到课堂上的小伟整日如坐针毡，想到躺在病床上的父亲和终日以泪洗面的母亲就心痛万分。年仅十五岁的他一夜之间成熟了许多，决定利用课余时间去赚钱，分担压在母亲一个人身上的重担。

白天要上课，他就利用晚上到一个烧烤摊上打零工。每天从晚上八点一直忙到凌晨一两点，回去还得写一两个小时的作业，第二天根本无法集中注意力听课。小伟的成绩一落千丈。

即使这样，小伟每个月的酬劳也只有区区一千元，对家里的帮助可谓是杯水车薪。

小伟便想要换一份收入高又轻松的工作。

这听起来仿佛天方夜谭的事，小伟居然真做到了！

一天，他在一根电线杆上看到一则招聘男公关的广告，月薪两万，但对方要求年满十八周岁。

小伟虽然只有十五岁，但个子已经长到了一米七，而且模样也很俊俏，关键是月薪两万对他的诱惑实在是太大了！

小伟于是主动联系广告上的李经理，并按照李经理的要求发了一张照片过去，还将自己的年龄谎报成十八岁。

李经理对小伟的外貌很是认可，便约他来夜总会详谈。

一开始都很顺利，但当李经理要他提供身份证的时候，小伟却支支吾吾说没有。在李经理的追问下，他才坦白自己只有十五岁，而且还在读高中。

李经理怒了，将小伟赶了出去。

小伟沮丧万分地离开夜总会，想着好不容易找到的机会就这样失去了，不由得悲从心头起。

这个时候，一个漂亮的阿姨走过来，温柔地对他说："小弟弟，遇到什么事情了？告诉姐姐，说不定姐姐可以帮上忙……"

之后的事情想必无须多说。这个漂亮的阿姨就是阿娇，在心思稠密的阿娇的刻意迎奉下，两人之间产生了超乎年龄的"特殊友谊"。

小伟高中三年的学费都是阿娇给的。对阿娇这个"大姐姐"，小伟既充满爱意，又极为感激。

当然，他对父母的说法是："阿娇是一个慈善家，知道他的情况后特意要资助他。"

小伟对阿娇极为迷恋，不仅是身体上，就连精神都沦陷了。

但最近一年多，阿娇对他有明显的冷淡，每个月才能见上一两次面。他每次主动给阿娇打电话时，阿娇都推说很忙。

高考结束之后，小伟本以为就算自己考不好，阿娇也会继续资助他上大学。但阿娇说自己的公司最近生意不好，手头紧，让他学个技术算了。

小伟没有办法，只能选择报培训班，学习半年之后就出去打工了。

就在他上培训班之后不久，阿娇却找到他，说前段时间公司经营不善、亏了钱，心态不好冷落了他，向他诚恳地道歉，希望他能原谅。

小伟还因为自己帮不上阿娇的忙而愧疚，自己怎么会对阿娇有任何意见呢？

一夜春宵之后，两个人的关系又恢复到以前的如胶似漆。小伟觉得丢失许久的幸福终于又回来了！

而这个时候，阿娇却要小伟帮她一个忙。

别说帮一个忙，就是一百个，小伟也不会拒绝！

阿娇让小伟帮的这个忙就是：主动接近邓娟的女儿燕子，并和她发生关系！

小伟虽然完全不明白阿娇的用意，但对于阿娇的要求，他只会无条件答应。

一个是年仅十八岁的英俊少年，一个是有丰富经验的心理咨询师，这两个人联手布局，使得正处于“感情空窗期”的燕子根本逃不出他们的魔掌！

她爱上了和前男友杨辉一样高大英俊的小伟，并在一次约会中与小伟发生了关系。

在阿娇的授意下，小伟对燕子关怀得无微不至，使得杨辉给燕子造成的心理阴影逐渐消失，换取了燕子对自己的满腔爱恋。

燕子对小伟完全信任，就连小伟将她们发生关系的经过拍成视频都没有丝毫抗拒！

就这样过了一个多月，小伟接到了阿娇的通知，让他“抛弃”燕子！

小伟原本就对姿色平平的燕子没有任何感情，便毫不犹豫地将燕子抛弃了，还说了很多难听的话，要燕子以后不要骚扰他，否则就将和燕子发生关系的视频公布出去！

短时间内经受两次巨大打击的燕子彻底崩溃了。小伟说他当时对此确实有过愧疚，但这一切都是阿娇安排的，他根本无法拒绝。从那以后，他就拉黑了燕子，再也没有和燕子联系过。

一直到几天前，小伟接到阿娇的通知，让他带着金器和玉器来投案自首。所有的说法都是阿娇教给他的。只有一点他进行了隐瞒，就连阿娇都不知道，那就是还有两个小姑娘也在玩“九色鹿之幻”这个游戏！

“九色鹿之幻”游戏成型的时间是在一个多月之前，小伟只是参与者，阿娇才是真正的策划者。

两个月前，也就是小伟的同学跳楼自杀之后，他将这事件当成一个故事讲给阿娇听。结果只过去了几天，阿娇就给了他一些图片和文字资料，并让他设计一个以暗色调为主的 QQ 空间，这个 QQ 空间的主题就是“自杀”！

按照阿娇的要求，小伟花费了几天时间将这个 QQ 空间设计好了。以九色鹿的名义宣传自杀纯粹就是阿娇的想法，在此之前，小伟就连九色鹿是什么都不知道！

除了建立 QQ 空间之外，阿娇还要小伟设计一个宣传的页面，发布到某个论坛上，并将链接转发给她。小伟全部都一一照办。

在“九色鹿之幻”计划设计之初，小伟并不知道阿娇的用意，直到某天出于好奇登录这个 QQ 并查看了里面的留言才知道，原来阿娇在利用这个 QQ 假扮鹿使引诱燕子自残！

当时阿娇已经进展到让燕子“奉献”的那一步。燕子没有任何犹豫就将自己银行卡的一万块钱全部转给了阿娇。

看到聊天记录的小伟受到了极大的触动，觉得自己掌握了一个来钱的最好办法！

从一年多前开始，阿娇就对小伟比较吝啬，除了负担他的学费和生活费之外，连个智能手机都舍不得给他买，所以小伟对金钱的渴求日甚一日。

此时掌握了这个好办法，小伟岂有不马上尝试的道理！

小伟又重新在某个网站上发布信息，让人加这个 QQ，果然有几个女孩上钩了。小伟从中间筛选出两个意愿强烈的，就是之前警方调查的两个女孩，并参照阿娇和燕子的聊天记录，一步一步地实施他的计划。

计划进展得很顺利，但小伟也意识到有一定的风险。

虽然每次他都会将 QQ 信息删除，但保不准阿娇哪一天会突然上线。所以他重新申请了一个 QQ 号，加了两位少女，并在新 QQ 里面发布任务。这样既可以在老 QQ 里面对两位少女洗脑，又可以在新 QQ 发布任务引诱她们最终将金钱奉献给他，实在是个“完美”的计划！

小伟说到这里，张警官和小谢才明白过来，那两个少女在老 QQ 里面的留言并不是被删除了，而是原本就没有！

真正的“鹿使”一共有两个，一个是阿娇，一个是小伟。

阿娇一直在用原QQ和燕子联系，两个少女和小伟的交流却是在新QQ里，她们在新QQ里和小伟联系不上的时候，才会给老QQ发信息。

小伟再三强调，他给两个少女发布任务唯一的目的就是求财，绝对不会去引诱她们自杀。金器和玉器也是投案自首之前阿娇交给他的，阿娇说只要他将这件事情扛下来，以后就会一直对他好，还会支持他出国留学。

不仅如此，阿娇还给他分析了投案自首的结果：

燕子是跳楼自杀的，赃物也全部都交回，最差的结果也就是被判个三五年刑，到时候花点钱就出来了。

鉴于此，小伟决定将所有罪过一个人扛下来，想着自己最多判个几年刑，等出狱之后就可以去国外过上幸福的生活了。

据此可以推断，小伟或许是燕子跳楼自杀的诱因，但和燕子的死没有直接关系，也对燕子是如何从密码箱中偷取出金器和玉器的细节毫不知情。

至于阿娇为什么会对燕子那样仇恨，一心想让她自杀时，小伟对此表示既不知道原因也从来没有问过。

看来最终的真相只能等“九色鹿之幻”计划的真正布局者阿娇来揭晓了！

- 10 -

我没有见到阿娇本人，只见过她的照片。只知道她和邓娟一样特别会保养，看起来比实际年龄小很多，说她不到三十岁也没有人会怀疑。

像邓娟和阿娇这样年过四旬还颇有魅力的女人特别容易成为彼此暗中较劲的对象。邓娟的性格稍微豁达一点，有隔阂过几天就忘记了，但阿娇却是个斤斤计较的人，这也就导致了燕子的悲剧。

阿娇之所以设计“九色鹿之幻”的计划报复燕子，是因为内心深处对邓娟的忌妒和怨恨。因为邓娟不但经常在她面前装模作样，还抢了她的“男朋友”！

几年前，阿娇和丈夫离婚了，离婚的原因是丈夫出轨。

当时亲友都认为家境一般的阿娇找上一个有钱的丈夫已经是很幸运的事了，建议她有些事情能忍则忍。

阿娇在婚前从事过两年心理咨询的工作，算得上见多识广，知道出轨只有零次和无数次的区别，所以坚决要求离婚。最终丈夫给了她两套房子加一千万现金，孩子归丈夫抚养。

拿到钱之后的阿娇却陷入了郁闷和孤独之中，便尝试着去夜总会消遣玩乐。

在这个时候，她遇到了年龄相仿，而且看起来同样风韵犹存、气质不凡的邓娟。

两个人很快就成为无话不说的密友，她们凑在一起讨论的话题只有两个：一是男人，二是容貌和身材的保养。

在容貌和身材的保养上，两个人各有千秋；在男人方面，邓娟明显更有经验，还向阿娇描述了那些尚未成年的少男有多美好！

阿娇被邓娟说得欲火中烧，便按照邓娟教她的方法去约一些未成年的少男。

吃惯了山珍海味也需要吃点青菜豆腐，阿娇尝试了一次之后就彻底陷进去了。

自那以后，阿娇出入夜总会的次数明显少了，小伟就是她在那段时间认识的。

在外面找少男唯一的坏处就是颜值高的不多，好不容易遇到一个中意的，阿娇自然想保持长期的关系，于是便提出负担小伟的所有学费和生活费。

再好吃的东西吃多了也会腻，一年多后，阿娇对小伟的兴趣减少了许多，对小伟的态度也没有以前那么热情了，一个月最多见一两次面。当小伟给她打电话时她也推说很忙。

阿娇之所以一直吊着小伟，就是因为小伟听话，而且高中的学费和生活费也是一个很小的数目，一个学期的开销对她来说不过是夜总会一晚的花费。

这边吊着小伟，那边阿娇也在寻找新的目标。终于，一个非常帅气的男孩进入了阿娇的视线。阿娇费了好一番功夫才将他追到手。

有这样一番惊人的战果，阿娇自然要向邓娟显摆一番。邓娟仅看了照片就两眼放光，让阿娇带出来“一起玩玩”。

阿娇的虚荣心得到了极大的满足，但也明确表示了拒绝，说这个男孩不是那种“很随便”的人，自己搞定他也花了整整一个月的时间。

邓娟见央求无果只得放弃，对阿娇的魅力一顿夸赞，让阿娇满是得意。

邓娟随后又询问了一些男孩子的情况，阿娇沉浸在极度的满足之中，对其没有防备，自然是和盘托出。

没想到只过去十几天，邓娟就在一次聚会时拿出了那个男孩赤裸全身的照片，对阿娇炫耀道：“也不是那么难嘛，只用了不到半个月，他就上钩了！”

阿娇当时又气又恼，对邓娟这种不打招呼就抢她“男朋友”的行为痛恨无比，当场就和邓娟翻脸了。

邓娟也不是省油的灯，马上回敬了过去。两个亲密无间的好友刚才还凑在一起哈哈大笑，半分钟之后就破口大骂了。

两人冷战了足有半个多月，直到邓娟主动打电话给阿娇道歉，并保证以后不会再和那个男孩联系，两人才重归于好。

在邓娟看来，这只是两人之间的一个小矛盾，但阿娇却不这么看。

那个男孩是阿娇约到的最帅气的一个，也是她花费最多心思的一个。阿娇对他付出了一定的真感情，从某种意义上来讲，他在阿娇的心目中算得上“半个”正牌男友。

阿娇内心的愤怒远远超过邓娟的想象！

实际上，阿娇一直以来都对邓娟有意见，因为邓娟远不如她有钱，偏偏男人缘却比她好得多，这让个性要强的她极为忌妒，而这种嫉妒最终便化作了怨恨！

从两人闹矛盾的那天起，阿娇就决定给邓娟一个教训！

阿娇对邓娟并没有太深的怨恨，她既珍惜和邓娟之间的友谊，又想让邓娟吃点苦头，挫挫她的锐气。我从业这十年来见过形形色色的人物，可以负责任地说，这种很奇怪的心理，存在于许多貌似关系很好的朋友之间。

阿娇一开始想到的只是找个人去引诱邓娟的女儿燕子，并拍一些视频传到网上，到时候拿来嘲笑邓娟，就可以满足自己报复的心理了。阿娇还说，打算偷偷发布到两个人经常会“观摩”的网站，到时候装作和邓娟一起偶然间发现即可，邓娟也不会怀疑到自己头上去。

阿娇想来想去，能实施这个计划最恰当的人选只有小伟！

小伟也果然没有丝毫犹豫就答应了。

小伟将视频交给阿娇之后，她便迫不及待地将视频发到网上，并在一次和邓娟的聚会中装作偶然间发现，指给邓娟看。

阿娇原以为邓娟会大惊失色，极为羞愧，可万万没想到邓娟看过后只是脸色稍微变了下，说了一句："燕子在我面前装得无比清纯，背地里不是一样做这种事情。"

阿娇百思不得其解，便让小伟向燕子弄清楚原委，燕子自然毫无保留向其地全部道出。

阿娇这才知道母女俩之前就已经因为一个男孩发生了矛盾，自己让小伟主动接近燕子反倒缓和了这个矛盾，算得上弄巧成拙。

气急败坏的阿娇通知小伟将燕子"抛弃"，但越想越不甘心。

总觉得自己不给邓娟一次教训自己就寝食难安。

思来想去，阿娇终于想到了一个办法！

邓娟不是把"男友们"送给她的金器和玉器当宝贝吗？那就把她所有的金器和玉器都偷走，看她心痛不心痛！

她旁敲侧击地打听出金器和玉器被邓娟放在家里，但具体位置她不敢去问，以免邓娟怀疑她的动机。至于如何偷盗，她则是一筹莫展。

恰巧那时，小伟和她讲述了学校发生的那起女同学自杀事件。

对心理学有过系统研究的阿娇兴奋不已，因为她终于找到了让燕子偷取金器和玉器的办法！

这个办法自然就是策划"九色鹿之幻"，诱使连续两次被挚爱的人抛弃、已经陷入极度抑郁状态的燕子一步一步走向自杀的边缘！

在阿娇的蛊惑下，燕子被完全洗脑，最终完成了偷取金器和玉器的任务，并在不久之后跳楼自杀。

据阿娇交代，房门是她让燕子在跳楼之前打开的，目的是为了误导警方，让警方以为屋子里进了贼，不至于怀疑到燕子监守自盗，这样也就间接地隐藏了自己。

当然她更希望警方做出错误的判断，以为是有人图财害命，那么自己就更加安全了。

在燕子自杀之前，阿娇特意让她删除了所有的 QQ 聊天记录并卸载了 QQ 软件，这样就可以确保警方调查之后不会发现她的存在。

阿娇一直认为所有布置都是完美的，但她万万没有想到的是自己会遇上小伟这个"猪队友"。

小伟贪图钱财，私自建立了一个 QQ 号。阿娇对此完全不知道。

一直到最后警方进行调查，在 QQ 上和两个女孩有过交流，她才得知这个情况。小伟傻乎乎地将自己的银行卡告诉女孩，让她打款，警方如果据此追查下去，整个计划必然会暴露！

阿娇只能采取下下策，让小伟将计就计，假扮成“九色鹿之幻”的策划者，带着金器和玉器投案自首。

法网恢恢，疏而不漏。无论阿娇如何狡猾，真相最终还是大白于天下了！

十几岁的孩子往往处于叛逆期，最需要的就是父母的关怀和照顾，一旦遇到不顺心的事情，很容易演变成抑郁症，最终给阿娇这样的恶人可乘之机。

在这个事件中，如果不是燕子的父母离婚，母亲又对她漠不关心，燕子也不至于落到自杀的地步。

毫不夸张地说，十三四岁到十七八岁这段时间里，一个孩子的经历会影响他的一生。

所以，希望已经为人父为人母的朋友对成长期的孩子多一份责任和关爱。

或许他们有一点闹腾，或许他们有一点叛逆，但这也正是十几岁孩子的可爱之处。只有父母及家人的包容和关爱，才能让他们真正顺利地度过这段懵懂的岁月，最终得以长大成人。

令人毛骨悚然的爱恋

-1-

这个事件发生在距省城稍微偏远的一个小镇上。

小镇既不依山也不傍水，更没有什么特产，经过镇中心的路在当时也只是一条两车道宽的砂石路，所以整个镇子经济不发达，规模也很小，镇中心也就聚集了一万人左右。

某一天，这个小镇却沸腾了。

因为镇东头的秦老汉家里的孙女——只有十一岁的秦苗苗（化名）居然怀孕了！

苗苗家人最开始是准备忍痛把这件事压下来的，毕竟苗苗还小，传出去对她的名声不好。

但在偏僻的农村小镇上，这种事情怎么压得住！短短一两天时间，这个事件就传播得沸沸扬扬，弄得十里八村人尽皆知。

经过八公八婆们的添油加醋，还演化出多个版本来。

第一个是自由恋爱版本，说苗苗和村子里一个叫秦会的初中男生谈恋爱，偷吃了禁果，导致怀孕。

第二个是兄妹恋版本，说苗苗肚子里的孩子是她表哥的，因为苗苗的表哥经常带苗苗去山里面玩，摘野果子吃，很可能表哥是在山上按捺不住与之发生了关系。

第三个是乱伦版本，说苗苗有一个鳏居在家的叔叔，无儿无女，这个叔叔和苗苗的关系极其亲密，经常会一个人给苗苗讲故事，表面上把苗苗看成自己的闺女，实际上很有可能对苗苗做了龌龊的事情。

第四个版本更离谱，说苗苗有一次和几个朋友出去玩，中午玩累了就睡在土丘上的土地庙里，被神仙翻了牌子，肚子里怀的是获罪下凡的神仙。

事情到了这个地步，家里想偷偷了结已经不行了，唯一的办法就是找出对苗苗进行侵犯的人，将其绳之以法并做出赔偿，再将苗苗转到父母工作的县城去读书，这样才能最大限度地减少对苗苗的不良影响。

当家人问苗苗到底是谁害她怀孕时，苗苗只是哭，说自己也不知道，因为当时的她处于半昏迷状态，但是她能说出昏迷的地点。

昏迷的地点有两个，一个在家后面不远的土地庙里，一个在离家只有一里多路的小学旁边的一个破房子里。

这两处地方都荒废已久。土地庙周边有一大片小树林，破房子也在小学的围墙外面，距前后门有两三百米的距离，平常很少有人过去，很难找到目击者。

苗苗的父母一商量，觉得唯一的办法就是求助警方。

当地警方和苗苗父母协商后，决定申请支援，对苗苗肚子里的孩子进行DNA采样，采样后再将孩子打掉，毕竟不可能真的让一个十一岁的小女孩生下孩子。

我和杨姐也因为这个原因参与了整个案件的侦破过程。

我和杨姐在小谢的带领下走向一间刚盖好不久的新瓦房。

我们这一行三人吸引了很多人的目光，几个好事的老头老太太一吆喝，就从新瓦房的屋里跑出来一个男人。男人大概四十岁，个子高大，模样俊俏。

男人介绍了下自己，他是秦苗苗的父亲，叫秦建国（化名）。秦建国将我们迎进内屋，在内屋，我们见到了镇上派出所负责这个案子的警官。

警官也姓秦，年龄和当时的我差不多，只有二十多岁。

秦姓在这个小镇上是大族，不过秦警官和苗苗家平常并没有来往，但领导考虑到同族人之间好说话，所以才安排他过来。事实上，秦警官在这个案子中也确实扮演了一个非常重要的角色。

秦警官将我们叫到一旁，详细介绍了秦家的情况和事件的来龙去脉。

秦苗苗一家的家庭成员组成很特殊：三个男人和一个女人，女人就是苗苗，三个男人分别是苗苗的爷爷秦老汉、叔叔秦卫国、父亲秦建国。

村子里面的单身男子比较多，但是一家三个男丁都是单身的可不多，当然这是有历史原因的。

苗苗的奶奶是小镇当年的一枝花，和秦老汉一同含辛茹苦地将两个儿子拉扯大后，却在一次去县城的途中遭遇车祸不幸身亡，秦老汉也在那场事故中被撞成重伤，落下了半身不遂的毛病。

这样的情况让这个本就不富裕的家庭雪上加霜。

唯一值得庆幸的是，秦建国长得身材高大，样貌英俊，硬是凭着高颜值找到了一个媳妇。

不过夫妻俩生下苗苗后，恋爱时的激情慢慢淡化，颜值高也不能当饭吃，贫困对夫妻俩的影响却变得越来越大。妻子经常因为缺钱和秦建国吵架，再加上还要服侍绝大部分时间躺在床上，难得下地走几步路的公公，就更是郁闷不已。

在一次激烈的争吵后，妻子下定决心和秦建国离婚，并发誓和秦家不再有任何往来。

几年之后，秦卫国的新婚妻子也因病去世，连个孩子都没留下。这下原本就有的风言风语愈演愈烈，都说秦家前世造孽，谁嫁入秦家都不会有好结果，轻则离婚，重则丧命。

秦建国受了刺激，卷起铺盖卷离开了家里，去县城打工，留下弟弟秦卫国一个人照顾父亲和自己的女儿苗苗。

秦建国虽然文化程度不高，却踏实肯干，再加上相貌端庄，不仅在一个建筑工地留了下来，还被工地老板的女儿看中了。

工地老板的女儿当时已婚，但因为和丈夫感情淡漠早就分居了，看到样貌英俊又踏实肯干的秦建国，不由得眼睛一亮。感情和金钱一起上，秦建国象征性地挣扎了几下就沦陷了。

跟着新认识的女友，秦建国见识到了一个完全不同的世界。人生第一次住百元以上的酒店、第一次吃千元以上的大餐、第一次穿数千元的衣服，至于工地的活儿，谁爱干谁去，秦建国已经享受起有钱人的生活了。

- 2 -

秦建国在新女友的帮助下，在工地上当了一个小头目，不但工作轻松了，收入也高了很多，短短的两年时间就存了一笔钱，除了一部分用来给弟弟秦卫国做生活开支和供女儿上学外，大部分钱都用来给家里建新房，虽然只是大瓦房，但和过去相比已经强太多了。

邻里看秦建国的眼光也不一样了，都说秦家老大有出息，出去短短两年就赚了一栋房子，而且气质也完全变了，整个人更有朝气，仿佛年轻了十岁，再加上那一身价值不菲的名牌服装的衬托，完全是一个大老板的派头。

唯一知道哥哥经历的秦卫国对哥哥的艳遇绝口不提，但秦建国发财的消息还是传到了前妻的耳朵里。她这几年一直单身，高不成低不就，这次知道秦建国发财了，心思马上活络起来，时不时地回去看看女儿，照顾下前公公，言语中流露出强烈的复合之意。

秦建国当时和新女友正打得火热，自然不会同意，不过考虑到读小学的女儿要人照顾，自己的弟弟毕竟是一个男人不方便，也就没有拒绝。

这个家于是形成了一个奇怪的现象：老大秦建国出去打工赚钱，老二秦卫国和前嫂嫂一起照顾苗苗和半身不遂的秦老汉。

一开始这一家子过得很好，不过几个月过后，就出现问题了。

不知道什么原因，秦老汉似乎突然间对这个前儿媳很不满意，对她非打即骂，说秦家不欢迎她，要她赶紧走。还好秦老汉下半身瘫痪，在没人搀扶的情况下不了地，更没有什么力气，才不至于出什么事故。

但前儿媳也因此气得不行，之后除非秦建国从城里回来，其他时候便很少再来家里。

这个家又回到了之前那种混日子的状态。秦卫国似乎也有怨言，想多点时间出去赚钱，打算出点钱将苗苗送到老师家寄养。秦老汉一方面想让孙女陪自己解闷，另一方面也舍不得那寄养的每月一千块钱。最终，秦老汉在骂了秦卫国一顿后，事情就不了了之了。

日子就这样平淡地过着，直到苗苗的肚子越来越大，且伴随着严重的呕吐，爷爷和叔叔才知道事情不对。苗苗的母亲得知情况后马上联系了秦建国，两人将苗苗送到县城医院检查后，才知道苗苗怀孕了！

在小谢的询问下，秦建国和秦卫国两兄弟补充了事件的细节，其中有两个线索值得重点关注：

第一个线索是苗苗在怀孕前曾经多次昏迷过，昏迷的两个地点有一个共同的特点：废弃、偏僻，平日里很少有人出没。

苗苗中午有午睡的习惯，而且睡着了喜欢做梦，第一次醒过来后，苗苗把这件事情讲给同学听，同学还嘲笑说她可能梦游了，吓得爱面子的苗苗之后就不敢和任何人讲了。

第二个线索是苗苗和奶奶长得很像，也是个小美人胚子，很招人喜欢，不远处另一户秦姓人家的小孙子秦会就是她的狂热追求者。秦会长得高高大大，已经读初中了，且在学校里挺受女孩子欢迎，但偏偏就喜欢小学还没有毕业的苗苗。

秦会家里有点钱，会时不时地买东西送给苗苗，但是苗苗一次都没有收过，原因是苗苗有两个保护神，一个是叔叔秦卫国，另一个是苗苗的表哥。

表哥比苗苗大三岁，也在读初中，和秦会是同班同学。

表哥和苗苗从小玩到大，很喜欢苗苗，平日里把表妹看作自己最珍贵的宝物。见秦会追求苗苗，表哥很生气，导致原本关系尚可的两个男孩对立起来。

了解到以上情况之后，我和杨姐进到里屋，见到了事件的主角——苗苗。

可怜的苗苗脸色苍白，半边脸埋在斜靠在床头的一个中年妇女的怀里。一床薄被子盖着的苗苗的身体在瑟瑟发抖，小腹处已有些微隆起，一眼看过去至少有三四个月的身孕了。

杨姐朝我使了个眼色，我马上会意退了出去。

半个小时过后，小谢和中年妇女走了出来，道："王医生，苗苗已经同意取样了，杨姐叫你进去，辛苦了！"

中年妇女担忧地望了我一眼道："医生，确定对苗苗没影响吧？"

这句话让我确认她是苗苗的妈妈，我点头道："大姐放心，肯定没问题。"

我再次踏入里屋，杨姐扫了我一眼，正色道："目测怀孕时间超过十六周，可以抽取羊水检测，准备器械。"

已经超过十六周！这时候才发觉苗苗怀孕了，这家人也真够粗心的！

我和杨姐抽取了羊水作为检材，并封存好。

在秦警官的安排下，我们一行三人住进了小镇上一家干净卫生的宾馆，以便随时对之后的嫌疑人进行取样。

我和杨姐都觉得这个事件极有可能是早恋引起的，但没想到这个案子的复杂程度远超出我们的想象！

第二天一大早，天刚蒙蒙亮，小谢就带我们到了镇上的派出所。

秦警官见我们来了，寒暄了两句，就将我们带到了休息室。休息室里有四个人在等着我们。分别是两个男孩和两个大人，想必就是事件中两位年幼的嫌疑人和他们的父亲。

秦警官简单做了介绍后，苗苗表哥的父亲没有多话，坐在一边抱着孩子安抚着，倒是秦会的父亲一脸暴怒，指着秦警官的鼻子道："小秦，你也是我们族里的，平日里我可没少给你面子，现在一点风言风语就怀疑到我们小会头上，害得他学校也不敢去！我家小会你也认识，怎么可能做出这种事情？"

秦警官忙道："叔，我不是说过了，现在流言太厉害，这么做是撇清小会和苗苗关系的最好办法，只要通过专业手段确定孩子不是小会的，就彻底洗清了小会的污名，他也可以放心大胆地去上学了，不是吗？"

男子"哼"了一声，不再言语，虽然依旧很生气，但是也知道这是目前最好的办法。

杨姐和我一起采集了两个孩子的血痕作为检材。

两个孩子倒是挺配合，只是互相看着对方的眼里满是这个年纪不该有的仇恨。杨姐和小谢对视了一眼，凑到一起嘀咕了两句。之后，杨姐让我先出去等候，她和小谢一人带着一个孩子去了不同的房间，显然是想从两个孩子嘴里了解一些情况。

良久，两个人带着孩子有说有笑地走了出来，孩子的眼里不再充满仇恨，恢复了这个年纪该有的欢乐神采。原本还有点担心的两位父亲这才放下心来，对杨姐和小谢道了谢，并强调希望尽快出结果，给两个孩子一个清白。

四人走了之后，杨姐和小谢才道出了这三个孩子之间不寻常的内情。

秦会长得高高大大，家里有点钱，又是霸道的性格，一进初中就成了一帮孩子的老大。

表哥虽然长得没有秦会高大，但是性格要强，讲哥们儿义气，在初中校园也算得上是一个小有名气的人物。

两个人臭味相投，很快就成了兄弟，之后还拉了几个同学，成立了一个帮会组织。当然这个帮会在大人看来就是小孩子过家家的玩法，学校发现了最多训斥几句。不过在孩子自己的心中，这可是很神圣的事情。

这个小小的帮会让学校的老师很头痛，校园里的打架斗殴事件几乎都有这个帮会成员的参与。

更让老师和家长郁闷的是，这个帮会之后分裂成了两个，相互斗殴，并且愈演愈烈，而分裂的原因就是苗苗。

- 3 -

苗苗的样貌在学校是校花级别的，所以表哥经常在同学面前炫耀自己的这个表妹。

原本一心当老大、无心关注异性的秦会也在好友的描述下对苗苗产生了兴趣。几次接触后，秦会居然喜欢上了苗苗，并仗着自己的高大与有钱，对苗苗开始了疯狂的追求。

表哥知道后很生气，经常教唆苗苗推脱秦会的好意，并最终导致了小帮会的分裂。两人凭着各自的人格魅力分别带领一个小团体，这两个团体犹如两个对立集团，誓不两立。

秦会经常趁着表哥不在，用小礼物贿赂苗苗的闺蜜，将苗苗约出去玩耍。经过几次接触后，苗苗发现这个秦会也不像表哥说的那样讨厌，反倒还挺有风度，于是和秦会也慢慢地走得比较近。

等表哥知道后，两个人的联系已经比较密切了，经常会通过身边的朋友互相传递小纸条，用“早恋”来形容两个人的关系虽然有点过，但是互有好感总是没错的。

秦会和表哥就这样成了“情敌”。两个脾气一样倔的男生经常为了苗苗打架，心血来潮时还会各自叫上一帮成员到学校后山进行“团体决斗”。

小镇上的风言风语传得很快，于是“早恋”“小狐狸精”等不雅的词语就成了苗苗的标签。

除了秦会之外，表哥还对一个人颇有微词，这个人就是苗苗的班主任赵老师。每次表哥去学校找苗苗时，赵老师都对其絮絮叨叨，要求表哥不要带着苗苗出去瞎玩，这让表哥厌烦不已。

杨姐和小谢将两个孩子聚到一起，开导了很久，也不知道她们对孩子说了什么，总之我们就看到了两个孩子出来时有说有笑、和好如初的景象。

吃午饭的时候，我们讨论了一下案情，觉得从两个男孩和其家长的表现来看，孩子应该不是苗苗的表哥和秦会的。他们对苗苗只是单纯的喜欢，完全没有上升到肉欲的程度，应该和此案没有太大的关系。

当天下午，我和秦警官来到苗苗就读的中心小学。

适逢周末，孩子们都没有去上学，只有宿舍稀稀拉拉地住着几位老师。

我和秦警官走访了几位老师，询问了一些情况，没有任何有效的线索，倒是门卫老大爷提供了一个颇有价值的信息：苗苗的班主任赵老师平日里特别关照苗苗，当然这也是因为苗苗品学兼优。

联想到苗苗表哥着重提到自己和这个赵老师有矛盾，我和秦警官觉得有必要去赵老师家走访一下。

赵老师是外地人，被分配到这里当老师后遇到了现在的媳妇，两个人结婚后，就住到了媳妇家。

听门卫老大爷说两口子一开始感情很好，但是结婚几年了还没有孩子，为此吵过很多次架，后来决定一起去省城大医院做试管婴儿，这才和好如初。

从赵老师口中，我们又得知了一个重要的线索：

有一次，苗苗偷偷地问他，梦游是不是很可怕，算不算神经病？当他好奇地问苗苗为什么时，苗苗遮遮掩掩地说自己在电视里看到有人梦游很可怕，很好奇，所以才问他。

他当时也没有在意，但是几个月后，苗苗又问他梦游之后身体会不会不舒服。他觉得苗苗可能是电视剧看多了，便给苗苗的叔叔秦卫国打电话，嘱咐叔叔在家里少让苗苗看电视剧，多温习功课。苗苗的叔叔满口答应了。而苗苗问他梦游这件事情就发生在四个多月前，与苗苗怀孕的时间极为吻合。

- 4 -

调查至此告一段落，我们商量后决定，第二天由小谢开车带着我们回省城先鉴定之前的结果。而苗苗的父母也带着苗苗跟我们一起去省城，由小谢帮忙联系一个医院，将孩子打掉，让苗苗尽快恢复身体。

但就在第二天一早，秦警官却给小谢打来电话，说刚刚在自己家的门缝里发现一张纸条，上面歪歪扭扭地写着一行字：“你们查错了，两个孩子是冤枉的。”

结合苗苗表哥和秦会的表现，我们可以肯定这个人说的是实话，那么他很可能知道所有的真相！

这个人到底是谁？知道真相为什么不敢站出来，而是写这么一张没头没尾的字条？

这个案子显然没有表面看上去那么简单。

我们对计划马上做出调整，由秦警官安排人开车送我们一行回省城，小谢留下来继续调查案件，派出所的领导也特意加派了几个警员参与调查。

我们一行抵达省城后，苗苗和其家人被安排去往联系好的医院终止妊娠，我和杨姐则回到中心做加急鉴定。结果果然和我们预料的一样，两个男生和苗苗肚子里的孩子没有关系。

就在我们准备给小谢打电话的时候，小谢却抢先打过来了。

小谢急匆匆的话语从话筒里传来："王医生，明天一早五点钟会有警局的车来接你们，还得麻烦你和杨姐来一趟。"

第二天一早，我和杨姐坐着警车疾速抵达小镇。

刚到警局，小谢就急匆匆地将我们引到休息室。

休息室里有一个人正在等着我们前去取样。

这个人杨姐没有见过，但是我很熟悉。他正是苗苗的班主任——赵老师！

赵老师看到我们进来，情绪很是激动，大声道："谢警官，我是苗苗的老师，平常的关心只是因为心痛苗苗这孩子家世可怜，父母都不在身边。何况苗苗只有十一岁，我怎么可能做出那种禽兽不如的事情？如果让我老婆和家人知道你们在调查我，我怎么向他们解释？"

小谢耐心道："赵老师，刚才我也解释得很清楚，现在案子没破，那么苗苗怀孕前后接触过的所有男人都有嫌疑，我们这样做也是为了能尽快洗脱你的嫌疑，所以特意挑选了早上给你取样，取样的速度很快，取完你马上就可以去上课，也不会有人知道，不会影响到你的声誉。"

赵老师看了我和杨姐一眼，撸起袖子道："是抽血吗？快点吧！"

我和杨姐以最快的速度给赵老师取了样。赵老师起身后哼了一声，道："希望结果快点出来，免得我背上这个不白之冤！"说罢走出了警局。

小谢朝一旁的秦警官使了个眼色。秦警官会意，打了个电话，安排人跟着赵老师，显然是怕赵老师趁机逃跑。

等我们忙完坐定后，小谢才向我们说起怀疑赵老师的原因。原来，秦警官收到的那半截字条上不止电话里提到的那一行字！

秦警官怕消息泄露而惊动嫌疑人，所以只告诉我们第一行字，其实字条上还有第二行字，内容是：可以查查苗苗接触得比较多的成年人。

- 5 -

苗苗接触得比较多的成年人只有五个，苗苗的父母、爷爷、叔叔和赵老师。

苗苗的母亲自然不可能，爷爷半身不遂，也不可能做这种事情，而父亲四五个月前根本就在外地，何况作为一个父亲他也不可能去祸害自己的女儿。

那么剩下的可能就是苗苗的叔叔和赵老师了。为了尽快查明真相，小谢让秦警官第一时间通知了赵老师，让他配合调查。

赵老师倒是挺配合，一大早就赶过来了，虽然心态不稳但也属人之常情，而且据跟踪赵老师的警员传来的消息，赵老师在采完样后确实直奔学校上课去了，没有任何要逃跑的迹象。

看样子赵老师的可能性不大，这样就只剩下苗苗的叔叔了。

当天下午，苗苗的叔叔秦卫国就被秦警官叫到所里配合调查。秦卫国一开始还以为只是问问他相关的情况，等秦警官说明情况后他才发现不对，随即破口大骂，说他在家本本分分，为这个家庭付出了很多，听尽了闲言闲语，最后居然还有人怀疑他对自己视如己出的侄女做出不轨之事，这种委屈他受够了！

我们好意相劝后，他仍然怒气不减，说除非拿出确切的证据来，否则绝对不配合我们做鉴定！

单凭一张字条自然无法作为证据去强迫秦卫国做鉴定，所以秦警官等人也没有办法，只能任由秦卫国咆哮而去。但他的这个举动却加深了我们对他的怀疑。

之后的鉴定结果显示赵老师确实不是苗苗肚子里孩子的父亲。这样一来，所有的嫌疑就几乎全部指向了秦卫国。

于是，派出所领导派出多名警力，调查苗苗怀孕期间秦卫国的动向，但这一调查却让整个案件彻底陷入了僵局。

秦卫国是一个泥瓦匠。在苗苗怀孕的那段时间，他正在邻村帮一户人家修房子，为了赶工期起早摸黑的，很长一段时间都不在家里。即使偶尔回来也是工地同事骑摩托车送他回来取点东西，给侄女点生活费，看看老父亲，在家里待上个把小时就走了。

秦警官也怀疑过秦卫国是不是中途偷偷回来过，但是这一点也被工友否定了。因为当时秦卫国白天和工友们一起干活，晚上几个人一起睡在工棚里，他不可能做到神出鬼没。

借用许多侦探小说常用的一句话：秦卫国有完美的不在场证明！

线索到这里彻底断了。

这时候，派出所的王所长提供了一条不一样的思路："不要考虑字条上信息的真假，先找出写这个字条的人！"

真是一语惊醒梦中人！

秦警官从档案室取出字条，仔细研究了一下，发现了两点值得关注的信息：第一点，这张字条是从质量比较好的本子上撕下来的；第二点，这个人肯定和秦警官非常熟，或者至少之前打过交道，因为秦警官不住在镇子里，而住在附近一个小村子里。除非此人是熟悉秦警官的人，否则他不会那么快就在调查案子的第二天找到秦警官的家。

警员们被分为两队，一队去调查这张字条的来历，另外一队去和秦警官走得比较近的人打听消息，看看当天晚上有没有人借故来到秦警官居住的小村子。

第一队很快就有了收获，因为镇子里只有一家大的文具店，在这家文具店找到了一种备课本，这半截字条和备课本里的纸质完全吻合！

第二队几个小时后也有了收获，即镇上一个秦警官的族亲说，有个人向他打听过秦警官的住址，这个人好像是中心小学的一个老师。

警方将两条信息结合起来，再加上秦警官族亲对打听情况之人的描述，这样偷偷塞字条的人马上浮出了水面。

这个人不是别人，正是苗苗的班主任赵老师！

赵老师明显是知道什么内情，既想举报又怕被报复，所以偷偷塞纸条到秦警官的门口。秦警官为了保护赵老师的隐私，也采用了偷偷传讯的方式。

赵老师应约前来，当看到秦警官出示的字条时，他大方承认这确实是自己偷偷塞的。既然已经被查到，他也索性将自己所知道的内情全部道出。

原来，苗苗向赵老师咨询关于梦游的疑问，远不止上一次我和秦警官去找他时所说的那么简单，而且也远远不止两次。

在苗苗询问赵老师的问题中，有三个特别奇怪的点。第一就是前文中提到过的：梦游之后身体是不是特别不舒服？第二个令人毛骨悚然：为什么半夜经常会听到隔壁空无一人的房间传来奇怪的声音？第三个问题更是令人汗毛竖起：为什么梦游的时候会感觉有东西压着自己喘不过气来，而且这个东西好像是一个青面獠牙的妖怪？

关于第一个问题的答案，赵老师也无法明确回答；第二个问题却让赵老师起了一身鸡皮疙瘩。他相信苗苗这样的小孩子不会撒谎，难道是苗苗出现幻听了？

见多识广的赵老师特别在意的是第三个问题，并详细询问了苗苗事发的经过。

苗苗告诉赵老师，自己几乎每次梦游都发生在特别瞌睡的时候，等醒过来的时候就发现自己要么在土地庙，要么在学校围墙外的旧房子里，也有几次是在自己家里。而且在梦游的时候，自己大部分时间都是没有知觉的，偶尔有几次也会做噩梦，梦到有鬼压在自己身上，等清醒过来的时候身体会不舒服。甚至有那么一两次，苗苗还在迷迷糊糊中看到了一个青面獠牙的鬼影在她的身上蠕动着，伴随着下身一阵阵的疼痛。

赵老师敏锐地感觉到这件事情极其不简单，他甚至隐隐怀疑苗苗遭遇了性侵，但他又找不到确切的证据，所以只好作罢。

之后苗苗请了一段时间的假，期间仅有的一次家访，自己却被苗苗的家人告之是苗苗患了血吸虫病正在治疗，也让赵老师没有更深入了解该事件的机会。

一直到事件无法掩盖彻底爆出，赵老师才惊讶万分地确定了苗苗所说的梦游过程应该就是遭受了性侵！

到底是什么人这么道德沦丧，居然忍心对年仅十一岁的小姑娘下手？

根据苗苗所说，她梦游的时间都是晚上睡觉之后，这就说明只有最亲近的人才有机会对其下手。而苗苗最亲近的人，排除苗苗父母和瘫痪的爷爷，就只有苗苗的叔叔秦卫国和另外一个我们没有想到的人——苗苗表哥的父亲，也就是苗苗的亲舅舅！

苗苗的舅舅也是一个泥瓦匠，经常和秦卫国一起出去打零工。有时候为了上工方便，他会住在苗苗家。

舅舅和苗苗的感情比较好，算得上是苗苗最亲近的人之一。

苗苗怀孕的事情爆出后，赵老师仔细做了推算，苗苗很有可能是被下了某种药物导致其昏睡不醒，再被抱到偏僻的地方被性侵。

而要做到这样神不知鬼不觉，必须满足两个条件：第一，是苗苗最亲近的人，能够接触苗苗而不让苗苗起疑心；第二，力气大，能够抱着几十斤重的苗苗从家走到几百米远的土地庙或者小废屋里。

所以，赵老师怀疑的性侵者就是苗苗的叔叔或者苗苗的舅舅！

眼看着警方的调查走向了误区，赵老师便忍不住用左手歪歪扭扭地写了张字条提醒。令他没有想到的是，警方第一个怀疑的居然是自己，于是将计就计演了一场戏。实际上当时赵老师心里很是高兴，因为能怀疑到自己，就说明警方的调查方向没有错。

而之后警方更是用最快的速度查到了自己就是塞字条的人，赵老师便不再纠结个人安危，全力配合警方找出性侵苗苗的凶手。

赵老师提供的情报极其重要！

秦警官当即亲自带队，暗中调查苗苗的舅舅在苗苗怀孕期间的动向。

- 6 -

在小镇查案有一个好处，因为地方小，很多人相互之间都认识，大家天天抬头不见低头见的，要想查出一个人某段时间的动向实在是太容易了。

只用了半天时间，秦警官就掌握了确切的消息。

在苗苗怀孕的那段时间，苗苗的舅舅也和苗苗的叔叔一起在外地帮同一户人家盖房子，吃住都在一起，回来的时间极少。之前给苗苗叔叔作证的那群工友同样也可以给苗苗的舅舅作证。

赵老师得知这个消息后也惊呆了，他算是苗苗最亲近的人之一，当了苗苗五年老师，对苗苗的生活轨迹非常熟悉，现在所有他怀疑的人都排除了，确实再找不到嫌疑人了。

案件的调查至此陷入了彻底的僵局。

因为案件扑朔迷离，秦警官一方面继续调查，另一方面在小谢的指点下求助杨姐。杨姐听完秦警官的描述，思虑了一番，给出了自己的意见。

杨姐说：“凭我的直觉，苗苗的叔叔有重大的嫌疑，即使他不是作案者，至少也是一个知情人。我建议以配合警方调查的名义，将所有和苗苗走得近的人全部鉴定一遍。这样，就算我的怀疑有问题，找不到线索，最起码可以先排除亲人作案的可能。”

就连提建议的杨姐也没有想到，这一句可操作性极强的话居然让陷入僵局的案件以让人瞠目结舌的速度真相大白！

第二天一早，小谢就打来电话报喜：“王医生，案子基本已经破了，杨姐太牛了！你们上午方便吗？我来接你们去镇上一趟，有一个新的嫌疑人需要做鉴定。”

我和杨姐都很惊讶，一时想不到我们遗漏了谁。

等小谢到了之后，我迫不及待地问小谢情况到底如何。小谢嘿嘿一笑，告诉我们秦警官听取了杨姐的建议后，通知秦家和另外几个平日里和苗苗走得近的人接受 DNA 亲子鉴定，结果就有人按捺不住自己暴露了。至于具体是怎么暴露的，暴露的人是谁，可恶的小谢卖了个关子，说等我们到了小镇就知道了。

两个小时的车程就像过了两年那样漫长，终于在中午时分我们赶到了小镇。

小谢径直将车开到了派出所，刚下车，秦警官便迎了过来，冲杨姐敬了个礼，连声感谢杨姐。杨姐和其寒暄几句后，也急着见到这个神秘的嫌疑人。秦警官便带着我们进了休息室。

休息室里，一个我们从头至尾都完全忽略了的人正在等着我们，而这个人正是苗苗的父亲秦建国！

- 7 -

我大吃一惊，内心波涛汹涌，还好接下来秦警官的一席话让我狂躁的心安定了下来。

秦警官道：“杨主任、王医生，先麻烦两位给秦哥取样，取完之后我再带你们去嫌疑人家里。”

为什么在取嫌疑人的检材之前要先取秦建国的检材？这道程序对整个案件的侦破有什么帮助吗？

职业素养让我们即使内心再好奇，也不会过多去询问警方没有主动告诉我们的问题。

在取样的过程中，秦建国俊朗的脸上始终脸色苍白、面无表情，只是看着杨姐点头示意了一点，说了声“谢谢”，看来他也知道杨姐在整个事件中起到了很大的作用。

取样完毕后，秦建国长叹一口气道：“秦警官，那个地方我再也不想去了，能否麻烦你们自己过去，我只想在这里休息一下。”看样子这件事对秦建国造成了不小的打击。

秦警官点了点头，招呼我们一起退出了休息室，马不停蹄地带我们赶往嫌疑人的住所。

刚才秦建国说出那番话的时候，我们就有预感，而今，预感变成了现实。这个秦建国不想踏足的地方果然就是他自己的家！

秦家门口站了一个年轻的警官，看到我们来了，忙迎了上来，和秦警官窃窃私语了几句。

秦警官听罢，带着我们直接进了里屋。

里屋，在另一个警官的看护下，真正的嫌疑人正在等着我们。

当这个嫌疑人出现在我和杨姐面前时，在整个事件中都保持镇定自若的杨姐第一次露出惊讶的表情，而不淡定的我更是吃惊得无以复加。

这个嫌疑人居然是和我们有过一面之缘、一开始就被我们排除的秦老汉！

我不敢相信自己的眼睛，怎么可能是苗苗的爷爷秦老汉！这不是一个得了半身不遂手、无缚鸡之力的老人吗？

说实话，当得知苗苗的爷爷是重大嫌疑人时已经足够让我惊讶了，但是紧接着发生的一幕却让我极度恐惧！

这令人恐惧的一幕直到现在仍让我心有余悸！

当时，我和杨姐在秦警官的指引下，走到坐在躺椅上的秦老汉面前，准备给他取血痕作为检材。

秦老汉极其不配合，秦警官便和另外一个警官挟持住他的两个肩膀，让他伸出手来。

秦老汉一边吹胡子瞪眼，破口大骂，一边拼命挣扎，宁死也不配合取样。无奈由于两个警员手劲太大，他挣脱不了。

秦老汉左右晃动着上身挣脱不开，便用双手撑住藤椅的扶手，猛地一用力，居然站起来了！

一个半身不遂很多年，平日里就连挪动都要人搀扶的老人，居然在两个青壮年的压制下强行站了起来！！！

- 8 -

我被惊得差点一屁股坐在地上，还好旁边的杨姐扶了我一把。

小谢见状忙上前帮忙制伏近似疯癫的秦老汉，将其强行按压下去。

秦警官朝小谢和另外一位警官使了个眼色，示意三人一同按牢秦老汉，然后朝我和杨姐道："杨主任、王医生，麻烦两位了，现在赶紧取样。"

就这样，秦老汉在极其不情愿的情况下，被我和杨姐取得了检材。

检材取得后，秦警官交代了另一位警官两句，便带着我们返回了派出所里。

从秦家到派出所短短十分钟的车程，我如坐针毡，浑身如同爬满了十万八千只蚂蚁，将我啃咬得体无完肤。

我已经顾不上纪律和规定了，就算杨姐在场我也要犯一次错误，把事情问清楚，否则憋在心里实在是太难受了。

整个事件的最大转折就发生在秦警官到秦家通知秦家所有男性统一安排做鉴定取样的时候。

当时除了苗苗的舅舅和赵老师之外，其他涉案的成年男性全部在场。

听到秦警官说明来意，苗苗的父母都表示会尽力配合警方的调查，并交代了平日里会偶尔来家里走动的其他几位亲戚。

但苗苗的叔叔却变了脸色，不同意做鉴定，理由依旧是之前的那套。

作为受害者的叔叔，第一次拒绝可以理解，但是当警方再次前来要求做鉴定，而且只有鉴定结果排除才能真正洗清自己嫌疑的情况下，再拒绝就不正常了。因此，警方几乎可以肯定，苗苗的叔叔有重大隐情！

苗苗的父母也意识到不对，当场也变了脸色，要求苗苗的叔叔必须做鉴定，告诉他只有做鉴定才能彻底洗清嫌疑。

好说歹说，苗苗的叔叔终于同意了，但依旧是满脸的不情愿。不仅如此，他的表情里还夹杂着一丝掩饰不住的恐慌。

秦警官出来后，马上示意一个同行的警官将秦家监视起来，因为鉴定取样需要等我和杨姐来做，他担心苗苗的叔叔这个重大嫌疑人会逃跑。

秦警官虽然入职时间不长，但经验一点也不少，最终，他的这个安排果然起到了效果！

当天晚上，月黑风高，万籁寂静。秦家的后门开了，两个人影偷偷地溜了出来。他们正准备悄悄离开时，秦警官和同事迅速上前，欲拦住两人。

两个人被吓了一大跳，拔腿便跑。

秦警官高喝一声“站住！”后，两个人却跑得更快了。因为距离有点远，又担心两个人分开追会全部追丢，秦警官便会同同事抓住了跑在后面的人。等看清楚这个人的样貌，秦警官的惊讶一点都不比我们少！

这个人正是半身不遂、行动极不方便的秦老汉！但是看他刚才行动自如的身影，哪有一丝一毫半身不遂的感觉？

外面的动静也惊动了苗苗的父母。待他们跑出来一看，两个人也都惊呆了，他们也根本不知道秦老汉是一个正常人！

一个行动自如的正常人，居然假装半身不遂装了二十几年！

这到底是怎么回事？！其中究竟藏着什么匪夷所思的隐情？！

一晚上的审讯终于撬开了秦老汉的嘴巴，也揭开了一个潜藏了几十年、令人毛骨悚然的秘密。

- 9 -

这个令人毛骨悚然的秘密还要从苗苗的奶奶说起。

当时的小镇还只是一个小村子，苗苗的奶奶是村里的一枝花，长得很漂亮，追求者众多，苗苗的爷爷也是追求者之一。

苗苗的爷爷是贫农，苗苗奶奶的父母正是看中了这一点，才让苗苗的奶奶嫁给了他。

苗苗的爷爷和奶奶结婚之后也就安稳了下来，虽然家境不好，但是生活还要继续。

生下秦建国之后，夫妻俩将所有的精力投入到赚工分养家糊口上。即使整日辛勤劳作，苗苗奶奶的姿色依旧掩盖不住，便有人打起了歪主意，这个人就是苗苗爷爷的弟弟——苗苗的叔爷爷。

苗苗的叔爷爷和苗苗爷爷虽是一母所生，性格却大不一样。苗苗的叔爷爷脾气怪异，好吃懒做，可以整日待在床上，娶妻生子后依旧不改，还动不动就对老婆拳打脚踢，最后将老婆气得跑回了娘家。

性格怪异的苗苗的叔爷爷一个人在家里无聊了，居然打起了苗苗奶奶的主意，几次趁着家里没有其他人的时候想要强迫苗苗奶奶，最后被父母和哥哥发现，被打个半死，终于消停了。但是整日在家一动不动，好吃懒做的性子一点都没改。

后来父母双双离世，苗苗的爷爷想和苗苗的叔爷爷分家，却发生了一件大事，导致这个计划胎死腹中。苗苗叔爷爷有一次在家热剩饭吃时，绊到厨房门摔了一跤，居然当场就中了风，导致了半身不遂！

从此以后，苗苗的叔爷爷大部分时间就只能躺在床上，衣来伸手，饭来张口，连屎尿都是拉在自己房间的小便桶里，哥哥嫂嫂再帮忙倒出去。

在这种情况下，苗苗的爷爷再也没办法提分家的事情，只能将这个弟弟像儿子一样养起来。苗苗的这个叔爷爷倒是没有太大的心理波折，毕竟自己之前过的就是几乎相同的日子，半身不遂之后更是可以什么事情都不做，连饭都有人喂到口里，而且照顾自己的人还是风韵犹存的嫂嫂。

这样的日子一直持续到苗苗的爷爷和奶奶在一场事故中双双丧命。

小谢说到这里，我敏锐地发现了怪异之处，惊呼出声道："记得我们刚来小镇时，得到的消息是出车祸的时候，苗苗的奶奶当场身亡，而苗苗的爷爷重伤后半身不遂，但是你这次又说双双丧命，难道……"

小谢点了点头道："没错，其实苗苗的爷爷早就去世了，刚才你们鉴定的那个是苗苗的叔爷爷！"

我和杨姐这才恍然大悟，难怪小谢说发现了一个新的嫌疑人！

但是秦老汉为什么要装作半身不遂，苗苗家人又为什么一直把他当作苗苗的亲爷爷呢？

苗苗的爷爷和奶奶是骑着摩托车在一座没有栏杆的旱桥上出事的，由于车速过快，连人带车一起摔下旱桥，车毁人亡。

摩托车的车主性格恶劣，要求秦家一定赔偿损失。当时秦建国连家都没成，根本拿不出钱，父母的积蓄也基本上都用来养家了，几乎没有什么遗产留下。

最后，还是秦老汉掏出几年前秦建国的爷爷奶奶去世时分给自己的那一部分钱赔给了车主，帮秦建国解了燃眉之急。这些钱虽然不多，但是对于品性质朴的秦建国来说，却足以让他感激一辈子。

所以在秦建国心里，他一直将秦老汉当成了自己真正的父亲，而堂弟秦卫国也成了他口中的亲弟弟。

这件事情就连家在邻村的苗苗的母亲都只是偶尔听到只言片语，而秦建国和秦卫国兄弟也从来没有提起过，因此知道这件事情来龙去脉的就只剩下镇上的一些老人了。

时间过去了这么多年，细节几乎不再被人提及，绝大多数人都将秦老汉当成了秦建国的亲生父亲。

秦建国和秦卫国俩兄弟是这件事情的亲历者，但是就连他们自己都不知道，自己的父亲秦老汉居然假装半身不遂，而且一装就是二十几年！

秦老汉为什么要这么做？一个好好的正常人不做，却要装成一个半身不遂的病人，这种非人的生活不憋屈吗？

或许对于其他人来说，这样的生活不但憋屈，而且极其煎熬。但是对于秦老汉来说，这种生活甘之如饴！

因为秦老汉打小就是一个极其懒惰的人，在父母和哥哥都出去赚工分的时候，自己就总是装病。父母对其又溺爱，总是听之任之。初中毕业后，他也不出去做事，整天待在家里不出门，大多数时间都是躺在床上吃了睡、睡了吃，时间久了就形成了习惯。

这样的生活本就和半身不遂的患者几乎没有区别，当然只是这样的理由还不足以让秦老汉装病二十几年，更重要的一点是：自己假装瘫痪不但可以不再分家，让哥哥养自己一辈子，而且能够和自己心中的女神嫂嫂有最近距离的接触！

后来即使哥哥嫂嫂过世，多年来形成的习惯也已经无法更改了，秦老汉还是保持了之前一样的生活方式，最多就是在夜晚无人的时候偷偷地爬起来，在房间走两圈，不至于让自己腿部的肌肉萎缩。这也就是苗苗在半夜里会听到隔壁房间有脚步声的原因。

等到苗苗长大，长相酷似奶奶的苗苗对秦老汉关心备至，也经常会搀扶着他去散步，让他重新感受到了年幼版嫂嫂的风韵，更是觉得没有必要恢复正常人的生活。

在一边沉默不语的杨姐点了点头，道："看来这个秦老汉还是一个痴情种子，因为对嫂嫂的爱恋，导致了自己内心的依恋和行为的异常，属于某种精神疾病的范畴了。想必之后对苗苗的性侵也是这个原因。”

“杨姐，你不愧是中心的顶梁柱，和我们开会研究推测的一样！”小谢拍了下杨姐的马屁。

当天说到这里的时候，小谢就已经将所有的情况介绍完毕了，当时秦卫国在逃，秦老汉也只是交代了自己为什么假装半身不遂。

秦老汉虽然被逼无奈交代了自己装病的细节，却始终不承认自己性侵苗苗，也许是还抱着一线蒙混过关的希望吧！一直到我们去取回鉴定结果，他才知道大势已去，见垂死挣扎无果后只得坦白真相。

当天下午，我们就带着检材回到了中心，鉴定的结果也证明了秦老汉正是苗苗肚子里孩子的父亲，而秦建国和秦老汉没有父子关系。

几天后，秦卫国因为担心父亲而投案自首。经过审讯，他算不上共犯，只能说是知情不报。

之后对秦老汉房间的搜查还发现了秦老汉作案时用过的一样道具：一个小孩子玩的青面獠牙的鬼怪面具。秦老汉是怕苗苗药效退得快看清自己的模样，特意戴了面具！

在证据面前，秦老汉父子交代了所有的真相。

秦老汉对苗苗奶奶的感情是真正畸形的爱恋，延续了几十年。

随着苗苗慢慢地长大，越来越像奶奶，秦老汉心中压抑许多年的情感便慢慢被释放了出来，到后来，对苗苗的感情已经完全不是祖孙之情，而是单纯的爱恋！

当一个人无法控制自己情感的时候，内心的恶魔就会被释放出来，吞噬他的理智。

看着和年轻时候的奶奶一模一样的苗苗，秦老汉控制不住自己。为了弥补当年的遗憾，他决定豁出去了！

他假借自己睡眠不好，让医生开了几粒安眠药，准备投放在给苗苗喝的水里，等苗苗昏迷了，就可以对苗苗做出不轨之事。

就在他打定主意准备下手的时候，却出现了一个意外的情况：儿媳为了挽回和秦建国的婚姻，回来照顾苗苗了。

一开始，秦老汉还强忍着不做声，想着等秦建国回来让其将儿媳劝走，但是后来秦建国数次回来，居然没有任何让儿媳走的意思。

时间久了，秦老汉的欲望越来越强烈，为了创造最佳的机会，为了满足自己的兽欲，他找了个借口，对儿媳又打又骂，终于将儿媳妇赶跑了。

至于将苗苗寄养在老师家里的建议，秦老汉更是直接给予了否决。

等到秦卫国也因为接到泥瓦匠的活计去外地干活，这个时机终于成熟了！

秦老汉在儿子离开的当天晚上就将安眠药投放到了苗苗喝的水里，一下子扑了上去……

之后每次秦卫国出去做事的时候，就是秦老汉发泄兽欲的时候。一次差点被儿子撞个正着，所以他后来特意将地点改在了土地庙和小废屋。

从家里到土地庙或者小废屋毕竟有几百米，平常极少运动的秦老汉背着苗苗走过去，发泄完就无力背回来，只能自己一个人先回。等第二天苗苗迷迷糊糊地回来之后，就告诉她这是梦游症，要她不要告诉别人，否则别人会说她是神经病。苗苗信以为真，将这个秘密埋在心里，只告诉了她最亲近的赵老师。

原本以为这件事神不知鬼不觉，结果苗苗的怀孕让一切真相大白！

据秦卫国后来交代，自己一开始确实不知道，直到有一次外出做工半夜回家，发现苗苗和父亲都不在，吓了一跳，就准备出去寻找两人，刚出门不远，便借着月光发现父亲居然自己慢慢地走了回来！

惊讶万分的秦卫国发现了令人称奇的大事，便躲了起来，等父亲进门后才跟着进去。进去一看，自己的父亲已经躺在床上又变回了那个半身不遂的病人。当询问苗苗去哪里的时候，父亲只说去同学家玩了。

当时秦卫国的心思全部放在了父亲为什么要装瘫痪一事上，没有顾及那么多。待第二天早晨苗苗一回来，自己稍稍询问了两句，才知道事情没那么简单。

父亲当天晚上的神秘行动、苗苗的神情和误以为梦游的症状，无一不在明确地告诉秦卫国，自己的亲生父亲正在性侵自己的亲侄女！

心知不妙的秦卫国直接和父亲坦白。在自己的亲生儿子面前，秦老汉也没有什么好隐瞒的，将所有真相都告诉了秦卫国。秦卫国劝父亲不要再做傻事，之后秦老汉也收敛了好久，但是这种事情哪有那么容易戒掉！等秦卫国长时间出工的时候，秦老汉再次发泄起了兽欲。

原本以为自己年纪很大已经没有生育能力了，秦老汉便没有采取任何措施。结果令他万万没想到的是，苗苗居然怀孕了！

为了掩盖秦老汉的罪行，父子俩宣称孩子是血吸虫病，想着偷偷买一些打胎药，让苗苗吃下去打掉孩子，却没想到吃了几服药没有任何效果。父子俩有点着急了，准备送孩子去外地小诊所做手术的时候，苗苗的母亲已经闻讯赶来，继而彻底失去了掩盖罪行的机会。

当警方通知苗苗的表哥和秦会取样的时候，秦卫国和秦老汉就已经很不安了。两个人商量半天没有任何办法，只希望不要怀疑到自己头上。

等到通知秦卫国去做鉴定，秦卫国宁死不从，就是怕鉴定结果是匹配。因为在他的理解中，苗苗肚子里的孩子是他父亲的，肯定也会和他的检材匹配。

最后秦警官通知秦家所有男性全部要接受鉴定，秦卫国父子俩知道在劫难逃，索性当天晚上就准备卷起钱财跑路，却不想被秦警官逮住一个。秦卫国逃到外地后，一方面思念父亲，另一方面他也知道自己罪责不大，便向警方投案自首。

至此，苗苗事件的真相彻底水落石出！

这个事件当年被许多媒体争相报道，着实在当地造成了巨大的轰动，只不过大多数媒体都没有对具体的细节进行描述，绝大部分人只知道一个十一岁的小女孩怀孕了，一开始怀疑同学，之后又怀疑老师，最后才查到是自己的叔爷爷下的手，部分媒体甚至以老人神经不正常的描述来代过。

当然，从心理学的专业角度上来说，在某种程度上也可以说秦老汉在精神层面出现了问题，对一个人过于爱恋导致了他的行为异常，但这不能尤为他逃脱法律严惩的理由，最后他的余生也很可能会在牢狱里度过。

秦建国也因为这件事和秦卫国彻底断绝了关系，估计这两兄弟以后会老死不相往来。

苗苗的现状我们无法得知，按照常理应该不会在当地待了，毕竟风言风语对一个孩子的伤害太大。秦建国很有可能会带她换一个地方生活，希望她以后的人生顺顺利利吧！

整个事件中，最震撼我的就是秦老汉在我和杨姐面前站起来的那一刻！

虽然这一幕一点都不血腥，但是给我的心理震撼却是无比巨大的。

这一幕给我带来的心理震撼度可以排在我经历的事情前三位，对一个人的爱恋居然可以让一个人做到如此程度，实在令人毛骨悚然！

被下水道吞噬的母子

- 1 -

之前曾经提到过，我们中心是 2002 年国家向第三方开放 DNA 亲子鉴定等项目以后，第一批成立的亲子鉴定机构。十几年来，我们中心见证着中国基因科学的迅猛发展，包括最近的白银连环杀人案告破，也代表着我国基因科学的又一次飞跃。

作为一个业内人士，我可以毫不夸张地告诉大家，我国的基因科学技术走在全世界的前列！

随着基因技术被大家熟知，尤其是基因技术在亲缘鉴定中的广泛应用，我们中心的业务越来越繁忙，从一个只有几间办公室的小机构，发展成在省城闹市区有两层办公楼的大中心。不可避免的，我们经历了许许多多或狗血或奇葩的事件，数量之多远超大家想象。我之前讲的这些故事，毫不夸张地说，仅仅只是我们中心所经手事件中的九牛一毛而已。

不过因为大部分的事件流程都比较简单，没有太多警世的作用，就只成为一份档案尘封在中心二楼的档案室。

而其中值得向大家讲一讲的，足有数千件，除去一些极个别有违伦常不适合讲的，其他事件都可以说一说，当然这些事件中某些涉及隐私的细节都做了修改。

我们中心同事曾经在吃夜宵吹牛的时候，将这些事件戏称为“诡异事件档案”。而今天我要讲的就是这样一个极其诡异的事件。

事件的时间发生在一个伸手不见五指的夜晚。

事发地点，则在距离省城不远的一个地级市的某一个高档小区内。

入夜之前就刮起了大风，吹得小区庭院里树枝哗哗作响，大部分居民都躲在家里，或打麻将，或看电视，或刷朋友圈，或玩游戏。

吕步（化名）家的保姆正躺在客厅的沙发上悠闲地看着电视。她每个月工资八千，除了给女主人母子做做饭、搞搞卫生、偶尔帮忙带带孩子之外，基本上没有什么其他事情。她对现在的生活极其满意。

不仅如此，男主人吕步还给她安排了一项特殊的任务，每个月只要完成，就会有五千块的奖励。也就是说，保姆每个月加起来一万多的收入，远远超过一些普通的白领阶层。

保姆大概四十岁左右，来自农村，长得非常安全，做得饭菜往高里说也就是勉强能吃，做事也不是很利索，偏偏男主人吕步在家政服务公司一眼就相中了她。

原因很简单：她膀大腰圆，着实有一把子力气。

或许大家会问：保姆又不是保镖，有力气不会干活顶啥用？

这句话还真问到点子上了，因为吕步雇佣保姆来的主要目的，不是为了搞卫生、做饭、带孩子，而是因为一项特殊的任务——监视女主人！

这个保姆是吕步专门请来，监视自己妻子的一举一动的！

电视里面播放的是韩国偶像剧。保姆不算年轻了，大儿子已经读大学，最小的孩子都可以打酱油了。她对这些年轻人喜欢看的韩剧无感，就换了一个台，画面里正在播放婆婆和儿媳吵架，一下子就吸引了她的注意力。

忽然，窗外的狂风又刮起来，伴随着电闪雷鸣，看样子马上就会落下倾盆大雨。

保姆连忙起身去关窗户，关窗户之前她好奇地向斜对面一栋商用楼背面光滑的混凝土墙壁上扫了一眼，心想今天那奇怪的亮光会不会来？

等了半晌，没有任何异常，保姆心想纯粹是自己吓自己，这世上又没有鬼，有啥好怕的。即使如此宽慰自己，她心里依然有点紧张，于是马上关紧了窗户，拉上了厚实的、价值不菲的落地窗帘。

坐在沙发上，保姆不停地宽慰自己，但心中的恐惧感越来越强烈。

今天男主人出门了，家里就剩自己和女主人母子，上下两层的大复式楼显得空荡荡的，除了电视机传出的声音就没有其他声音，保姆脑海里浮现出在农村老家时别人讲的一些鬼故事，越想越是害怕，于是早早关了电视机，准备去上床休息。

在休息之前，保姆不忘记去女主人的房间巡视一下。她将反锁的房门一打开，就见女主人正抱着孩子面无表情地看着她。

保姆心中对这个被丈夫禁足的可怜女人也有点同情，对自己的任务也有些歉疚，但是一想到家里几个孩子等着她的工资来养活，她就告诫自己千万不能心软！

保姆狠了狠心，朝女主人道："您要什么东西的话跟我说，我拿给你。如果不要的话，我就先去睡了。"

女主人依旧面无表情，也不搭她的话。只有当怀里的孩子摸着她的脸时，她才露出一丝丝诡异的微笑。

保姆叹了口气，退了出去，尽职尽责的她没有忘记锁上房门。

窗外，一道粗大的闪电划过天际，随着一声巨大的雷鸣声，暴雨，倾盆而来！

保姆这一觉睡得很不安稳。

睡梦中她梦到了很多可怕的事件，在半夜中又惊醒了，看了看表，时间已经快指向了凌晨十二点，今天晚上那道奇怪的亮光会不会出现？

保姆偷偷将窗帘拉开了一道小缝，透过玻璃看了看斜对面楼上的那块混凝土墙壁，心里的恐惧越来越大。

男主人送给她的表上，秒钟咔擦咔擦地走着，分钟缓缓向前挪动，时钟用极其缓慢的速度慢慢指向了十二点。

十二点整了！

- 2 -

十二点整了！

一道炸雷响过，保姆紧盯着斜对面楼上的墙壁，身体纹丝不动，心里越来越发紧张。

几分钟过去了，十几分钟过去了，对面毫无动静。正当保姆准备放弃的时候，墙壁上闪烁起几个圆形的亮点！

虽然已经见过好几次，但是保姆依旧被吓得不轻。她虽膀大腰圆，实际上胆子并不大，连忙拉上窗帘，将自己裹在厚实的被子里。

在又惊又怕中，她终于沉沉睡去。

第二天一早，保姆从睡梦中醒来，准备去给女主人母子做早餐。

她打开反锁着女主人母子的房间门，走进去看了下，却发现女主人和孩子都不见了。

保姆倒是不急，走到室内卫生间门口，轻轻敲了敲，道：“您今天早上是想吃蛋糕还是面条？我现在就去给您做。”

里面没有丝毫的动静。

女主人对自己意见很大，这种不回应的情况不是第一次出现。于是保姆又道：“那小宝吃什么，喝粥还是喝牛奶？”

里面依旧没有动静。

对了，孩子呢！

保姆一下子紧张起来，因为平常上厕所女主人都是将孩子放在床边的摇篮里自己玩的，就算带着去上厕所，也不至于一点动静都没有！

保姆急了，马上疯狂地敲起门来，但无论她如何敲门，里面都没有丝毫动静。她用手推又推不动，明显门是被人在里面反锁了！

这下子保姆力气大的好处就体现出来了，她从客厅找到一把扳手，狠狠地砸向卫生间的门把手，再用脚一踹，门应声而开！

保姆火急火燎地冲进去一看，呆住了，卫生间里面没有任何人，地面一片狼藉。最让她觉得奇怪的就是，卫生间的高档坐便器被整个掀开，露出一个黝黑深邃的下水管道！

保姆被吓得魂不附体，一个让她毛骨悚然的念头浮现在她的脑海里，把她惊吓得无法呼吸！

难道女主人母子，在这个暴雨倾盆的雨夜，被这个卫生间里黝黑的下水管道整个吞噬了？

这极度恐惧的一瞬间，让保姆几乎晕眩过去！

半晌，她挣扎着爬了起来，哆哆嗦嗦地给男主人吕步打了电话。吕步在电话那头暴跳如雷，说她农村来的种田种傻了，哪有人被下水管道吞噬的，那下水管道才多大，怎么可能一大一小两个活人被下水管道吞噬？

吕步挂了电话，用最快速度赶回家。

吕步回家第一件事就是跑到妻子房间，看到空无一人的房间和一片狼藉的卫生间，猛一回头将保姆一脚踹翻在地，恶狠狠道："你肯定串通好了那臭婊子来骗老子，说！你到底拿了那臭婊子多少好处费，老子供你吃供你喝，一个月给你一万多，你还给老子来这种手段！"

保姆被一脚踹得鼻青眼肿，又不敢还手，哭诉道："吕老板，我真的没有串通她们母子做戏，我很尽责的。您不在的时候，我每天都会反锁上她的房门。您本事这么大，路子这么多，我哪里敢串通她们母子来骗您，就算我不想活了，我的孩子们还在，为了他们我也不敢违抗您的命令啊！"

吕步气急败坏，一拳砸在卫生间梳妆台的玻璃上，玻璃应声碎落。吕步的手被划开了数道口子，鲜血直流！

保姆连忙去找应急药物，想帮吕步包扎。吕步却一把推开保姆，用最快的速度跑到小区的监控室，要求小区保安调取监控。

吕步所住的小区是一个高档小区，防范很严密，摄像头也很多，虽然不可避免地会有死角，但是绝大部分区域尤其是楼梯间、过道、围墙、电梯内等区域都设置了严密的监控。

小区保安一看吕步脑袋就发毛，这位爷可是小区数一数二的残暴分子，典型的业主刺头。毫不夸张地说小区物业最难解决的事情一半以上就有他的身影存在。

监控中心的安保人员连忙按照他的要求，调取了当时的录像，几个人快进之后快退，快退之后又快进，所有的摄像头都查到了，但是在那个时间段里，从保姆睡觉一直到保姆起床发现女主人不见的时间里，监控里完全看不到母子的任何身影。

吕步睚眦尽裂，怒发冲冠，在监控室发起飙来，操着一把椅子就乒乒乓乓砸起监控中心的电脑来，一边砸一边喊，说在小区里发生的事，物业就要承担责任，现在人没了，物业必须给自己一个解决方法，必须帮他找到人，否则他砸完监控中心后会喊人将物业办公室也砸个稀烂！

安保人员知道这个极难伺候又有钱的爷是个说到做到的主，吓得面色发青，连忙以最快速度打电话通知了物业经理。

一听吕步这个名字，电话那头的物业经理就颤抖了起来，听完事情描述后哪里还敢来和吕步交涉，只上牙和下牙打着架，哆哆嗦嗦地来回说着几个字：“报警！报警！马上！”

很快，警方赶过来，制服了吕步并询问了情况。他们也对这个事件感到奇怪，特别重视，安排了最有经验的侦查员来侦查。

既然有警方的插手，所有人都以为这个事件会很快水落石出，但结果完全出乎所有人的意料。

警方调查后，发现了几个可疑点：

第一，卧室的门，确实有被反锁的痕迹，女主人母子不可能逃出来。

第二，客厅的窗户和对外的门，当时也关得很好，而且和窗户上没有除保姆和吕步之外其他人的指纹。

第三，又重新调查了所有监控，确定所有进出小区和家中的通道，在保姆睡觉一直到保姆起床发现女主人不见的时间里，完全看不到母子的任何身影。

第四，最可疑的是女主人卧室内卫生间的窗户是开的，但是仔细调查，却没有任何攀爬的痕迹，也没有任何的脚印或者指纹，正常人不可能飞出去。更何况窗户外面就是笔直的外墙，头顶两三米处是楼顶，下面是十几层几十米高的外墙，没有谁能够攀爬。而斜对面，则是小区外侧商用楼背后光滑的混凝土外墙，除了挂着一些宣传条幅之外，空无一物。

总而言之，调查结果证明了一点：女主人母子完全凭空消失了！没有任何的痕迹能证明她们逃出了这个小区。

最后，警方只好表示会继续调查，就撤退了。有一个年轻警员临走的时候还嘟囔说是不是男主人报假案了，气得吕步七窍生烟。

调查完全没有结果，但女主人母子确确实实地不见了！

难道，母子俩真的被那窄小幽暗的下水管道，给完全吞噬了！？难道那个黝黑狭窄的下水管道，通向的是一个神秘恐怖的空间！？

- 3 -

女主人母子为什么会凭空消失？

不但当事人不得其解，连坐在办公室里的我也如坠云雾之中。

我张开嘴巴傻愣愣地看着坐在对面的小谢，道：“然后呢，发生了什么，你们现在查到哪里了？”

小谢这次前来，就是因为这个案子的侦破遇到了问题，而且当地警方了解到之前男主人吕步曾经来我们中心做过一次亲子鉴定，所以其被委托到我们中心来了解一些情况。

小谢瞪着大眼睛看了我一眼，道：“先说说你那次鉴定的情况，说详细点，对这个案件的侦破很重要。其他的事情，等你们说完，我再详细讲。”

我忙道：“好的，稍等，我叫一个人来，她比我更清楚。”说罢，我打了个电话。

很快，门外传来几声敲门声，我回应了一声，一个亭亭玉立的清秀女孩走了进来，她和经常来我们中心的小谢打了声招呼，也坐在了我对面的沙发上。

这名女孩正是我们中心的小彭。

我仔细端详了下对面的两个女孩，虽然都算不上大美女，但各有各的特色，一个皮肤白皙、面容清秀，另一个肤色健康，长得可爱的娃娃脸。心想今天真是有福气，能够和两名美女独处一室，然后——斗地主？

正胡思乱想间，小谢咳嗽了两声，打破了我的无限遐想：“我说王医生，你倒是说句话啊，看到小彭进来就哑巴了，刚不是还叽叽歪歪说得起劲吗？”

我不好意思地“哦”了一声道，将桌子上的一份档案递给小彭道：“小彭，小谢此次前来是为了了解上次那个 ×× 市富家少爷做亲子鉴定一事详细情况的。我这里刚调了他的档案，你先看看，我记得当时那位富家少爷是由你接待的，你把当时的情况详细说一下，尤其别遗漏了你认为奇怪的地方。”

小彭把档案接过去，认真看了一下，回忆道：“整个事件没有什么特别奇怪的，和我们平常接待的流程差不多，我给他讲了情况之后，他办了一些手续，然后就来王医生你这里了。一定要说特殊的话，就是他这个人的性格，给我感觉很霸道，很不好说话，我只是说一句要填写一点信息，他就不愿意，从钱包掏出一叠钱砸在桌子上，说不想那么麻烦，说我们只管收钱办事就行。其他没什么了。”

我也点了点头对小谢道：“小彭的感觉和我一样。我问他什么，他都说不要啰唆，收钱办事就行，而且最后结果也是匹配，所以整个过程除了他性格暴躁之外，倒没有发生什么不和谐的事情。”

小谢道：“看来真的没什么太值得关注的。那这样吧，我把后面发生的事情讲一下，今天杨姐不在，你就帮我分析一下，这个案子真的挺奇怪。”

考虑到既能听满足好奇心又可以表现下对小谢同志般的关心，我连忙满口答应。

小彭见状准备离开，我招呼了一声，让她也留了下来，虽然她不算是鉴定师，但也经历了不少离奇事件，能一起帮忙参考下，说不定还真能发现点什么呢。

小彭自然没有意见，于是我们在小谢的讲述下，又回到了那个神奇事件发生的当天。

当地的警方接到物业报警后，马上赶去制止了癫狂中的吕步。之后调查无果，警方就回去了，一个年轻警员还怀疑他们报假案。

这也是人之常情，毕竟整个上下两层复式楼没有任何痕迹证明母子俩逃了出去，加上人又不可能真的从下水道逃走，而且吕步又是那种癫狂的性子，换谁都会怀疑。

吕步之后闹到警局，将整个事件正儿八经地备了案。

警方首先询问了事情所有发生的经过，尤其注意到之前调查中忽略的一点：为什么吕步要将自己的妻子软禁起来，难道他不知道这是违法的吗？

吕步马上喊冤，说自己的妻子是一个神经病，如果不这样做，她就会跑到外面害人，所以才将其软禁起来，并说自己的家人和保姆包括妻子的家人都可以作证。

警方当场打电话给了吕步的老丈人，告知了他女儿和外孙失踪的事情，并求证了吕步妻子的精神状态。老丈人认同吕步的说法，虽然他很是惊讶，但表示自己一家人都在外地，暂时赶不过来，所有事情都由吕步全权处理。

令吕步想不到的是，恰恰是这通电话引起了警局领导的怀疑和重视，并加派了警力对现场进行了详细调查。

这次警方安排的是该市市局刑侦大队的楚警官专门负责案件调查。

楚警官正值壮年，剑眉星目、英武不凡，正是经验和身体状态结合得最好的年纪，曾经侦破过许多大案、要案，和张警官一样获得过多次表彰。更难得的是，他比张警官要小上七八岁，可谓前途无量。

楚警官带着同事赶到事发现场，进行了极其严密的调查。终于功夫不负有心人，掌握了一个极其重要的线索：

在卫生间翻倒在地的坐便器上，发现了一处指纹。而这个指纹，不属于吕步家的任何一个人！

也就是说，当天晚上，还有一个人潜入了母子俩的房间中！很有可能，正是这个人，协助母子俩逃出了这个密室！

这个人是谁，到底抱着什么样的目的？

- 4 -

楚警官决定对吕步进行盘问，吕步毫不迟疑地说出了一个人的名字。这个人，正是吕步妻子的前男友，一个被自己毒打过数次，但依旧不屈不挠地想和自己妻子重温旧梦的男人。

根据吕步提供的线索，楚警官迅速找到了这个男人。这个男人姓董，叫董作（化名），是一个公司的业务员。

楚警官便将事情的经过讲述给董作听，并要求董作提供当天晚上自己在哪里的证据。如果提供不出来，就要成为犯罪嫌疑人之一。

谁知道董作听完警方的叙说后，突然之间完全变了一个人一样，一边笑一边哭，状若疯狂，口中大声道："老天开眼啊，婵婵，你终于逃出了那个恶魔的家中，我董作就算死也瞑目了！"

楚警官见状，感觉这个事情远比自己想象的复杂。等董作发泄过后，便向其询问起内情。

董作没有丝毫隐瞒，将他知道的所有情况和盘托出。

关于这个事件的内情，就连纵横沙场多年的老将楚警官也为之咋舌不已。

事情的内情，要从董作和此案女主角，消失的母子中母亲刁蝉（化名）说起。

董作和刁蝉，是一对从小青梅竹马的情侣。

两个人一个村子长大，小学是同学，初中也是同学，只是读高中的时候，刁蝉就没有再去上学，在家里帮忙照顾弟弟。这之后，两个人联系得非常少，等刁蝉外出打工，董作外出读大学，就几乎断了联系。

董作大学毕业参加工作，在某一次回家过年时，遇到极少回老家的刁蝉，闲聊后发现刁蝉跟他在同一个城市。这两个从小青梅竹马的玩伴非常高兴，毕竟在一个人口众多的大城市里，很难找到真正来自同一个村子的老乡，何况这老乡还是自己从下玩到大的玩伴。

于是两人之后联系得极为频繁，彼此很自然地产生了感情，这感情随着时间越来越炙热，很快便坠入了爱河。

董作的家境和富沾不上边，但长得高大俊伟；刁蝉虽算不上大美女，却也长得颇为清秀，两个人走在一起极为般配，算得上天生一对。

董作当时刚参加工作，雄心壮志，想着两年内赚钱买了房子，两人就结婚。

但现实是残酷的，一个普普通通的大学毕业生，想靠着自己出来工作两年就买房子，简直是困难重重。何况工资没涨，房价却一直在涨，工作两年了，存款却连一个卫生间都买不起，更别提买房子了。董作的家里为了让董作读大学，也花光了家里所有的积蓄。而刁蝉赚的钱几乎全部被父亲逼迫着寄回了老家，因而对买房子一事帮不上一点忙。

当时的董作和刁蝉年纪差不多大，已经二十三四，在农村已经属于大龄，都到了该结婚的年纪，于是董作便提出先结婚，再买房。

但每次一提起结婚，女友刁蝉便哭，说自己的父亲是不会同意的，因为父亲的意思是要她找个有钱人，有房有车是底限。

董作将心一横，买了一堆贵重的礼物，带着刁蝉回了老家。结果见了刁蝉父亲后，他瞬间就如同在寒冬腊月被泼了一桶冰水，浑身冰冷刺骨。

刁蝉父亲对那堆贵重礼品看也不看，恶狠狠地说：“你这个发生子（方言、骂人的话），怎么还在和我家婵婵谈恋爱，我家婵婵以后是要嫁给富贵人家的，就你们家那个穷样，拿什么娶我家婵婵。我告诉你，没有房和车，外加三十万，休想娶我家婵婵！也不撒泡尿照照自己，还好意思上我家门！”

说罢将刁蝉拉回了家里，“砰”的一声关上了门，留下了心寒无比的董作。

董作连家都没回，失魂落魄地回到了城里自己租住的小屋里，不眠不食，在床上躺了好几天。等饿得头昏眼花、差点晕死过去的时候，公司的同事来了，看到身形消瘦的董作大吃一惊，喂了点东西将董作救活过来。休息数日之后，董作挣扎着又回去上班。

虚弱的董作发誓自己要努力赚钱，一定要出人头地。通过 QQ 联系上刁蝉后（因为刁父的干扰，两人很少见面）。两个相爱的人还是约好要一起赚钱，坚持一两年，买了房车就在一起。

就这样一年多之后，比之前努力百倍的董作谈成了几笔大单赚了一些钱，虽然只够首付和买上一辆十几万的车，但比起一年多前的自己已经好太多。

而此时董作的内心却很惶恐，因为这一个月来刁蝉新换的手机号码打不通了，QQ 也不在线，始终联系不上她。他到刁蝉的公司询问，公司的人基本都认识他，但都三缄其口。

于是董作决定开车回家，去刁蝉家了解一下情况。回去后却被村民告知，刁蝉在一个月前已经结婚，而且是傍了个大款！不仅如此，好像男的还给刁蝉弟弟在市里买了一套大房子，配了一部车，他们全家都已经搬过去住了。

董作大惊失色，通过各种渠道终于联系上了刁蝉，却被刁蝉哭泣告之不要去找她了。董作勃然大怒，一年多前还说得好好的，两个人要一起努力，等自己买了房和车就结婚，现在她却违背了誓言。

在董作的质问下，刁蝉哭泣着讲述了原因。这个原因让董作目瞪口呆，居然是源于自己一时的善念！

董作万万没有想到，居然因为那一时的理智和善念，导致了自己的悲剧！

- 5 -

刁蝉所在的公司，是本地一家私营企业，算不上多大规模，但是一年净利润也在千万以上，在这个地级市里已经算比较不错的了。

这家私营企业的老板年纪已大，在家修身养性，带着老伴去旅旅游、打打高尔夫，偶偶和几个好友搓搓麻将、打打牌，日子过得优哉游哉。

自己的公司，交给了大儿子打理。这个大儿子三十多岁，能力很强，虽然脾气暴躁了点，控制欲旺盛了点，但作为一个企业的带头人，这种性格非但不算缺点反而相得益彰。

这个大儿子，就是吕步。

吕步接手企业后，大刀阔斧地改革了一番，业绩果然提升了许多，令吕老板为自己的英明决定高兴不已。

但吕老板也有一个担忧：吕步迟迟不结婚。

吕步不结婚的原因有二：第一，性格太强势，控制欲太强，之前他的很多女朋友都因为这点和他分手了，这些女孩家里都有钱，虽然财力比不上吕步，但也没必要来吕家受窝囊气。而其他家境不好的胭脂俗粉，吕步又看不上，所以他一直单着。

第二，也是很重要的一个原因——吕步有严重的处女情节！

这两点，导致了吕步三十好几了还一直单着。公司的某些女职员故意接近他，也不拒绝，天亮之后拍拍屁股就走，绝不留恋，顶多回头给她涨一级工资就算对得起她了。

某一天，公司举办一次大型活动后搞了个员工聚会，吕步喝醉了，因为男同事基本都喝了酒，只能安排女职员送他。

于是，一个被吕步临幸过的女孩就和刁蝉一起，搀扶着吕步回房间。

到了酒店后，吕步雅兴来潮，趁着刁蝉给他倒水之际，让已经被他临幸过的女孩先行退下，女孩会意，走的时候还在门口特意挂了个“请勿打扰”的牌子。

接下来的场面无需我过多描述，请大家闭上眼睛自动想象十分钟。

完事之后，吕步一把推开刁蝉，准备给财务打个电话把刁蝉工资涨一级。

虽然刁蝉长得颇为清秀，但吕步见多识广，这等模样的在他眼中如过江之鲤，怎么可能将其放在心上。

就在吕步酒劲还没醒，迷迷糊糊地准备打电话的时候，觉得有点不对劲，一摸自己光溜溜的下身，居然摸了一把血！

吕步一下子清醒了，仔细检查一番后，他觉得自己赚大了，连谈个千万的大单都没有当时那么兴奋。

躺在自己身旁正蜷缩着哭泣不已的、叫不出名字的这个女员工，居然是一个处女！

吕步泪流满面！

他马上扔掉手机，匍匐下身子，仔细观察起刁蝉来，越看越觉得刁蝉漂亮，越看越觉得刁蝉可爱！

就是她了！

吕步告诉自己：这个躺在我身边哭泣不已，暂时还不知道其名字的女孩，就是我吕步的妻子！

性格独裁之极的吕步，根本不由得刁蝉说什么，衣服还没有穿好就给两人定好了结婚的时间。

刁蝉没有办法，也没有任何拒绝的能力。

第二天，刁蝉的老家就来了一车队，最前面的高配大奔里坐着吕步。吕步很是霸气，打听到刁蝉的家后，直接将车开到了刁蝉家的破土屋前，也不下车，摇开车窗对刁蝉惊愕无比的家人道：“我是吕步，刁蝉是我媳妇，通知你们一下，我们准备 ×× 号结婚。你们什么都不用带，这破地方也别要了，现在跟我回去，给你们把房子、车子全部配齐，不要耽误时间，马上上车！”

刁父开始还以为拍电影，搞清状况后乐得一蹦三尺高，当场就对着屋里祖宗的排位磕起头来，边磕头边哭泣道：“我们刁家祖宗保佑，终于能够扬眉吐气一回了。”于是一家三口，包括刁蝉的母亲和弟弟，什么也不带，都跟着车队回到了城里，留下了一脸错愕的村民们。

这个事情在当地成了一个传说，流传了好久，几乎只有董作不知道，因为他的父母怕他伤心，一直没有和他说，一直到一个月后他回来。

这时的刁蝉，已经被吕步养在了家里，就等着婚礼的举行。她想起和董作的约定，伤心欲绝，但她知道吕步家大业大，而且性格暴戾，通知董作就等于是害了他，因此只好断绝和董作的联系。

董作和刁蝉在一起的两年，虽然平日里都是分开住，但在一起的时候也不少，董作自己抱着负责任的态度，强忍住没有和刁蝉发生关系，而今却成了两人分开的原因。多么无奈，多么讽刺！

重新和婚后的刁蝉联系上后，得知刁蝉过得并不开心，已经被控制欲极强的吕步强制辞职，天天在家混吃等死的时候，董作被愤怒冲昏了头脑，跑到吕步婚后的新家，想凭着自己的一腔热血将前女友救出来。

但可怜的董作连小区门都进不去，有一次在小区门口徘徊，被一群人拉到里打了个半死，原来吕步早已得到消息，安排人赶走董作。

董作报警但只能查到是一群混混所为，没有任何证据能够证明混混是吕步安排的。

董作锲而不舍，伤一好就去吕步小区门口徘徊。但保安已经认识他了，偷偷电话通知了吕步，结果又是一顿毒打。

伤好之后再去，继续被毒打。

年轻冲动的董作为他的行为付出了代价，而且还牵连到了刁蝉。

次数多了之后，吕步暴戾的性子发作，毒打了刁蝉一顿，并对其严厉看管，切断了她和外界的一切联系。此外，他还请了那个五大三粗的保姆，将刁蝉彻底禁足在家，令她几乎失去了所有自由。

等刁蝉生了孩子之后，无数次努力却无数次被打击的董作，终于绝望。加上自己无法联系上刁蝉，心中没有最后一丝力量的支持，放弃了。

以上，便是整个事件爆发的原因。

楚警官恍然大悟，难怪自己当时给吕步的老丈人打电话的时候，他对自己的女儿和外孙漠不关心。原来在他眼里，自己的女儿只是给自己和儿子谋取利益的筹码而已，现在这个筹码已经到手，女儿也就是一个陌路人而已。至于死活，他毫不关心！

如此恶毒的父亲，枉为人父！

之后董作说出事发当晚他的动向：当时自己一人在家里休息看电视，没有人能够证明，所以，他的嫌疑人身份依旧没有排除。

- 6 -

董作翻出以前被打后去医院治疗的单据，证明自己所言非虚。

楚警官心里已经信了七分。为了进一步核实董作所说是否属实，查到吕步老丈人家的地址后，楚警官迅速赶往其家中。

老丈人见到警察上门心就虚了。在楚警官的盘问下，他交代了以女儿的幸福换取自己和妻儿城里人生活的事实。

老丈人还告诉楚警官，自从女儿生孩子时去探望过一次，之后和女儿就没有联系过，原因有两点：一方面是女儿因为董作的事情被吕步软禁起来，没有联系方法；另一方面也是因为吕步并不待见他们，给他们买了房子、车子之后，就几乎没有理过他们。

老丈人也有自知之明，带着妻儿过着自己的小日子，不去打扰这个横蛮霸道的姑爷。

楚警官掌握了情况，马上将吕步叫到局里问话。吕步一开始还抵赖，说自己纯粹是为了患精神病的妻子好才将她“保护”起来。

待楚警官丢出一堆证据后，吕步傻眼了，只得老实交代自己软禁妻子的过程，绝大部分情况和董作所说基本相同，但有一点有很大的出入。

和董作供述的事实不同的是：吕步说，妻子和董作不但见过面，而且还发生过关系！所以他才这样软禁妻子。

虽然不知道他们怎么见上面的，但是在妻子的房间里发现一部手机，而自己当时软禁妻子的时候已经收缴了她所有的联系工具。

手机已经被妻子砸坏了，电池却是有电的，这手机肯定是情郎和妻子发生关系的证据。而且妻子向他坦白过，手机是董作送的。当时他去找过董作，董作却死不承认，还报警求助。

因为怀疑妻子，他还带孩子去做过鉴定，虽然鉴定结果孩子是自己的，但是通过上述事件证明，妻子肯定和外人发生过关系，这个人不太可能是别人，只可能是董作！

掌握到这样一条极其重要的情报，楚警官马上将董作也叫到警局来和吕步当面对质。两个男人各执一词，几句话之后破口大骂，差点在警局大打出手，好在被楚警官严厉制止了。

楚警官分开询问后，依旧没有掌握到更有用的信息，就安排警车将董作送回了家。不这样处理的话，这两个火冒三丈的男人估计一出警局门就会当场打起来。

因为事情怪异，楚警官一边继续深入调查，一边安排人联系我们市市局刑侦大队，委托兄弟单位安排人到我们中心了解吕步所说的亲子鉴定的详细情况。

也就是说，一直到小谢来我们中心了解情况为止，这个案子已经过去数天了，却没有丝毫进展。

当时我们三人一起进行了探讨和分析，这个案子的疑点非常多，具体介绍如下：

第一，刁蝉逃跑的时候为什么要带走孩子？按道理说经过鉴定孩子确定是吕步的，完全可以交给家庭条件更好的吕步带，自己和情郎去过新生活。

当然这一点用“母子连心，舍不得放弃”还是可以勉强解释得通，但下面的几点就没办法解释了。

第二，董作到底是不是刁蝉母子失踪案的策划者？

第三，董作到底有没有和刁蝉发生过关系？如果发生过关系的话，董作是怎么混进吕步家的？按道理说，经过几次进小区被阻，董作应该非常难混进去，退一万步讲他如果真能混进去，还可以和刁蝉发生关系，为什么不当时就将刁蝉救出来？还要等到刁蝉生了吕步的孩子才动手？

第四，也就是最大的疑点，刁蝉母子，到底是怎么样凭空消失的？

楚警官在征求小谢等人意见时，详细描述过整个现场的情况：

家里所有门窗当时确定都是关牢的，而且母子俩所在卧室的门是反锁的，没有撬动的痕迹，门窗上都没有除吕步和保姆外其他人的指纹，基本排除了母子是从房间里跑出去的可能。之后调出的监控录像也证明了这一点，吕步门前走廊就有摄像头，又没有任何的通风管道，两母子不可能凭空消失。

按照保姆描述，卫生间的门当时是反锁的，事后勘测也证实确实是在反锁的情况下被外力破坏，那么最大的可能就是从这里逃脱。但奇怪的是，除了在翻倒在地的高档抽水马桶上发现了陌生指纹以外，其他地方没有任何指纹和脚印。当然室内没有脚印还说得通，因为当时地面一片狼藉被水冲刷了很正常，但奇怪的是，开着的窗户上却没有任何攀爬的痕迹，没有任何的指纹和脚印！

楚警官破获的入室强劫、盗窃等案子有很多起，就算嫌疑人裹着东西攀爬，总会留下痕迹，而窗台那么高、窗口又不大，不可能直接跳进跳出，连刘翔都办不到的事情，更何况普通人。

最后警方还调查了楼下和楼顶，吕步的家是在小区紧靠商业街的第九层，也是最高层的复式楼，距离楼顶有两三米，当时小区的外墙都是笔直的，而且高档小区因为美观的原因不允许安装任何防盗窗、防盗网，就连下水管道都做了防攀爬处理，不可能从楼底爬上来。

至于从楼顶吊下来的可能更是没有，因为楼梯是不会通到顶层的，唯一的一个供物业人员上下的入口，被一块加锁的大铁盖盖住了，而且附近就有一个摄像头，当时警方怀疑嫌疑人提前上去守候，特意调取了十数天的录像，没有任何人上去的痕迹。

也就是说，母子俩的房间，虽然窗户没有密封，但是一个真正意义上的密室。换句话说，母子俩，是真正的凭空消失了！

因为当时案件还在侦破中，这些疑点都还没有答案。目送小谢离开后，我就像有上百只老鼠在挠心挠肺一般浑身痒痒，还好小谢答应案子一有进展就会通知我，才让我稍稍安下心来。

对这些疑点，我们当时百思不得其解，第二天我们中心的“福尔摩斯”杨姐上班了，我将详细情况讲给她听，杨姐思虑良久也无从猜测这里面的奥妙。综合所有已知情况，她还是做出了一个主观的判断：董作很有可能在说假话！

因为小区管理再严密，总有方法可以进去，不可能这么久都没有混进去过一次，就算正门进不去，难道不会从围墙翻过去？

就董作当时癫狂的状态，做出什么事情都是正常的，所以，还是董作的嫌疑最大！

但是几天之后，事实就告诉我们这个猜测完全错误。这个案件的犯罪手法，是我们之前所遇到的所有事件中最为诡异的。

- 7 -

小谢并没有让我等太久。几天之后，案子就有了突破性进展，小谢打电话告诉我，楚警官等人经过调查，掌握了两个极其重要的情报，第一个情报就是指纹和董作的比对结果出来了，不是董作的。当然不能就此完全排除董作的嫌疑，但至少证明了，当天在卫生间的，还有另外一个陌生人！

第二个极其重要的情报，则是小区的一个流言。

这个流言的形成源于该小区的一个孩子，流言的内容让楚警官都为之惊愕不已。

这个孩子，是小区内一户人家的儿子，当时刚读初中，是个调皮捣蛋大王，最喜欢玩电脑游戏，常常逃课混迹于网吧。

当天夜里，这个孩子在一家离家比较远的小网吧玩游戏回来（大网吧查未成年人查得很紧，他因为未成年上不了网，只能混迹于一些偏僻地方的小网吧，这些网吧的老板一般都准备了好多备用的身份证给孩子们开卡，赚黑心钱），到家已经是深夜将近一点了。如果不是因为怕通宵会被父亲打，估计他会一直玩到第二天早晨。

回来的时候，雨依旧下得很大，该名孩子下了计程车把书包顶在头上跑进小区，虽然没有通宵但是回去依旧免不了一顿臭骂，他已经做好了心理准备。

就在他转了个拐角准备跑进自家所住的单元时，天空出现了一道闪电，漆黑的雨夜一刹那变成了白昼。

他无意识地朝某个方向的楼层上方一看，一个极其恐怖的情形吓得他跌倒在地，魂不附体。

就在那个单元的顶层附近，一个神秘的人影，正漂浮在半空中！

闪电刹那间消失不见，距离又远，人影一下湮没在黑暗之中，毫无踪迹。但给这个孩子的心理冲击是巨大的，他两腿发软、失魂落魄地跑回家，将自己遇到的怪异事件讲给了正在家里准备教训他一顿的父母听。

父母见他淋了个落汤鸡样，虽然有些心痛，但心里依旧认为他是为了逃过这顿打才编出这个理由，反而趁机恐吓他说，他肯定是游戏玩多了，如果再这样玩下去，游戏里面的妖魔鬼怪就会天天来吓他。

这个孩子自此以后收敛了许多，虽然父母不信，但是他依旧将这个“奇遇”当作炫耀的资本讲给小玩伴们听，因此这个传说在小区里面小范围地流传开来。

楚警官敏锐地感到这个流言会和案件有关。而且他办案这么多年，深悉孩子的心理，孩子说谎非常正常，但总是用一个谎言一直炫耀的情况并不多见。

楚警官决定对这个流言进行重点调查，找到这个孩子亮明身份后，他很兴奋，因为在他看来又有机会可以炫耀了。楚警官在其带领下来到发现神秘人影的地点，顺着他手指的方向看去，这一看，楚警官就知道自己终于找到了一个非常重要的线索！

小孩发现人影的位置，就在母子消失的卫生间窗户外面不远！而这个位置，正是监控的死角，没有摄像头能够探照到。

也就是说，有人从卫生间窗户的这个位置，进出过母子俩的房间。按照这名孩子提供的时间来看，是在半年多前，很有可能这个情况已经持续了很久！

这个人影到底是谁，和母子俩到底是什么关系？

虽然已经大体可以断定母子俩消失的方式应该是从卫生间的窗户位置逃出去，但是依旧无法确定到底是什么方法可以做到在窗台上进出，却没有留下任何攀爬的痕迹。

当这个流言传到警局的时候，甚至有警察指出会不会是穿着火箭喷射衣之类搞笑的答案，被一群同事拿来戏谑了半天。

且不说火箭这玩意是不是真像电视里面那样可以灵活操作，单就那轰隆隆如同直升机般的声音，整个小区的人都会被惊醒，怎么可能做到神不知鬼不觉来回进出？没有来得及思考就提出这个想法的警察，尴尬得差点躲到桌子底下去。

讨论许久没有答案，楚警官决定，再次对现场进行彻底的勘察，将勘察重点放在卫生间，这一次，一定要找出蛛丝马迹！

警局勘测人员在张警官的带领下再次来到吕步家，对现场进行了最严密的勘察。

而这一次，终于有了一个极其重大的发现！

- 8 -

为了让大家了解这个极其重大的、直接导致最终真相出现的过程，我现在将勘察现场还原如下。

实际上勘察后来经历了两次，为了让大家看得详细也不至于显得啰里吧嗦，我将这两次勘察合为一次，并在小谢后来描叙的基础上做了一些补充，不代表所有的细节全部是同时发生，当然也不代表我描述的场景和实际的场景完全一致，毕竟我和小谢都没有到过现场，但所有最重要的涉及案件侦破的细节可以说基本和现场保持一致。

当时楚警官带着勘察人员来到现场，再次对整个房间尤其是卫生间做了最细致的勘察。吕步是个有钱人，名下有数套大房子，还有别墅，但他没有去住别墅，就是因为这个小区的位置非常好，正在闹市商业区，购物娱乐都很方便。

当然这套房子也非常大，上下两层有三百多平方，属于顶级的复式楼，比别墅差不了多少。

保姆的房间在一楼，母子俩的房间和吕步的房间都在二楼，吕步除了偶尔心血来潮想要和妻子亲热一番外，其余的时间基本上都是住在自己的卧室。

母子俩的房间也很大，单一个卫生间就有十几平方米，设置也异常豪华，都是进口的高级设施，来自国外各种品牌的最好的卫浴用具，一看就是奢华家庭应有的高档配置。

因为案件还没有侦破，卫生间依旧保持了案发当时的一片狼藉。

卫生间地板砖上的水已经干了，留下一些污渍，这些污渍是之前在卫生间踩踏过的人留下的，第一次勘察的时候，就因为泡水了，也无法勘察到具体脚印的痕迹。

梳妆台上的玻璃已经碎掉，还有一些血渍留下，这个血渍是吕步留下来的，当时他因为愤怒过头一拳击碎了玻璃，手被划伤留下了鲜血，经过检验也可以确定是他留下的鲜血。

地板上最醒目的就是一个翻倒在地、国外进口的高档抽水马桶，因为楚警官没有说那么仔细，所以我们也无从得知是什么品牌。在这个抽水马桶上，查到了神秘的指纹，而这个指纹经过比对，和吕步嘴里最有可能的嫌疑人——妻子的初恋董作对不上。

抽水马桶翻倒之处，是一个下水管道，黝黑的管道口散发着难闻的异味。管道口就是正常的下水道，谁家装修房子也不会换这个，直径也就十厘米左右，有好事者说母子俩是被下水管道吞噬了，简直是天方夜谭。

案发最初还有警察脑洞大开，说可能是保姆或者吕步下手，将母子俩杀害并分尸，将尸体剁碎了从下水管道冲走，然后报假案。警方通过对现场的勘察也完全排除这个怀疑，毕竟杀人分尸可不是过家家，现场没有任何痕迹证明发生过此类事情。

最值得怀疑的就是卫生间的窗户。当时保姆冲进卫生间时，窗户大开，按理说下雨天窗户应该紧闭，因而打开窗户当然值得重点怀疑。

当时通过勘察，窗户上却没有任何攀爬的痕迹，指纹、脚印等也没有。或许有朋友会说：这很正常啊，因为下雨被冲刷了嘛。

但吕步家的窗户可不是普通的窗户，窗户上面装了透明的雨棚遮住了绝大部分雨水，而且整个窗户沿很宽，靠近外侧被淋湿的一小部分痕迹被冲刷了还说得过去，但是靠内侧一大部分也没有任何痕迹，这就有点不合常理了。

即便已经勘察了数次，楚警官依旧决定将勘察的重点集中到窗户上，因为据那个孩子所说的人影的位置，无论是进还是出，窗户是必经之路，抓住这个重点肯定没错。

经过极其细致的检查，一个直接影响案件能否侦破的、最重要的发现，终于出现在楚警官的眼前！

大家都知道，在自己家里每一个窗沿上，不管是左右推拉的、还是里外开关的窗子，都有一个凸出的部分，这个部分有的是铝合金的、有的是橡胶的、有的是木质的，是为了在窗户关上时严丝合缝，不至于有风漏进来。

这个部分因为质地不同，往往承重量也不同。质量差的用力一扳动就会变形甚至损坏，而质量好的，就算承重几百上千斤也会纹丝不动。

像吕步这种有钱人家当然用的最好的材料。

就在卫生间窗沿上的凸出部分，警方勘察到了一些极淡的痕迹，这些痕迹在很多户人家的家里都有，无外乎是有时候被一些重物压到，或者最开始装配窗户时候刮擦形成的。

但卫生间窗户上的这个痕迹经过最细致的勘察，发现居然是长时间被重物压制造成的！因为吕步家用的材料太好，凸出部分没有任何变形只有极淡的痕迹，所以才会被警方数次忽略！

换而言之，这个发现代表了在卫生间的这个窗户凸出的部分，被长期的、或者是次数很多的，或者数百斤的重物压过，导致出现了被挤压的痕迹！

这是本案的一个重大突破性线索！

- 9 -

因为在现场，没有发现任何重物，而且就吕步和保姆两人的供述，刁蝉被软禁在这个房间已有几年了，房间里从来没有什么重物，以刁蝉的活动半径和她的体力，肯定不会有从外面拿重物压窗台的机会。

那么只有一个解释，这个重物是从外界进来，压在窗户上的，而且要么是持续时间很久，要么是次数很多。

如果时间很长，自然会被吕步和保姆发现。

那么解释就只剩下一个：这个重物曾经很多次，在吕步和保姆不知道的情况下，压在这个窗户上！

这个重物到底是什么？它是怎样神不知鬼不觉地、非常多次地压在窗户上，然后又神不知鬼不觉地消失的？

这个重物，和母子俩的消失，有什么样的直接联系？

楚警官头脑里高速地思索着，一边安排人在小区里仔细巡查线索，一边在卫生间认真勘察思考，尤其对卫生间的窗户上视线所及范围之内的任何线索都不放过。

吕步家所在位置是商业区靠外街道楼房的顶楼（单元楼和商业楼的构造像一个“凸”字，凸字的下方对着街道的，是商业用区域，而凸字上方的部分，则是靠小区里，吕步所居住的住宅楼）。

母子俩的卧室在最靠近商业楼的最里面，隔了大概三米远，墙壁那边就是商业区。两个区域靠得很近，但没有连在一起，中间还是有两米的空间。

在这个卧室内的卫生间的窗台上向外面望去，是一层薄薄的高级合成塑料做成的小雨棚，为了防止大风大雨天气雨水淋落到窗台上来，这雨棚质量虽好，但薄得透明，防雨虽然没有问题，却不可能承受住一个人的重量。

再上面是隔了有将近三米的楼顶，上文中说过这个楼顶一般是上不去的，只有一个小小的口子供物业人员使用，平常都是用加锁的铁盖盖住。而且调查了录像近十几天也没有人上去。

窗户的下面，是笔直的墙壁和别人家的窗户，偶尔也有人装了和吕步家一样的雨棚，但是大部分质量更差，完全不可能供一个人站在上面。

窗户旁边的凹陷处倒是有一个外露的下水管道，但是被小木头片做成了保护栏包住了，不可能有人从这个位置攀爬上来。

楚警官看向对面，有另外一栋住宅楼，距此有十几米远的距离，从那边想过来更是天方夜谭。

这栋住宅楼是独立的单元，视线的右手边是小区中间庭院，左手边视线三四米远处是紧靠着繁华街道的商业区域的背面，这面没有窗户，都是混凝土的墙壁，为了美观还刷了一层乳白色的防水墙漆。就这墙壁数年粉刷一次费用都不菲，这个小区物业的管理费想必也很高。

墙壁上没有其他东西，只有一些从上而下固定的防水条幅竖着垂挂在墙壁上，几乎将墙壁上半部分都堆满了。考虑到这些条幅悬挂时间较久，用的都是厚实的好材料，有的是小区自己的宣传标语，比如“全民参与，创建文明、卫生家园”“创建文明社区、争做文明市民”之类，还有的是一些公司的广告条幅。

最开始保姆讲述经过的时候，就提过有三四次晚上在这边的墙壁上看到过奇怪的亮点。楚警官详细询问后，判断应该是谁家孩子的恶作剧，故意用手电筒的光线照在了墙壁上。

他上下左右全部巡视了一番，却没有发现任何可以放重物进来的地方，难道自己遗漏了什么？

楚警官苦苦思索，又四周仔细扫视了一遍，上面不可能，因为只有一个上楼顶的口子，而且离楼底有两米多远，没办法从上面不着痕迹的下来。距离商业区的楼顶也有两米多远，而且商业区的楼顶为了美观做成了奇形怪状，和这边楼顶的高度并不一致，是没办法从对面攀爬到这边来的。

下面也不行，因为唯一可以攀爬的下水管道是封闭式的。

右边是墙壁过去就是庭院，没有办法附着攀爬。

左手边是商业区的墙壁，挂满了条幅，因为时间已久，除了两三条广告条幅之外，其余条幅上面都落满了灰尘，显得和白色的墙壁一点都不协调。

对面单元楼距离十几米，更加不可能。

重物到底从哪里进入压在窗台上的？这个重物到底是什么？

楚警官一时间有点迷惑不解，他觉得自己遗漏了什么！

雨棚？墙壁？屋顶？条幅？下水管道？对面单元？他到底遗漏了什么？

这时候，楚警官脑海里灵光一闪！

条幅！对了，是条幅！

为什么这么多条幅，偏偏有两三条显得干净，而旁边的条幅却灰尘很多？！这两三条条幅，必然有极大的问题！

楚警官核对了条幅的位置，迅速带人来到了商业楼，找到了那两三条幅悬挂的位置背面，果然有了一个惊人的发现！

他终于明白了，整个事件中最为诡异的部分——

母子俩消失之谜的真相！

- 10 -

这个发现就是：

在这些条幅的背面、商业楼的里面，有几个杂物间，平常极少有人过来。这些杂物间因为是在商业楼的顶楼，所以都很高。每一个杂物间里都有一个小小的通风窗口，位置较高，窗口也不大，但是足够通过一个人。

在某一间杂物间里发现了一块长度超过五米，宽度有四十多厘米的，用极其强力的胶水，类似于“免钉胶”（一种强力胶水，只要黏合面够大，粘贴任何东西且承重数百斤不在话下）分两截粘贴起来的一块高强度玻璃钢！

楚警官踏上用杂物堆积起来的“脚蹬”，爬到窗户上一看，外面正对着的便是那些悬挂在靠小区里面墙壁的条幅。

拉开这些厚实的防水条幅，楚警官一眼便看见了母子俩卧室卫生间的窗户，从这个窗户到卫生间窗户几乎平行，距离不超过五米！

楚警官如醍醐灌顶，大彻大悟！

最大的疑团，终于解开了！

原来，此案件中果然有一个最重要的嫌疑人。这个嫌疑人，用这块拼接起来的长度超过五米的玻璃钢，在这个杂物间窗户和刁蝉母子所居卧室内卫的窗户之间，搭建了一个“天桥”！

通过这个“天桥”，此嫌疑人和刁蝉频繁地见面，最终协助刁蝉逃出了吕步所布置的“囚牢”！

玻璃钢搭在两个窗户之间，所以警方始终没有找到窗台上有任何攀爬的痕迹，因为在通过的时候，手脚都附着在玻璃钢上，所以窗台上自然不会留下任何痕迹。

但因为玻璃钢和人通过时重量的碾压，次数频多之后，在窗台凸出的部分留下了压痕，导致了这个秘密最终被警方发现！

有了这个重大的发现，警方终于可以顺藤摸瓜，去寻找此次案件中真正的犯罪者！

之后，警方迅速调取了这栋商业楼里的详细监控录像，在查看的过程中，果然有了进一步的发现：

事发前一天中午，一个陌生男子鬼鬼祟祟地躲进了这个杂物间，但奇怪的是，进了杂物间之后一直到事发当天的中午，这个男子都没有出来。

保姆是早上就发现了母子俩不见了，按道理这男子如果将母子俩接了出去，应该会马上逃脱，怎么会不见人影了呢？

很快，这个疑问就有了答案。在监控录像继续播放下去之后，事发当天的晚上，这个男子终于带着一对母子从杂物间走了出来。而这对母子，经过保姆和吕步指认，正是刁蝉母子！

母子俩消失的真相终于大白于天下！

现在马上要解决的疑问就是：这个神秘的男子到底是谁？他和母子俩什么关系？他们三人现在去了哪里？

吕步和保姆对监控中的男子认了半天，都很疑惑，因为画面有点模糊，这个男人的面目看不太清楚，因此他们虽感觉都有印象，但一时想不起来。

思索了半天，保姆终于"啪"地拍了一下脑门，道："吕老板，这个人不就是来过家里，专门清洗外墙玻璃和空调外挂机的小关（化名）吗？"

吕步马上也恍然大悟，破口大骂道："对，就是他！他 ××× 的，没想到是他这个 ×××，刁蝉这个婊子什么时候和他搭上的关系？她带着我的儿子跟着这么一个穷鬼跑，对她有什么好处！"

警方根据吕步和保姆提供的情报，找到了小关所在的公司，被其领导告知，小关前段时间就离职了，离职的原因是回老家结婚。这种员工多一个不多，少一个不少，领导当时就批了。

而小关离职的时间，正是案件发生的数天前！

明确了嫌疑人就好办了。几天后，小关就在老家附近的一个县城被抓捕归案，而当时，他刚刚请家人吃了一顿喜酒，带着刁蝉母子二人来到家附近的一个县城准备开始"新的生活"。

而案件进行到了这一步，也终于接近尾声。

通过盘问，确定小关和刁蝉是两情相悦，小关没有用任何强迫的手段，虽然刁蝉是在婚内出轨，但最多也就是受到道德的谴责。不过在这个事件中，到底谁该受到道德的谴责，还真不好说！

事件的最后，吕步还是和刁蝉离了婚，小关和刁蝉生活在了一起。至于离婚的理由很简单，因为刁蝉生的孩子是小关的，就吕步这种控制欲极强的性子，怎么可能忍受得了这样的侮辱。

整个事件结束后，小谢打电话给翘首期盼的我讲述了事件的所有经过。当时她讲到这里，似乎就准备挂电话，结束那次长时间的通话。

我心急火燎地喊了声"等下"，大声道："谢大人，谢姑奶奶！你不要每次这样吊我胃口，好不好，这才说到哪里就要挂电话。小关怎么和刁蝉好上的？他们经历了什么？为什么一开始不跑，要等这么久才跑？还有最重要的一点，我们鉴定的结果显示孩子是吕步的，怎么到你嘴里又变成小关的了？你这是要憋死有八卦强迫症的我不成？"

小谢哈哈一笑道："西餐？"

我忙道："一次！"

"三次！"

“两次！”

“成交！”

在被小谢剥削两顿饭后，我终于从小谢嘴里，听到了整个事件最终的真相。

- 11 -

小关和刁蝉初次认识，是在刁蝉和吕步结婚第三年。

某一天，小关被公司通知去一户人家清洗外窗玻璃和空调外挂机，小关就带着工具过去了。

这户人家，就是吕步的家。

小关工作很认真，干活又麻利，清洗得又干净，所以保姆和吕步对他都比较满意。在公司后来回访的电话中，保姆也说了漂亮话，此后吕步家清洗外窗玻璃和空调外挂机都是通知的小关。

第一次和刁蝉见面，小关只是关注了一下刁蝉，好奇这么一个有钱人家的阔太太为什么眼神这么空洞，除此之外他再没有想其他的。

第二次，两人就搭上了话，刁蝉问了小关外面的情况，这让小关很奇怪为什么一个富贵人家女主人对外面的事情好像一点都不知道。在告辞的时候，小关却无端地有点紧张，因为他的手里，握着女主人刁蝉塞的一个纸条！

回家打开纸条一看，小关惊呆了“我是被软禁的！救我出去！我会报答你的！”

小关生平第一次遇到这种只有电视剧里才有的剧情，自己胆子又小，惊疑不定。

第三次上门服务的时候，吕步不在家，保姆也在楼下看电视，小关为了解答心中的疑惑，就询问了刁蝉一些情况。了解到真相的小关大吃一惊，顿时生出满腔的怜惜之情。但是他知道自己的身份，怎么有能力和吕步这样的有钱人对着干，那不是找死吗？

于是小关只能答应刁蝉，可以陪她聊天解解闷，却没有答应救她出去。刁蝉也没有办法，她不但被没收了手机与电脑，身上也没有一分钱，没有能吸引小关铤而走险的筹码，除了一样东西。

这样东西，就是她的身体。

刁蝉虽算不上大美女，却也长得颇为清秀，而且一个风韵犹存的已婚少妇正是小关这个年纪最喜欢的对象，对其吸引力是巨大的。刁蝉一句直白的话让小关神魂颠倒："如果你能够在我老公不在家的时候偷偷过来，我就陪你睡觉。"

年轻气盛的小关回家后浑身燥热，于是，他做了一个决定自己命运的重大决定——看看到底有没有什么方法潜入吕步的家中。

在锲而不舍的探查之下，终于被他发现从商业区顶楼的杂物间，有一个窗户距离刁蝉卧室内卫的窗户只有四米多，于是他找到两块能承受极大重量的玻璃钢，带入了顶楼杂物间，然后再用强力胶水粘贴起来，让它长度可以从杂物间窗台直接搭到刁蝉房间内卫的窗台上，而且可以在空中承重数百斤毫无问题。

之后，小关又一次上门清洗外窗玻璃的时候，和刁蝉打好了招呼，趁着吕步不在、保姆入睡，通过玻璃钢搭建的"天桥"，潜入了刁蝉房间，两个人干柴烈火地在一起了。

这种危险的事情，对于他这个天天在高空作业的"专业人士"来说，再简单不过。

而那个孩子看到的，正是某一次他趁着吕步不在潜入刁蝉房间的景象。

两人一开始的通信以灯光为号，即约好吕步在的时候就打几次，不在的时候打几次，这样就可以确保安全。

小关尝到了甜头，来的越来越频繁。为了联系方便，他还给刁蝉配了一部手机，有了手机联系就方便多了。刁蝉怕吕步发现，将手机藏在一个很隐秘的角落，和小关联系过后，马上就删掉所有信息。

时间一长，刁蝉居然怀孕了，找小关商量什么时候逃出去，但是小关毕竟是个胆小怕事的人，而且他始终担心孩子不是自己的，毕竟在自己和刁蝉发生关系的同时，刁蝉也和吕步发生了关系。

于是两个人约好，孩子出生后，如果鉴定是小关的，就一起逃出去。

就这样，两个人一直熬到孩子出生，之后又因为孩子还小，带着一起风餐露宿怕伤害到孩子，而且两个人都没钱，万一遇到吕步追查，没有钱寸步难行。所以两个人决定再等半年，等准备充足了再出逃。

谁知在这个节骨眼上却发生了一起事故：保姆在打扫卫生的时候，发现了藏着的手机，正准备交给吕步时，被刁蝉一把抢过砸在地上，并一脚踩得稀巴烂。得知情况的吕步暴跳如雷，找刁蝉逼问是谁，刁蝉耍了个心眼，说是前男友送的。

吕步气得火冒三丈，马上去调查前男友董作的动向。当时董作被公司派到外地出差，所以吕步直接追到了外地，当面质问董作。

而当天晚上，打不通刁蝉电话的小关，火急火燎地跑到对面向刁蝉打灯号询问，得到吕步不在的答复后，他过来询问，刁蝉告知了情况。她知道自己老公的性子，很可能也会想到要去做亲子鉴定，万一鉴定出孩子不是他亲生的就完了，于是便让小关去办一件事情。

吕步到外地找到了董作，破口大骂之余准备将董作打一顿出口气，但当时董作赌咒发誓自己没有和刁蝉联系过，而且还马上报了警。

吕步将董作揍了一顿，警察赶来之后他没敢有更恶劣的行为，气呼呼地回了家。

一段时间之后，他想到了要去做亲子鉴定。但那个时候，刁蝉交代小关的事情已经办妥，做好了准备，所以他的鉴定结果才会是匹配。

小关和刁蝉不敢再用手机联系，又继续回到了用灯光联系的状态，他俩商量只等孩子稍微再大一点，自己所有的退路全部安排好，就一起出逃。

事件的最后，因为吕步和保姆的警惕性越来越高，而且担心半夜孩子啼哭会引来保姆的注意，两个人见面的时间就少了许多，基本上都选在大雨倾盆的时候，这个时候隐蔽性高，就算孩子半夜啼哭睡在楼下的保姆也听不到。

不过很快出现的一个新情况促使了两个人加快了出逃的脚步：

原本睡在楼下另一个方向卧室的保姆，更换了一个卧室，这个卧室正对着小关进出的商业楼那面墙壁，稍微抬头就会看到几米外驾着的“天桥”。而且两个人之后用灯光联系的方式也被保姆发现了，并将其当作一个灵异事件讲给了刁蝉听。

两个人一商量，这种情况再持续下去必然会被发现，因为就吕步那脾气，倘若被发现他俩只有死路一条，便商量好一起马上出逃。

于是，这对苦命鸳鸯便将计划提前了数月，一同逃了出去。

电视节目看得多的小关，对出逃计划也做了详细的准备。为了躲避母子失踪之后警方必然的调查，小关故意布置了两个疑阵。

第一个疑阵：事发前一天的中午，小关就提前潜入了杂物房，而接到母子之后，也没有马上离开，一直到晚上夜深人静才偷偷离开，这样既可以躲开人多的时候，免得被人撞见，又可以躲开事发那段时间的追查，给警方的调查增加难度。

第二个疑阵：将卫生间的坐便器撬翻，露出下水管道，这个举动同样也是为了增加现场的调查难度。既可以吸引警方的关注点，又可以用水冲刷掉在地板上踩踏的痕迹。

这两个疑阵确实起到了一定的作用，至少延长了警方调查的时间。但小关没有想到的是，自己留在坐便器上的指纹，也成了案件的突破口。

两个人逃出去之后，回小关老家办了一个简短的婚礼，就重新开始了新的生活。小关和刁蝉二人查询了很多资料，知道自己的行为谈不上触犯刑法，只是被道德所不容而已，所以也没有刻意跑到很远的地方去躲。

刁蝉没有离婚，不能领取结婚证，这也算当时他们唯一的一个遗憾。而案件侦破后，经过确认，孩子确实是小关的，而不是吕步的，极度要面子又控制欲极强的吕步也就死了这条心，和刁蝉办理了离婚。

说到这里，整个案件所有的真相全部水落石出，但我心中那个最大的疑问依旧没有解答：孩子既然是小关亲生的，在我们中心的鉴定结果为什么是吕步的？

小谢笑道："本来想逗逗你，说你们中心检验结果出了问题，但怕杨姐说我，就算了。其实很简单，因为刁蝉带走的，是她的第二个孩子，这是她和小关生的。而她的第一个孩子，一岁多的时候就被爷爷奶奶接过去抚养了。在知道吕步有可能要求做亲子鉴定的时候，小关按照刁蝉提供的信息，提前去她第一个孩子那里买通保姆取了一些检材。等后来吕步来找刁蝉要小儿子检材的时候，刁蝉将取得的检材调了个包，实际上吕步来鉴定的检材是自己和大儿子的，结果当然是匹配！"

随着小谢的解释，我心中最后的疑惑也彻底揭开了。

人形金字塔

- 1 -

几年前的某一天中午，我刚刚出差回到中心。那次出差是相对比较顺利的一次，一个客户因为经历了太多挫折导致抑郁症，严重到自残的程度。经过几天心理疏导后，他已经步入正轨了，精神方面的药物也可以停用，不至于产生药物依赖性。

虽然短时间无法彻底根治，但精神方面的疾病本就是个顽症，只有依靠其家属的陪伴安慰和我们后期的跟进疏导，两相配合才可能让他完全康复。

我和杨姐打了个招呼，坐回了自己的办公室，想着自己几天不在，或许中心又会有什么好玩的事情发生，不如趁着当时中午休息，把小彭偷偷喊过来，让她讲讲那几天发生的事情也好。

于是便给小彭发了个信息："来我办公室，有好玩的！"

别看小彭平时常摆出一副一本正经的样子，实际上是个贪玩的小姑娘，和开口烤肉、闭口牛排的吃货小谢不一样，小彭特喜欢外地的小玩意，所以我出差看到什么好玩的都会给她带一两件。

那次出差的地点是省内某一个地级市，而当地最有名的是刺绣，于是我带了一个刺绣手机套给她，这套上绣着一对男女，男的光着上身只穿着裤衩，女的背对着画面裸露着脊背。

这虽是当地很正常的一种民俗刺绣的图案，但平日里开个玩笑都会脸红的小彭看到这个很可能会骂我一句，然后抢过手机套掩面而逃，我再以谈工作的名义将其留下来。这画面想着就让人开心。

正当我胡思乱想之际，门开了，小彭探出头来，见我一人在，忙溜进来高兴道："有啥好玩的？"

我一边促狭地将手机套递给她，一边等着预想的场景发生。

半晌过去，小彭却没有任何动静，眼睛还一直盯着那手机套发呆。

这情形可比发生任何大事件都让我惊讶。害羞的小彭居然盯着一对脊背裸露的男女无动于衷，其怪异程度不亚于在我们中心的地底下挖掘出诺亚方舟。

我仔细看向小彭，原来她的关注点根本就没有停在那对男女身上，而是看着图案下方的一行数字，数字也是刺绣上去的。

我咳嗽了一声道，指指点点道："那个，小彭，这手机套还不错吧。这俊男靓女可是这个少数民族最有名的画儿，代表着他们民族的生命繁衍。"

小彭这才将注意力转移到画面上，看到半裸的男女惊呼一声，俏脸泛上一层我再熟悉不过的红晕，"啐"了我一口就准备落荒而逃。

见状，我终于开心了，道："干吗这么急着走，说说，这几天中心发生什么有趣的事情没？"

小彭离开我办公桌对面的椅子，转移到远处沙发上坐下，示意和我划清界限，道："倒是有一个事件，估计等下杨姐也会和你详细说。不过看在你给我带了礼物的份上，就透露一点给你吧。"

于是小彭向我讲述当时刚发生不久的一个事件，这个事件也让我明白她为什么当时那么失神地盯着手机套下面的一行数字。

就在我出差的当天，小谢到过我们中心，向杨姐咨询了一个情况，她们局里刚接到一个妇女失踪的案子，而且那个妇女是在怀孕之后才失踪的。据报案的丈夫说，他的妻子早在半个月前就心神不宁，说一些特别奇怪的话，就在前几天，妻子失踪了。

妻子以前非常本分，也非常胆小，对丈夫的依赖心非常重，从来没有离开过丈夫。尤其是怀孕之后，妻子妊娠反应严重，更是待在家里很少出门，只有丈夫上完班回来才会陪着妻子出去散散步。

丈夫一开始还以为妻子出去买东西了，但妻子当天晚上一直没有回家，电话始终关机，而且所有的东西都没有带走。这种情况极其不寻常，于是丈夫很心急，给所有的亲戚和妻子闺蜜打电话也没有任何踪迹。

丈夫拨打 110 报警却被告知需要失踪 24 小时才能立案，于是丈夫便在房间里翻找起来，希望能找到一点蛛丝马迹。

这一找果然有重大收获，这个收获让丈夫气得七窍生烟、三魂六魄全部离体！

原来在妻子藏化妆品的柜子最里头，丈夫发现了一张鉴定报告，上面父方检材是牙刷，结果是排除。丈夫想起前段时间自己的牙刷不见了，要妻子拿支新牙刷时妻子却面色诡异的神情，丈夫便知道是怎么回事。

这种情况只有一个解释，妻子出轨了，而且还怀了别人的孩子！那么这次妻子的离奇失踪，必然和出轨的这个男人有很大的关系。万一妻子去找这个男人，轻则双双私奔；如果遇到一个恶人，搞不好这个男人会杀人灭口！

丈夫越想越感觉恐惧，立即报警求助，并将掌握到的情况一说，这种不寻常的状况让警方立刻重视起来。

经过一整天的调查，没有查到任何关于他妻子的线索，由于妻子的鉴定是在我们中心做的，小谢接了这个案件，到我们中心找到杨姐询问详细情况。

关于这个事件，小彭所知道的就是这些。除了以上的情况之外，小彭还告诉了我为什么看着手机套下面的数字发呆的原因，因为这里有一个惊人的巧合：丈夫在之后给所有的朋友打过电话，发现怀孕妻子找其中的几个朋友都借过钱，也从家里带走了一部分钱，钱最终的数字是二十多万，去掉最后两个零，和手机套下面的数字完全一致，所以她才会有愣神的情况。

听完小彭的描述，我的第六感告诉我这个事情很不简单。妻子怀孕出轨我们见得多了，但是这样二话不说决然地离开丈夫的情况可不多见，而且还从朋友那里筹借了这么多钱，又不带走属于自己的任何物件，这种情况太诡异了。

当时的我就已经觉得事情很不简单，但是之后发生的情况告诉我，这只是一个极其简单的开篇而已，整个事件的诡异程度，远远超出了我的想象！

待小彭走后，我休息了片刻，果然下午杨姐找到了我，详细告知了我事件的来龙去脉。她和小彭所说的大同小异，稍有不同的就是杨姐和我详细讲了那天妻子来取样鉴定的情况，因为妻子当时是属于孕期检测，手续比较繁琐，专业性也非常强，所以是杨姐一手操办的。

妻子的名字叫严婉（化名）。

严婉只身前来，目的很简单，鉴定肚里孩子的父亲是不是自己丈夫。

在来之前，严婉就详细咨询了杨姐。为了不引起丈夫的注意，她带的是丈夫的牙刷。杨姐告诉严婉，牙刷属于特殊检材，比起血痕、毛发这些常规检材来说，其检测的难度要大一些。

当时严婉就曾经考虑过，如果牙刷不行就去取另外一个人的检材，那个人应该就是孩子的真正父亲，当然那个人的身份和信息她没有向杨姐透露半分，但是杨姐可以确定那个人是严婉一个并不很熟悉的人，甚至严婉可能连他的名字都不知道，而只知道他的代号。

这个信息让我非常惊讶，一个并不很熟悉的人，就能够发生关系，而且居然抛弃丈夫而离家出走，还四处筹集了二十多万带走。这不是一个神志正常的人能做出来的事情。

难道这个严婉是一个精神有问题的人？

我将我的疑问告诉杨姐，杨姐否定了我的这种想法。她告诉我严婉精神非常正常，而且是一个很有想法的人。

不仅如此，她还是一个名牌大学毕业的硕士研究生，唯一有点不对劲的就是，她对现在的生活略有不满，因为婚后的生活和婚前丈夫向她描述的有很大的不同，所以她有寻求改变的想法。

杨姐将这一点说出来之后，我基本上就猜到了严婉的想法。

严婉估计是一个比较要强的女人，属于高学历的阶层，婚后因为丈夫而放弃了自己的梦想，但是时间一久，发现现实和理想差距很大。这一点从她筹集二十万都需要四处借钱可以看出来。

于是为了找回失去已久的青春，也为了改变现在的生活状态，她发生了外遇。

这个外遇的对象想必是她理想生活中的那种成功男人，因此才会在短时间与对方发生关系并怀了孩子，在确定孩子不是丈夫的之后，她义无反顾地去找这位成功男士。

这样也解释了她为什么不把所有东西随身带走，因为成功男士必然承诺了要照顾她的所有衣食起居。

但这样推测还是有一点解释不通，既然成功男士有钱，为什么她还要四处筹钱，而且筹集的数字非常大。于是我联想到涛嫂曾经写过的一篇报道，难道？

我心理一惊，想到一个可能，连忙看向杨姐。

杨姐看到我的表情，默契地点了点头，看来她和我想到一块儿去了，这个严婉离开丈夫带着钱去找外遇男人的原因也基本在我们脑海里成型了。

十几天后，小谢给我们传来一个消息，这个消息不但证实了我们的猜测，而且和小谢她们重点关注的一个刑事案件有关。

在得知这个消息的情况下，小谢做了一个大胆的决定，独自一人进入了另外一个我们之前完全陌生的行业中。

那一段时间，她经历了一番不一样的人生体验。

当然，这样的情况并不常见，但也正因为如此，小谢的这段经历值得我大书特书。也希望朋友们能通过她的经历，了解到这个社会不为人知的一面。

严婉在失踪十几天后，忽然给自己几个闺蜜和女性同学发了信息，说自己在筹备一个大项目，利润很高，希望这些闺蜜能前去考察一下，如果感兴趣的话就和她一起做。

说到这里，我也无须卖关子了。

相信许多朋友已经猜到了，严婉这次陷入的是一个传销陷阱！但是，和普通传销陷阱不一样的是，这种传销的方式有很大的不同。

不仅仅是传销集资的数额非常巨大，入门费用就达到了二十多万，而且更令人匪夷所思的是，他们集资的方式简直毫无下限！

实际上当时警方已经在调查这个传销窝点了，但是这个传销窝点狡兔三窟，而且隐蔽性非常强。

当小谢得知这个重要消息的时候，就决定假扮严婉其中一个闺蜜的亲戚，假装在严婉闺蜜那里知道了这么一个“好消息”，从而深入这个传销窝点其中之一进行调查取证。

最终的结果不但将严婉失踪一事调查了个水落石出，更是让这个传销窝点骇人听闻的传销手法暴露在青天白日之下，让所有知道这件事的人震惊于组织者的无耻手段。

小谢的这段震撼人心的际遇，就让我给大家慢慢道来吧。

- 2 -

小谢假扮严婉一个同学的表妹，家境富裕，刚毕业不久闲在家里，父母有意向支持她创业，但是还没有找到什么好项目。她这样的背景被严婉的同学“不经意间”透露给了严婉，引起了严婉极大的兴趣。

为了取得严婉的信任，小谢和严婉发生了如下的对话：

小谢：“你好！是严婉姐吧，我是 ×× 的表妹，我姓谢。”

严婉：“你好！是小谢妹妹啊，你表姐和我提起过你。很高兴认识你！”

小谢：“严婉姐，你果然和我表姐说的一样，声音又好听，人又热情！听说你现在在做一个大项目，我刚刚大学毕业不久，找了几份工作都不如意，希望能听听你的建议，和你学习学习。”

说罢，小谢就将她自己的“经历”说了出来，无外乎是从哪个大学毕业，一年内找了几份工作都不如意，于是想自己创业，但是一直没有遇到好的项目和门路。

言语之中透露出自己家境不错，父母准备了几十万给自己，只要找到好项目就可以投入，就算前期亏点、交点学费也没关系，主要是积累经验等。

严婉果然兴致盎然，和小谢就创业这个话题聊了很多。不可否认的是，严婉不愧是高学历人士，说起创业来头头是道。

如果小谢不是提前知道严婉故意引诱自己进入传销陷阱，换一个真正的大学毕业想创业的年轻人来，还真有可能将严婉当成一个创业方面的专家而一心信赖她呢。

两人聊得正开心的时候，严婉忽然说了声“不好意思，有急事”，不待小谢反应，直接将电话挂掉。

小谢过了几个小时再次拨打过去，严婉却始终不接电话。当时小谢心里一惊，还以为被严婉看出了什么破绽，但是警局里一个经验丰富的老前辈要她别急，说严婉必然会与她联系。

果然，两天后严婉打电话过来，向小谢说非常抱歉，前天是因为某某领导（电视里经常出现的带“长”字的大领导）到自己的公司视察工作，自己作为管理层要出去接待，所以来不及说太多。大领导在公司视察了两天，今天回京了，所以终于有时间空闲下来和小谢聊一聊创业的话题。

小谢连忙表示理解和羡慕，问严婉是哪个大领导去视察时，严婉笑呵呵地表示电视里经常看到的，还和她们公司的领导拍了照片，如果有机会小谢能去她那里玩，看到那些照片就知道了。她还强调电话里面不方便说，因为大领导的行踪都是严格保密的。

小谢连忙表示理解，言语中说自己现在欠缺的就是经验，流露出想去严婉公司观摩学习的意愿，却被严婉拒绝了。严婉说公司的项目因为想做考察的人太多，所以很多人前去观摩，每天接待不过来，而且还要向公司领导申请名额。

不过严婉还是向小谢信誓旦旦地保证，因为她是自己老同学表妹的缘故，所以一定会努力帮其争取到这个名额，只是需要一些时间，要小谢等她电话。

小谢连忙表示感谢，心里却明白这正是传销分子最常用的伎俩。

先在人家心中建立起神秘感，然后再采用饥饿营销的方式，让人感觉他们的项目多么高大上，别人求之不得。如果目标是一个涉世未深的年轻人，这第一步就会让他深信不疑。

这一次足足等待了有十余天，就连之前处理过许多传销案子的警局老前辈也不由得佩服严婉的忍耐力。

十几天之后，严婉给小谢打了个电话，急匆匆地道："小谢妹妹，我申请了好几次，公司领导终于给了我一个名额，你务必于明天赶到，到时我带你参观公司，具体地址我发信息给你。"

不等小谢接话，她刚说完就将电话挂断，再拨打过去依旧不接听。良久，终于有一条信息过来："小谢妹妹，我在领导办公室，还有一点事情和领导商量，不方便回你电话，你后天上午直接来 ×× 市，不用自己开车，最好是坐火车来，我安排人去车站接你。"

小谢心中一喜，第一步圆满成功。

因为严婉给她的地址，和她们正在调查的短时间内迅速崛起的一个神秘传销组织在同一座城市，因此小谢判断很有可能是同一个组织。

小谢连忙向领导报备相关事宜，做好了全方位的准备，就等着第二天前往传销窝点调查具体的情况。

至于她的人生安全基本可以不用担心，别看小谢个头不高，长着一张比她实际年龄小很多的娃娃脸，实际上她在警校的自由搏击比赛中获得过第七名的好成绩，寻常成年男性一两个近不了她的身。

第二天一早，小谢独自一人前往这个城市。

下午刚出火车站，果然有人在车站举着牌子在接她。让她稍微有些吃惊的是，接她的人这个居然是一个颇为英俊的小伙子。

小伙子年纪大概二十出头，五官俊俏，身材高大，足有一米八几，这样的样貌和身材在普通人中间有种鹤立鸡群的感觉。

而且他谈吐颇有学识，完全就是电视里都市精英的形象。唯一让小谢感觉略有不舒服的是，他的笑容看起来并不阳光，甚至透露出一丝虚伪，当然这也是参加刑侦工作几年的小谢才能看出来，换一个年轻女孩可能就被他的外表迷倒了，更谈不上去识别这笑容的真假。

但小谢此时的身份是一个刚刚大学毕业不久，家境殷实却不太通人情事故的懵懂女孩，因此她的一举一动都需要符合自己这个新的身份。

所以看到小伙子的当时，她就脸上泛红，仿佛在学校遇到心仪的学长一般，显得极为腼腆可爱。

我后来几次打趣她，要她在我面前表现一下腼腆可爱的一面，却被她用警校里学到的“自由搏击术”一腿撂到墙上，导致我半天都直不起腰来。

小伙子告诉小谢，说自己姓文，单名一个斌字（化名），并说严婉是他的领导，交代他要好好招待小谢，为了让小谢完全了解他们公司的项目，还有这个项目对这个城市的改变，他当天下午会带着小谢四处转转，第二天再带小谢去参观公司。

走到车站停车场后，小谢就吃了一惊，小伙子开来的是一部奥迪 A6，这虽算不上豪车，但和传说中顿顿清水煮白菜的传销人员生活完全不一样。岂料这点不一样仅仅只是开始，之后还有很多让小谢更为吃惊的情况发生。

整个下午，小伙子带着小谢一直在市区几个特定的地方转悠。

第一站是一家书店，书店门口张贴的畅销书排行榜上，写着《民间资本富中国》《赢在资本》《资本游戏》等金融类书籍。

在随后走访的另外一家书店内，同样有一个专门摆放关于国家发展战略、虚拟经济和资本运作图书的专柜。在传销人员内部，这些书被称为“行业书”。

这些书都卖得很贵，小谢拿起一本看了下，标价上百元。

小谢故意说道：“我在网上看到过报道，这种书是传销的行业书啊，为什么你们这个城市这种书卖得这么好？”

文斌却一点都不吃惊，道：“传销被新闻媒体妖魔化了，实际上传销应该叫做直销。虽然有些直销性质特别恶劣不假，但是大部分直销都是合法的，而且国家大力扶持，就像你经常在电视里面看到打广告的‘安 ×’一样，他就是直销模式啊，‘安 ×’总部在美国，在中国区已经发展成数百亿规模的大公司，创造了上万个就业岗位，为国家缴纳了很多的税收，这不是利国利民的好事吗？”

“安 ×”是一个大家耳熟能详的大品牌，其模式还真的是直销，所以文斌拿这个来说事还真是挺有说服力的。

除了逛书店，文斌还带着小谢到了市里开发区最繁华的地段，一路上，道路两旁新落成的高层住宅楼比比皆是，但第一眼见到开发区中心最宏伟的大楼时，依然会让人感到震撼，这座高逾上百米的大楼矗立在一座人工湖边，高耸入云。

虽然省城有更多的比这还高的大楼，但大楼太多，反而不那么显眼了，可是在这个小城市里却有这么一栋大楼，这种鹤立鸡群的架势才让人真正地感到震撼。

文斌特意带着小谢来到这栋大楼边，正当小谢为这个小城市也有如此规模的大楼而赞叹不已时，文斌抛出一个让小谢震惊不已的信息。

原来严婉和小谢所说的公司项目总部，就在这栋大楼里面。而且据文斌说，这栋大楼有一半是他们公司所有，只是当天不是对外开放的接待日，要等到第二天才能上去观摩！

这着实令小谢吓了一跳，传销的案子之前不是没有查过，虽然在本省这种案子的数量远远比不上南边某省，却也常有发生，但从来没有哪个涉及传销的窝点会有这么一栋宏伟大气的办公场所。

难道文斌是在放烟幕弹忽悠她？小谢抱着怀疑的态度，心想到了第二天，这个疑点就能真相大白了。

之后，文斌又颇为绅士地带着小谢参观了市里一两个景点，并带着小谢到了高档西餐厅吃了一顿晚餐。简简单单两个牛排套餐、一瓶红酒，两个人居然花了两千余元。这种消费在省城可能司空见惯了，但是在这个小城市居然有这样档次的西餐厅，也让小谢吃惊不已。

而且文斌居然愿意为了接待她花费这么多钱，更是让小谢内心惊疑不定。传销的案件她们局里调查过多次，一般刚进入传销组织的人员都是吃清水煮白菜，睡地板，怎么可能会为了一个刚刚来的新人花费这么大的力气？难道这家公司真的是一家大型企业，严婉所说的项目真是一个大项目吗？

疑惑不解的小谢，当天晚上被安排在了一个四星级的酒店。如果不是这个小城市没有五星级酒店的话，小谢毫不怀疑文斌一定会将她安排进更好的酒店，而且所有费用都是预付了的，不需要小谢掏一分钱。

小谢回忆了一下白天的情形，奥迪 A6、高档写字楼、两千余元的晚餐、数百元一晚的四星级酒店。

这一切的一切只有在真正大公司的商务接待中才会出现，而自己这次过来调查的可是传销组织！

在之前局里调查过的传销案件中，传销人员无一例外都是贫困潦倒，十几个人住在一个简陋的破房子，每天吃土豆白菜，连油都舍不得多放，一边吃土豆还一边唱着“土豆炖牛肉”之歌麻痹自己。就连那些上层领导最多也就是有一个自己的小单间，吃的也基本都是同样清汤白水的大锅饭。

而当天这样的接待，完全让小谢摸不着头脑。为了防止房间里有窃听器，小谢在文斌走后，特意走出酒店给警局的领导打了个电话。

警局领导也很是纳闷，这种情况他们也是第一次遇到。于是小谢决定，兵来将挡，水来土掩，第二天按照既定行程，让文斌带着自己去他所说的公司，现场了解实际情况。

回到酒店，第一次住四星级酒店的小谢睡得很香甜。

这一天的经历已经颠覆了小谢脑海关于“传销”的固有印象，她不知道的是，第二天她的遭遇，更是她和警局领导完全没有预料到的情况，给她更大的震撼！

- 3 -

第二天一大早，小谢就起来了，在四星级酒店等着文斌前去接他。原本约的是九点去公司参观，但文斌临时打了个电话说公司又有其他省的投资商和大领导来视察工作，需要小谢稍等一会儿。

九点左右，严婉也打电话来表示歉意，说大领导的时间没办法确定，这次原本和小谢预约的上午九点可能要稍微延后了。她还发了一张照片过来，照片里清一色的高档轿车是部级领导的标配。小谢连忙表示理解，心里却惊疑不定。看照片不像是假的，难道自己真的判断错误，严婉确实在做一个大项目？而且严婉的高学历也是实打实的，成为一个项目经理也不是什么奇怪的事情。

正在小谢满心狐疑之际，传来了敲门声。小谢将门打开，原来是酒店的服务员送了点心和饮料过来，几块奶油蛋糕和一杯鲜榨橙汁，显得颇为精致。

酒店服务员解释道："您好，这是文先生安排好的，他安排您先吃点小点心，这样参观他们公司的时候可以有更饱满的精神。"小谢灵机一动，仿佛不经意间问起服务员文斌公司的状况。

服务员一脸羡慕道："文先生所在的公司可是我们这里最大的公司，这段时间经常有大领导来视察，投资商也非常多，而且听说里面的普通员工月薪都在一万元以上，可惜我学历不高，不然就去文先生的公司应聘了。"言语中对文斌所在的公司有颇多好感和向往。

月薪一万元虽然在大城市不算什么，但是在这样一个四线小城市来说，已经非常高了，也难怪服务员羡慕不已。这样的讯息和小谢之前掌握的情况完全不一样。正当小谢沉思的时候，服务员看了一下时间道："您也是来文先生公司考察的吧？文先生的公司在我们地方台投了挺多广告，这个时间段应该有他们公司的宣传片。您有兴趣可以看下，他们公司确实是一个蛮有实力的大公司。"

小谢按照服务员的提示，打开电视机调到地方频道，果然电视里正在播放着一家大公司的宣传片，气势磅礴的宣传片里面，刚成立不到一年的大公司发展异常迅猛，有着持掌中南地区经济牛耳的气势。几个只有在电视里面才能看到的大领导和公司的高层握手言欢，就连普通的上市公司也完全没有这样的气度。

服务员陪着小谢看完这十几分钟的宣传片，颇有感触地道："文先生好运气，入职了这样一家大公司，听说他们公司在筹备上市呢，一旦上市光他手里的原始股就是一笔不小的财务。我就是吃了没文化的亏，我家小子以后一定要让他读个好大学，有了知识就不至于像我一样还做这种费力不讨好的工作了。"

说罢转过头对小谢说道："您用完点心的话就呼叫我们前台，我再来收拾餐具。"小谢连忙道谢，目送服务员离开。服务员离开之后，小谢心中的疑问更加强烈了。从头天一直到第二天，小谢的所有见闻都表明严婉所在的公司确确实实是一家大公司，和之前怀疑的传销团伙完全不一样，难道严婉就是单纯地不想过经济窘迫的生活了，遇到一个好公司好环境，并出轨有了外遇而离开现在的丈夫的？

这一切，看来只有到严婉的公司现场观察一番，真正见到严婉本人才有答案。

小谢在酒店等到十一点左右，终于接到了文斌的电话，说在酒店大堂等她，要她所有东西都不用带，直接下楼随他一起去参观公司。

小谢匆匆来到大堂，却发现除了文斌之外还有一个中年女性，而且那个女性并不是严婉。小谢看过严婉的照片，和眼前那个颇有富态的中年妇女完全不一样。文斌简单介绍了一下，原来那个中年妇女也是前来考察的，而且和小谢一样是来自省城，两个人打了个招呼，寒暄了几句，就随着文斌上了车。

酒店距离文斌的公司稍微有点远，奥迪 A6 载着三人花了半个小时才到。再次来到这栋鹤立鸡群的大楼下面，小谢依旧感到震撼。

让小谢震撼的不仅是这栋大楼，还有一排刚刚远去的车队，车队是清一色的高官专用车，正是严婉手机发过来的那些。看来真有高官刚刚在严婉公司视察，小谢装出强制压抑惊讶的神情，一旁的中年妇女早就合不拢嘴了，忍不住问文斌这次来视察的高官是谁。文斌神神秘秘地表示公司有规定，不能透露来视察工作的大领导的身份。中年妇女虽有遗憾，却也连忙点头表示理解。小谢和中年妇女随着文斌上楼，震撼度更加强烈！

- 4 -

这栋大楼一共有三十多层，从二十五层开始，全部属于文斌公司的办公区！也就是说，文斌的公司将这栋大楼从二十五层开始到顶层为止全部占有，就算产权不属于文斌公司，单是租金可能一年就需要数百万！

文斌带着两人走马观花似的在二十五楼和二十六楼转了个圈。每层楼的空间不小，分成了很多间小办公室，办公室的人行色匆匆，或许是对小谢和中年妇女这样来参观的人见得多了，见怪不怪，没有一个人上来打招呼。

而且除了他们这三人之外，小谢发现还有几个人也很有可能是来考察的，同样是一个帅哥领着，走马观花一般地在通道里穿梭着。文斌行走的速度很快，小谢身体好还能跟得上节奏，另外一个中年妇女可有点吃不消了，刚上到二十七楼，她就有点喘气。

文斌见状连忙道歉，说因为时间已经不早了，公司又大，而领导又只安排了上午的时间，所以为了让小谢和中年妇女能多看看公司，心里就急了点。小谢和中年妇女表示理解。

文斌看了看时间道：“快到吃午饭的时间了，我带你们去项目经理那里，具体的事情你们再详细聊，如何？”小谢也想去见见这个神秘的严婉，因为很多疑点也只有从严婉身上才能找到，于是连忙同意。

三人坐电梯径直上了大楼顶层，这一层比不上之前的楼层那样干净整洁，有些地方还在装修，显得颇为杂乱。

文斌解释说这一层准备作为项目的新总部，正在装修，而且这次装修公司的预算是一千万！

单只装修就需要一千万，这是何等的气魄！

小谢留意了一下身边的中年妇女，她的脸上早就浮出一股艳羡的神色。

文斌将小谢带到一间办公室门口道：“这就是严经理的办公室。我带这位大姐去找蒋经理，先失陪了。”

由于文斌举手投足间尽显绅士风度，如果对象只是一个涉世未深的小姑娘，或许这短短两天就会对他好感度爆棚。

小谢注意了一下，就连身边这位上了年纪的大姐，一双凤眼也时不时地在文斌的身上停留，显然对文斌本人的兴趣并不弱于对文斌公司的兴趣。

见文斌带着中年妇女离开，小谢走到办公室门口，敲了敲门。顿时，一个熟悉的声音传来，正是和小谢在电话里面沟通了许多次的严婉。

小谢一进门，办公桌后一个戴着眼镜风韵犹存的少妇就站起身迎了过来，满脸堆笑道：“你就是小谢吧，果然年轻有为。我老同学说的没错，你一看就是一个做大事的人！”

小谢忙道：“严姐谬赞了！”便和她寒暄起来，言语中有着许多对严婉的感谢和对公司的艳羡。

严婉向小谢介绍说，这个公司实际上成立时间并不久，也就刚刚一年，但是筹备期就花了三年，因为它涉及国家开发中南地区的一个大项目。

严婉道：“小谢你知道国家的西部大开发吧，那是由国家投资，国家获得收益，但是这种模式被证明效果并不是很好，于是国家在我们这个省份试点了一个新模式，准备中南地区大开发，具体模式以后再给你说。总之你这次过来，就在严姐这里多住几天，多玩玩。你是我老同学的表妹，也就是我的表妹，千万不要客气。”

小谢忙道谢不已，一边和严婉寒暄一边询问公司的情况，严婉却始终不愿意透露更详细的消息，说当天只是参观，具体事情有的是时间再谈。

在和严婉聊天的同时，小谢注意了一下严婉的肚子，按照严婉丈夫所说，严婉怀孕也有几个月了，肚子应该有明显的鼓起，但是她看上去没有一丝怀孕的痕迹。因此，只有一个可能，严婉将孩子打掉了！

出轨之后怀孕，发现孩子不是老公的，带着拼凑起的二十余万逃离老家、入职一个大公司，将孩子打掉，难道严婉真的是一心想做一番大事业？

这种状况加上之前经历的种种，让小谢心中的疑惑更深了。

十二点一过，严婉就带着小谢下楼用餐，用餐的地点也是一个比较上档次的饭店。用餐过程中严婉给公司人力资源部的同事打了个电话，说自己要陪表妹几天，这几天就不上班了，等周末休息的时候再加班补上。

这样的盛情款待让小谢发自内心地感激不已，虽然这个公司在她心中依旧神秘，但是这种规格的接待几乎完全排除了这家公司和传统传销的关系。

当天下午，严婉带着小谢又在市里的另外几个地点转悠了一下，有景点、商业区、商城，甚至还有居民小巷。

细心的小谢发现这几个地点都有一个共同点，那就是这些地方都有着一模一样的报刊亭。

报刊亭是市里为了扶持残疾人就业修建的，在这些报刊亭里面，无一例外都放满了《民间资本富中国》《赢在资本》《资本游戏》等金融类书籍，而且每次一见到这些报刊亭，严婉都会借故去买点饮料、口香糖之类，让小谢看到这些书籍。

严婉的这种仿佛不经意的举动，在小谢这个有心人的眼里显得颇有深意。

当天晚上，小谢跟着严婉住到了她租住的小屋里，小屋是常见的两室一厅。小谢住的房间不大但很温馨，在房间的床头上，小谢看到了只有在电视里才能看到的某个大领导照片，站在大领导旁边的是一个西装革履英伟不凡的成年男子。

严婉有点得意地说道："这个领导经常来我们公司视察，我都见过好几次了，正是他在主持中南地区大开发，他身边的这位就是我们公司的董事长，姓武。武董有关系、有背景，原本以他的身份完全可以逍遥自在地生活，他却为了我们中南地区大开发创办了这家公司，也受到了领导的高度赞扬，所以中央将中南大开发的试点放在了这里。明天我会给武董打个电话，如果他有时间，我安排你和他见上一面。”

考虑到能和这样的大老板见上面，一般人自然会激动万分，因此小谢装出一脸的激动和崇拜，说：“严姐，太谢谢您了，我这次过来只是为了学习点经验，太麻烦就不好意思了。”

严婉笑道：“我们武董最喜欢的就是你这种有冲劲的年轻人，上次我请示他的时候，他没有犹豫就同意你过来参观公司，只要他这两天不忙，应该有时间和你见上一面的。虽然不一定能抽出时间告诉你如何创业，但就算和他简单聊两句，我想你也应该能终生受用。”

小谢没有接话，只是看着照片里面英伟不凡的武董，一脸的羡慕和钦佩。

这一个小细节被严婉看在眼中，若有所思。

第二天一早，小谢被严婉叫起来，两人打车到了一个高档小区。

小谢正纳闷严婉葫芦里卖的什么药，却看得严婉掏出手机，打了一个电话道：“是刘总吧，我是小严，我带着表妹已经到了小区，您现在如果方便的话，我们就上来？”

得到肯定的答复后，严婉带着小谢进入小区，道：“今天上午我们见面的这位是公司的总经理，他一般上午在家里，下午在公司，我昨天就和他约好上午拜访他一下，让他给你讲讲公司的经历和创业的事情。对了，你看到他要做好心理准备，千万不要太惊讶，不过话说回来，我第一次见到刘总也非常惊讶。”

小谢知道，所有铺垫已经结束，正戏马上开始。

而对于严婉嘴里所说的惊讶，小谢一开始还有些疑惑不解，想着不就是见一个公司老总嘛，无外乎也是一个两只眼睛、两只耳朵、一张嘴巴的正常人而已。

但见到刘总后，小谢果然惊讶万分。

这个刘总实在是太年轻了，也就二十多岁，而且长得比文斌更帅气英俊，举手投足间充满着一种男性的阳光之美，让平日里对帅哥不感兴趣的小谢也不由得一阵头晕目眩！

- 5 -

面对这样又年轻又帅气的老总，小谢头一次觉得情况不在自己掌控之中了。

和刘总打招呼之后，她的眼睛就不敢正视前方，即使偶尔抬起头看一眼刘总，她又不由自主地将视线转向其他地方，竟然有点小害羞。

刘总热情地招待小谢坐下后，和小谢拉起了家常。

小谢似乎回到了读书的年代，见到了最信任的校草级别的学长的状态。刘总问什么，小谢都一五一十地回答，短短时间内刘总就将小谢的情况掌握得清清楚楚。

当然，小谢告诉刘总的，都是早早准备好的腹稿。

在讲述中，小谢变成了一个有钱人家的独生女，家产富足，虽然算不上大富大贵的人家，但是拿个几十万来投资一个项目，那是轻而易举的事情。现在小谢欠缺的就是项目和经验，因为父亲的行业并不适合她，所以她想着毕业之后靠父母的帮助和自己的努力来成就一番事业。

刘总很是细心地帮小谢分析了一下创业的现状，句句言之有物；他告诉小谢许多刚毕业不久的学生创业容易走入的误区，无一不是真知灼见。如果小谢真是一个刚毕业不久的大学生，毫无疑问会马上将刘总视为真正的良师益友。

可惜的是，刘总面对的是参加刑侦工作数年的小谢，几乎什么样的人物她都见过。随着刘总和她的谈话内容越来越深入，她就知道，真正的洗脑内容马上就会开始。

果然，在闲聊了个把小时左右，当小谢的眼睛里闪烁着满是崇拜的小星星时，刘总言语中“西部大开发”“中南经济特区”“××× 一体化”等名词出现的频率渐渐多了起来。他说：“前些年国家领导考察了日本、新加坡等国后，发现他们的经济之所以能取得突飞猛进的发展，是因为使用了一套先进的模式，于是中央经过研究，决定引进这套模式来发展中南地区，现在这座城市就是第一批试验区。”

刘总强调说：“我们公司现在是这个模式的第一批试点企业，国家给予了巨大的扶持力度，所以我们公司才会有如此规模。”

“您说了这么久，到底是什么模式啊？”小谢忍不住问道。

“这个模式需要时间了解和分析，不能太急！必须要有耐心。我当时花了一个月时间去了解，不知道你这次准备花多少时间？但起码要有半个月以上才行。”

小谢犹豫道：“我一开始是准备来看看学习的，只计划待两三天。”

严婉忙接腔，笑道："小谢，既然来了就不要急着走，我们公司最重要的精髓就是这个独一无二的模式。要想了解这个模式，就像刘总说的，至少需要半个月以上。这样吧，如果你没什么要紧事，就多待一段时间。武董这几天也没时间，正好这几天你彻底了解了我们公司的模式，和武董见个面再走也不迟。"

就这样，第一次谈话在刘总半遮半掩、小谢一头雾水的时候，结束了。

小谢表面上看起来懵懵懂懂，但和刘总聊了一上午之后，便肯定了自己内心的猜测：严婉和刘总所从事的行业，虽然用种种理由来粉饰自己，但实际上还是传销。

关于传销的案子，她以前就调查了解过。到刘总家的这番闲聊，在传销行业内被称为"会前会"，其目的是为了之后的讲解做铺垫。在某一本传销实战宝典中，对于这部分工作有着详细的说明："对待新人提出的问题，总是点一下就可以了，不必什么都想说清楚或是继续隐瞒。让新人带着一点神秘感进入'会中会'，才是'会前会'沟通的主要目的。"

之后，严婉又带着小谢到了几个别的朋友家走访。每个人在闲话家常之际，都会透露一点儿行业内的信息，让小谢在模模糊糊中对他们口中的"国家项目"留下一些初步印象。

在和这些"朋友"打交道的过程里，小谢经常听到以下这样的说法。

"你有没有发现，这里的银行非常多，如果有人在国有银行内从事非法活动，账号是不是马上会被冻结？"

"你有没有发现，我打电话用的是长号集群网，用这种电话卡打长途比打本地市话还便宜，电信部门涉及国家的信息安全，你说它为什么会专门为我们制定出一个套餐呢？"

"你有没有发现，这里街道两旁大都是住宅楼，是不是除了我们公司之外没什么写字楼，也没有什么商场和工厂，而且市里的公园和景点是不收门票的，那这个城市的发展靠的是什么呢？"

从表面上看，这些现象似乎都在印证着这座城市的与众不同，事实上，这是传销人员在利用新人对这个城市的片面了解，一步一步地将其引入认识误区。他们会告诉你，国家正是通过这个项目，给城市带来大量的外来人口和外来资金，拉动当地内需，带动当地各行各业的发展，还解决了大学生、退伍军人、下岗职工、农民和社会闲散人员等五类人群的就业问题。

“新的模式”在帮助大家赚取第一笔财富、步入中产阶级的同时，还能让人掌握先进的营销模式，将来可以在更大的平台上从事国家项目的投资和运作。

小谢真正了解到这个“新行业”的“新模式”，是周末下午再次来到刘总家里的时候。这一次严婉说自己周末要去公司加班，将小谢送到了刘总家里之后就离开了。

刘总热情地招呼小谢，起身给小谢倒水，嘘寒问暖，随和的态度让小谢没有了第一次的拘谨。何况对方一个年轻、帅气又有能力的大公司老总，正是小谢这种年纪女孩最信赖和仰慕的对象。

由于当时的天气有点冷，刘总的家里开了空调，穿得很厚实的小谢觉得热，却又不好意思当着刘总的面脱掉外套。善解人意的刘总看出小谢的心思，道：“房间里热，你可以把外套脱掉。我去厨房泡杯咖啡给你，失陪一下。”说罢转身去了厨房，留给了小谢一个隐私的空间，这样细心又年轻帅气的老总，让小谢也不由得心中一颤。

将外套脱掉之后，刘总从厨房出来，给小谢端了一杯咖啡。见小谢随意将外套搭在沙发上，他又起身帮其将衣服整理了一下、挂在衣帽架上，举手投足间尽显绅士风度。

刘总转过身来和小谢对视了一眼，小谢仿佛心里被什么撞击了一下，面红耳赤地转过头去。刘总微微一笑，道：“好了，今天我就正式给你讲讲新模式吧。”

刘总紧靠着小谢坐着，一边在纸上比画计算，一边详细介绍着“新模式”的原理和分配制度。

长相英俊帅气、声音又富有磁性的刘总，居然让小谢紧张地说不出话来。

刘总似乎没有意识到这一点，神情专注地给小谢讲述着“新模式”。

“西部大开发的模式，是国家投资，国家受益，但是经过实践证明效果不大，于是国家的领导就决定在我们这个城市开始试点，用新的模式。这个新的模式用最简单的方式来讲，就是国家和私人一起投资，私人收益。用一句最简练的话来概括就是：钱滚钱。”

刘总首先介绍了这个新模式的游戏规则：每人投资二十余万，算一个份额；

但要拉动三条闲散资金链，简单说，就是找三个合作伙伴，三个合作伙伴再分别找其他合作伙伴。利用几何倍增原理和五级四阶制的分配制度，就能很快获得近百倍的利润——一千万元。

接下来，刘总详细介绍了他们行业内五级四阶制的分配制度。从理论上看，这套制度对于每一个参与者都有着完善的分配和保障方案，怎么看都是稳赚不赔的模式。

至于这种理论，小谢之前调查传销案子的时候也认真了解过，这也是导致很多人深陷其中不能自拔的重要原因。当然这个理论很复杂，一般人没有几天时间搞不懂。而我到现在也没完全明白，所以只能将我了解到的用最简单的话描述给大家听。

所谓“五级”是指行业内的人，按投资份额的多少，分为白银级（1–3 份）、黄金级（4–10 份）、翡翠级（11–32 份）、钻石级（33–64 份）、皇冠级（64 份以上）五个级别。

所谓“四阶”是指累积份额达到一定程度以上，就实现了从白银级到黄金级的第一阶段的晋升。第二阶段是从黄金级晋升到翡翠级，除了名下要有足够的份额，下面还必须有两个合作伙伴要做到黄金级，这些条件都达到以后，第二个月便可晋升。第三阶段要从翡翠级升到钻石级，除了份额要达到外，还要确保他直接发展的三个合作伙伴都成为翡翠级，才能在第二个月升为钻石级。且一旦达到了皇冠级的份额，就没有其他要求了，这时候可以选择成为老总或者出局。如果成为老总的话，就可以成为以后任意一个分公司的老总；如果选择出局的话，则可以带着一千万离开公司。

刘总说：“这种方式的好处就是层层负责，比如某人要想升钻石级，他必须保证他找来的朋友变成翡翠级，相应的翡翠级必须保证下面的朋友变成黄金级，上级跟下级是层层制约、相互推进的关系。在这种模式的作用下，会达到一个‘上拉下推、左扶右帮’的效果。”

刘总表示，在五级三阶制中，处于不同级别的人会有不同比例的奖金分成，级别越高的人得到的分成就越多。做到翡翠级以后，每个月拿的钱不会低于六位数。当拿满一千万元分红后，就必须选择成为老总或者出局离开这个行业，这个行业一个人一生只能从事一次。出局了就不能再入行，而且老总的名额有限，超过名额剩下的就只能选择出局了。

"因为这个行业要打造的是中产阶级，不能让你无限制地赚钱，我们的口号就是'人人出局，人人赚钱'。"

"要做到皇冠级、拿满一千万出局，要多久时间？"小谢好奇地问道。

"按照一份一份的投资，时间大概需要两年左右。如果每人一开始就投资四份，这样就直接升级到黄金级，时间大概是半年多到一年时间。这样的好处就是：投资少、回报大，时间短、周期快，人数少、好管理等。"

"你说的这些，有白纸黑字的文件或合同吗？"

"这个没有。因为我们的钱都是在银行里运作的。你想想，这个城市这么多人在做这个项目，要是拿不到钱会发生什么事？"

"连合同也没有，那我投二十万块钱也不是一个小数目，应该也有风险吧？"

"二十万元，对于做一个项目来说，一点也不多。你想想，最终的回报是一千万元，这点儿投资多吗？我们公司又这么有实力，是中央大领导主持的，怎么会让你来承担风险呢？"刘总一脸坚定地说："我当时投资的就是四份，现在一年时间过去，已经是老总。马上要开分公司，我可能就会调走去其他城市了。"

看着刘总自信满满的脸，小谢眼里满是小星星道："那您的意思是您已经赚了一千万了？"

刘总哈哈一笑道："具体数字不方便说，只能说和你估计的差不多吧。如果我现在选择出局的话，就没办法再入行，所以我仗着自己是老员工的身份占了一个老总的位置。现在老总的位置已经不多了，现在进来可能还有机会，再过段时间就彻底没机会了。"

刘总似有意似无意地看了看表，手腕上带着的是一款限量版的百达翡丽，不是千万豪富根本就不可能带上这种名表。

"时间不早了，今天我请你吃晚饭吧，吃完饭一起看场电影，也算是我对前两天工作忙没时间接待你表示下歉意吧。"

小谢连忙道："刘总，那怎么好意思？"

刘总哈哈一笑道："不要叫我刘总了，就叫我刘哥吧，我比你大不了多少。刚才严经理发信息给我说她晚上加班赶不过来，希望今天我能有幸做一个护花使者。"

说罢，他带着满脸红晕的小谢，开着一辆价值不菲的豪车来到了位于市中心的一个高档餐厅用过餐后，陪小谢看了一场电影，整个过程既温馨又浪漫。

等到当晚和刘总道别的时候，小谢居然有点依依不舍了。

将小谢送到严婉所住小区楼下，刘总特意下车帮小谢整理了一下外套，极其温柔地道：“这里不比省城，外面天冷，要注意保暖。希望你有时间多到我家坐坐，总觉得你特别亲切，或许和我一样是家中独子的原因吧。”

这一句话，一下子将小谢和刘总之间原本很淡的疏离感几乎完全打碎了。

- 6 -

小谢进了房间，严婉带着歉意说自己加班太晚才没有陪小谢，小谢忙说没关系，拉着严婉聊了很多，言语之中不仅仅有这几天学到的新东西，更多的是对刘总渊博的学识和翩翩风度钦佩万分。

严婉也附和着小谢，说刘总又英俊、又多金，是她这么多年来第一次遇到的极品好男人。

小谢的眼睛里浮现出一片幸福的色彩，严婉看在眼里，脸上的笑容更盛。

之后的数天，严婉仿佛工作都很忙，总是加班。刘总却“难得”地清闲下来，时不时带着小谢去吃点当地特色菜，去公园散散步，这几天时间仿佛成了小谢人生中最开心的几天。在和刘总相处的日子里，两个年龄相仿的年轻人仿佛有许多共同的话题，无所不谈。几天过后，小谢居然发现自己对刘总产生了一种特别的好感，这种感觉只在初恋的身上发生过。

小谢将这个内心的秘密告诉严婉，严婉满脸笑容道：“刘总可是公司的钻石王老五，想追求他的女孩有一大把。如果不是我年纪不小了，说不定也会和你竞争一下。”

小谢如同陷入爱情中的女孩一样，害羞中又充满着期待道：“严姐，你说刘哥会不会对我有好感？”

严婉带着神秘的笑容道：“我给你看一个信息，你千万不要和刘总透露你看过。”

小谢仿佛意识到了什么，满脸地期待。

严婉掏出手机，调出一条刘总发过来的信息，上面的内容让小谢面红耳赤，内心激动不已。

“严经理，谢谢你介绍小谢给我认识，我觉得她像我生命里的天使，和她在一起让我觉得从未有过的快乐。如果可能的话，希望你能多留她住一段时间，万分感谢！”

突如其来的幸福感让小谢顿时觉得世界无比美好，一种只有初恋时才能体会到的快乐涌上心头。那迷醉的神情落在严婉眼里，让她也非常开心，仿佛因为自己促成了这一对情投意合的年轻男女而感到无比快乐。

之后的几天，刘总每隔一两天都会从百忙之中抽出半天时间陪着小谢，甚至有一次还带着小谢到了附近的城市。在那个城市，有一个工地，正在建一座大厦，刘总告诉小谢，那栋楼就是分公司的办公楼，他很有可能被分配到那个分公司担任老总，在那边组建一个他自己的团队。

而那时候，他就有机会获得上亿元的财富！

小谢羡慕不已，眼神中满是对刘总的崇拜和依恋，她怯生生地问道：“如果我想做这个项目，公司会允许我加入吗？”

刘总闻言哈哈一笑，道：“别人的话，我不能保证；你的话，包在我身上。我在董事长面前还是说得上话的，只要你有这个想法，我就一定帮你达成！而且……”

刘总稍微停顿了一下，用灼热的目光看着小谢道：“你加入了我们这个项目，我们就能有更多的时间在一起了，这也正是我无限期盼的！”

刘总身上散发出成功男性的独特魅力让小谢彻底迷醉，她当场给父亲打了个电话道：“爸，我现在 ×× 市，我跟你说的那个项目确实非常好。我朋友说现在正好有名额可以进入，你能不能将钱转到我的卡上？对，一共二十万多一点，恩，你先不要问那么多，转过来再说。这个项目绝对有前景，到时候再详细告诉你！”

小谢挂完电话，兴奋道：“我爸今天就会将钱转过来，只是他做事比较谨慎，一次投四份的钱，不一定会那么快答应，我再想办法做做他工作。”

刘总笑道：“没关系，叔叔有担心肯定是正常的。明天就有一个内部认筹会议，虽然你来的时间不长不方便参加，但我可以带着你去旁听一下，看看我们这个项目认筹的热度，你不要在认筹会上发表意见就是。”

有这么好的机会能让心中爱慕的对象带着自己去接触项目的核心部分，小谢自然满口答应。

第二天下午，刘总就带着小谢来到一个别墅区，进到一栋独栋别墅里面。

刘总说这个别墅区也是公司的资产之一。平常一些小型会议就在这个别墅区召开，而且一旦成为区域老总，就会有机会获得一套别墅作为奖励。

小谢闻言，嘴巴都合不拢地说道："那你的意思是，一旦你成了分公司的老总，就有可能拥有这么一栋漂亮的别墅？"

刘总伸手理了理小谢稍微有点散乱的发丝，帅气的大眼睛直视小谢，温柔道："我希望不是我一个人拥有，而是我们俩一起拥有！"

这样的柔情，让小谢彻底迷醉。

别墅里的客厅非常大，中间一张巨型的会议桌，周围足以围坐几十人，十几套高档沙发散落在会议桌四周，沙发的旁边放着水晶茶几，上面摆满了饮料和水果。

这样的感觉就如同将会议室搬到了酒吧里面，显得稍微有些不伦不类。

客厅里已经三三两两地坐了十几个人，小谢意外地发现了一个熟人——文斌。

文斌正陪着一个年轻的女孩坐在沙发上，两人正交头接耳，聊得非常开心。

文斌也是一个善于交际的角色，几句玩笑话就逗得女孩娇笑不已。

看到小谢进来，文斌稍微愣了一下，接着他和小谢身边的刘总对视了一眼，突然像意识到了什么似的，忙和小谢打起了招呼。

小谢对文斌印象很好，毕竟到这里来见到的第一个人就是他，而且款待非常盛情。小谢提议要坐到文斌旁边去，却被刘总阻止。刘总告诉她，会议桌的对面是认筹人员的区域，他们暂时不方便过去。

于是小谢便坐在了客厅的一个角落，听身边的刘总说起了认筹会的事情。

认筹会实际上就是入行会，一般要考察完公司，公司也对其做出正面的评估才会有认筹的机会。

一旦进入了这个会场，就代表获得了入行的机会，具体什么级别，就看个人认筹多少了。一般认筹者以一份或者四份的居多，认筹十一份的也有。其中最快的一个，就是直接认筹十一份成为了翡翠级，短短的三个月之后就得到了一千万出局，创造出了一个神话。

刘总颇为后怕地说，幸好这个人心不大，钱到手就出局了。如果他选择成为老总的话，下一个分公司的老总说不定就轮不到自己，小谢也为他的好运气而庆幸不已。

几十分钟后，认筹会正式开始，小谢仔细观察了一下，参会的人不多，一共只有不到二十个，但怪异的是包括文斌在内居然有四个帅哥，气质颇佳，个个单列出来都足以去拍摄任意一部电影，即使混不上主角位置，做个男二号也绰绰有余。

小谢仿佛不经意地对刘总说："你们公司帅哥挺多啊。"

刘总哈哈一笑道："确实如此，我们最开始也觉得挺巧。可能是因为我们董事长本身是一个帅哥，所以我们这些第一批认筹的，他评判标准也有外貌在里面吧。到了后来公司男性同胞越来越多，于是董事长说需要找一些女性来平衡一下阴阳，所以你看这次来的基本上都是一些女的。"

小谢仔细看了一下，确实如此，除了文斌等四人明显是公司员工外，只有两个长相普通的男性看着像是认筹的客户，其他多数都是女性，她们的年龄段从二十几岁到四十几岁的都有，无一例外都以文斌这种公司员工为中心围坐在某一个小区域。

认筹会正是开始，一个和严婉年纪差不多大的女性坐到了办公桌的首席上，自我介绍了一番，原来她也是公司的员工之一，姓董（化名）。加入公司半年时间，已经晋升为钻石级别，她介绍自己原本是一个大学的教授，并拿出自己以前教书时候的一些照片和证件来证明自己所言非虚。

在两年多前，董大姐家里老父亲卧病在床，儿子得了重病，丈夫也离她而去，接二连三的灾祸几乎将她完全压垮，而且老父亲和儿子患上的都是慢性病，每个月光保守治疗费用就需要一两万，如果进行大手术根治，两个人加起来手术费用需要百万以上，她完全负担不起，整日以泪洗面。

董大姐一边说一边哭，真情的流露让在座的每一个人都为之痛心。

尽情倾诉了几十分钟之后，董大姐精神一振，话锋一转。

她说天无绝人之路，注定命里会遇到贵人。而这个贵人，就是她的一个朋友，也就是公司现在的老总之一，知道她的情况后，让她来这里看看，当时的她已经是走投无路，这种机会肯定不会放过，来考察了一段时间终于下定决心加入公司，当时的她存款已经全没了，还欠下不少债务，于是抵押了自己的房产，认筹了一份，结果在短短的半年时间后，就成为了钻石级。

"现在的我，已经获得了数百万的收益，估计过完年就可以升上皇冠级。

我的父亲和孩子因为钱到了位，彻底做了手术，目前已经基本康复了。现在的我，生活非常幸福，感谢公司，感谢我的朋友李总（化名）！”

在大家祝福的掌声中，只见一个和董大姐差不多年纪的妇女走了出来，董大姐忙向大家介绍这就是她的朋友，公司的皇冠级之一，出局之后还继续留在公司担任后备区域老总的李总！

大家的掌声更为热烈，有个别的认筹者甚至欢呼起来。

李总之后也介绍了公司的历程、自己加入公司的原因和现在的情况。她说自己的背景远远比不上董大姐，只是董大姐老家的一个街坊，初中毕业就没有读书，能够达到现在这个成就，一半是公司提供的平台，另外一半是自己的努力。

李总最后说：“只要在座的各位和我一样的努力，你们也一定能在短短的一年内出局，赚满属于自己人生的第一个一千万！”

话音刚落，虽然不到二十个人的掌声却无比热烈，仿佛能穿透屋顶，扩散到九霄云外。

整个认筹会持续了两个多小时，之后又有数个公司的员工现身说法，无一例外都是通过公司的项目赚到了大笔钱财，彻底改变了人生的轨迹。

办公桌前的幻灯片不断放映着这些员工之前和现在家庭的对比，现在他们每个人的精神面貌也完全不一样了。这样极有说服力的场景，让旁听的小谢也不由热血沸腾起来。

认筹会进入到最后的环节。

几个客户纷纷跳了出来，有的认筹了一份，有的直接认筹了四份，甚至还有当场认筹十一份的，认筹完毕就志得意满地坐下，享受着别人的注目礼。

小谢观察了一下，和文斌比较亲近的那个女孩，就直接认筹了四份，也就是八十多万元，这可不是一笔小数字。但是和一年内赚到一千万比起来，确实这个投资不算什么。

而且以大博大，如果说一万元投资，一年能赚到一千万，或许别人不信，但是八十万的投资在一年内赚到一千万，还是有几分可信度的。

小谢满脸地羡慕，就冲动着想上前认筹一份，却被刘总制止了，因为她现在还没有资格认筹，需要等到下一次被通知参加认筹会。

小谢脸上充满了遗憾道：“也好，我再和我爸沟通下，下次尽量认筹四份，能够更快达到目标。”

刘总闻言微微一笑。

整个认筹会，小谢暗中估算了一下，认筹金额居然达到了千万！

这仅仅只是一场认筹会。按照刘总的说法，这种认筹会每个星期都会举办一两次！

整个调查过程到了这里，小谢完全可以判断，这是一个模式新颖且金额极为巨大的新型传销模式！

这种洗脑的方式和她之前接触的完全不一样，整个过程用最高档次的接待和最高档次的规格，打消别人的疑虑，最终再用国家政策等说辞，让陷入传销洗脑陷阱的人相信这是一次国家鼓励私人投资、私人受益的机会。

但小谢始终参不透的是，这个过程毕竟谈不上没有破绽，头脑清醒的人还是可以找到种种不对劲之处，为什么这些人一到认筹会上就各个如同冲昏了头脑，不管不顾地将几十万就丢了出去呢？

一直到数天之后，发生了一件极为紧急的事件，让原本就有怀疑的小谢彻底地明白过来。

而这个事件，也让这个传销团伙彻底走向了灭亡！

- 7 -

细算起来，小谢已经在这个城市待了半个多月，生活过得很充实。

这将近半个多月的时间，除了每天和严婉学习项目知识，去同事家里串门之外，有一件事情是小谢感觉最幸福的。

工作之余，刘总总是会找时间陪小谢，人工湖里划划船、高档餐厅吃吃西餐、电影院看看电影之类，两人感情迅速升温，甚至到了一日不见如隔三秋的程度。

当然，除了感情之外，两个人也经常会聊聊项目。在刘总的描述中，分公司最多半年之后就可以落成，他已经内定为分公司的老总，到时调过去，需要带几个助手。而这几个助手的级别最少需要钻石级以上。

刘总遗憾地说：“可惜了，如果你早点入行就好了，升到钻石级就可以和我一起去开辟我们自己的事业，一年时间升级到钻石级还是有可能，但是现在只剩下半年时间，要想从白银级别升级到钻石级几乎不可能。”

小谢好奇道：“从白银级别升级到钻石级很难，那我可以直接从翡翠级别开始啊，就像上次认筹会一样，不是有人认筹了十一份嘛，我也可以直接认筹十一份，从翡翠级开始是不是半年就有机会上钻石了？”

刘总脸上一股难以察觉的喜色一闪即逝，道：“直接从翡翠级升到钻石级半年肯定没问题，但两百多万可不是一个小数目，伯父不会同意认筹这么多吧。这钱毕竟不是小数目，一定要考虑清楚，而且要征得伯父的同意。”

小谢满是自信道：“放心了！我爸就我一个女儿，我会想办法让他答应的。等我认筹十一份，半年之后就能出局升老总了，说不定还有赚到一个亿的机会，这也是一笔很划算的投资啊！而且这份投资不只是为了我自己，也是为了我们！”

这是略显含蓄的小谢第一次在刘总面前表达出自己的爱意。

刘总看着小谢，满眼柔情。

待小谢确定了有入行的意向之后，严婉空闲的时间似乎就多了起来，经常带着小谢去一些同事家里走动。其中有几个就是小谢在“认筹会”上见到的分享自己经历的老员工，这些老员工无一例外都是翡翠级以上。

这些老员工入行的认筹额度都比较高。

在和这些老员工的聊天过程中，严婉的神情满是羡慕，说自己最开始只认筹了一份，是最大的错误，小谢坚定自己要认筹多份的想法。

小谢在和严婉独处的时候，装作不经意间想起了认筹一事，便问道：“严姐，我听我姐说你是研究生毕业，而且姐夫学历也很高，工作也不错，这么好的项目怎么不多认筹几份？对了，你一个人在这里做这个项目，怎么不叫上姐夫一起来呢，分居两地多不好啊。”

严婉没想到小谢有此一问，过了半晌道：“以前的事情不提了。结婚后我想得太简单，一心想做全职太太没有上班，后来才发现女人没有自己的事业真的不行。你姐夫是事业单位的，他也想要和我一起来做这个项目，但是你也知道事业单位离职不方便。看明年吧，明年可能他也会来和我一起做这个项目。”

严婉话锋一转道：“小谢啊，这次的机会一定要把握好，女人有了自己的事业，才能掌握自己的命运。”

小谢若有所悟，感激地说道：“谢谢严姐，这么好的机会，我一定把握住。”

感激之余，小谢仿佛想到了什么道：“严姐，我听我姐说你前段时间好像怀孕了？看来不对啊，难道是她记错了？”

严婉一下子紧张起来道：“没有啊，你听谁说的？肯定是她记错了。”

小谢忙道：“严姐，不好意思，可能是我听错了，我姐说的可能是另外一个朋友。”

严婉连忙“哦”了一声，转过头去。

看来严婉连自己怀孕的事情都一直在隐瞒，这其中一定有什么不可告人的秘密。

数天之后，上文提过的紧急事件就发生了，让小谢差点亲身体会到这个不可告人的秘密。

而这个极为紧急的事件，却发生在一个既浪漫又温馨的晚上。

当天上午，严婉告诉小谢一个消息：刘总的生日，就在当天。

小谢满心欢喜，想着给“情郎”一个生日的惊喜，却不知道如何安排最好。

严婉给她出了一个绝佳的主意。

其他地方可能起不到惊喜的效果，场地最好选在严婉家里。她还建议小谢先提前将房间布置得非常温馨浪漫，再由小谢亲手准备好一桌刘总最喜欢吃的饭菜，再准备一点小礼物。

而严婉在刘总下班之后，以工作的名义将刘总约到家里，然后再悄悄离开，让小谢给刘总一个惊喜，来一个两人的烛光晚餐。

爱人吃着自己亲手做的饭菜，品着美味的红酒，说着温软的情话。这场景，想起来都极为浪漫。

小谢幸福得无以复加，这种场景只有在电视剧里的情节中才能看到，而且那只是啤酒加炸鸡，远远比不上自己所准备的大餐加爱心生日礼物。

在严婉的帮助下，小谢将房间用气球加彩带布置得极为温馨，又准备好了礼物。一想到当天会和情郎在这里度过一个温馨又浪漫的晚上，小谢就满脸幸福。

当天晚上，一切准备就绪。小谢在家里幸福地等着，越来越趋近约定的时间，小谢脸上的笑意就越来越浓。

终于，约定的时间到了。

小谢听到楼道里传来两个人的对话声。

“小谢还没有回来，好像是来了一个大学同学叫她出去玩了。不过刘总你放心吧，对方是一个女孩子。”

“是吗？我今天……算了，没什么，我应该早和她说的。”刘总的声音中透出浓浓的失望之色。

“刘总，您是要找小谢有事吗？”

“没什么事。我们先谈工作吧，你一下班就急匆匆地约我过来，肯定有什么重要的事情。”

“就是一些项目上的事情需要请教，我们进去再聊吧。”

门外传来了开门声，躲在门口的小谢骤然紧张起来，心如鹿撞。

随着钥匙转动的声音，门，开了！

小谢几乎在门开的同时按下了早就设置好的音乐开关，一阵悦耳的生日快乐歌响起，她手上捧着一束鲜花，面色含羞地迎向刘总，嘴里跟着音乐哼着生日快乐歌。

刘总被眼前的一幕震惊到了，满脸的狂喜。眼前的一切让他明白这是严婉和小谢给他制造的生日惊喜。

幸福感和满足感爆棚的刘总，上前一把抱住小谢，连声道：“亲爱的，这是我一生中最惊喜的时刻，太感谢你了！”

而严婉，则满脸含笑地退了出去，将空间留给了这对热恋中的俊男美女。

接下来的细节无需多言，当然小谢也没有跟我描述太多。每当我一问起她那天的烛光晚餐滋味到底如何，她总是神神秘秘道：“当然幸福了，有美食、有美酒、还有象征爱情的烛光，更重要的是还有长腿欧巴，那真是幸福无比。建议你去看看那些电视剧，比起那些温馨的爱情场景一点也不逊色。而且人家又帅气、又绅士，总比和你去吃个西餐还要和我抢哈密瓜的好上一万倍。”

这时候我就会哈哈一笑，刺激她一下：“既然长腿欧巴这么好，你怎么不和他继续发展下去？现实中大部分都是我这种个子不高、人长得马马虎虎的平民百姓，很难入你的眼，下次再遇到这么好的又帅气、又绅士的男人，一定要把握住，千万不要再发生那天晚上的事情了，你等于是亲手断送了自己下半辈子的幸福啊。”

小谢这时候只能朝我翻翻白眼，表示无声地抗议。

那天晚上发生的事情小谢偶尔提起来依旧激动不已，对于她新手“葬送了自己下半辈子的幸福”一事丝毫没有悔意。

让我们回到整件事情最惊心动魄的那天夜晚。

烛光晚餐在小谢和刘总含情脉脉的对视中进行着，两个人有说不完的话。一瓶红酒下肚，小谢就有点迷糊起来，不但红酒醉人、爱情也能醉人。

小谢咯咯笑着，可爱的脸上布满了红晕，不知道是酒精的麻醉还是爱情的滋润，看起来就如同一颗盛放的花蕾。

另一瓶红酒下肚，不盛酒力的小谢终于撑不住了，她虽然对刘总说着一些情话，身子却不由自主地往下滑。

刘总也是酒力上头，还好他酒量尚可。见小谢这个样子，连忙将她扶回了房间休息。

将半醉半醒的小谢扶上了床后，刘总细心地给小谢脱了鞋袜和外套，盖上被子，动作极为温柔，让小谢感受到强烈的幸福感。

“太晚了，严经理看来今天是不回来了。”刘总贴心道，“回去我又不放心你，我今天就干脆住在客厅吧。”

小谢感激地看了刘总一眼，醉意一来，瞬间进入了梦乡。

时间一分一分地过去。很快到了午夜时分，小谢突然感觉浑身燥热，整个人像脱了水一样极为难受，在梦里她找到一个水井，打上一大桶水在喝着，但是越喝越渴，越渴浑身越燥热。

这时候，黑暗中一个人影，从客厅的沙发上偷偷站起身来，摸到了小谢的床边。

睡梦中的小谢这时候正被燥热折磨得在床上哼哼着，黑影嘿嘿一笑，三两下脱光自己的衣服，猛地扑了上去！

- 8 -

睡梦中的小谢正躺在床上哼哼，却有一个黑影从客厅摸进她的床边，脱光自己的衣服，猛地朝她扑了上去！

这黑影接近了小谢，狞笑着正要行龌龊之事时，却感觉到被子突然被掀开，接着肚子上一阵剧烈的疼痛感传来，使他蜷缩着身子、完全直不起腰来！

黑影惊讶万分地发现，原本已经处于酒醉昏迷状态的小谢，居然一个鱼跃从床上跳起！

他这才反应过来，刚才击中他肚子让他直不起腰的，正是小谢！

小谢随手打开灯，灯光下一个裸男正蜷缩着身体抱着肚子，目瞪口呆地看着她。这个人别说只是脱了衣服，就是化成灰估计小谢都认得。

此裸男正是几个小时之前在浪漫的烛光下，信誓旦旦地要爱她一辈子的刘总！

刘总扯过被子遮住羞处，捂着肚子痛得直哼哼，面红耳赤地说道：“亲爱的，我错了。我喝多了一时冲动，下次绝对不会了。”

小谢轻蔑一笑，没有接过话茬，拿起手机说了一句让刘总胆战心惊的话：“×××，该收网了！”

刘总大惊失色，结结巴巴道：“你……你到底是什么人？”

“我是什么人，你还猜不到，你这皇冠级不是白混了？”

刘总闻言彻底明白过来，浑身颤抖不已，瘫倒在床上。数分钟之后，从门外跑进来两个警员，将刘总抓了起来。

同一时刻，在这个城市的各个角落，都有不同的人被抓捕，其中就包括睡在某个同事家里的严婉。

整个抓捕的过程在数小时内就彻底结束了。第二天这个城市的看守所里塞满了这家公司的人，而这个事件也随着小谢只看到过照片却一直没有见过真人的神秘武董事长被抓捕，宣告彻底终结。

整个事件结束得非常迅速，可以说是以迅雷不及掩耳之势。不但各位朋友不明白，就连我当时听小谢亲口诉说都觉得如同坠入云山雾海之中。

还好随后小谢告诉了警方的一些布局，这里我选一些可以透露的来告诉大家吧。

实际上在小谢来到之后的第二天，就有两个同事也跟着来到了这个城市，一男一女，男的负责前往当地警局沟通具体计划，而女的，也以另外一个公司员工邀请的名义，和小谢一样打入了这个公司的内部。当然，小谢在行动中一直没有见过这个同事，因为这个传销公司做事非常谨慎，将这些“客户”都特意分开，就是为了方便洗脑，免得人多在一起会相互干扰。

两个人互相通气之余，也会总结遇到的种种疑点让外部埋伏的同事去调查，比如高规格的接待、这个公司的真正情况、具体的方式和他们宣传的手段等。

从一开始，小谢和她的同事就感觉到了不一样，因为另外一个同事也受到了高规格的接待，同样是豪车、高档酒店、二千余元的西餐、帅哥的全程接待。

这样的投入非常之大，而且公司在表面上看也确实非常上规模，但是实际情况如何呢？

调查之后，传回的消息让小谢大吃一惊！

当时的疑点，除了上文提到过的高规格接待之外，还有很多：

为什么这个城市的书报亭都摆满了《民间资本富中国》《赢在资本》《资本游戏》等有关传销的金融类书籍？

为什么电视机里随时都有关于公司的宣传片？

为什么连一个酒店服务员都对这个公司这么了解又这么羡慕？

为什么会有大领导经常来视察？

为什么小谢到的那天还可以看到大领导离去的车队？

为什么这个公司的规模比起那些上市大公司一点不逊色，连办公楼都包下了十几层？

经过调查之后才发现，这所有的一切全部都是假象！

原来，豪车是租的。

西餐的实际价格只有两百元左右，是这个公司串通了西餐店，只要是他们带人来吃西餐，就额外多收了十倍的钱，之后再退回。

而书报亭，是这个公司付了钱将书摆放在那里，给别人营造一种资本运作在这个城市大行其道的假象。

电视机里，是这个公司在小城市的地方台专门定了一个时间段播放他们的宣传片，这个酒店的服务员也是事先串通好的，只要一到那个时间，就会以给客户送点心为借口进入房间，在和客户的闲聊中，诱导客户打开电视机去看宣传片。一个小地方电视台上午时间段的广告费很低，但这样却可以极大地加深公司在客户中的正面形象。

而这个服务员言语中也会对公司大有好感，让客户觉得这个公司是真正有实力，无人不知、无人不晓。

最大的骗局就是公司，负责调查的警员传回的消息让小谢大吃一惊！

原来这个公司在整栋大楼里，只租了严婉办公室所在的那几间，而文斌带小谢去参观的，只是另外一个公司所租赁的办公区域。且在这几间办公室里，分不同时段会成为不同人的办公室，接待完全不一样的客户。

难怪那天在公司参观的整个过程都行色匆匆，而且感觉文斌和同事之间并没有交流，原来他们根本就不是一个公司的！

而小谢看到的大领导照片则是找电脑高手合成的。

至于领导的车队，也是租的车子，故意让客户看到，为了在她们的心里造成一个公司规模非常大，领导特别支持的假象。

整个事件唯一没有造假的，只有酒店的价格数百元没有变，因为酒店的价格非常透明，不方便造假。而除了第一天接待客户是住在酒店之外，其他时间都和小谢一样是住在某个引荐人的家里，几乎没有花费。

也就是说，接待一个客户，公司的花费在两千元左右，而比起客户投资后最低二十余万的认筹额度来说，只能算九牛一毛。

至于认筹会上踊跃认筹的场面，也是假的，真正的客户只有那几个帅气男员工陪着的女人，其他人都是演员。也就是说，那一场认筹会，真正收入的是那几个女人认筹的数百万元，不过那也是一个足够庞大的数字了。

这样的把戏，不但完全打消了客户脑海里对传销的疑虑，更能提升公司的档次，给客户营造一种假象，使得接下来对客户的洗脑更为轻松和成功。

- 9 -

听小谢说到这里，我恍然大悟。难怪小谢只有第二天才去公司参观了一小时，难怪文斌故意说上午有领导临时视察，为的就是压缩时间，既可以加快参观的速度不至于让小谢有停留下来和其他人交流的时间，也让小谢没有工夫去转完整个“公司”，更可以加深公司在小谢脑海里领导重视的假象，真是一石三鸟啊！

整个过程文斌不离左右，只让她看一些想让她看到的东西。

之后的日子，只要小谢一提出想去公司看看，严婉就以“公司有规定参观的话必须预约，而且人数太多参观一次之后下次不一定能确定什么时间”来敷衍。

包括当时小谢住的酒店远离大楼，就是为了防止她心血来潮前往大楼询问，虽然这种可能性很小，而且小谢外出都会有人暗中关注。这家公司这样精细的安排，让人不得不佩服这些骗子的谨慎和专业。

掌握了这些证据之后，可以确定这是一个新型的名义是传销、实质是诈骗的团伙。

数天前，刘总带小谢参与了那个认筹会之后，警方就决定收网。但当时尚有一些疑问，警方经过调查发现，被骗的都是女性，年纪不是很大，而且金额都比较多。

就连严婉这种家境不是很好的都四处借钱凑够了二十余万来投资，其中一定有什么隐情。

包括严婉为什么在怀孕之后才来到这里做项目？导致她怀孕的是谁？她为什么会将孩子打掉？

还有一个非常不寻常的疑点，为什么这个诈骗团伙的成员都是年轻帅哥，就连小谢看到的照片上的董事长都是英武非凡？

警方敏锐地感觉到这其中一定有更邪恶的内幕。

当时小谢和另外一个女同事也发现了种种蛛丝马迹，商量过后决定延长调查时间，一直到其中一天查清楚所有的疑点，再真正收紧这张天罗地网！

果然，几天之后，这个收网的时机就来了。

严婉告诉小谢说刘总生日的当时，小谢就知道大戏马上开场，因为刘总的个人信息早在她刚接触不久就全部拿到了手里。

她知道，刘总的生日根本不是严婉所说的日子，那么唯一的可能就是，刘总按捺不住，他开始行动了！

严婉所出的“绝妙的主意”，加上之前所经历的种种不同寻常的事件，让小谢猜到了晚上会发生什么，也猜到了这个传销诈骗团伙是用什么样的方式给这些客户上了最后一道“紧箍咒”，让她们就范的。

说到这里想必大家也已经猜到了，这个诈骗团伙，用的正是“男色”！

一方面用高规格的招待和公司的宣传加深这些女性的印象，另一方面安排帅哥对其全程接待和陪同，并在进展的过程中，根据客户的不同喜好和心理，找一个她最心仪的对象，让她陷入“爱的陷阱”。

当一个女人心灵和肉体对一个男人完全信任的时候，那么男人让她做任何事情，都心甘情愿！何况是要她拿区区几十万在一两年之内赚取一千万这种“天上掉馅饼”的好事呢？

小谢到的第一天，公司就安排了文斌这个“邻家男孩”形象的帅哥来接待，就是为了试探小谢是不是喜欢这种类型，如果喜欢的话，刘总就不会出现了。

但是小谢的表现只是对其有好感，没有什么迷恋之色。

而到了严婉家里，小谢看到了董事长的照片，眼睛里那抹亮光让严婉“捕捉到了”小谢心仪的类型，马上安排一个和她年龄相仿事业有成的对象，这个人就是刘总。

果然，小谢一步一步陷入刘总的“温柔陷阱”里。

万一小谢对刘总不感冒，还会有其他类型的男性出面，比如大叔型、野蛮型等，无一例外都是帅哥。

总之，必定会让这些女客户从中间挑一款自己喜欢的类型，陷入他们精心编制的温柔陷阱！

到了最后，就会找到借口，像刘总和小谢一样，创造出一个精心准备的浪漫之夜，两个人自然而然地发生一些“浪漫”的事情。

这个“浪漫”事情的背后，却隐藏着无比的邪恶目的！

如果小谢当天晚上就范了，而她的家庭条件又和她假扮的一样，那么接下来的事情必然是和“情郎”如胶似漆，想办法找家里要钱，完全有投入十一份达到两百余万的可能！

就算小谢不就范，暗藏在房间里的红外摄像机，也会拍下整个过程，事后以传播视频为要挟手段，不怕她不就范。

而且在酒里添加了迷幻药，如果不是小谢这样接受了极强的专业训练，又提前做好了准备的话，怎么可能逃脱的了这样的陷阱？

我听到这里，终于明白这个传销团伙真正的罪恶手段！

也彻底明白了严婉为什么会陷入其中而无法自拔。

看来她必然是把持不住和团伙里面的人发生了关系，不管事后是自愿的还是被迫的，总之她成了帮凶，去欺骗更多的人。

至于她的孩子，自然是打掉了。和一个没有爱情只有利益的男人发生关系怀上的孩子，严婉怎么可能会让他降于世间？

当然话说回来，如果小谢这次真能认筹十一份，严婉的报酬也自然不菲，甚至会超过她的投入。

这正是这种模式最可怕的地方，先是迷糊一个人的神智，然后攻陷他（她）

的心理，一旦入行再给他（她）巨大的好处，这样的方式几乎没有人能够逃脱其魔爪！

整个事件，到这里就算是落幕了。

真相已经尽数而出，只有几个小问题还没有解释完全：

严婉为什么会走上这条不归路，她到底经历了什么？

为什么这个传销团伙会云集这么多帅哥，那个武董到底是何方神圣？

这个传销模式产生的原因和现在还有没有类似的情况？

- 10 -

小谢后来跟我说，她卧底调查的次数不算少，那次卧底传销公司给她的印象极为深刻，可以说这个公司是在利用传销的模式行诈骗之实，是一个完完全全的诈骗团伙。

而且采用的手段极为罕见，从一开始推荐人打电话，就已经开始洗脑了，潜意识中让受害者慢慢被她们带入一个通过种种手段营造的虚幻场景里面。

一开始，严婉和小谢第一次的通话，就故意中断电话，许久不接，实际上就是在营造这种气氛，吊小谢的胃口，让她产生了解严婉所从事项目的兴趣。

接着，从踏入这个城市开始，小谢所看到的、所了解的一切，全部在严婉等人的掌控中。当然这也和这种传销金额标的很高密不可分。如果是普通传销，一个人集资几千上万元就到头了，这样稠密的安排就会得不偿失。

最后，居然为了让受害者认筹更多的股份，居然采取了感情欺诈这种匪夷所思的方式，可以说无耻程度是小谢生平见所未见的。

除了这个传销公司的手段让人痛恨之外，诸如严婉此类受害者最终的表现也很让人痛心。

据严婉家人和亲友交代，她本是一个非常善良的人，性格一直比较柔弱胆小，结婚后因为丈夫工作忙，牺牲事业一心在家，照顾家庭，只可惜丈夫运气不好，工作出现了重大事故，导致失去了晋升的机会，后来投资股票，又将家产败落一空。

案件侦破后，据严婉自己交代，即使在丈夫最落魄的时候，严婉也从来没有离开他的想法，只是一心想着找一份事业帮助丈夫撑起这个家庭。这一定也得到了她丈夫本人的证实。

在夫妻俩想着努力走出困境的时候，她的一个亲戚给她打了一个电话，完全改变了她的人生轨迹。

给她打电话的亲戚是她的一个远房表妹。

这个表妹在她的家族中风评并不好，因为很小的时候，这个表妹的父母就离异，导致她无人管教，去了南方某城市打工。

表妹没有文化、没有能力，单凭着一张漂亮脸蛋，却在那个城市混得风生水起。至于从事什么行业，亲戚们都心里有数。

最开始严婉是不屑于和她这个表妹打交道的，最多过年见了面客气两句。但是后来南方某市严打，表妹从事的行业很难混，于是她改了行。

严婉加过这个表妹的微信，在朋友圈里面这个表妹会发很多新行业的照片和介绍，没有任何关于传销的内容，只是强调自己运气好遇到了贵人，带她进入了一个新的好行业。

对于这一点严婉是相信的，因为表妹能说会道，又长得漂亮，而且她之前从事的行业确实可以遇到形形色色的很多行业的精英人士，有一个大老板看上她，带她跳出原来那个圈子也有很大的可能。

表妹偶尔也会和她聊聊天，说说工作中遇到的趣事。这样一来二去，让严婉对这个表妹产生了信任。

不是有句古话：浪子回头金不换吗？

严婉觉得浪女只要回头同样也值得去尊重。

所以半年前当严婉接到表妹的邀请到她的公司去考察的时候，她基本上没有怀疑，因为在她的内心已经对表妹的公司产生了信任度。

到了这个城市后，就像小谢一样，严婉眼里看到的、听到的都是这个表妹联合公司内部人员给她展示的假象，而她不像小谢一样已经超出物外将这整个骗局看得通通透透，所以她上当受骗也几乎成了定局。

之后表妹介绍了一个成功人士给严婉认识，而这个成功人士，正是公司的董事长——武董。

至于这个武姓董事长，我没有见过本人，但听小谢描述过，年纪大概四十岁左右，看起来却只有三十出头，身材高大有将近一米九，长得剑眉星目英武非凡，比之任何一个电影明显都不逊色。

而他原本从事的职业，也让我彻底明白了为什么这个公司会有这么多英俊的帅哥，而且还有严婉表妹这种美女。

原来这个武董，早在十几年前就在南方某城市从事“牛郎”这个职业！

武董这个人很有头脑，入行几年之后就当了头目，手下有一群俊男美女，他的任务就是联系一些娱乐场所，收收提成，日子过得优哉游哉。

好日子没过多少年，前几年南方某市严打，搞得他焦头烂额，但如果就这样收手，他又很不甘心，自己年纪还只有四十，正是奔“事业”的时候。

武董和团队里另外一个管理层一商量，决定参照邻省某市流行的“1040 阳光工程[①]”，自己创造一个传销模式出来。

而地方就定在自己老家所在省份的某市，也就是案发地。

当时武董定好模式，召集团队人员一开会，除了极少数人不同意之外，其他俊男美女都厌倦了那种“三天一小严打，五天一大严打”的生活，纷纷表示同意。

于是，武董便带着一帮人马来到这里，利用手头的资金开始布局，从自己的亲友开始，进行第一波的传销诈骗。

第一波的诈骗结果出奇的好，短短一个月时间团队就有数百万进账，远远超过之前从事“不道德行业”的收入。

于是这个团队马上在全市进行布局，而且细分为许多组别，进行第二波披着传销外衣的诈骗。

而严婉，正是第二波受害者之一。

至于小谢，已经是他们诈骗的许多许多批了。

实际上这个诈骗团伙一开始是男女通吃，毕竟团队里既有刘总这样的型男，也有严婉表妹这样的靓女，后来发现女性远远比男的更容易上钩，就将主要的精力放在了女性身上。

---

① 1040 阳光工程，其活动方式明显符合拉人头、交纳会员、发展下线牟取非法利益的特征，被确认为传销活动。

这个“全国连锁”的传销组织，从 2007 年开始，在南宁、武汉、合肥、贵阳等地就有这个组织的成员在活动，甚至还建了个官方网站。

他们“忽悠”人的核心理念就是发展下线，刚加入的成员需要缴纳 69800 元“会费”，之后就要不断地发展“业务员”，只要“业务员”业绩优良，就能“空手套白狼”，最终赚到 1040 万元，故“1040 阳光工程”也因此得名。

因为女性一旦陷入感情陷阱，做起事来远远比男人更为疯狂。

实际上这正是女性的可爱可赞之处，能够为了爱情全身心的付出，但这一点却被武董这群犯罪分子无耻地利用起来，可气、可恨又可叹！

严婉当时被表妹电话约来，或许是她年纪的原因，安排了年轻的小伙子没有赢得她的好感，所以表妹只好将武董搬了出来。武董这个人风趣幽默，又知识渊博，更重要的是事业很成功，正是严婉最中意的对象，但严婉始终严守妇道，只是和武董保持了朋友的关系，没有越雷池一步。

时间一久，表妹就没有耐心了，安排了一个严婉和武董单独相处的场合，最终在武董的半强迫下，严婉和其发生了关系。发生关系之后，武董开始极为精彩地表演，说“自己晕头了，做了对不起严婉的事情”等，待严婉原谅武董之后，他又马上用尽种种方式表态自己一定会对严婉负责，只要严婉离婚，他一定会对她好一辈子。严婉性子本就柔弱，加上又对武董有很深的好感，很轻易就相信他了，而男女一旦发生关系，有了一次，就会有第二次、第三次。

之后，武董就要求严婉也来投资这个项目，严婉坦白说自己家里没这么多钱。这个时候武董和严婉表妹却大吃一惊，原来在严婉表妹看来，自己的这个表姐这么高的学历都在家当全职太太，一定非常有钱，而且严婉在和她的聊天中从来没有透出过自己家境的窘迫，所以一直以来她误以为严婉是富家太太。这也是她主动邀约严婉来考察的原因。

知道严婉没钱之后，武董和表妹自然就疏远她了，他们认为，有这工夫不如花到更有价值的“客户”身上去。

严婉也意识到了什么，无奈地回家了。

回家不久，严婉就发现自己怀了孕，丈夫很是高兴，让她在家养胎，但窘迫的生活一点也没有改变。

在孩子到了可以亲子鉴定的月份，心中有点担忧的严婉做了鉴定之后确定不是丈夫的孩子，再加上厌倦了现在的生活，她便义无反顾地背着丈夫找亲友借满了二十余万，到了这个城市找武董加入公司。

一个女人抛弃家庭来找自己，而且带了认筹的钱，武董没有理由拒绝。在和严婉详谈之后，又观察了她一段时间，武董决定将严婉拉入自己的核心团队，毕竟团队里除了俊男美女之外也需要一些像严婉这样的人。

当然除了严婉之外，只要是认筹了的客户，绝大部分都会死心塌地地加入公司，想方设法地为公司拉人头，只是不会像严婉这样有机会接触到核心人员而已。

小谢是严婉第一个正儿八经的客户，就在严婉以为自己终于拉进一个大客户，能够赚到人生第一桶金而沾沾自喜的时候，就锒铛入狱了。

后来经过调查，短短的一年时间内这个犯罪团队就诱骗了大量女性，涉案金额近亿元！

事件的最终结局当然是整个团伙覆灭，所有涉案人员都受到了法律的严惩，尤其是武董等几个首要分子更是被重判。

整个事件，就这样落幕了，留给我的除了震惊，还有叹息。

震惊的是，这个传销团伙匪夷所思的传销模式，这样缜密的计划用在攻陷一个女人的身心上可以说是不费吹灰之力。

叹息的则是，像严婉这样的人，原本一个善良、柔弱的女性，而且还是一个高学历的人，在经历了生活的挫折和感情的诱骗之后，即使明白自己将要步入的是一条罪恶的道路却义无反顾，实在让人无法理解。

是该说武董等人洗脑太成功呢，还是严婉本人明辨是非的能力太薄弱？

每个人都有自己的命运，或许会遇到许多苦难和不如意，但我们一定要学会承受，学会担当，学会在泪水中直立自己的灵魂。

生活从来都是波澜起伏的，命运从来都是峰回路转的，正因为有了曲折和故事，我们的生命才更精彩。

人生是一首包罗万象的歌，每天唱不完的是喜怒哀乐，而命运，恰如旋律般起起落落。

若想谱写出优美动听的歌谣，切记珍惜你现在所拥有的，千万不要被欲望支配了你的灵魂。

有一句俗话说得好：不经历风雨，怎能见彩虹？

人生也是如此。

千秋家国梦

- 1 -

十余年前，在我还没有大学毕业的时候，我们省内的富人圈子流传出这样一个传闻：某一个富家女，父亲尸骨未寒，就单方面解除了父亲生前定好的一桩婚约，和前男友双宿双飞了。

当时的舆论对此事褒贬不一，有的说这个女子太过不孝，太过绝情，父亲刚刚过世就悔掉了父亲生前定下的婚事。

也有的说这个女子敢爱敢恨，为了安抚生病的父亲，同意和自己不爱的人结婚是为孝，父亲过世后去寻找自己的真爱是为诚，如此又孝顺又真诚的女子，其行为值得大家夸赞。

更多的人则默默关注，静观其变。当然也免不了有些人暗中看笑话，想看看被悔婚的一方会做出什么过激的举动。

最终的结局却让这些暗中看笑话的人失望了。被悔婚的一方非常克制，只是安排人取走了订婚时赠予的房产和车子，再没有其他动静。而这个女子在数年后也遂了心愿，嫁给了她情根深种、历经波折才复合的前男友。

虽然这个前男友家境一般，但她很幸福。经历过真正爱情的人都知道，精神的愉悦是再多的钱财也买不回来的，更何况父亲给她留下的财产已经是她几十辈子都花不完的了。

这个传闻也流传到了我们中心。当然，我知道这个传闻的时候已经是后来的事情了。

数年前的一天，我和杨姐都在外地出差，涛哥正在接待客户，忽然听到了敲门声。

涛哥知道一定是紧急的事情，否则不会有人在自己接待客户的时候前去打搅，便道了声“请进”。两个人推门而入，前面的是小彭，跟在小彭后面的则是一位面容姣好、仪态端庄的中年女性，脸上布满了焦急之色。

小彭满是歉意地对涛哥道：“涛医生，这位大姐的意思是今天就要出结果，本来预约的是中午，她说恐怕等不了，希望能提前做加急鉴定，下班之前出结果的那种。我查了下今天只有你预约的客户会晚到半小时，所以带她过来看下你方不方便。”涛哥抬头看了一眼，对小彭道：“那好吧，我这边大概十分钟左右忙完，请你带这位大姐出去稍等一下。”

中年女性得到肯定的答复后，道了声谢，便仪态端庄地走出了门。整个过程虽短，但是用涛哥的话来说，他在这位女性身上居然感觉出一种和旁人不一样的味道，那种味道只能用雍容华贵来形容。如果一定要找一个参照人物的话，《甄嬛传》里后期的甄嬛和她有相同的气质。

涛哥送走了客户，稍稍休息，顺便等中年女性客户的到来。

数分钟后，中年女性走进涛哥的办公室，和涛哥交谈起来。期间，她的一举一动、一颦一笑都说明她的出身极不简单，那是一种只有影视剧里才能看到的真正豪门贵族的感觉。

但这只不过是涛哥对她的观感而已，真正让涛哥吃惊是她来做鉴定的目的。

那位中年女性告诉涛哥，她姓华，这次来是为了鉴定她的外孙是不是她女儿的亲生骨肉！

到我们中心来鉴定的女性很少，尤其是鉴定自己和孩子是否有血缘关系的更少。

因为作为女性，自己的孩子从出生开始就与自己朝夕相处，即使不能确定父亲是谁，至少也能保证是自己亲生的。

难道她女儿精神方面有问题？但这次涛哥试探性地问了华大姐，华大姐虽然闻言有些不悦，但依旧冷静，斩钉截铁地告诉涛哥，她的女儿没有任何精神问题，只是出于某种原因想鉴定一下，知道结果就行了。

涛哥也自知失言，连声道歉，便带着华大姐走流程去了。

鉴定结果证实孩子确实是华大姐女儿亲生的。

华大姐喜笑颜开道："这下我和璇璇（化名）就放心了，有了这个结果，免得她整日胡思乱想，谢谢您，涛医生。万一我女儿打电话来询问，麻烦您将实情告诉她，这样她就不再疑神疑鬼，反而会安心点。"

鉴于委托人的这种请求不违反任何规定，涛哥连忙答应，并满脸微笑地送走了华大姐。他内心极为困惑，总觉得其中一定有什么非同寻常的隐情，但当事人不愿透露，涛哥也不便多问。

第二天，涛哥接到了一个陌生的电话，电话里是一个年轻女性的声音，想要询问前一天的鉴定结果。

涛哥认真核对之后，证实这个女性正是华大姐的女儿，便将鉴定结果详细告知。

此后的一段时间没有任何消息，涛哥本以为此事就这样过去了。没想到数月之后，涛哥的办公室又来了两个人，他这才知道事件果然和他预料的一样极其不简单，背后有着非同寻常的隐情。

来的两个人都是女性，其中一个看起来很年轻，算不上漂亮，但气质极佳，整个人的谈吐让涛哥如沐春风。但无论她如何故作自然，神情中那一丝忧虑和病态却始终隐藏不住，在经验丰富的涛哥眼里更是无所遁形。

另一个年纪稍大一些的，和年轻的应该是姑侄关系，因为年轻女性始终叫她"姑姑"。

年轻女性介绍自己姓金，单名一个璇字（化名），这次和姑姑一起过来是为了鉴定孩子是不是自己的。

涛哥听完她的介绍，马上警觉起来。他盯着金璇看了许久，没有说话，内心却不由自主地翻腾起来。

金璇知道涛哥心里在想什么，稍稍犹豫了一下，道："涛医生，我们几个月之前联系过的，您当时电话里提到的华大姐是我母亲。"

金璇告诉涛哥，她这次来的目的和上次母亲来的目的一样，都是为了鉴定孩子是不是自己亲生的。至于自己怀疑的原因，她依旧没有透露。

涛哥满怀狐疑地带着姑侄俩走完了流程，并现场对金璇取了样，做了加急鉴定。

当天下午，看到鉴定结果的那一刻，不但金璇当场痛哭，涛哥也大吃一惊，因为结果是不匹配，金璇不是孩子的亲生母亲！

金璇当场就崩溃了，瘫倒在姑姑怀里，哭着问姑姑自己的孩子在哪里，养了这么多年的孩子居然不是自己的。这到底是怎么回事？

金璇的姑姑也茫然无助，只会用苍白的语言安慰金璇。

金璇的姑姑用求助似的眼神看着涛哥，涛哥见状只能出面，说了一些毫无营养的话。不是他不愿意帮忙，而是这种情况他此前也几乎没有遇到过，没有任何参照的办法可循。

涛哥思索半晌，提出了一些可能：是不是孩子取样取错了？是不是基因变异了？是不是出生的时候在医院里抱错了孩子？

这些理由连他自己都不相信，但金璇仿佛溺水的人抓住了一根救命稻草一般，一边询问涛哥何谓基因变异，一边讲出了自己怀疑的原因，希望涛哥能帮她分析分析。

原来，她早在数月前给孩子做体检时突然发现孩子的血型和她的血型不匹配。

当时惊慌失措的她询问了自己的私人医生，私人医生委婉地建议她到亲子鉴定中心查一下。

得知此事的华大姐也提出要带着孩子到鉴定中心鉴定。当时金璇的精神太过激动，华大姐就给我们打电话询问了具体情况，并让私人医生根据我们的要求取了样，带着检材来鉴定。

鉴定的结果是匹配。

金璇亲自打电话询问，涛哥也证实了结果确实是匹配。之后再询问私人医生，私人医生也表示亲子鉴定的结果是最权威的，血型或许有变异的可能，要金璇不要太担心。

金璇虽然一时放下心来，但之后免不了去查一些资料，却发现所谓血型变异的可能性实在微乎其微，不可能那么巧正好发生在自己和孩子的身上。

于是，她再次来到我们中心做鉴定，如果这次的鉴定结果还是匹配，那么就基本可以确定是血型变异了。

然而结果却让她崩溃了。

- 2 -

当金璇询问涛哥基因变异与血型的关系的时候，涛哥也不知道如何回答才好。

DNA 确实有变异的可能，却概率极低。金璇这个事件必定有重大的隐情，甚至很有可能是有人偷偷替换了检材，才会导致两次的鉴定结果不同。

我们不是警察，没有权利去管这些事情，所以只能将这种猜测埋在心里。

涛哥正准备向金璇详细解释基因比对的原理，金璇的姑姑却在一旁问道：“是不是出院的时候抱错了孩子？”

涛哥没有说话。他心里异常清楚，这种情况是不存在的，不然就不会出现第一次鉴定匹配、第二次鉴定排除的事情了。

可金璇却天真地说道：“很有可能！当时我想在家生宝宝，你们却不让，一定要我去医院。医院生小孩的那么多，很可能就是当时抱错了孩子！”

姑姑苦笑道：“医院的条件无论如何也比家里好多了，而且当时去医院也是 × 教授（我们省很有名的一个妇产科教授）的建议，我们也没办法。这样吧，明天我们再来一次，带着曾阳（化名）的检材来鉴定一次，就知道孩子是不是抱错了。”

涛哥心知这个曾阳必定是金璇的丈夫，万一丈夫和孩子的检材不匹配，确实有可能是抱错了孩子。

但就算如此，第一次鉴定的结果匹配又该怎么解释？

满怀狐疑的涛哥目送两人离去。

第二天一早，金璇和姑姑在约定的时间来到我们中心，对金璇丈夫曾阳和孩子的检材进行鉴定。

鉴定结果仍然是不匹配。

金璇的姑姑当即破口大骂道：“什么鬼医院，一定是当时将孩子抱错了，名气这么大却一点都不负责任。璇璇，我们找他们医院去！”

金璇也是愤愤不平，拉着姑姑的手就冲了出去，留下了一脸愕然的涛哥。

事情刚过去两天，涛哥接到了一个电话，里面传来一个熟悉的声音：“涛医生，你好，我是金璇，有个问题想请教你一下，你们中心做亲子鉴定出错的概率有多大？”

涛哥闻言苦笑了一下，道：“金小姐，如果是排除，可以保证百分之百准确；如果是匹配，可以保证准确率在 99.99% 以上。”

听到这个答案的金璇明显地停顿了一下，原本就有点犹豫的声音瞬间颤抖起来：“你的意思是结果基本不可能出错，如果出错的话，就只有检材了？”

“不能完全排除，但出错的概率确实非常非常小，您的猜测确实有很大可能。”

嘟……嘟……嘟……电话那头传来忙音。金璇将电话挂断了。

涛哥将这个不同寻常的事件上报到杨姐那里，但是就连杨姐也猜不透这其中有什么隐情。

我们当时分析了一下，因为三次都是隐私亲子鉴定，所以检材都是委托人自己提交的，唯一能确保检材符合的就是第二次金璇自己当场取的血痕，剩下的都无法知道检材的出处。

到底是哪里出了问题，我们也无法准确判断。而且中心规定客户没有提出要求，我们是没有任何权利去复查这些检材的。这个事件如果没有后续，最好的办法就是不了了之。

不过这件事很明显涉及一个豪门大族的阴谋，一旦爆发出来，其影响一定非常巨大。

果然，数月之后，小谢就找上门来，向我们询问这三次鉴定的情况，并表示警方已经介入了。

原来这个事件后来演变成了一桩涉及豪门的刑事案件！

小谢没有向我们透露任何消息，只是告诉我们这个事件非比寻常，涉及我们平常人极少接触的豪富阶层，除非破案过程中需要我们配合，否则在真相水落石出之前不会向我们透露半分。

那是我第一次在有心理压力的情况下期待着出外勤，因为那样就有机会接触到小谢口中的豪富阶层了。

不久之后，机会来了。

一天，杨姐要我准备好器械，跟着她出外勤。

我按照往常的速度认真准备着，杨姐却一反常态地催促我快点，说外面有人在等我们，且约定只会等十分钟，超出时间我们可能就要自己开车过去了。

我心道是什么人这么牛，平常就连张警官来找我们办事都是客客气气的，当天那个人却只等十分钟，还过时不候？

匆匆准备好东西，我随同杨姐一同出了大厅，只见一辆豪车停在大厅门口，那一刻才意识到自己接触豪富阶层的机会来了。

车在一栋五层别墅前停下，我和杨姐随着小谢穿过庭院，走进别墅门。

进去后却悄无一人。小谢让我和杨姐稍等，她去楼上叫人。

我和杨姐坐在大厅的沙发上，我内心却因为第一次接触豪富之家而震撼不已。不得不说单从物质方面来看，我们普通人和那些豪富阶层确实有非常大的差距。

说实话，我当时只有惊叹，却一点也不羡慕，毕竟每个人都有属于自己的幸福，生活中除了物质享受，更重要的是精神愉悦。

我和杨姐当时能以亲子鉴定师的身份到这个豪富之家，不正好说明了这样物质富足的家庭在精神方面却承担着比我们普通人更重的压力吗？

我和杨姐没等多久，小谢便从楼上下来，跟着她下来的还有一个颇有气质的年轻女人，年轻女人手里还抱着一个孩子。

这个年轻女人我曾经有过一面之缘，正是金璇。

金璇看了我和杨姐一眼，微微一笑表示欢迎，又冲小谢道："涛医生没来？"

小谢忙解释道："您放心，杨主任和王医生是鉴定中心专门负责协助我们的，和涛医生一样信得过。"

金璇闻言冲我和杨姐笑了笑，道："那就麻烦二位了。"

金璇在和我们说话的过程中始终仪态万方。

我觉得很奇怪，因为金璇给我的感觉和之前涛哥描述的完全对不上。在涛哥的描述中，金璇两次听到结果后都有点惊慌失措，将身边的姑姑还有涛哥当成救命稻草一样求助，性格并不坚强。

这次照理说事关重大，想必是警方查到了什么才会让我们来取样，但金璇始终显得淡定从容，丝毫不显惊慌。我忍不住心想：一个人的性格怎么会在短短几个月内发生如此大的改变，这点非常奇怪。

我仔细留意了一下金璇，发现她嘴角的肌肉偶尔会抽动几下，仿佛在强忍着什么。但小谢没有给我留太多时间去观察，她让我和杨姐现场对金璇和孩子进行取样。

取完样，金璇客气了一下，便抱着孩子上了二楼。

正当杨姐准备询问取样是否结束的时候，小谢却道："杨姐，稍微等下，还有一个人马上会过来，还需要取他（她）的检材。"

因为是在当事人家里，我们即使满怀狐疑，也不方便询问小谢什么，只能假装淡定地耐心等待，但内心却不由自主地翻江倒海起来。

- 3 -

数十分钟之后，一个身着华服、极有气质的青年男性在一个警员的陪同下走了进来。他用横眉扫了我和杨姐一眼，没有任何打招呼的意思，转头看着小谢道："谢警官，今天公司月底盘点，事情很多，有什么需要我配合的电话里不能说，还一定要我来一趟？"

小谢站起身来道："曾先生，今天这事儿还非得你来一趟不可。我给你介绍一下，这两位是 ×× 鉴定中心的鉴定师。我们今天叫你过来，是想请你配合取样做亲子鉴定！"

听小谢叫出"曾先生"这个名字，我和杨姐就猜到了这个人一定是金璇的丈夫、金璇所拥有家族企业的实际管理者——曾阳。

曾阳将眉头一皱道："我不是说了吗，你们一定要调查的话就去调查保姆调换检材的原因。我们家的内务不需要你们插手吧？"

小谢正色道："曾先生，您所谓的家庭内务，我们还是有权利管一管的。这件事情是金女士授权的，作为她的丈夫，希望您能够配合我们。"

"我没有任何义务配合你们！"曾阳怒道，"麻烦告诉你们领导，我的时间很宝贵，以后凡是类似的事情，不要给我打电话！这个璇璇，怎么又在瞎胡闹！"说罢，他转身上了二楼，将我们和小谢撂在客厅里。

我和杨姐大眼瞪小眼，心想这有钱人脾气还真是大。小谢好歹也是个穿制服的人民警察，他言语之中却这么不客气！

小谢朝我们示意了下，让我们少安毋躁，她似乎知道马上会发生什么不同寻常的事情。

果然，楼上传来了一男一女的争吵声，很明显是金璇和曾阳。但因为别墅的隔音效果太好，无法听清他们争吵的内容。

两个人争吵了小半个时辰。曾阳怒气冲冲地下来，对小谢咆哮道："谢警官，我和你们说过无数遍，我们家的内务无需你们插手。你们有本事就将保姆抓回来，但请不要插手我的家务事，好吗？"

金璇紧跟着曾阳的后面走了下来，道："曾阳，我从来没有怀疑过你什么，也不想将事情闹大，我只想找到我们真正的孩子。"

曾阳回头朝金璇怒道："那你直接鉴定就好了。如果孩子是你的，那就一定是我们的孩子；如果是你的但和我没有关系，那我不是该怀疑你了？"

金璇被曾阳这句话噎得喘不过气来，却又不知道如何反驳。

曾阳见到金璇伤心无语的模样，犹豫了片刻，神态终于缓和了下来，柔声道："璇璇，不是我不愿意尽快找到孩子，实际上我比谁都急。上次开家庭会的时候你也在场，就按照当时我们安排的方案，不行吗？为什么一定要闹得现在这样满城风雨呢？"

金璇一改之前镇静的模样，哇的一声哭了出来："我不是不同意你的方案，只是这么久还没有孩子的消息，我心里急。而且对这种事情，警方的力量比我们是要大很多，所以我才委托她们处理的。"

小谢见状也上前道："曾先生，请相信我们警方，此事我们已经立案，一定会查个水落石出！"

曾阳看着金璇和小谢欲言又止，沉默半晌之后，终于长叹了口气道："好吧，璇璇，如果这样能让你安心一点，我全力配合。"

说罢，曾阳走向我和杨姐，示意我们赶紧做鉴定，要求我们尽快取样。

取样后，曾阳和金璇耳语了几句，就匆匆离开了，好像是要赶回公司继续处理事情。

我们和金璇客气了几句，在小谢的陪同下走出了别墅。

小谢的事情已经忙完，决定送我们回中心。在车上，小谢给我们讲了事情的经过。

原来，金璇在第二次带着丈夫的检材到我们中心做鉴定，确定孩子不是亲生之后，就将情况告知了丈夫曾阳。曾阳也气愤万分，动用关系和人脉找到了当初金璇生孩子的医院，要求医院为抱错孩子负责。但事情过去很久了，他们没有任何证据能确定责任是医院的。就算他们再有钱，也不可能强迫医院承认抱错了孩子。

在闹了两天没有任何结果之后，金璇强迫自己静下心来仔细回忆整个事件，也查阅了相关的资料，却发现自己似乎忽略了一个很重要的事情。

金璇于是拨打了涛哥的电话，询问了涛哥关于基因变异的详细情况，才明白自己一开始被基因变异这个词误导了，以为基因变异的可能性比较大，但实际上可能性非常小。如果鉴定结果不会出错的话，其中就有一个很大的疑问：为什么第一次母亲带着孩子来鉴定的结果是匹配？

检材是自己亲手交给母亲的，难道在鉴定的时候母亲替换了检材？

金璇被自己这个念头吓到了，她无论如何也不敢相信跟自己一起生活了这么多年的母亲会骗她，而且母亲也没有任何理由骗她。

她决定直接询问母亲，看看是不是在这个鉴定的过程中遗漏了什么。

问过母亲之后，金璇果然发现了一个重大的问题。原来在她将检材交给母亲之后，母亲当时因为整理出门的妆容，将检材临时交给了一个保姆保管。

这个保姆是母亲和金璇都很信任的人，不仅照顾金璇母亲的日常起居，而且孩子周岁前还会经常帮忙带孩子，类似于奶妈的角色，算得上是孩子的半个母亲。只不过在孩子周岁以后，金家给孩子准备了一份生日礼物——另外一栋别墅，这个保姆就被调派过去负责那一栋别墅的内务。

因为取样涉及孩子，母亲便习惯性地将这个做过孩子奶妈的保姆叫过来配合她。母亲还回忆说，当时就是这个保姆主动要求先保管检材的，说是怕她整理妆容时损坏检材。

母亲是不可能替换检材的，那么替换检材的就只有这个保姆了！

金璇和母亲决定不打草惊蛇，只是让管家去另外一栋别墅将保姆叫过来。

但管家告诉金璇母女，这个保姆早在几天前就请假回乡下老家了。

金璇马上安排人追到乡下，却被告知这个保姆根本没有回家，那段时间也没有她的任何消息。

保姆竟凭空消失了！

这下几乎可以确定是这个保姆从中作梗了。她就算不是主犯，也必定是知情人！

这件事情导致金家大乱，最终开了个内部会议，由曾阳拍板：先不去报案，毕竟是家丑，暂时不可外扬。而且就算报案也不一定有自己亲自去寻人靠谱，而且在金家人眼里，没有钱摆不平的事情。

曾阳当场安排下去，联系一些“社会”上的朋友，给予重赏去寻找这个保姆，同时叫上一些信得过的亲信去寻找亲生孩子的下落。

金钱的力量是巨大的，许多小道消息都被打探了出来。但让金璇失望的是，数个月过去了，保姆和孩子的下落丝毫没有消息。

在这个过程中，金璇几次要求曾阳报警，让警方介入调查，曾阳却总是用家丑不可外扬来搪塞。他的理由确实冠冕堂皇，因为金家的生意涉及很多产业，名声很重要，而且孩子又不见这么多年了，就算警方估计也很难一下子找到。倘若实在找不到的话，两个人还年轻，再生一个就是。

金璇却始终不同意丈夫的论调，既然丈夫不同意报警，她就自己报警，于是她在最信任的姑姑的陪同下，找到警局，将事情的来龙去脉一五一十地告知。

警方立案后，安排人前往金家调查。曾阳却对妻子背着他自己去报案很不满，但警方已经上门，也只能配合，只是一再强调让警方将精力集中在寻找保姆上，至于孩子的事情，警方可以协助调查，但一定不要插手过多，更不要宣扬。

警方表示理解，因为这些有钱人对于家族继承人一事看得特别重，这种家族长孙走失的消息万一传扬出去，不知道会闹出什么风波来。

警方的力量果然是强大的，经过一段时间的调查，就发现了保姆的动向，原来她居然出国了！难怪金家想尽办法重金悬赏也找不到她！这也让警方察觉到事情远比想象的复杂。

同时，警方也查到一个重要信息：保姆在出国前将一个孩子托付给朋友照顾，这个孩子的年纪和金璇的养子居然差不多。

得到这个重要线索的金璇欣喜万分，要求见孩子一面。警方便带着金璇赶到了孩子寄养的家庭。金璇一见面就觉得孩子很亲切，认为这就是她失散多年的儿子，便准备将孩子带回去做亲子鉴定。

丈夫曾阳得到消息却勃然大怒，说他之前提过不需要警方插手寻儿子的事情，偏偏警方反其言而行之，在电话里面破口大骂让金璇回家。

金璇自然不依，带着孩子从外地赶回，一定要在警方的见证下做一个亲子鉴定，证明孩子的身份。

于是，便发生了上文中我们赶到别墅做亲子鉴定的一幕。

事情的经过算不上复杂，但男主人曾阳的表现让我们很奇怪，毕竟孩子丢失了，父母的想法应该是尽快动用一切力量找回，为什么曾阳却百般抗拒？

联想到曾阳和金璇的对话，其中提到“怀疑”等字眼，难道这其中还藏着什么隐情不成？

在我和杨姐眼里，大千世界无奇不有，什么情况都有可能发生，或许这个曾阳在这个事件里扮演着什么不光彩的角色也说不定。

- 4 -

我和杨姐回到鉴定中心，第一件事就是将取到的三份检材做亲子鉴定。结果居然全部是排除。也就是说，这个孩子和金璇夫妻中的任何一个都没有血缘关系！

据保姆的朋友交代，她和保姆也算不上特别熟，只是普通朋友，当时保姆的说法是要独自一人去办点事情，孩子没人照看，想要她帮忙带一段时间，而且还给了她一笔钱。

和丈夫商量之后，朋友觉得可以帮这个忙，因为当时保姆的说法是最多几个月就回来，而且给的钱数目不小，万一过个一年半载保姆还不回来，就将孩子送到社会福利院，多出来的钱还能落到自己手里。

小谢说保姆的朋友当时说这些话的时候一点也不觉得羞愧，仿佛人之常情。不禁让我们感叹现在的人真是为了钱可以做很多为人所不齿的事情。

警方又询问了保姆家人和金璇母女，证实保姆没有结婚，更不可能有孩子，那么这个孩子的来历就成为了一个新的谜团。

这个事件在当时只能算是一个普通的孩子失踪案件，即使涉及一个豪富家庭，警方也不可能区别对待去花大力气侦破，而且作为家长之一的曾阳仿佛并不支持警方的这个举动，导致警方在调查过程中遇到了重重阻力。

但这个案件在极短的时间之内就宣告侦破，而整个事件的真相竟是我们完全无法想象的。这个案件居然涉及一个极其庞大复杂的阴谋！

这让我对小谢她们钦佩不已。

钦佩之余，我自然会询问小谢侦破的过程。

小谢当时三缄其口，仿佛有内情无法向我透露，一直到整个事件尘埃落定，她才告诉了我这个案件侦破的关键。

原来破案的关键在于一个人。小谢之所以在案件还没有完全侦破的时候不向我们透露实情，也是出于对这个人的保护。

当这个人物出场的时候，我没有任何心理准备，因此我正沉浸在被小谢剥削一顿西餐的悲愤之中。

当时我急于想知道整个案件的经过和真相，便答应了小谢的要求，请她到西餐厅吃西餐。

西餐人均消费两百多元，对于当时月薪刚超过三千的我，着实是一种肉痛的享受。更可恶的是，当时小谢还约了另外一位朋友。

小谢看着我，嘿嘿一笑道："肉痛啥，等下给你介绍个单身大美女，比我漂亮多了。"

我苦笑道："你已经够美了，再美我怕我钱包承受不住。"

小谢笑道："少贫，人家可是真正集美貌和智慧于一身的大美女，见了面你就知道了。"

我指了指上好的牛排道："别吹了，再打个电话催催吧，再吹牛排就凉了。"

小谢白了我一眼，掏出手机，正准备拨号时，一个身穿黑衣的女子就风风火火地从门口飘了过来，瞬间就蹿到了我们面前。

我定睛一看，一个身材不错但样貌平凡、看上去足有三十多岁的女子毫不客气地一屁股坐在小谢旁边，一只手叉起果盘里的哈密瓜塞到嘴里，另一只手在小谢的胸部捏了两下，笑道："几天不见，大了许多。"

我无法用言语表达内心的感受，对于此女异常大胆的举动只有膜拜，对于小谢和其关系更是异常好奇。

小谢臊得满脸通红，连忙挪开屁股远离此女道："这就是我的朋友，许玉洁。玉洁，这是我和你提到过许多次的鉴定师，王。"（因为身份特殊，和文中其他主要人物用真名不同，许玉洁这个名字是完全的化名）。

许玉洁朝我哈哈一笑，大大咧咧道："王医生，久仰大名。我和小谢在一起时她经常提起你，我耳朵都听出茧子了。"

小谢难得地在我面前露出羞涩的表情，道："玉洁，西餐都堵不住你的嘴啊，再瞎说我先撤了啊！"

许玉洁又是哈哈一笑，冲我伸出手道："王医生，初次见面，多多关照。"

我连忙握住她的手，回应道："许姐，你好，请多多关照。"

话音未落，却不想小谢居然笑出了声，旁边的许玉洁更是哈哈大笑。我心道坏了，难道是自己什么地方出糗了，于是我连忙上下检查了一番，并没有发现任何不对。

两个女人的笑声更大了，小谢居然笑得喘不过气来，断断续续道："玉洁，你还是去把妆卸了吧，再这样下去王医生该喊你大妈了。"

许玉洁闻言直乐，道了声失陪，起身朝洗手间的方向走去。

我看着两人的表演，丈二和尚摸不着头脑，问小谢到底咋回事，小谢却一直笑，要我别急，说马上就知道。

片刻工夫，许玉洁从洗手间回来了。我大吃一惊，眼前的她仿佛瞬间年轻了近十岁，其长相虽然算不上特别漂亮，但是比起之前略显普通的模样要清秀许多。

许玉洁坐回座位，笑道："王医生，你还是叫我玉洁吧，我应该比你小几岁。"

眼前的一幕着实令人不可思议，化个妆还能将自己化丑化老？我瞪大眼睛道："这是咋回事？"

小谢笑过之后没有再卖关子，将真相告诉了我。

原因其实很简单，因为许玉洁从事着一份独特的职业——私家侦探。

私家侦探是一个特殊的群体，指政府机关以外从事民商事务调查服务的人。

2002 年 8 月，根据世界商标知识产权专业组织的要求，国家工商总局商标局将"侦探公司"列入了新的《商品和服务商标注册区分表》中，允许注册"侦探公司"商标。

私家侦探机构的主要业务包括商务打假、寻人服务、婚姻调查、债务追讨、知识产权调查、经济情报调查等。

私家侦探无法涉足刑事侦查活动。我国法律规定，只有国家机关特定工作人员，才具有刑事案件侦查权。但是在很多情况下，涉及民商事务调查的，都需要借助这些私家侦探的力量。

我相信大家偶尔会听到此类事件：某某妻子怀疑丈夫出轨，进行调查后，最终掌握了丈夫出轨的证据，最终在离婚判决时占得上风。

在这些事件中，基本上都有私家侦探的身影。只要取证的过程不触犯法律，他们取得的证据就是有效的。

我国尚无任何法律确立私家侦探的法律地位，只是行使普通公民的合法知情权，所以对此熟悉的人不多，但是这个群体是真实存在的。不过因为普通人接触得不多，这个群体显得特别神秘。

许玉洁就是这些神秘的私家侦探之一。

私家侦探行业比较混乱，从业人员的素质更是参差不齐，有毫无能力只靠嘴巴忽悠的骗子，也有能力很强不逊色于小谢这种专业刑侦人员的精英。

能力强的私家侦探机构都有自己的绝活儿，比如许玉洁就是一个化妆大师，可以将自己的外貌稍作改变，变丑一点、变美一点、年轻一点、年老一点，她都可以做到。当然，现在很多化妆技术高的女性一样可以做到这一点，只是没有许玉洁她们的专业技能罢了。

听完小谢的介绍，我震惊不已，没想到只有小说里面才会遇到的人物就坐在我的面前。

至于当天小谢介绍许玉洁给我认识的原因，我也马上明白了：在这个案子的侦破过程中，许玉洁这个私家侦探必定扮演着极其重要的角色！

因为案件当时已经水落石出，所以小谢没有再隐瞒我任何情况，将侦破的过程详细讲给我听。

小谢的第一句话就让我大吃一惊，原来警方介入这个案子的时间并不是在事发的几个月之后。

早在金璇和涛哥通完电话，确定基因变异的情况几乎可以忽略不计的时候，金璇就已经报警了！

也就是说，警方介入此案的时间实际上是在几个月之前，金家因为长孙失踪一事而内乱爆发的当天！

当时，警方富有经验的刑侦人员意识到这个案件的不普通，很有可能涉及更大的阴谋，而且牵涉豪富之家，有可能造成当地的经济动荡，有心深入调查。但碍于职权所限，只能作为一个儿童失踪事件来立案，无法调配更多的警力去深入金氏家族查探此事。

在这种情况下，许玉洁登场了！

许玉洁和金璇见过面后，便作为金璇新招聘的员工，进入了金氏家族，彻底体验了一把豪富人家的生活，同时也花费了几个月的时间，发掘出一个巨大的阴谋。

- 5 -

许玉洁进入金氏家族的身份是金璇的贴身保镖，这个身份冠冕堂皇，而且理由极其充分。

金璇的孩子都被替换了，那自身的安全岂不是更加令人担忧？之前的都是男性保镖，不方便贴身跟随，为了安全起见，她找一个女性保镖也是人之常情。

许玉洁和小谢毕业于同一所警校，都是学校里出类拔萃的人物。上学的时候因为各种评比，两个人经常会有一些竞争，毕业之后却因为从事行业的原因联系得很紧密，关系也处得极好，所以在极个别警方不方便出面的时候，小谢就会推荐许玉洁这种私家侦探去服务当事人。

许玉洁进入金璇家的第一个任务就是学习富人的生活，因为此时她的身份是一名特保公司的特保。

特保是专门为工业巨子、商界大亨、影视明星等公众人物提供相对于普通人而言更高层次的特殊安全保护的人员。这些特保公司要求很严格，必须是来自特种部队退役或者是特警院校、武术院校毕业的优秀人员，年龄必须在二十二周岁至三十周岁之间，男性特保身高须在一米七二以上，女性特保身高须在一米六二以上（这是南方特保公司身高标准，北方特保公司一般要求男性一米七八以上，女性一米六五以上）。

特保不仅要求具备各种专业技能，还要熟悉服务的精英所在阶层的礼仪。作为金氏家族实际掌门人金璇的贴身保镖，许玉洁自然要熟悉豪富人家的生活，不然有可能会让别人怀疑。

有金璇的培训再加上亲身体验，许玉洁很快就掌握了所谓豪富阶层的生活。

随着调查的深入，她发现豪富人家的人际关系也是普通人极难处理的，很多情况下都是围绕一个“钱”字做文章。仿佛在钱字面前什么都不重要，就连亲情也淡漠了许多。金家人丁不旺，所以相对来说对亲情关系还看得比较重。

许玉洁用最短的时间掌握了金家的人员构成。

在这座森林公园半岛别墅里，一共住了十几个人，其中亲属只有金璇、曾阳夫妇和孩子、金璇的母亲华大姐和姑姑、姑父这几人，其他都是司机、保镖、厨师、保姆、管家等人员。

金璇的舅舅和舅妈住在不远的另外一个豪宅小区中。

金家的两栋别墅离得很近，金璇、曾阳夫妇带着孩子还有两个保镖住其中一栋，母亲、姑姑、姑父和其他人员住另外一栋。许玉洁告诉我们，和金家人接触的过程中，给她感触最深的就是人的气质确实是几十年的生活环境养成的。

比如金璇的母亲、姑姑，还有金璇都自然而然有一种贵族的气质，这和她们从小优越的成长环境和良好的教育是分不开的。而曾阳这个金家女婿样貌虽佳，也受过高等教育，但总是缺少一种贵族的气质。毕竟他出生于一个平凡之家，可以说如果不是金璇对其情根深种，又恰逢金父去世，他是不可能有机会和金璇走到一起，成为金氏企业的实际掌门人的。

他现今的财富和地位可以说都是妻子给他带来的。如果没有金璇的支持，他不会有今天的成就和地位。也正因为如此，曾阳虽然在公司大权在握，但似乎在金家地位并不高。

许玉洁在调查中发现，虽然曾阳整日里对其他人吆五喝六的，但对金家这几个血亲非常尊敬，甚至算得上“畏惧”。

金家长孙，也就是曾阳的长子，姓的并不是“曾”，而是“金”。不过这一点也是人之常情，毕竟曾阳相对于这些血亲来说算是“外人”，金氏企业庞大的家族财富肯定也不想让一个外姓人来继承。

还好金璇对曾阳的爱是发自内心的，所以即使家族内部有些风言风语，但有金璇的支持，曾阳也一直把持着金氏企业的话语权。不过在孩子失踪这件事情上，金璇和曾阳之间却有了巨大的矛盾。

在寻找孩子这件事上，家族成员召开过内部会议，曾阳一反常态，独断专行，再三强调为了企业的稳定和家族的名声，不建议将事情闹大。对于保姆和孩子的寻找，他倒是没有迟疑，让几个得力助手全权负责。他们只要找到保姆或者孩子的线索，就会获得重金奖励。

许玉洁在得知会议的内容后觉得颇为奇怪，奇怪的不是曾阳的安排，而是他的态度，尤其是他的行事风格。

虽然和曾阳接触的时间不长，她明显感觉到曾阳在金家血亲中地位并不高，一个寻找金家长孙的重大事件由他来做主显得并不恰当，而且金璇在会议上是对孩子的寻找方案投了反对票的。但最终结果还是认同了曾阳的处理方案，可想而知这里面必定有原因。

询问过金璇后，许玉洁才知道：当曾阳提出寻找孩子由内部处理不报案时，除了金璇之外的所有亲属都投了赞成票。

他们赞同的理由完全相同：孩子可以再生，但金氏企业只有一个，因为为了寻找孩子而对金氏企业造成任何负面影响都是不值当的。

许玉洁听完之后，对豪富人家这种因为金钱而淡漠亲情的做法无言以对。

亲戚们的表现虽然冷血但还算是在情理之中，许玉洁却敏锐地觉察到这中间必定有不对劲的地方。

综合当时金璇对母亲第一次送检的怀疑，许玉洁将调查的重点集中到金璇的几位血亲身上。

通过一段时间的调查，许玉洁发现了一些蛛丝马迹，并遵循着这些蛛丝马迹，居然发现了一个匪夷所思的巨大阴谋！

最先暴露出疑点的人物是金璇的舅妈。

金璇的舅舅在金氏企业担任一个部门经理，没有股份，单纯地拿工资和奖金，虽然他收入颇丰，但除了一套豪宅以外，相比之下家庭情况并不算好。

原因出在金璇的舅妈身上。

金璇的舅妈最爱打麻将，而且打得很大，她们有一个阔太太麻将圈，每次的输赢动辄数十万。

舅妈的手气不好，老是输钱，而且她有个坏毛病，赢了照单全收，输了就喜欢欠钱，虽然到最后都会结清（不结清没人跟她玩），但总要拖个好几天，好像不这样自己的手气就好不起来一样。

只要有人催她还钱，她总是说："放一百二十个心，我不会赖账的，我又不缺钱！别看我老公现在只是一个普通的部门经理，等他升上总经理后，我都懒得和你们玩这么小的！"

她的这种托词一般人理解成为了面子瞎吹牛，似乎是人之常情，但是落在有心人眼里却极其不正常。

金璇的舅舅、舅妈虽然是亲戚，但并不算金氏企业的核心阶层，金璇的舅妈怎么就能断定自己的丈夫能升上总经理的职位？

许玉洁和金璇核实过后，更加确定了舅妈的说辞不正常。金璇明确地告诉她，自己的舅舅能力不强，让他当个部门经理纯粹是看在亲戚关系上。至于升他当总经理，更是不可能，因为现在担任总经理的不是别人，正是她的丈夫曾阳！

看来舅舅升上总经理是“不可能完成的任务”，难道这个舅妈只是为了面子在吹牛？

一般人或许会这么想，但是作为一名思虑缜密的私家侦探，许玉洁绝对不会这么想。她决定在这个舅妈身上下大力气，一定要查出个端倪来！

- 6 -

一天，舅妈和往常一样应邀来到某一个富婆朋友家里打麻将，却发现麻将桌上除了两个老麻友之外，多了一个陌生的女人。此女看起来三十岁左右，身材尚可，姿色普通，但一举一动中颇显贵气。

舅妈正惊异间，富婆朋友热情地招呼起来，道：“来来来，我给你们介绍一下，这是我弟弟的女朋友，我未来的弟媳。”

舅妈见过这个富婆的弟弟很多次，那是一个标准坑爹型的富二代，交过的女朋友多如牛毛，却从来没有正式宣布过。父母从他二十多岁开始催婚，一直催到三十多岁，得到的答复始终是：“老子还没玩够，你们急什么？”

这次做姐姐的将这个女孩带回家介绍给大家，看来这坑爹富二代终于准备收性子了。

此女姿色一般，年纪也不小，能够被眼高于顶的坑爹富二代看上，相必一定是个门当户对的富家小姐。

富婆朋友接下来的介绍印证了舅妈的猜测，这个女人出身不一般，父亲是一家上市公司的股东，资产上亿。

虽然舅妈见多了有钱人，并且一般情况下她都认为对方再有钱也远比不上自己的外甥女金璇，但这个女人却让她喜笑颜开，刻意巴结。

原因就在于此女对她说的一句话：“大姐您好，我刚学会打麻将不久，您可要手下留情啊！”

这可是千年难遇的翻本的好机会啊！舅妈闻言连忙客气几句，心里却乐开了花。

几个小时的麻将打下来，此女果然手生得很，输了将近十万，其中一大半是舅妈赢的。舅妈一边瞅着旁边叠得越来越高的百元大钞，一边客气道："妹子，麻将这东西啊，一回生二回熟，前一两次免不了输点，后面熟练了就会赢了。你年龄比我们小得多，学得肯定也快，再玩几次，估计我们这些老太婆就打不过你了。"

"没事，大姐，我就当交学费了，以后只要有时间就会来陪您玩玩，整天陪着 ××（富婆弟弟的名字）去唱 K、泡吧也挺没意思的。"

"那是，那是，他们男人就喜欢闹哄哄的地方，还是麻将这玩意儿适合我们女人。"生怕此女输了一次就不敢再来的舅妈心里欢喜无限。

自那以后，此女果然经常会陪舅妈一起打麻将，前几次还有富婆朋友作陪，后来熟悉了，此女就经常主动给舅妈打电话约牌，对于这样一个完美的"自动取款机"，舅妈自然不会拒绝。

短短一个月时间，此女已经输了几十万，果然是一个"视钱财如粪土"的富家大小姐。

这种牌桌上建立起来的友谊最是牢靠，虽然她们年龄上有十几岁的差距，但舅妈和此女却成了无话不谈的朋友。此女经常会和舅妈说一些生活中遇到的事情，尤其是对自己的男友颇有微词。舅妈对其男友是个什么样的人心知肚明，免不了对此女颇为同情，言语中总是安慰此女。时间一久，两人的关系竟如同姐妹一样亲密。

一次，此女去舅妈家做客闲聊的时候，又聊起了男友的种种劣迹，哭诉之余她对于舅舅对舅妈的关心颇为羡慕，说如果不是看在男友情况尚可，父母又强迫他们在一起，她早就分开了。

此女无意中说了一句话让舅妈很不开心："其实我不想找有钱的男朋友，有钱的男人都坏。姐夫虽然穷，但是对大姐你好啊！没钱没关系，只要感情好就行了。"

极好面子的舅妈一听这话脸色就变了："妹子，你这话，做姐姐的就不乐意听了。你姐夫现在虽然收入不高，但是一个月也有几万块，年底还有奖金，很不错了。而且这种情况只是暂时的，再过个几年就有发大财的机会了。"

此女连忙道歉道:“大姐千万别误会，我不是那个意思，我的意思是姐夫这么辛苦能干，待遇却这么低，太不公平了，公司董事长不是你外甥女吗？为什么不给姐夫升个职，或者分点股份啥的？那么大一个企业，就算是 1% 的股份，一年的分红也很吓人啊！”

舅妈的脸上马上浮现出怨恨之色，哼了一声道:“什么外甥女？为了钱就六亲不认，这次家里都发生大事了，她还不是无动于衷！一心怕影响企业形象，连自己的孩子都不愿意去找？”

“不去找自己的孩子，是什么意思？”

舅妈反应过来自己说得太多了，连忙掩饰道:“我也不太了解具体情况，这是她家的事情，我管不着。不过你放心，要不了多久，你姐夫就会升上公司高层，我也不会像现在这样活得这么憋屈。”

此女“哦”了一声，还想继续询问什么，舅妈却自动岔开了话题。

就在当天夜里，此女出现在金璇的豪宅里，卸了妆之后，露出了一张年轻的面孔，她正是许玉洁！

原来，她觉得这个舅妈有重大嫌疑，于是在金璇的安排下成了富婆的弟媳，混到了舅妈的身边。

舅舅、舅妈住在另外一个豪宅小区，平日里除了内务大事之外很少去金璇家。前一次家族内部大会的时候，许玉洁还没有进金家，所以双方没有见过面。许玉洁稍稍改变形象之后，很容易就和舅妈混熟了。

富婆愿意帮助她的原因其实很简单：富婆家的企业和金璇的企业有直接的业务关系，因此只要金璇一句话，富婆必定会全力配合。

经过近一个月的刻意亲近和打探，许玉洁终于确定了舅妈说的那句“舅舅会成为公司高层”的话属实。但只要企业的话语权在金璇和曾阳手中，这种情况就不会出现。为什么舅妈如此确定这个情况会出现？难道会出现企业话语权不再属于金璇夫妻的情况？

这种猜测把金璇吓得毛骨悚然，后背一阵发冷。

舅妈的异常只是这个案件破获的一个线索，之后发生的一件事才是案件破获的关键。

一天，金璇却听到了一段录音对话，对话的内容让她如同五雷轰顶，万念俱灰！

“曾阳，这个事情到底准备怎么处理？”

“只能冷处理了。璇璇答应不报警就好办，等风头一过按计划行动。”

“孩子呢？”

“确切地说，我现在也不知道在哪里，这样才能真正守住秘密。”

“那赶紧再生一个。”

“生了，再换？”

“除此之外还有其他办法吗？”

“要不先等风头过去吧，现在行动风险太大。”

“好吧，等风头过去再说。”

录音中对话人的声音，金璇再熟悉不过，正是她的姑姑和她最爱的人——曾阳！

简单的几句话却向金璇透露出一个极为恐怖的信息：孩子很有可能就是姑姑和丈夫替换的！

姑姑和丈夫联手将孩子替换掉，替换后居然完全不知道孩子的下落，而且似乎是刻意为之，这到底是怎么回事？！

金璇强忍住悲痛，追问录音的来源。

原来，许玉洁作为金璇的特保，除了金璇外出的时候会贴身跟随，平时也要负责金璇家中的警戒工作，这样就免不了和金璇的姑姑等人打交道，只有在商量家务事或者开内部会议的时候，许玉洁才会避开。

在和金璇姑姑的接触中，许玉洁发现了一个在常人看来比较正常的情况：

几乎每次家庭会议之后，姑姑都会让曾阳去她的房间，因为她要过问一些家务事的细节。作为家中的长辈，这种做法无可厚非，金璇也从来没有过疑问，因为金母年纪大了，不管内务，这些事都是由姑姑负责的。

但许玉洁却发现了异常之处：每次会面之后，金璇的姑姑都隐藏着一种担忧和惶恐之色，而这种神色不是专业人士根本看不出来。

担忧很正常，毕竟家里出了这么大的事，但是惶恐就不正常了。所有的行事方案都在按照家族内部会议的预期进行，而且天塌下来还有金璇、金母等人顶着，做姑姑的不至于如此惶恐不安。

于是她做了一个大胆的决定——在金璇姑姑的房间里安装窃听器，果然探听到这样一个惊天的秘密！

有了这段录音，几乎可以断定事情的罪魁祸首就是曾阳和金璇的姑姑。

确定了嫌疑人，虽然之前发生的很多事情就都可以说通了，但案子却陷入了一个前所未有的复杂状况。

首先，作为孩子的父亲和姑奶奶，是完全有条件在孩子出生时替换孩子的。

其次，金母在第一次去鉴定的时候，这两个人完全有机会去买通保姆做手脚，替换检材。

最后，之后的两次鉴定都是姑姑陪同金璇去的，除了金璇是当场取样，其他检材都有被姑姑替换的可能！

也就是说，现在的案情更加复杂了，因为无法确定金璇第二次和第三次去鉴定的时候，孩子和丈夫的检材到底是真是假！

为了确定调查的方向，许玉洁安抚金璇，要她务必保持镇定，因为这件事情很有可能是一个巨大的阴谋，只有作为当事人的她保持清醒的头脑，才有可能尽快查明真相。

金璇虽然年纪不大，但毕竟是一个大型企业的董事长，经历了常人没有经历过的风风雨雨，她强迫自己振作起来，和许玉洁一起商议下一步的行动。

许玉洁告诉金璇，目前最容易做到、也是最需要去做的就是验证她到底是不是尚在家中的孩子的真正母亲，同时也需要去验证曾阳到底是不是孩子真正的父亲。

这个孩子并没有被送走，只是被养在另外一栋别墅。金璇养了他一年多，已经带出感情来了，心里面将其当成了半个儿子看待，时不时还会过去看看他，慰藉自己的心。

金璇偷偷取了孩子和曾阳的检材，连同自己的检材一并亲手交给许玉洁，许玉洁当天就赶到了另外一个城市做鉴定。

结果很快就出来了。

孩子确实不是金璇的。曾阳却是孩子真正的父亲！

- 7 -

这个发现印证了小谢等人的猜测：一个貌似孩子失踪案件的背后，果然掩盖着一个巨大的阴谋！

按理说，家境普通的男孩曾阳遇到了一个深爱自己的富家小姐金璇，对方宁愿违背父亲的遗命也要和他结婚，而且婚后还将企业的管理大权交给他，让他担任一人之下、万人之上的企业老总，曾阳对金璇除了感激和爱应该不会有其他想法。

就算曾阳在外面有了外遇，生了私生子，也完全没有必要替换掉他和金璇的孩子，都是自己的亲生孩子，为什么要冒这么大的风险去做这种费力不讨好的事情？

更奇怪的是，作为金璇的亲姑姑，为什么会帮曾阳去做这种大逆不道的事情，这对她有什么好处？

听到这里，我的脑海里浮现出一个惊人的猜测，而这个猜测居然能完美解释姑姑和曾阳的行为：

难道与曾阳有奸情的正是这个金璇最信任的亲人之一——她的亲姑姑？两个人为了谋夺企业的财产继承权将孩子替换，最终达到让两人的孩子成为家族继承人的目的？

或许这个姑姑才是这个孩子真正的母亲！

据金璇回忆，在自己怀孕的时候，姑姑有很长一段时间都不见人，说是身体不好去调养，但也有可能是偷偷地去生孩子。

警方当时也意识到了这一点，告诉金璇不要打草惊蛇，如果有机会，暗中取好姑姑的检材，去做一个亲子鉴定。

在许玉洁和金璇采取行动的同时，警方也启动了对曾阳的调查，希望能查清楚他的真实身份和目的。

金璇和姑姑虽然关系很好，但自从孩子失踪事件爆发以来，两人单独相处的时间并不多，取检材有一定的难度，因此亲子鉴定一事一直没有成行。

相比而言，警方的速度就快了许多，很快就查到了曾阳的详细资料。

曾阳，男，三十三岁，父母都是普通职工，家境非常一般，成长经历和许多人一样，算不上一帆风顺，但也没有经历什么大的波折，安安稳稳读完小学、初中、高中后，通过自己的努力，考入了 H 省最好的大学。

大学毕业后，曾阳进入一个小公司成为一个普通的员工，工作能力也没有什么突出之处。如果一定要找出他的优点，那就是性格纯良、外表俊朗，特别受女孩欢迎。但无论有多少女孩向他示爱，他都拒绝了，一直单身到二十八岁。

当时父母都不知道他单身的原因，一直到他公布恋情的时候才明白，原来他在大学时就认识了一个富家女孩，两个人爱得死去活来，却因为门不当户不对而被女方的父亲强烈阻拦，最终分手。这个富家女孩就是金璇。

分手之后，两个人还经常偷偷联系，互诉衷肠，但金璇的父亲财大气粗，行事专横，让这对苦命鸳鸯自知今生也不可能有正大光明在一起的机会。

一直到曾阳二十八岁那年的某一天，金璇的父亲病发去世，两个人冲破舆论的枷锁，终于走在了一起。

曾阳对于金璇为了自己宁愿背负不孝骂名的付出感激万分，婚后全身心扑在家庭和事业上，平日里对金璇非常关心，对于金璇亲友的看低和责难也忍气吞声，可以说是一个真正的家庭和事件兼顾的好男人。

这样几乎没有黑点的男人却背叛了心甘情愿为自己付出的富家女孩，甚至做出了替换孩子这种诡异的事情，实在让人匪夷所思。

难道他真的和金璇的姑姑产生了强烈的感情，以至于失去理智做了替换孩子这种诡异的事情?

遭受了巨大打击的金璇振作起精神，配合许玉洁继续探查真相。

此时掌握的证据并不多，最多只能证明姑姑和曾阳联手替换了孩子，却不知道他们替换孩子的手段和目的。

为了不打草惊蛇，许玉洁和金璇继续暗中调查，而警方也随时和她们保持联系。虽然从曾阳和姑姑的对话中证实孩子目前下落不明，但万一这两人知道事情败露后选择狗急跳墙，危害到孩子怎么办？这个责任是任何人都不敢承担的。

整个案件的最终突破还是因为一个神秘人物的出现。

一天，金璇接到警方的通知，说警方目前接触到一个神秘的人物，这个人物暂时不宜现身，但是据他（她）交代，这个案件的实际操作者确实是曾阳和金璇的姑姑，而且他（她）还透露了两个极其惊人的消息。

第一，曾阳和姑姑替换的孩子的母亲并不是姑姑，而是另外一个年轻的女人。这个女人正是金璇舅舅的女儿，也就是金璇的表妹，她和曾阳在一起的目的纯粹就是为了生孩子。孩子出生后就被送到医院，在金璇和孩子见面之前，孩子就已经被替换掉了，目的也很简单，就是为了让这个孩子继承金家的庞大财产。

第二，策划这一切的另有其人，这个人正是金璇的舅舅！也就是说，整个事件真正的幕后主使并不是金璇的姑姑和曾阳，而是金璇的舅舅。这个不显山不露水，看上去人畜无害、毫无能力、日子得过且过的男人才是真正的幕后策划者！

就是他，让曾阳和自己的女儿发生关系并怀孕，并用药物控制出生日期，等到金璇的孩子出生的时候，再利用家属的便利在幕后操纵了这一切。

就是他，和曾阳商议好，一旦孩子继承了金家的财产，曾阳可以分得一部分股份，不再是如今的傀儡。

而这一切也印证了之前许玉洁的探查，难怪舅妈如此确定舅舅能在以后升上公司的高层，并且会发大财，原来整个阴谋都是他在背后一手策划的！

这其中的一个细节让警方毛骨悚然。

金璇的舅舅在和曾阳的谈判中，无视了金璇的存在，约定的时间也只有寥寥几年。

是什么情况让金璇的舅舅无视金璇的存在？只有一个解释，就是不久之后，金璇或许会和她的父亲一样——英年早逝！

这个事件不仅涉及一个谋夺财产的阴谋，甚至还涉及谋杀！

警方将此案列为大案，重点追查起来。在查清楚保姆的去向之后，为了震慑背后隐藏的犯人，让其惊吓之余自动露出马脚以方便收网，警方通知金璇正式报案。

于是便出现了前文中我和杨姐应邀前往金家做亲子鉴定的一幕。

警方怀疑保姆托朋友抚养的孩子正是曾阳和金璇的孩子，让我和杨姐来取样鉴定，然而最终的结果却是孩子和金璇、曾阳两人都不匹配。

虽然孩子的下落没有查清楚，但是案件获得了极大的突破。就在我们给曾阳和金璇做鉴定的几天前，这个案件的幕后主使者——金璇的舅舅就露出了马脚，让警方获得了确切的证据，最终决定收网。

金璇的舅舅在得知保姆的下落已经探明之后，很是欣慰；在得知保姆出国之后又遗憾不已；而当金璇向他说出保姆有一个孩子送到朋友家里抚养且现在已经被找到之后，舅舅在感叹之余又有了一丝紧张。

当然，他紧张的理由冠冕堂皇："保姆没有结婚，没有孩子，又是嫌疑人之一，那么她抱着的那个孩子很有可能就是自己外甥女的孩子，做舅舅的自然会紧张加期待。”

闲聊中，舅舅理所当然地问起孩子现在所处的地点和那对夫妻的名字，金璇却说警方还没有详细通知，只是会安排带她去见孩子。

舅舅告辞之后，没有马上回自己所住的小区，而是去找曾阳，留下了一个最重要的证据。

这份证据也是一段录音。

“曾阳，怎么搞的，那个保姆这么靠不住？怎么丢下孩子自己跑了？”

“听说是孩子的签证不好办，所以她自己先走了。舅舅您放心，这件事情我早就安排好了，孩子已经不是那个孩子了。”

“什么意思？”

“实际上我比警方更早知道了这个消息，所以孩子已经换掉了，不会露出任何马脚。”

“你确定那对夫妻手里的孩子已经替换了？”

“确定！”

录音的意思很明确，那对夫妻手里的孩子很有可能就是金璇真正的孩子。只是曾阳得到消息是在警方之前，或许保姆出国的时候不方便带走孩子，就将情况告知了曾阳，曾阳最终去替换了孩子，这样无论如何鉴定，孩子都不可能是金璇的。整个案件依旧会扑朔迷离。

但警方当时要找寻的不是孩子的下落，而是抓捕舅舅的证据，就是这一份录音让他逃脱不了法律的制裁。

实际上，警方让金璇报案，透露保姆和孩子的下落，并表态警方只是配合寻找失踪孩子，其他任何事情都不插手，最终目的就是让金璇的舅舅自己露出马脚。而现在证据确凿，可以对舅舅实施抓捕了。

舅舅交代了一切，包括他怎么联合曾阳和金璇的姑姑替换孩子，怎么商量好瓜分金家的财产等种种细节。

整个案件到此也算是水落石出了。金璇遇人不淑，身边的亲人各个狼心狗肺，亲舅舅为了占有金家庞大的家产，居然安排了这么一个庞大的计划，就连她最爱的丈夫都背叛了她，甚至还有可能在几年之后谋害她！

遗憾的是孩子确实被曾阳替换了，正像他在和姑姑的录音中所说，他也不知道孩子的具体下落，因为他信奉的一句话是：“要想让敌人不知道你的想法，最好的方式就是自己都猜不透自己的想法。”所以他在接到保姆通知将孩子替换后，就给了某个流浪汉一大笔钱，让他带着孩子走了，至今没有任何消息。

小谢告诉我，警方现在还在配合金璇寻找她真正的孩子。

我嘿嘿一笑，道：“谢大人，我小王智商还算正常，别想用这么个结局来糊弄我。至于那个神秘人物，我也猜到是谁了。你们这么大费周章，等的不是舅舅，而是另有其人吧，说吧，真正的幕后主使到底是谁？这个案件的真相到底是什么？”

- 8 -

小谢和许玉洁对视了一眼，都笑了起来。

许玉洁惊异道：“王医生，你真行，你从哪里看出疑点的？真的猜到了神秘人物是谁？”

我笑了笑道：“这样吧，我先从神秘人物分析起。神秘人物其实很好猜，疑点就是录音的来源。警方掌握的两段录音，一段是姑姑和曾阳的对话，另一段是舅舅和曾阳的对话。第一段录音可以解释为姑姑和曾阳经常在姑姑房间见面，地点固定，所以许玉洁有机会潜入姑姑的房间，提前放置好录音设备，最终获得姑姑和曾阳勾结的证据。但是第二段录音的来源却没有办法解释，首先，舅舅没有住在别墅，这里没有他的房间，所以他肯定不可能总在一个固定的地方和曾阳会面。其次，许玉洁的身份只是金璇的贴身保镖，和曾阳以及舅舅并不熟，所以也不可能有机会在曾阳或者舅舅身上短时间布置窃听装置并在短时间收回；再次，金璇是一个普通人，没有经过严格的训练，想让她在曾阳或者舅舅身上布置并收回窃听装置则是天方夜谭。”

“那么结果就只有一个，至少第二段录音是有人主动设置并收回了窃听装置，而舅舅和曾阳商议的时候不可能有外人在，所以……”

我顿了顿，看着两位美女自信笑道：“如果我没猜错的话，神秘人物正是曾阳本人！”

许玉洁闻言鼓起掌来，开怀畅笑道：“王医生果真名不虚传，这么一个小疑点都被你看出来了。没错，神秘人物就是曾阳，而且姑姑和曾阳的第一段录音也是曾阳自己录制的，并不是我潜入姑姑房间设置的。安装窃听装置风险太大，我无法掌握姑姑和曾阳具体的商议时间，一旦来不及收回被发现后打草惊蛇就得不偿失，所以当时窃听对话的正是曾阳本人！”

说罢她转头看了小谢一眼，挤眉弄眼道：“小谢，王医生的智商比你我二人高多了，你老是说找男朋友要找头脑比你聪明一点的，行为比你老实一点的，我看王医生正合适。”

小谢呸了许玉洁一口，满脸红晕，故意岔开话题道：“这个疑点谁都看得出来，而且王医生也只猜到了神秘人物是谁，可还是猜错了真相！舅舅就是这个案件的主犯，哪里还有什么幕后主使一说！”

我嘿嘿一笑道：“谢大人，还想继续忽悠我？我能猜到神秘人物是曾阳，就能猜到这个案件必定还有一个幕后主使。原因很简单，曾阳毫无疑问就是案件的主犯之一，他已经投案自首，愿意和警方配合，交代所有真相，如果单纯地只是为了揪出舅舅和姑姑，完全没必要这么大费周章，有了他这个人证，早就可以收网了。而现在警方、金璇、曾阳，包括玉洁妹妹联合起来设这么大一个局，肯定是有一个特殊的目的，这个目的我想来想去只有寻找真正的幕后主使这一个理由。”

我顿了顿，继续道：“只有这个目的才能解释之前我怀疑的一些疑点，第一，替换的孩子既然是曾阳和金璇表妹的，那么和金璇的鉴定为何没有任何血缘关系？我不相信你们警方会忽略这一点，只做亲子鉴定而不去比对亲缘关系。第二，曾阳在这件事情中扮演了一个不光彩的角色，但是我从头至尾找不到任何他和舅舅合谋替换孩子的理由。他已经和金璇结婚，金璇又这么爱他，将公司所有实际的权力都交给他，可以说就是金家半个主人了，替换孩子对他没有任何好处，相反还要承担巨大的风险。即使计划成功，他能分得股份，有舅舅和姑姑的压制，难道还能超过他现在在金家一人之下，万人之上的地位？”

这下，就连小谢也由衷地赞叹起来，道：“看来你在杨主任那里确实学到了不少东西，几句话就说到了案子最关键的地方。当时玉洁确实去鉴定了金璇和孩子的亲缘关系，发现没有任何血缘相近的可能。我们最大的疑惑也就是这一点，而找出幕后主使，正是曾阳和我们合作的原因。”

许玉洁咯咯大笑起来：“王医生，小谢姐典型的刀子嘴，从来没有夸奖过别人，王医生你可是第一个，太有福气了。”

小谢没有搭理她，继续道：“看来你已经猜到幕后主使是谁了？”

我点头道："你们在事件的描述中刻意地忽略了一个人，而这个人却是金璇最亲近的人，我有理由怀疑这个人正是幕后的主使！"

在这个事件中，只有一个人始终隐藏在背后，以一个极其无辜的状态示人，而且整个案件似乎和她没有任何关系，恰恰是这一点引起了我的怀疑。作为金璇最亲近的一个人，金家长孙失踪，她怎么可能始终不动声色，而任由曾阳、舅舅、姑姑等人去过问这件大事？

大家看到这里应该也都猜到了，我怀疑的对象正是金璇的母亲——华大姐！

这一次，小谢和许玉洁终于促狭地笑了起来，示意我终于猜错了一次。金璇的母亲华大姐也是主犯之一，但不是真正的幕后主使。在我的疑惑不解中，小谢向我说出了这个案件最终的主使和发现的经过。

就在我和杨姐鉴定后不久，警方进行了收网，抓捕了舅舅、姑姑和曾阳，在对三人分开审讯的过程中，了解了案发的整个经过。

早在金璇父亲还在世的时候，曾阳和金璇的恋情就被金家人知道了，当时金父独断专行，强迫金璇和曾阳分手，这件事所有金家人都一清二楚。

之后，金璇背着父亲和曾阳私会，两人原本以为神不知鬼不觉，却不知道他俩所有的行踪都落入一个有心人眼里，这个人正是金璇的舅舅。

在金父病重的时候，舅舅找到曾阳，告诉他可以让他回到金璇身边，只要答应他一个条件。这个条件就是在结婚之后和自己的女儿生一个孩子，替换给金璇，让这个孩子成为金家真正的继承人。

这样的条件曾阳肯定不同意，他积极联系金璇，想通过自己的努力在金父过世后和金璇复合。但肩负着家族使命的金璇没有父亲的魄力，无法忽视家族所有人的意见而一心一意地嫁给曾阳。而且当时和她有婚约的另外一个家族也是一个豪富之家，一旦她做出悔婚的决定，必将使得自己的家族陷入一个极大的困境，极其孝顺又无私的金璇无法做出这样自私的决定。

当金璇将自己的决定告之曾阳后，曾阳万念俱灰。出于对金璇的爱和对自己前途的憧憬，他做出了一个决定：答应金璇舅舅的要求，只要能和金璇真正在一起。

舅舅接到通知，马上行动起来。果然，在金父过世之后，原本持反对意见的金家人全部改口同意金璇悔婚的决定，就连被悔婚的另外一个豪富家族也没有任何过激的举动，只是收回了订婚时送的车子和房子。

金璇欣喜万分之余，只顾和自己的爱人去享受最美好的岁月，却没有去探查其中的原因。当然，单纯善良的她也万万想不到自己的舅舅会在背后策划换子这么一个惊天的阴谋。

时间慢慢地过去，在金璇的眼里，生活幸福无比，曾阳是个体贴的好丈夫，也是一个能干的好丈夫，企业在她们夫妻俩的共同努力下，维持了父亲生前的繁荣。

企业的经营状况稳定了，就要考虑下一代的事情了。于是在严格的护理和安排下，金璇怀上了孩子。但金璇不知道的是，与此同时，曾阳也在舅舅的安排下和其女儿发生关系，并几乎与金璇同时怀上了孩子。

十月怀胎之后，金璇原本的意见是要请名医上门，在自己家里的医务室生孩子。但是家人不同意，金璇最终只得按照家人的安排去省内最有名的医院生孩子。

之所以要去医院生孩子，金璇家人的说法是为了安全和专业起见，实际上则是为了注射特殊药物，让金璇孩子的出生时间和舅舅女儿孩子的出生时间达到一致！医院人多繁杂，连抱错孩子的事件都会发生，更方便他们替换孩子。

孩子出生之后，舅舅买通内部人员替换了孩子，曾阳也完成了婚前对舅舅的承诺。

因为两个孩子都是曾阳亲生的，所以曾阳对孩子一视同仁，而金璇却一直蒙在鼓里，一直到一年多后才发现孩子的血型和自己完全不符。

这个时候，金璇为了知道真相，只将情况告诉了母亲华大姐，让华大姐带着检材去鉴定，最终结果却是匹配。金璇的医生后来也说血型会变异，只要鉴定结果匹配就没有问题，实际上，医生是收取了相当一部分钱财才会做出这种暗示。

但就是这一点引起了警方的极大怀疑，因为金璇当时确认只将猜测告诉了母亲华大姐。这么隐私的情况，华大姐不可能到处宣扬，更加不会为了方便叫上保姆去处理，那么就只有一个可能：华大姐也是这个案件的主犯之一！

只有她才有条件替换第一次的检材，也只有她才能在第一时间买通金璇的医生，让医生说出“血型有可能变异”这种误导性极强的话来。

但当时没有任何证据能够证明华大姐就是主犯之一，只能继续调查。

之后，金璇两次带着姑姑来做鉴定，露出了蛛丝马迹，让曾阳知道事情败露了。当时的他心里极为矛盾，因为他是深爱着金璇的，替换孩子之后，他无时无刻都受着煎熬。而且他心里明白，如果事情不暴露，那么几年之后，很可能金璇就会在他的生命中消失，就算舅舅等人不反水，按照约定分给他一部分股份，但最爱之人不在的生活，他也无法忍受。

于是，他主动找到警方投案自首，交代了他知道的一切，希望警方能查出真相，让金璇不再生活在危险之中，也算是为他自己的所作所为恕罪。

在警方的安排下，曾阳配合金璇和许玉洁，设置了一个极大的陷阱，等着这个案件真正的主使自投罗网。

也就是说，之后曾阳不报警，对警方的探查极其不配合，在鉴定的时候和金璇吵架，都是事先商议好的假象！其目的就是为了让舅舅和华大姐露出马脚，使得真正的幕后主使出现。

果然，舅舅和姑姑等人先后露出了马脚，从录音里获得了证据，但金璇的母亲华大姐始终不动声色，不过也正是她这样太过平淡的反应让警方知道她必定扮演着极其不光彩的角色。

当时也有许多人和我一样，以为华大姐就是幕后主使，但警局经验丰富的领导指示，不要惊动她，只抓捕舅舅、姑姑、曾阳三人，这个华大姐必定会露出马脚。

果然，就在舅舅、姑姑、曾阳三人被抓捕之后，华大姐坐不住了，数次前往一个疗养山庄见一个卧病在床、时日不多的老头。

这个老头不是别人，正是金璇的外公、华大姐的父亲！

华大姐平日里来看望父亲的时间不多，孩子失踪案件爆发后更是从来没来过，而曾阳三人一被抓捕就数次前来，不可能是单纯地探望父亲，这其中必定有其他目的。

警方马上对这个卧床的老人展开调查，最终发现了一个惊人的事实，原来这个老头是一个消失了很久的豪富家族的掌门人！

结合案情细节，警方最后判断，这个卧病在床的老人很有可能才是真正的幕后主使，其目的就是为了占有金家庞大的财产。

至此，真相几乎完全水落石出。只有一个疑点没有查清楚，金璇也是老人的血亲，为什么曾阳和金璇所生的孩子不能继承金家财产，而一定要让金璇舅舅的女儿的孩子去继承金家的财产？

警方马上对老人和华大姐进行抓捕，进行了案件最终的审讯。华大姐扛不住压力，终于交代了所有的真相。

- 9 -

这个处心积虑谋夺豪富家财案件的爆发源于一个没落豪富家族百年的复族梦想。

华大姐出生于一个声名显赫的世家豪族。

华家是一个百年之前的豪富之家，只是因为家族在内地省份，远离政治中心，不被众人熟知，但在上流社会中的影响颇大。

可惜的是，华大姐祖上出了几个败家子，陆陆续续地败了许多家产。不过华家家底深厚，瘦死的骆驼比马大，到了华大姐父亲这一辈的时候，几个族人痛定思痛，决定重振家族。在几个能力很强的族人共同努力下，虽然光景大不如前，但表面上依旧维持着家族的荣光。

人有旦夕祸福，月有阴晴圆缺。无论怎样的豪门世家都不可能一直繁荣下去，虽然华大姐的父亲苦苦支撑，但依旧逃脱不了衰败的命运。

“文革”的来临成了压垮华家的最后一根稻草，华家完全败落了，唯一遗留下来的只有那几十年建立起来的人脉网络。

华大姐的父亲华大爷带着华大姐和弟弟投奔一个老友家中。

这个老友也出生于一个豪富世家，且在之后改革开放的大潮中利用本身家族的底蕴和遗留下来的钱财进行大胆投资和经营，让家族恢复了往日的荣光。

家底远不如自己的老友重新焕发了第二春，华大爷对此看在眼里，急在心里。虽然这个老友对他不薄，不但对其妥善安置而且还借钱给他做生意，但是华大爷不满足，一心想着建立自己的商业帝国，重振华氏家族。

最开始，华大爷想着靠自己的努力，加上家族延续百年的人脉关系，在商场自然会无往不利，但想法是美好的，现实是残酷的。

经过多年的努力，老友也对他的公司多次注资，但公司业务始终不温不火，没有寸进。时间一长，华大爷就失去了信心，便想着是不是有另外一条路能帮助自己重振家族。

这个时候，老友的儿子长大成人，需要考虑终身大事，华大爷就主动向老友提出让自己的女儿嫁给老友的儿子，说这样可以延续两家友谊，而且两个孩子之间也很熟悉，不存在磨合的过程。

实际上，华大爷心里的算盘打得很精。一旦自己的女儿和老友的儿子结了婚，他自己就相当于成了老友家族的半个主人，既然自己这一辈已经没有办法重振家族声誉了，那就等女儿以后生了儿子，过继一个给华家随华姓，这样就可以继承老友家的一部分财产，也算是曲线救国了。

老友对华大姐比较了解，知道她是一个颇有家教的好女孩，虽然华家衰落了，但两个家族几十年的感情在那里，对这个建议没有办法拒绝，便同意了。

这个老友姓金，正是金璇的爷爷。

华大姐和金璇的父亲结婚后，生活很平淡，毕竟两个人之间没有爱情。但随着时间的增加，华大姐的美丽和贤惠也征服了金璇的父亲，两个人的感情越来越浓。

这种情况也导致了后来金璇的父亲在金璇的婚事上独断专行，因为在他看来，即使没有爱情也没关系，只要两个人在一起，随着时间的推移，必将建立起深厚的感情。

金璇的父亲和华大姐生活得非常幸福，生意也越做越大，看起来无论是事业还是家庭生活都幸福无比。但是旁人不知道的是，两个人的完美生活却有一个致命的缺陷：华大姐有严重的习惯性流产症状。

夫妻二人不敢对外界宣扬，就连金大爷都不敢对他说，因为怕金大爷知道后将家族财产的继承权交给自己女儿，也就是金璇的姑姑。

尝试了许多次都没有办法，金璇的父亲越来越忧郁。华大姐知道这样下去很有可能会导致离婚的结局。

当时的生物医学是没有试管婴儿一说的，为了保证自己在金家的地位，也为了不和丈夫分开，华大姐主动提出让丈夫去外面找一个女人生子，自己假装怀孕，等孩子出生，就将这个孩子当成是自己亲生的，这样不但可以维持夫妻关系，而且还能保证丈夫的财产继承权不被剥夺。

金父当时正在焦头烂额之中，既舍不得和感情已经很深厚的妻子分开，更不好意思背着她去找二奶生孩子，当他听到妻子这个主意时，当即表示同意。

于是，一年之后，金家的长孙女金璇出生了。

我听到这里才彻底明白过来，为什么金璇和孩子的鉴定结果是完全排除，任何亲缘关系都没有？原来，金璇和华大姐没有任何的血缘关系，因为早在三十年前，金家就已经经历过一个“换子”的闹剧！

只是那场闹剧的导演者是金璇的父亲和华大姐本人，就连金璇的爷爷和名义上的外公华大爷等人都完全蒙在鼓里。

随着时间的推移，家族产业平稳地发展着，金家和华家两大延续百年的友好世家也以秦晋之好的身份过着外人看来幸福无比的生活。只有金大爷略有遗憾，他总是念叨着想要一个孙子，但一直到离开这个世界都没有实现。

他到死都不知道，自己的儿媳早就完全丧失了给他带来孙儿的能力。

而这个时候，华大爷也卧病在床，不知道什么时候就会一命归西。

华大姐看在眼里，痛在心里。她知道父亲让她嫁给丈夫的目的，想着一旦自己和丈夫过世，家族财产就要落到一个和自己没有任何血缘关系的外人手里，她的内心郁闷无比，怀着对父亲的愧疚，她将这个情况告知了父亲。

没想到当时躺在病床上的华大爷听到这个消息居然挣扎而起，狠狠地咒骂起她来，说她太不孝顺，枉费了自己的心机，更辜负了列祖列宗，是家族的罪人！

但“大错”已经酿成，后悔已经晚了，现在只能想着怎么去补救。

经过深思熟虑，华大爷将目标定在自己的“外孙女”身上。

一开始，华大爷定的计划是联系另外一个友人，让这户人家的长孙娶金璇做妻子，等金父去世之后，凭借这户人家本身的雄厚实力和背景，稍作安排就可以名正言顺地占有金家的财产，到时候再转移一部分给自己的儿子——金璇的舅舅。虽然不是很圆满，不过金家的一部分家产也不少，至少也算是恢复了家族的部分荣光。

虽然当时金父的身体也不好，被诊断出严重的疾病，不过华大爷认为医学发达，金家又不缺钱续命，自己会走在金父前面，很可能看不到这一切，但只要事先安排好，和另外一个友人约定条件并掌握证据，不怕计划实现不了。

所以在金父准备为自己的女儿选婿时，华大爷就跳出来，说要给自己的外孙女找一个最理想的丈夫，并推荐了老友的孙子。实际上，华大爷和这个老友一家早就谈好了条件，等金父过世，这个计划就会实施，而且双方都掌握了彼此的证据，不怕对方不按照计划进行。

金父完全被蒙在鼓里，当时他的心里还对华大爷这个老丈人心生愧疚，毕竟老丈人叫了这么多年的“亲亲好外孙女”却没有任何血缘关系，所以华大爷一提这个建议，他就同意了。老丈人介绍的友人也是一个有名望的豪富家族，和自己家可以说门当户对，他自然没有理由拒绝。

当时的金父完全忽视了自己女儿的想法，因此无论女儿如何反抗，如何拒绝，他都独断专行。在他看来，没有爱情完全可以培养，门当户对才最重要，因为他在年轻的时候和妻子华大姐的结合就是如此，这么多年来，除了因为生孩子一事两个人有些许隔阂之外，可以说这一生都非常幸福美满。

阴狠的计划按照既定步骤进行着。金璇抗拒不了父母的坚持，忍痛和爱人曾阳分手，并和完全没有感情的另一个豪富之家的长孙订婚。

这个时候，华大爷也躺在病床上等着死神的召唤。对于此刻的他来说，虽然计划不那么圆满，但也算是对他百年复族梦想的一个安慰。

没想到一个突发的事件完全改变了整个计划，也让久病在床的华大爷重新焕发了生机！

- 10 -

金璇的父亲在短时间内病情极度加重，已经无法续命了！

得知这个消息的华大爷知道，一个极其难得的机会出现在自己眼前，只要安排妥当，金家这个庞大的豪富世家很有可能会有完全改姓华的机会！

深思熟虑之后，华大爷定下了一个庞大的计划：

让自己的儿子（金璇的舅舅）去寻找金璇的初恋情人曾阳，告知其在金父去世后会集合全家人的力量，取消和友人长孙的婚约，让曾阳和金璇有情人终成眷属。

不过条件就是曾阳和金璇婚后生下的孩子必须替换为曾阳和金璇舅舅女儿的孩子，这样既兼顾了曾阳的感受，将之拉上了船，又可以神不知鬼不觉地达到让有华家血脉的孩子继承金家庞大财富的目的，最后再将孩子的姓名改为华姓，这样华家就彻底得以复兴了！

至于势单力薄的曾阳的想法，华大爷一家完全没有将其放在眼里。

曾阳一开始不同意这样阴毒的计划，因为他对金璇的爱是真正的爱情，他不愿意这样欺骗她，所以在金父病重的时候，他尝试着和金璇接触，希望金璇能够冲破重重阻力，和他在一起。

但金璇碍于家族中人的阻力和自身的责任感，明确表示即使父亲去世，她也没有办法和他在一起。曾阳无比失望，却不敢告诉金璇舅舅和他的交易，他怕万一金璇知道了会轻举妄动，导致舅舅狗急跳墙，对金璇造成生命的威胁。

为了调查舅舅的真实阴谋和保护金璇，也同样为了满足自己和深爱的金璇过一辈子的愿望，曾阳同意了舅舅的计划。

在金父去世之后，金家人果然全部改变意见，同意金璇和曾阳在一起。至于华大爷老友那里，也是暗中付出了一定的代价让其同意中止计划。

当时的金璇对这个家族被自己悔婚却没有任何过激的举动很是感激，却不知道里面有这么多的恐怖内幕。

可以说所有事情都在华大爷的计划之中，包括对金璇姑姑的策反。

金璇的姑姑其实是一个善良的女人，对于金钱没有过于苛求的概念，对金璇也很关心照顾，但是她的丈夫不一样。

金璇的姑父和她姑姑结婚就是看在金家有钱的份儿上，当他知道自己曾经有担任金家掌门人的机会却被金父暗中剥夺了之后，气急败坏，当即同意了金璇舅舅的计划。

在家里，金璇的姑父对她姑姑大发雷霆，要求她一定配合金璇舅舅的行动，在事成之后就可以分得一部分股份，而不会像现在这样成为金家的附庸。

金璇的姑姑没有办法，在丈夫的压力下同意了金璇舅舅的计划，并且越陷越深，最终成为事件的主犯之一。

计划进行得很顺利，金璇生完孩子就替换成功，孩子长得像父亲曾阳，几乎没有引起过金璇的怀疑。

但智者百密必有一疏，他们千算万算没有算到孩子的血型会和金璇完全不符且又被金璇知晓。于是整个事件爆发，警方介入。

警方为了查清真相，和曾阳、金璇、许玉洁等人设局，让案件的主犯一一露出马脚。在抓捕舅舅、姑姑、曾阳三大主犯之后，华大姐坐立不安，向父亲寻求帮助，最终让华大爷这个幕后主使浮出了水面。

也就是说，一个庞大的转移财产以复兴华家的罪恶计划早在金璇父亲尚在世间的时候就已经计划妥当并付诸实施了。

而且几乎所有的金家人都是阴谋的参与者。

在金璇的身边，潜藏着一般人想象不到的重重危机，而在这些人当中，唯有丈夫曾阳心里怀着对金璇的愧疚，暗中保护她，也是唯一一个有心帮助金璇走出阴谋和陷阱的至亲之人！

可怜的金璇在无比光鲜的世家豪族继承人的身份背后，居然陷入如此恐怖的阴谋之中，着实令人惊叹和同情！

警方对这些涉案的主犯分开审讯，交代的内容基本相同。当时警方尚有一个疑问：金璇的舅妈说不久之后舅舅就会成为企业的老总，而且会发大财，如果金璇尚在，这种情况是不可能出现的，那么这个案件很有可能还有后续的计划，或许会凶残到会危及金璇的生命。

但所有主犯都矢口否认，说计划的目的就是为了让华家血脉的后人继承金家的财产，至于金璇什么时候将财产移交则并不重要。

幕后主使华大爷也表示自己活不了多久，只希望看到这个计划实施，满足下自己的心愿就好，至于成不成功已经是身后事了，并不重要。

这话只能骗鬼，没有人会相信他处心积虑地策划了半辈子的华家复兴计划只是为了满足他的心愿。但当时金璇的身体健康没有任何问题，也没有受到生命的威胁，这个疑问也就永远不会有答案了。

这个事件已经过去了，生活还需继续。

至少金璇以后的生活中不会再有危机和阴谋，这就够了。